Der Autor

Daniel Schalz, geboren 1978 in Bremen, studierte Geschichte, Philosophie, Politik und Musik. Einige Jahre als Redakteur und Freelancer für Tageszeitungen und Magazine tätig. Leitete die Öffentlichkeitsarbeit beim Deutschen Chorverband und die Redaktion der Kommunikationsagentur familie redlich. Seit 2023 Competence Lead Public bei fischerAppelt. Autor von »Unser Leben mit Werder. Fans erzählen«, erschienen 2023 im Verlag Die Werkstatt.

Daniel Schalz

Friedhof der Namenlosen

Berlin-Krimi

2. Auflage 2025
© 2024 Daniel Schalz
Verlag: BoD · Books on Demand GmbH,
In de Tarpen 42, 22848 Norderstedt, bod@bod.de
Druck: Libri Plureos GmbH, Friedensallee 273, 22763 Hamburg
Covergestaltung: Karsten Lampe

ISBN: 978-3-7597-5828-6

Bibliografische Information der Deutschen Nationalbibliothek: Die
Deutsche Nationalbibliothek verzeichnet diese Publikation in der
Deutschen Nationalbibliografie; detaillierte bibliografische Daten sind
im Internet über dnb.dnb.de abrufbar.

Mittwoch, 10. Juli 2019.
Erster Tag der Ermittlungen.

1

Im Morgengrauen am Rande des Grunewalds.

Gespenstisch.

Dieses Wort kam Fabian Felter in den Sinn, als er um kurz vor fünf seinen schwarzen VW-Kombi auf dem staubigen Weg vor dem Schrebergarten parkte. Er schlug die Wagentür zu, öffnete den Reißverschluss seiner leichten Sommerjacke – es hatte die Nacht nur wenig abgekühlt – und ließ, die Hände in den Taschen, die Szenerie auf sich wirken: Die Scheinwerfer der Spurensicherung tauchten das verwahrloste Grundstück in gleißendes Licht. Unkraut und Sträucher überwucherten teilweise mannshoch die gesamte Fläche zwischen dem schief in den Angeln hängenden Holztor und dem einstöckigen Haus mit dem Giebeldach. Geradezu gruselig wirkte das weiße, undurchdringlich wirkende Geflecht, mit dem sämtliche Pflanzen und Büsche überzogen waren.

Dazu kam die eigenartige Lage dieses Teiles der Laubenkolonie: Die Grundstücke lagen eingezwängt zwischen den Bahngleisen und der Avus. Zwar hielten sich der S-Bahn-Betrieb und der Verkehr auf der Berliner Stadtautobahn so früh noch in Grenzen. Trotzdem hatte Fabian ein konstantes Rauschen im Ohr, welches das morgendliche Vogelkonzert immer wieder übertönte. Hier vom Großstadttrummel abschalten zu wollen, erschien ihm absurd.

Vom Gartentor kam ihm ein Kriminaltechniker in einem weißen Schutzanzug entgegen.

»Morgen. Friedrich Müller. Sind Sie der Kollege von der Mordkommission?«

»Ja, Kriminalkommissar Fabian Felter, guten Morgen.« Bemüht lässig schob er nach: »Was haben wir?«

Sein Gegenüber hob eine Augenbraue unter der weißen Haube. »Also die Kollegen vom KDD waren sich nicht sicher, ob wir die Moko aus dem Bett klingeln sollen. Aber bei der Spurenlage halte ich's für unwahrscheinlich, dass das hier nur eine Prügelei unter betrunkenen Laubenpiepern war. Deshalb haben wir Sie verständigt.«

Fabian nickte. Aus seiner Zeit beim Kriminaldauerdienst wusste er, dass es oft nicht leicht zu entscheiden war, an welche Abteilung ein Fall weitergegeben werden sollte.

»Für mich sieht's eigenartig aus«, fuhr Müller fort. »Ist schon einiges an Blut. Allerdings wundere ich mich gar nicht so sehr über die Menge. Die könnte auch von ein paar gewöhnlichen Platzwunden kommen. Sondern eher über die Verteilung: Da drinnen«, er deutete aufs Haus, »klebt's fast in jedem Winkel. Das war definitiv kein Unfall. Hier wurde gekämpft und zwar nicht zu knapp. Tatwerkzeuge haben wir bislang noch nicht gefunden, aber wir sind ja auch erst seit zweieinhalb Stunden hier.«

Müller drückte ihm eine Atemschutz-Maske und einen weißen Ganzkörper-Anzug in die Hand. Während Fabian umständlich in diesen hineinstieg, sagte der Kriminaltechniker wie beiläufig: »Ach ja, und keine Opfer soweit.«

Fabian atmete tief durch. Zwar hatte er genau für solche Situationen zum LKA 11 gewollt: Mitten in der Nacht in der Millionenstadt an einen Tatort gerufen zu werden, ohne zu wissen, was ihn erwartete. Es erfüllte ihn mit Stolz, dass er nun zur sechsten Mordkommission im Dezernat 11 des Landeskriminalamts gehörte. In Zukunft würde er sich um die großen Fälle kümmern – oder, Amtsdeutsch: »Delikte am Menschen«. Dennoch war er in diesem Augenblick erleichtert, keine Leiche in Augenschein nehmen zu müssen.

»Bitte nicht auf den Gehwegplatten laufen«, merkte Müller an, als er für Fabian das Flatterband hochhob. »Ziemlich deutliche Kontaktspuren.«

Fabian musterte die blutigen, von Spritzern umgebenen Sohlenabdrücke auf den Betonplatten. Sie erschienen ihm recht lang zu sein, mindestens Schuhgröße 42. Der Täter verlässt den Tatort und scheint dabei nicht sonderlich aufmerksam zu sein, dachte er unwillkürlich – ermahnte sich aber sofort, keine vorschnellen Schlüsse zu ziehen.

»Das ist noch harmlos gegen das, was drinnen los ist«, sagte Müller und drehte sich zum Gehen. Fabian zögerte, ihm ins Gestrüpp zu folgen.

»Was sind denn das für Spinnweben?«, fragte er. Ihm war der Gedanke nicht geheuer, mitten durch das weiße, klebrig wirkende Zeug zu spazieren.

»Yponomeuta, wahrscheinlich evonymella oder malinellus«, antwortete Müller. Fabian schaute ihn fragend an.

»Keine Spinnen. Motten. Genauer gesagt: Gespinstmotten. Werden wir dank Klimawandel in Zukunft häufiger bei uns haben.« Und da Fabian immer noch skeptisch dreinschaute, ergänzte er: »Völlig ungefährlich – und die Raupen haben sich längst alle im Boden verbuddelt.«

Die beiden bahnten sich einen Weg zum Haus. Zwar war bereits ein Pfad halbwegs frei gemacht worden, trotzdem wischte sich Fabian immer wieder weiße Flechten aus dem Gesicht. Nach etwa zehn Metern hatten sie die Laube erreicht, von deren Außenwand die rote Farbe abblätterte.

Müller öffnete die Tür. Fabian schob sich an ihm vorbei in den Raum, der ebenfalls hell ausgeleuchtet war. Nach dem heruntergekommenen Garten hatte er im Haus eine Müllhalde erwartet. Stattdessen wirkte der holzvertäfelte Raum gepflegt und aufgeräumt – abgesehen von den herumstehenden Koffern und Geräten der vier Leute von der Kriminaltechnik.

Gegenüber der Eingangstür stand ein einfacher, heller Holztisch, auf dem eine kleine Stickdecke lag. Dahinter sah Fabian eine Eckbank aus dunkler Eiche mit geschnitzten Verzierungen, davor drei hölzerne Klappstühle. An der linken Wand gab es eine kleine Küchenzeile mit Gaskocher und Spüle. Rechts stand ein unlackierter Bauernschrank aus hellem Holz, auf dessen Ablage ein Sammelsurium an Schlüsseln, Feuerzeugen und Gartenwerkzeugen lag. Links führte eine Treppe auf den Dachboden.

Über der Spüle sowie an der gegenüberliegenden Wand gab es jeweils ein Fenster. Da keines nach Südosten ging, vermutete Fabian, dass der Raum auch bei Tag nie richtig hell wurde. Es hätte gemütlich sein können, doch auf Fabian wirkte es beklemmend.

Erst recht, als er den Boden sah: Große Teile des hellen PVC-Belages waren blutverschmiert, direkt vor ihm führte eine Spur zur Dachbodentreppe, auf der ebenfalls Spritzer zu sehen waren. Überall im Raum verteilt standen die kleinen weißen Nummern der Spurensicherung. Direkt vor sich entdeckte Fabian die Ziffern 19, 20 und 21.

»Ziemlich unübersichtliche Lage«, begann Müller mit in die Hüften gestemmten Armen. »Hier unten haben wir in fast jeder Ecke Blut. Die Spur zur Treppe sehen Sie ja selbst. Hört nur komischerweise oben am Absatz auf.«

Fabian beugte sich nach links, um die Treppe hochzuschauen, sah an deren Ende aber nur den dunklen Einstieg zum Dachboden.

»An Mustern haben wir so ziemlich alles, was das Lehrbuch hergibt«, sagte Müller. »Verschiedene Tropf-, Kontakt- und Wischspuren, dazu diverse Abstreif- und Einwirkungsmuster. Werden Sie später auch im Bericht lesen. Ganz interessant ist noch die große Lache hinten links in der Ecke.«

Jetzt sah Fabian den Rand einer Blutpfütze, die hinter der Küchenzeile in den Raum ragte.

»Kann das alles von einer Person sein?«, fragte er.

»Unwahrscheinlich. Deutet einiges daraufhin, dass hier ein paar Leute involviert waren. Wie gesagt: Kriegen Sie noch schriftlich.«

Müller ging zur Tür: »Ich mach mal draußen weiter.«

Fabian nahm sich Zeit, jedes Detail des Raumes in sich aufzunehmen. Womöglich würde das hier sein erster wichtiger eigener Fall werden. Seine große Chance, sich im LKA 11 einen Namen zu machen. Es nervte ihn, dass viele der rund 80 Kolleginnen und Kollegen des Dezernates nach über einem halben

Jahr immer noch nicht wussten, wie er hieß. Einige behandelten ihn sogar wie einen Praktikanten, was sicher auch an seinem jugendlichen Aussehen lag: Kaum jemand hätte vermutet, dass er in einigen Monaten dreißig würde.

Heute alleine zum Tatort geschickt worden zu sein, war wohl eher dem Umstand geschuldet, dass das Dezernat in den Schulferien auf Minimalbesetzung fuhr. Und weil der Ruf mitten in der Nacht kam: Eine Schrebergärtnerin Mitte Achtzig hatte gegen 23 Uhr wegen »unheimlicher Geräusche« in der Nachbarlaube, wie sie es ausgedrückt hatte, den Notruf gewählt.

Wie auch immer: Fabian war fest entschlossen, die Gelegenheit zu nutzen und allen zu zeigen, was er in den vergangenen anderthalb Jahren bei seinen ersten Stationen im LKA gelernt hatte.

In seinem kleinen schwarzen Notizbuch skizzierte er den Raum und hielt einige Eindrücke fest: Tatsächlich deutete vieles darauf hin, dass hier gekämpft worden war. Hatte sich eine der beteiligten Personen blutend auf den Dachboden retten wollen und war dabei gestoppt worden? Wie hatten sie die Laube verlassen? Hatten sie sich eigenständig wegbewegt? Oder gab es ein oder gar mehrere Opfer, die jemand hatte verschwinden lassen?

Als er das Haus verließ, war die Sonne aufgegangen. Die Scheinwerfer waren ausgestellt worden. Nun sah der Garten zwar nicht mehr so geisterhaft aus, aber nicht weniger unwirtlich. Unter Sträuchern und weißem Gespinst war kaum etwas zu erkennen. Nur rechts vom Haus sah Fabian eine geschlossene Regentonne aus Plastik und weiter hinten, zum Bahndamm hin, einen Stapel verrottetes Holz.

Er verabschiedete sich von Friedrich Müller, der gerade unter einem Busch den Boden absuchte, und ging zurück zum Auto. Dort streifte er den Overall ab und zog seine Jacke aus. Es war erst kurz nach halb sieben, doch nach der Wärme der ersten Sonnenstrahlen zu urteilen, würde es nach wochenlanger Hitze ein weiterer verdammt heißer Tag werden.

Auf der Suche nach einer Wendemöglichkeit fuhr er mit dem Wagen im Schritttempo an den anderen Schrebergärten vorbei. Ein paar Kolleginnen und Kollegen mussten diese nachher abklappern, und fragen, ob jemand gestern Abend etwas gesehen oder gehört hatte.

Er fand eine geeignete Stelle zum Wenden und rollte langsam zur Straße zurück. An der Abzweigung kam von rechts eine junge Frau auf einem Vintage-Rennrad und bog an ihm vorbei rasant in den Weg zu den Kleingärten ein. Kurz erinnerte sie ihn an eine alte Bekannte. Doch unter der Sonnenbrille und ihrem Fahrradhelm erkannte er kaum etwas von ihrem Gesicht.

Schon im nächsten Augenblick dachte er nur noch daran, was jetzt zu tun war: Die Besitzer der Laube müssten ermittelt und befragt werden. Vielleicht brachten Spuren in der Umgebung der Laubenkolonie weitere Aufschlüsse: Der Mensch, der die blutigen Fußabdrücke auf dem Weg hinterlassen hatte, musste schließlich irgendwo hin sein. Mit sehr viel Glück ließen sich durch DNA-Analysen sogar die Blutspuren konkreten Personen zuordnen.

All das würden sie mit dem Team in ihrer täglichen Morgenrunde besprechen. Bis dahin waren es noch zweieinhalb Stunden – Zeit, seine Gedanken zu sortieren.

Fabian richtete den Rückspiegel (er musste dringend mal wieder zum Friseur) und schaltete das Radio ein: »Walking on Sunshine«. Das passte: Er fühlte sich voller Energie – und ertappte sich dabei, regelrecht zu hoffen, dass ein spektakuläres Verbrechen hinter den Blutspuren in der Laube steckte. Schwungvoll bog er nach rechts ab und war keine halbe Minute später auf der Avus stadteinwärts.

2

Zur selben Zeit, am selben Ort.

Sie hatte ihn hinter der Windschutzscheibe sofort erkannt, als sie auf ihrem Fahrrad an seinem Auto vorbeigerauscht war. Kein Zweifel: Er war's. Fabian. Wie lange hatte sie sich damals vor diesem Moment gefürchtet? Wie oft immer wieder in Gedanken durchgespielt, was dann passieren würde? Doch das war lang her. In den vergangenen Jahren hatte sie sich immer seltener daran erinnert. Bis ihr hin und wieder unvermittelt aufgefallen war, dass sie Wochen oder sogar Monate nicht mehr an ihn gedacht hatte.

Deshalb traf sie die Begegnung völlig unvorbereitet. Sie hatte keine Ahnung gehabt, dass er auch in Berlin war. Der heftige Stich, den ihr sein Anblick versetzte, war körperlich zu spüren. Umso dankbarer war sie, dass er im Wagen saß und sie nur den Bruchteil einer Sekunde Blickkontakt hatten. So blieb ihr eine verkrampfte Wiedersehensszene erspart. Über die Schulter schaute sie seinem Auto hinterher, wie es aus dem Feldweg auf die asphaltierte Straße abbog.

Sie hielt an und konzentrierte sich wieder darauf, warum sie hier war. Sie wollte es nicht vermasseln. Der Kollege aus der Redaktion hatte am Telefon geklungen, als könnte es eine große Geschichte werden, weshalb sie sofort zum Schrebergarten an der Avus fahren sollte. Morgens um halb sechs! Allein das wies darauf hin, dass sich ihre Chefs eine Story versprachen. Der Kollege hatte von Blutspuren und einem rätselhaften Notruf in der Nacht gesprochen, was schon Stoff genug für eine Boulevard-Zeitung war.

Als sie das abgesperrte Grundstück erreichte und das weiße Geflecht sah, das fast den gesamten Garten bedeckte, pfiff sie durch die Zähne: *Diese* Szenerie würde der Redaktion *wirklich* gefallen. Sie lehnte das Rad an einen Baum, hängte ihren Helm an den Lenker und ging langsam zum Gartentor. Sofort sah sie die Spuren auf dem Gehweg. Instinktiv zog sie das Smartphone aus der Jeans, um zu fotografieren. Da guckte unter einem Strauch auf Bodenhöhe ein Kopf im weißen Schutzanzug hervor: »'tschuldigung, wer sind Sie?«

»Oh, sorry, Anne Temmen, *Berliner Blatt*.« Hektisch steckte sie das Telefon zurück in die Hosentasche. »Können Sie mir sagen, was hier passiert ist?«

»Selbstverständlich ... nicht«, antwortete der Kapuzenmann. Er lag bäuchlings am Boden und hielt einen kleinen Spachtel in der Hand, mit dem er in der Erde herumgestochert hatte. »Zumal wir's ohnehin noch nicht wissen.«

»Das heißt, Sie haben keine Opfer oder so gefunden?«

»Das heißt jar nüscht«, grummelte der Kriminaltechniker. Er ärgerte sich sichtlich, schon zu viel gesagt zu haben. »Und jetzt lassen se uns ma' unsere Arbeit machen.« Damit robbte er sich ins Gehölz zurück.

Hier würde sie nichts mehr erfahren. Sie fotografierte die Blutspuren auf dem Weg, machte vom Grundstück ein Dutzend Bilder sowie einen rund 90-sekündigen Film – Video-Content war alles heutzutage! – und kritzelte ein paar Notizen in ihren DIN-A5-Block. Anschließend rief sie in der Redaktion an, um einen Fotografen anzufordern.

Dann sah sie den Weg mit den anderen Parzellen hinunter. Der Zustand des direkten Nachbargrundstücks stand zum Kleingarten, den die Polizei abgesperrt hatte, im krassen Gegensatz: Durch die offensichtlich erst kürzlich geschnittene Hecke sah Anne perfekt gemähten Rasen und leuchtende Blumenbeete, die augenscheinlich tägliche Wässerung und Pflege erfuhren. Anne schaute auf ihr Handy: Noch nicht mal sieben Uhr. Unwahrscheinlich, dass um diese Zeit schon jemand in seiner Laube, geschweige denn wach sein würde. Andererseits: Was hatte sie zu verlieren? Reporterglück ist mit den Frechen, dachte sie, und ging zur Pforte.

Da sie keine Klingel fand, rief sie »Hallo?« in Richtung der Laube, deren Eingangstür hier nur wenige Meter vom Gartentor entfernt war. Als sich auch auf ein zweites und drittes

Rufen nichts im Haus rührte und sie sich schon abwandte, hörte sie, wie sich in der Tür ein Schlüssel drehte. Kaum war die Tür einen Spalt geöffnet, schossen zwei kleine wuschelige, weiße Hunde ans Tor und kläfften sie aufgeregt an.

»Bolle! Oskar! Kommt ihr her!«

Die strenge, hohe Stimme gehörte einer alten Frau, die leicht gebeugt aus der Tür kam. Sie stützte sich am Türgriff ab. Ihre weißgelockten Haare glichen auffallend dem Fell der Hunde. Diese dachten zwar nicht daran, zurück ins Haus zu kommen, aber immerhin hörten sie auf zu bellen. »Entschuldigen Sie die Störung so früh am Morgen«, sagte Anne und setzte ihr liebenswürdigstes Lächeln auf. »Ich komme von der Zeitung und würde Sie gerne etwas fragen.«

Sie hatte die Erfahrung gemacht, dass es hilfreich war, den vollen Namen ihres Arbeitgebers erst einmal zu verschweigen: Nicht jeder begegnete einer Boulevard-Reporterin mit offenen Armen. Hier war die Vorsichtsmaßnahme überflüssig, denn schon beim Wort »Zeitung« hellten sich die Gesichtszüge der Frau auf: »Sie kommen wegen der Laube der Bergers, oder?«

»Meinen Sie die mit dem vielen Unkraut?«

»Genau, und den Mottennestern, ja ja, die meine ich. Hat sich die Polizei ja viel Zeit gelassen. Um halb zehn habe ich gestern Abend das erste Mal angerufen, um denen zu sagen, dass da was nicht stimmt. Aber da sind die gar nicht ans Telefon gegangen. Und als ich dann mit meinen Lieblingen um elf nochmal raus bin, habe ich diese komischen Spuren auf dem Weg gesehen. Da hab ich dann nochmal angerufen, weil mir das so seltsam vorkam, und ...«

Anne wollte etwas sagen, fand aber keine Lücke.

»... da kamen dann endlich zwei junge Polizisten, haben sich das angeschaut und mir ein paar Fragen gestellt. Wusste ja auch nichts, außer dass da abends so komische Geräusche aus der Laube kamen. Wo doch die Bergers seit Jahren nicht mehr da waren. Ich weiß gar nicht, ob ...«

»Was für Geräusche waren das denn?«, fiel Anne der Frau ins Wort.

»Naja, so Schreie irgendwie, nein, eher wie Gejaule oder Geheule oder so. Ziemlich unheimlich. Meine Lieblinge waren völlig verschreckt, sind mir überhaupt nicht mehr von den Beinen gewichen.« Während ihres Redeschwalls klammerte sich die Seniorin weiterhin am Türgriff fest. »Das habe ich auch der Polizei erzählt. Also, als ich angerufen habe, meine ich. Aber die haben nur gefragt, ob ich immer noch etwas hören würde. Da hab ich dann nochmal nach draußen gelauscht. Und da war dann alles still.«

»Und dann sind Sie später nochmal raus und haben die Spuren auf dem Weg gesehen?«

»Genau, und wieder sind meine Herzchen fast durchgedreht. Da ist bestimmt was Schlimmes passiert. Hunde haben ein feines Gespür für sowas, wissen Sie?«

Anne hatte ihren Block aus dem Rucksack geholt und sich Notizen gemacht. »Darf ich Sie nach Ihrem Namen und dem Alter fragen?«

»Naja, eine Dame fragt man ja eigentlich nicht nach dem Alter. Aber Sie sind ja selbst noch so jung, Sie dürfen das. Wie alt sind Sie denn?«

»28.«

»Ach Gott, sehen Sie. Ich bin 84, ich könnte locker Ihre Oma sein. Also ...« Kurz hatte sie den Faden verloren.

»Ihren Namen?«, half ihr Anne auf die Sprünge.

»Ach ja, natürlich. Wenn das in die Zeitung kommt, muss ja auch alles stimmen: Erika Panofski. Mit ›F‹ bitte.«

»Sagen Sie, Frau Panofski, wären Sie einverstanden, wenn später ein Fotograf vorbeikäme, um ein Foto von Ihnen zu machen? Vielleicht können wir sogar ein kleines Interview mit Ihnen filmen? Schließlich wollen unsere Leser auch gerne sehen, über wen da berichtet wird.«

»Oh je, ich gehe doch erst übermorgen zum Friseur. Geht es vielleicht auch Ende der Woche?«

»Nein, das geht leider nicht. Der Artikel soll doch schon morgen erscheinen.«

»Schon morgen? Ach Gott oh Gott, so schnell? Na gut, muss mich aber wenigstens noch ein bisschen schick machen.«

»Machen Sie das, Frau Panofski. Ich sag dem Fotografen dann Bescheid. Und vielen Dank für Ihre Antworten, Sie haben mir für den Artikel sehr weitergeholfen.«

Sie hatte den Satz noch nicht beendet, da hatte die alte Frau schon die Tür zugemacht und in der Aufregung völlig vergessen, sich zu verabschieden. Anne lächelte. Wegen solcher Begegnungen liebte sie ihren Job.

Für einen Artikel hatte sie genug Material. Später würde sie noch die Pressestelle der Polizei anrufen, die vermutlich nichts sagen würde. Außerdem konnte sie im Netz ein paar Fakten zur Kleingartensiedlung recherchieren, vielleicht auch versuchen, deren Vorsitzenden zu erreichen.

Sie wollte es gut machen. Als frischgebackene Abgängerin der Journalistenschule wurde sie von den Ressortleitern und Chefredakteuren streng beobachtet. Nicht, dass sie bislang versagt hätte. Keineswegs. Aber noch immer fühlte sich jeder Artikel wie eine Klassenarbeit an. Wenn sie in die Redaktion kam und sich an den Rechner setzte, hatte sie regelmäßig Angst, die Deadline zu reißen.

Deshalb wollte sie jetzt auch schnell zurück zum Verlag, um später nicht in Zeitstress zu geraten. An ihrem Fahrrad zog sie sich ihr Sweatshirt aus, denn es war heiß geworden, und setzte den Helm auf.

Als sie aufsteigen wollte, klingelte ihr Telefon. Sie zog es aus der Hosentasche und schaute aufs Display: »Mama«. Typisch: in aller Herrgottsfrühe und wie immer im falschen Moment. Seit mehr als zwei Wochen hatte sie nicht mit ihr gesprochen und ein schlechtes Gewissen. Sie ließ das Telefon klingeln, steckte es zurück in die Tasche und stieg aufs Rad. Ihre Mutter musste sich noch gedulden.

3

57 Jahre zuvor.
Mai 1962.

Noch einmal drehte seine Mutter sich nach ihm um. Doch sie war schon zu weit weg, als dass er ihren Gesichtsausdruck hätte erkennen können. Sie war bereits am Ende der schmalen, ungepflasterten Allee angekommen, die ihr Haus mit der Hauptstraße des Dorfes verband. Die Apfelbäume links und rechts des sandigen Weges blühten. Ab und zu wirbelte der Wind Wolken zartrosa-farbener Blütenblätter auf. Obwohl die Sonne gerade erst aufgegangen war, fühlte er ihre Strahlen warm auf seiner Haut.

Er saß auf den Treppenstufen vor dem Haus und war wütend. Nein, eigentlich war er traurig. Irgendwie beides. Auf jeden Fall war er durcheinander. Zuerst hatte er sich geweigert, in den Kindergarten zu gehen. Das hatte er in letzter Zeit öfter getan. Es klappte ja: Seine Mutter gab immer schneller auf. Dann hatte sie ihn gefragt, ob er auf die Arbeit mitkomme. Er sei fünf, er könne nicht allein zuhause bleiben, hatte sie gesagt.

Jetzt, wo er ihr nachblickte, wusste er nicht mehr, warum er nicht mitgewollt hatte. Eigentlich gefiel es ihm im Betrieb: Er mochte das Surren der Nähmaschinen, lief gerne durch die langen Reihen von Kleidern, Hosen und Hemden und berührte mit den Händen die verschiedenen Stoffe. Die anderen Frauen waren nett zu ihm, vor allem die Vietnamesinnen, die ihm manchmal heimlich Bonbons zusteckten. Nur vor der Werkstattleiterin hatte er Angst: Sie war groß und dick und böse, und wenn sie ihn entdeckte, brüllte sie ihn an und schleifte ihn zu seiner Mutter. Doch er wusste, wo er sich verstecken musste, damit sie ihn nicht fand.

Nein, es lag nicht am Betrieb. Er war schon schlecht gelaunt gewesen, als es zum Frühstück keine knusprigen Filinchen gab, sondern nur das trockene Mischbrot. Die Mutter war laut geworden, hatte ihn angeschrien, dass er froh sein konnte, überhaupt etwas zu essen zu bekommen. Dass sie sich täglich abrackere, damit er ein schönes Leben habe, weil sein Vater ein Taugenichts und Trunkenbold sei, der sich nicht um seine Familie kümmere.

Er fand das ungerecht. Was konnte er dafür, dass sein Vater nie da war? Und warum ging seine Mutter weg, damit er ein schönes Leben hatte? Sein Leben wäre schöner, wenn seine Mutter bei ihm bliebe.

So vieles begriff er nicht. Warum besuchten sie Tante Hanni nicht mehr? Weshalb ging er mit ihr nicht mehr ins Kaufhaus mit den vielen bunten Sachen und in den Zoo, wo es so viele Tiere mehr gab als im Tierpark? Die Politiker hätten eine Mauer errichtet, über die man nicht hinüberkommt, sagten die Erwachsenen. Wer baute eine Mauer, um ihm den Weg zu seiner Tante zu versperren?

An solche Dinge dachte er, als er noch einmal kurz ihren Blick auffing. Sie war zu weit weg, um ihren Gesichtsausdruck zu erkennen, aber er hatte das Gefühl, dass sie nicht fröhlich war. Dann verschwand sie rechts hinter der großen Eiche, um die Hauptstraße zur Bushaltestelle hinaufzugehen.

Jetzt wäre er ihr gerne hinterhergelaufen, um ihre Hand zu greifen und mit ihr nach Berlin zu fahren. Doch in diesem Augenblick sah er den blau-weißen Bus schon an der Einfahrt des Weges vorbeifahren.

Später dachte er oft an genau diesen Moment: An den Bus, den er für eine Sekunde zwischen den Bäumen sieht. Wäre er rechtzeitig losgelaufen, hätte er ihn aufhalten können. Oder er wäre mit seiner Mutter eingestiegen, hätte neben ihr gesessen und sie beschützt. Und verhindert, was passieren sollte.

Als die Nachbarin am späten Nachmittag kam, die Sonne war schon hinter den Bäumen verschwunden, saß er vor dem Haus auf dem Rasen. Dort versuchte er, mit verschiedenfarbigen Murmeln in eine Kuhle zu treffen. Das hatte er den ganzen Tag gemacht. Stundenlang. Dabei vergaß er alles um sich.

Was er nicht vergessen konnte: Drei Murmeln fehlten ihm. Weil die Mama sie mitgenommen hatte. Eine blaue mit roten Punkten. Eine weiße mit ganz vielen verschiedenfarbigen Linien. Und eine durchsichtige. Die liebte er besonders. Seine Lieblingsmurmel. Sie hatte einen gelben und einen grünen Streifen im Innern, die sich umeinander drehten. Er mochte, dass sie so schön glitzerte, wenn er sie ins Sonnenlicht hielt.

»Die nehm ich mit auf die Arbeit, damit ich immer an dich denke«, hatte die Mama gesagt. »Aber nur ausgeliehen!«, hatte er sie gemahnt. Daran hatte er zwischendurch immer mal wieder gedacht, während er in die hohen Bäume starrte, die um das Grundstück herum wuchsen.

Auch als die Nachbarin, wie aus Nichts, auftauchte, war er in Gedanken gewesen. Erst als sie schon vor ihm stand, bemerkte er sie. Sie war etwa so alt wie seine Mutter. Er mochte sie, weil sie immer mit ihm scherzte und ihnen im Sommer leckere Kirschen brachte.

»Hallo, Micha«, sagte sie, »ist dein Vater da?«

Er wunderte sich über die Frage. Normalerweise machte sie Bemerkungen über seine Anziehsachen, Spielzeuge oder das Wetter, wenn sie ihn sah. Mit dem Vater redete sie nie.

Sie hockte sich neben ihn. Es sei etwas Schlimmes passiert, sagte sie und schaute über ihn hinweg. Er sah sie fragend an. Der Bus seiner Mutter habe einen Unfall gehabt. Seine Mutter würde nicht nach Hause zurückkommen.

Er verstand nicht. Wenn seine Mutter heute nicht nach Hause käme, wann dann? Die Nachbarin schwieg und versuchte, ihn zu umarmen. Er wich zurück. »Wann kommt die Mama wieder?«, wiederholte er.

Der Nachbarin liefen Tränen übers Gesicht.

»Warum weinst du?«, fragte er.

Sie zog ein Taschentuch aus der Rocktasche, schnäuzte kräftig hinein und wischte sich die Wangen ab. »Hast du Lust auf Streuselkuchen?«, fragte sie. »Ich habe gebacken.«

Er wollte wissen, wann seine Mutter zurückkommt. Vor allem, weil sie ihm doch die drei Murmeln zurückgeben musste. Aber er wollte auch Streuselkuchen.

»Ja, hab ich«, sagte er.

Gemeinsam standen sie auf. Sie griff seine Hand. Ihre Hand war warm und weich. Langsam gingen sie die Allee hinunter. In der Abendsonne tanzten die Blütenblätter um sie herum. »Sieht aus wie Schnee«, sagte er. Und er hatte tatsächlich das Gefühl, ihm würde kalt.

4

Marianne Bergers knochige Hand zitterte. So heftig, dass ihre Kaffeetasse auf dem Unterteller klapperte, als sie versuchte, diese anzuheben. Die 77-Jährige zuckte erschrocken zusammen von dem plötzlichen Geräusch, das durch das enge Wohnzimmer hallte. Sie ließ die Tasse stehen und schaute ängstlich zu ihrem Mann – wie unzählige Male zuvor während der vergangenen Viertelstunde. Er war ein paar Jahre älter als sie und saß im Rollstuhl.

Die Verunsicherung der beiden war so groß, dass es Fabian fast körperlich unangenehm war, sie zu befragen. Immer wieder wechselte er hilflose Blicke mit seiner knapp zehn Jahre älteren Kollegin Dilek Ergün. Er arbeitete gerne mit ihr zusammen: Sie war souverän, ohne jemals überheblich zu sein, und strahlte selbst im größten Stress gelassene Ruhe aus. Doch hier, auf der grauen Couchgarnitur vom Möbel-Discounter, vor einer bis auf den letzten Quadratzentimeter mit Nippes aus Porzellan und Glas vollgestopften Vitrinen-Schrankwand, schien sie ähnlich überfordert zu sein wie er: Wie sollten sie bloß mit diesen beiden hypernervösen Rentnern umgehen?

Das Team aus ihrem Dezernat hatte zügig gearbeitet: Ein Anruf beim Vorsitzenden der Kolonie Hundekehle e. V. hatte ergeben, dass der Kleingarten, in dem sie die Blutspuren gefunden hatten, Walter Berger gehörte – seit über 40 Jahren. Er hatte ihn von seinen Eltern übernommen, die hier, wie viele Berlinerinnen und Berliner, wegen der Wohnungsnot nach dem Krieg sogar permanent gelebt hatten, ausgestattet mit einem Dauerwohnrecht.

Walter Berger wohnte mit seiner Frau in einer 60 Quadratmeter großen Zwei-Zimmer-Wohnung im 14. Stock eines Hochhauses im Märkischen Viertel, einer Trabantenstadt im nördlichen Berliner Bezirk Reinickendorf. Zunächst hatte Marianne Berger versucht, sie am Telefon abzuwimmeln und von »wichtigen Terminen« gesprochen, die sie heute habe. Als man ihr ankündigte, sie dann eben ins Präsidium vorzuladen, war sie eingeknickt und hatte einem Besuch der Kommissare Felter und Ergün um zehn Uhr zugestimmt.

Also saßen sie hier nun seit fast 20 Minuten bei geschlossenen Fenstern in der stickigen Wohnung und hatten kaum etwas aus den Bergers herausbekommen. Eigentlich nur, dass sie seit Jahren nicht mehr in der Laube gewesen seien. Das passte zu dem, was der Vereinsvorsitzende gesagt hatte: Man richte den Bergers bitte aus, sie mögen »endlich ihren Pflichten als Vereinsmitglieder nachkommen«, sonst müsste er ihnen das Grundstück zwangsweise entziehen. Interessenten gäbe es »mehr als genug«.

Als Walter Berger, der bis dahin nur wenige Worte gesprochen hatte, das hörte, richtete er sich, so gut er konnte, in seinem Rollstuhl auf. »Der soll sich nicht so haben«, bellte er. »Melanie kümmert sich doch um den Garten!« Dann bekam er einen Hustenanfall. Bestürzt sah seine Frau ihn an, wobei Fabian nicht sicher war, was genau sie erschrocken hatte: der plötzliche Gefühlsausbruch ihres Mannes, sein Hustenanfall oder der Inhalt seiner Worte.

Ergün schien es zu ahnen: »Wer ist Melanie?«, fragte sie ruhig aber bestimmt und ließ ihren Blick zwischen den Bergers hin- und herwandern.

Als keiner der beiden antwortete, richtete sich Fabian direkt an Marianne Berger: »Frau Berger, wer ist Melanie?«

»Unsere Enkelin«, sagte sie so leise und stockend, dass man es kaum verstand.

»Ihre Enkeltochter, ja? Wie alt ist sie? Und wo ist sie jetzt?«

Marianne Berger sah zu ihrem Mann, der nach seiner überraschenden Explosion wieder im Rollstuhl zusammengesunken war.

»Wie alt ist Ihre Enkelin?«, hakte Fabian nach.

»Vierundzwanzig«, sagte Marianne Berger kaum vernehmbar und schaute auf ihre Füße.

»Sie hat also einen Schlüssel für die Laube?«, wollte Ergün wissen.

Wieder Stille, wieder hilflose Blicke. Marianne Berger schaute auf ihre Hände in ihrem Schoß, die sie nervös knetete.

»Ich interpretiere das mal als Ja«, sagte Ergün.

Fabian merkte an ihrem schärferen Ton, dass ihre Geduld langsam erschöpft war.

»So, Frau und Herr Berger, es wird nun mal Zeit, dass Sie uns sagen, was Sie wissen«, sagte sie mit Nachdruck. »Ansonsten müssen wir Sie ins Präsidium vorladen. Und das würde für Sie sicherlich sehr viel unangenehmer als unser Gespräch hier miteinander.«

Ergüns Drohung bewirkte leider keinen Sinneswandel bei Marianne und Walter Berger: Sie schwiegen weiter. Während Frau Berger feuchte Augen hatte, klammerte sich ihr Mann krampfhaft an die Armlehnen seines Rollstuhles und starrte aus dem Fenster, durch das man von der Couch aus nur blauen Himmel sah.

»Wir wissen nichts über die Laube.« Es schien, als würde die alte Frau noch einmal alle Kräfte mobilisieren, um einen halbwegs zitterfreien Satz rauszubringen. »Wir gehen da nicht mehr hin. Das haben wir Ihnen doch schon gesagt.«

»Aber Ihre Enkelin geht da hin?«, fragte Ergün.

Marianne Berger nickte kaum sichtbar.

»Und wo ist Ihre Enkelin jetzt?«

Die alte Frau zögerte wieder, dann sagte sie: »Das wissen wir nicht.«

Fabian stand auf und fragte nach dem Badezimmer. Marianne Berger – offenbar froh, eine unverhoffte Gelegenheit zur Flucht geboten zu bekommen – wollte ebenfalls aufstehen.

»Nein, nein, bleiben Sie ruhig sitzen, ich finde es schon alleine«, bremste Fabian sie.

Er trat in den kleinen Flur, an dessen Enden sich Wohnzimmer- und Wohnungstür gegenüberlagen. Links gingen zwei, rechts eine weitere Tür ohne Sichtfenster ab. Alle waren geschlossen. Küche, Bad und Schlafzimmer, dachte Fabian. Bis auf ein paar Garderobenhaken und ein kleines Schuhregal war der Flur leer.

Er ging zur Wohnungstür. Als sie angekommen waren, hatte etwas an der Garderobe seine Aufmerksamkeit erregt, doch dann war er durch die Begrüßung der Bergers abgelenkt worden. Nun sah er, was es gewesen war: die quietschbunte, blumenverzierte Jacke mit einem großen Logo-Schriftzug auf dem Rücken, leicht versteckt hinter einem schwarzen Filzmantel, und die grauen Damen-Sneaker von Nike: beides sicher nicht die Kleidungsstücke einer 77-Jährigen.

Er öffnete die erste Tür neben der Garderobe: die Küche. Auf dem kleinen Küchentisch sah er einen achtlos aufgerissenen Karton Cornflakes und eine offene H-Milch-Packung. In einem Schälchen steckte ein Esslöffel in durchweichtem Müsli-Matsch. Er zog leise die Tür ins Schloss und öffnete die nächste: das Bad. Er trat ein, machte die Tür hinter sich zu, wartete einen Moment, betätigte die Klospülung und ließ kurz das Wasser laufen.

Ein Raum fehlte noch. Nachdem er die Badezimmertür hinter sich zugezogen hatte, trat Fabian so leise wie möglich an die gegenüberliegende Tür heran und legte das Ohr an: Er meinte, Geräusche zu hören, und wollte die Klinke greifen, dann zögerte er. Durfte er hier in der Wohnung eines alten, offensichtlich hochgradig verstörten Ehepaares herumlaufen? Er fühlte sich unwohl und war sich nicht sicher, ob er das Richtige tat. Was hätte Ergün in so einer Situation gesagt? »Folge deiner Intuition.«

Vorsichtig drückte er den Türgriff nach unten – und wich erschreckt zurück. Von innen tönte ein ersticktes Geräusch. Wie ein Schrei, nein, eher ein Wimmern oder Stöhnen. Es war so kurz, dass Fabian kurz an seinen Sinnen zweifelte: Hatte er es wirklich gehört? Noch einmal versuchte er, die Tür zu öffnen. Sie war abgeschlossen.

Als er ins Wohnzimmer zurückkam, schrieb Ergün gerade etwas in ihren Notizblock. Sie hob den Kopf und sah ihn an.

»Kannst du kurz mal rauskommen?«, fragte er.

Sie gingen zusammen in den Flur und schlossen die Wohnzimmertür hinter sich. Fabian berichtete ihr flüsternd von den Kleidungsstücken an der Garderobe, dem verschlossenen Schlafzimmer und den Geräuschen.

»Na, dann sollten wir da mal reingucken«, sagte Ergün und öffnete energisch die Wohnzimmertür. »Herr und Frau Berger, dürften wir mal einen Blick in Ihr Schlafzimmer werfen?«, fragte sie.

Die Frage löste bei den Bergers eine unerwartete Reaktion aus: Marianne Berger, die eben kaum noch die Kraft zu haben schien, zu sprechen, sprang regelrecht auf, ihr Mann drehte sich in seinem Rollstuhl schwungvoll um 90 Grad Richtung Zimmertür und bellte: »Nein, das dürfen Sie nicht. Es kommt gar nicht infrage, dass Sie hier in unseren Privatsachen herumschnüffeln. Dafür brauchen Sie ja auch sicherlich einen Durchsuchungsbefehl oder sowas. Außerdem haben Sie uns schon genug Zeit gestohlen. Bitte gehen Sie jetzt.«

Einen Moment standen Fabian und Ergün schweigend da, überrumpelt vom plötzlichen Elan der beiden.

»Nun gut«, sagte Ergün, »dann machen wir uns mal auf den Weg.« Fabian schaute sie verdattert an, doch sie schien sich ihrer Sache sicher zu sein: »Vielen Dank für den Kaffee«, schob sie hinterher. »Wenn Ihnen noch was einfällt: Die Karten mit unseren Nummern haben wir Ihnen ja hingelegt. Den Weg raus finden wir selbst.« Dann zog sie Fabian sanft zur Garderobe. Dort drehte sie sich noch einmal zu den Bergers um: »Wie heißt denn Ihre Enkelin eigentlich mit Nachnamen?«

»Kamp«, sagt Walter Berger, der mit dem Rollstuhl vor seiner Frau im Rahmen der Wohnzimmertür stand. »Melanie Kamp.«

Ergün schob den immer noch verdutzten Fabian zur Wohnungstür hinaus.

Als sich die Tür des Fahrstuhls geschlossen hatte, fragte Fabian: »Hätten wir nicht länger inistieren sollen, ins Schlafzimmer zu dürfen?«

»Hätte nichts gebracht«, meinte Ergün. »Rechtlich haben wir in so einer Situation keine Handhabe. Und die hätten sich eh weiter quergestellt.«

»Ist dir aufgefallen, dass sie kein einziges Mal danach gefragt haben, *warum* wir eigentlich da sind und nach ihrer Laube fragen?«

»Na klar«, antwortete Ergün belustigt. »Die waren total fertig. Glaub mir: Dauert nicht lange, da kippen die um.«

Fabian dachte an das Geräusch, das er durch die geschlossene Schlafzimmertür gehört hatte. Es hatte geklungen wie ein verängstigtes Tier.

Um kurz nach halb zwölf parkte Ergün den Dienstwagen vor dem Landeskriminalamt in der Keithstraße, einem wuchtigen Bau vom Beginn des 20. Jahrhunderts.

Fabian mochte die Gegend rund um Zoo, Kurfürstendamm und Gedächtniskirche: Es rührte ihn, wie das alte Westberliner Zentrum noch immer – 30 Jahre nach dem Mauerfall – geradezu krampfhaft versuchte, gegen die neuen Touristen- und Shopping-Magnete im Ostteil anzukommen.

»Ich überleg mal, was wir mit den Bergers machen«, sagte Ergün, als sich vor dem Aufzug im vierten Stock ihre Wege trennten. »Ich meld mich nach dem Mittag bei dir.«

Auf der einen Seite erschien es ihm unklug, nach dem, was in der Wohnung geschehen war, einige Stunden untätig ins Land gehen zu lassen. Andererseits war er froh, dass sich die Kollegin um das weitere Vorgehen kümmern wollte. Er musste seine Berichte schreiben. Und Norbert Grindelmann, den Leiter seiner Mordkommission, anrufen, um ihm von der Laube zu berichten. Normalerweise hätte er das in der obligatorischen Morgenrunde mit dem gesamten Team getan. Von der hatten sich Ergün und er aber wegen ihres Termins bei den Bergers entschuldigt. Sicher wartete Grindelmann schon auf seinen Anruf.

Er betrat sein Büro, das er sich mit dem rund 15 Jahre älteren Kollegen Volker Braun teilte. Dieser schaute nur kurz von seinem Monitor auf und sagte »Hi«, als Fabian reinkam und sich an den Rechner setzte. Das Gebäude hatte keine Klimaanlage, die Räume waren heiß wie eine Sauna.

Er loggte sich ins Intranet ein, legte sein Notizbuch neben sich und rief die Datei mit dem Bericht zu den Spuren im Schrebergarten auf. Diese hatte er angelegt, bevor sie ins Märkische Viertel gefahren waren. Ehe er sich bei Grindelmann meldete, wollte er sich einen Überblick über die bisherigen Erkenntnisse verschaffen.

Gegen zwanzig nach zwölf klingelte sein Telefon. »Kommissar Felter«, meldete er sich.

»Mahlzeit. Kovac hier aus der Forensik, KTI 21.«

Mittlerweile hatte Fabian die vielen Abkürzungen der Abteilungen drauf: Das Team vom Kriminaltechnischen Institut 21 war für die allumfassende Spurensuche und -sicherung am Tatort zuständig, weshalb es auch »Tatortgruppe« genannt wurde.

»Ich dachte, Sie würden sich vielleicht für unsere ersten Erkenntnisse aus dem Schrebergarten von heute Nacht interessieren?«, sagte der Forensiker. »Sind zwar noch recht oberflächlich, aber ...«

»Auf jeden Fall«, sagte Fabian eifrig.

»So richtig viel wissen wir noch nicht, ist ja alles noch im Labor. Aufgrund der Muster kann man allerdings schon mal ziemlich sicher davon ausgehen, dass wir es mit Blut von mehreren Personen zu tun haben.« Er hielt inne, als ob er eine Reaktion von Fabian erwartete, der aber stumm blieb. Also sprach Kovac weiter: »Ein interessantes Detail hinsichtlich eines möglichen Tatablaufes sind sicherlich die Spuren auf dem Gehweg zwischen Haus und Gartentor: Neben den Kontaktspuren von Schuhsohlen haben wir eine recht deutliche Tropfspur sowie einige Satellitenspritzer identifizieren können.«

»Das heißt *was*?«, fragte Fabian.

»Naja, vermutlich, dass etwas weggetragen wurde, von dem Blut heruntergetropft ist – wie der Name ›Tropfspur‹ ja schon sagt«, antwortete der Kollege, »... oder auch *jemand* weggetragen wurde.«

»Wurde ein Tatwerkzeug gefunden?«

»Bislang nicht. Die Blutmuster sind insgesamt ziemlich uneindeutig. Viele Abwurf- und Wischspuren dabei. Da werden wir noch brauchen, um Licht ins Dunkel zu bringen.«

»Wie lange wird das dauern?«

»Schwer zu sagen. Ein bis zwei Tage mindestens, vielleicht auch länger. Sind gerade nicht besonders gut besetzt. Aber wir tun unser Bestes. Ich schicke gleich noch mal alles, was wir bislang wissen, per Mail.«

Fabian hatte kaum aufgelegt, da klingelte das Telefon erneut. Es war Grindelmann.

»Hallo, Herr Felter. Ich warte auf Ihren Bericht aus dem Schrebergarten.«

Verdammt, dachte Fabian. »Äh ... ja ... Ich wollte Sie gerade anrufen.«

»Umso besser«, sagte Grindelmann. »Schlage vor, wir setzen uns gleich im Konfi zusammen. Sie haben ja vermutlich auch noch nicht zu Mittag gegessen?«

»Also ... ähem ...«, stotterte Fabian. »Nein, habe ich noch nicht.«

»Alles klar, dann lass ich uns eine Pizza bestellen. Irgendwelche Wünsche?«

»Ja, äh ... Irgendwas ohne Fleisch und Fisch ...«, stammelte Fabian.

»Ach ja, der Vegetarier!«, sagte Grindelmann. Fabian meinte, ein leicht süffisantes Lächeln rauszuhören.

Das war typisch, dachte er: Seinen Namen merkte sich kein Mensch, aber dass er kein Fleisch aß, wusste vermutlich schon der ganze Laden.

»Also eine Vegetarische für Sie«, sagte Grindelmann. »Ich klingel durch, sobald die Pizzen da sind. Bis gleich!«

Fabian legte auf, verschränkte die Hände hinter dem Kopf und stieß ein »Oh Mann, ey!« hervor. Volker Braun schaute über seinen Bildschirm kurz zu ihm rüber: »Alles okay?«

»Jaja, klar, alles bestens«, sagte Fabian schnell. Er fragte sich, was er Grindelmann erzählen sollte. Noch konnte er sich auf nichts einen Reim machen.

5

Kurz vor 13 Uhr.

Das Dienstgebäude des LKA 1 hatte keine Kantine, weshalb man zum Mittagessen entweder rausging oder auf den Besprechungsraum auswich. Diesen betrat Norbert Grindelmann mit zielstrebigen Schritten, legte zwei Pizzakartons auf den Tisch und streckte Fabian, der auf ihn gewartet hatte und jetzt von seinem Stuhl aufstand, die Hand entgegen: »Hallo, Herr Felter, besser spät als nie!«

Der fast zwei Meter große Grindelmann, er überragte Fabian um einen ganzen Kopf, hätte einem Katalog für Business-Mode entsprungen sein können: kurz geschnittene grauschwarze Haare wie frisch vom Friseur, dunkelblauer Maßanzug, blütenweißes Hemd ohne eine einzige Falte, teuer aussehende schwarze Schuhe. Fabian hatte gehört, dass der Anfang 50-Jährige jedes Jahr einen Marathon lief – und so sah er auch aus.

Dynamisch umrundete Grindelmann den Konferenztisch und öffnete einen der Bodenschränke an der Längsseite des Raumes. Dieser hatte wenig Ähnlichkeit mit den schnieken Konferenzräumen aus Fernsehkrimis. Zwar hing an der Wand eine große, mit unzähligen bunten Nadeln gespickte Berlin-Karte. Ansonsten sah das Zimmer eher aus wie eine Küche: Auf der Fläche über den Bodenschränken standen eine Mikrowelle und eine Kaffeemaschine, außerdem ein Karton mit Teebeuteln und ein Tablett mit einer Zuckerdose und einer offenen Dose Kondensmilch. Auf dem Tisch lag eine angebrochene Kekspackung. »Hier müssen doch auch irgendwo Geschirr und Besteck sein«, murmelte Grindelmann. »Ah ja, hier!«

Nachdem er Fabian einen Teller, Messer, Gabel und ein Glas über den Tisch geschoben hatte, holte er eine Flasche Mineralwasser aus dem Schrank, goss beiden mit Schwung ein, nahm einen Schluck und griff zum Besteck. Jede seiner Bewegungen schien darauf abzuzielen, keine unnötige Zeit zu verschwenden. »Guten Appetit! Erzählen Sie mal: Wie sah das aus bei den Laubenpiepern und beim Ehepaar Berger?«

Fabian hatte sich vorgenommen, einen strukturierten Eindruck zu machen. Wenn er schon nicht wusste, wie er die bisherigen Erkenntnisse zu deuten hatte, wollte er wenigstens zeigen, dass er alles im Griff hatte. Deshalb berichtete er konsequent in chronologischer Reihenfolge: die Lage der Laube, das verwahrloste Grundstück, die Spuren auf dem Weg, das viele Blut im Haus, das eigenartige Gespräch mit den Bergers. Als er an der Stelle angekommen war, wie er in die anderen Räume geschaut hatte, zögerte er. Er wusste nicht, ob er sich einwandfrei verhalten hatte. Vor allem aber war er sich hier mit seinem Chef zusammensitzend plötzlich nicht mehr sicher, ob er das seltsame Geräusch hinter der Tür tatsächlich gehört hatte.

Er hatte zu lange gezögert: »Na, was ist? Woran denken Sie?«, fragte Grindelmann und machte mit der Gabel eine aufmunternde Bewegung.

Fabian erzählte von den jugendlichen Kleidungsstücken an der Garderobe, der verschlossenen Schlafzimmertür und der heftigen Reaktion der Bergers. Das Geräusch ließ er weg.

»Da haben Sie schon alles richtig gemacht«, beruhigte ihn sein Chef. »Aber so wie Sie es schildern, sollten wir an Herrn und Frau Berger wohl dranbleiben.« Er spießte ein Stück Pizza mit Salami auf. »Weshalb ich auch mit Ihnen sprechen wollte: Die Kollegen von der KT haben mir berichtet, dass kurz nach Ihnen eine Reporterin vom *Blatt* am Tatort war. Könnte gut sein, dass die schon morgen was bringen. Das erhöht in der Regel den Druck, weil dann sofort auch rbb und Konsorten aufspringen und uns mit Fragen löchern.«

»Verstehe«, sagte Fabian, der bislang kaum etwas von seiner Pizza gegessen hatte.

»Wie Sie wissen, haben wir gerade keine besonders luxuriöse Personalsituation«, sagte Grindelmann. »Ich hätte gerne, dass Sie sich erstmal weiter um den Fall kümmern – mit Unterstützung der Kollegin Ergün.«

»Alles klar, mache ich ... also wir, meine ich ... Sehr gerne!«, stotterte Fabian.

»Also, vielleicht können Sie uns ja morgen früh in der Team-Runde schon mehr berichten. Natürlich bitte auch jederzeit zwischendurch, wenn es wichtig ist.« Grindelmann tupfte sich den Mund mit der Serviette ab, stand auf und stapelte sein dreckiges Geschirr auf seinen Pizzakarton. »Bleiben Sie ruhig sitzen, Sie haben ja kaum was gegessen«, sagte er und verließ, vorsichtig sein Pizzakarton-Tablett balancierend, den Raum.

Fabian hatte keinen Appetit mehr – und keine Zeit: Er musste heute noch entschieden vorankommen, um in spätestens 30 Stunden vorzeigbare Ergebnisse liefern zu können.

Er ließ die angebrochene Pizza zurück in die Schachtel gleiten, klappte diese zu und brachte sein dreckiges Geschirr in die kleine Teeküche auf dem Gang. Als er in sein Büro kam, war der Platz des Kollegen verwaist. An Fabians Monitor klebte ein Post-it: »In Telefonzentrale melden. Dringend.« Er tippte die Durchwahl. »Hallo, Kommissar Fabian Felter hier, LKA 11. Ich sollte mich melden?«

Fabian hörte Raschelgeräusche und Gesprächsfetzen im Hintergrund. »Ja, Moment«, sagte der Kollege und schien den Hörer neben sich zu legen. Nach einer halben Minute meldete er sich wieder: »Hallo, sind Sie noch da?«

»Ja, ich höre«, sagte Fabian.

»Wir hatten einen Anruf von einer aufgeregt wirkenden Frau, die Sie sprechen wollte. Sie meinte, es sei dringend.«

»Alles klar. Wie heißt Sie denn?«

»Moment, hab ich aufgeschrieben.« Wieder Geraschel. »Hier: Kamp. Melanie Kamp.«

6

Eine halbe Stunde früher.

Anne war schon fast zur Redaktionstür raus, da fiel ihr noch etwas ein. Sie ging zurück zu ihrem Platz im Großraumbüro, das jetzt verhältnismäßig ruhig war: Die meisten der Kolleginnen und Kollegen waren beim Mittagessen oder unterwegs auf Recherche. Auch die Plätze links und rechts von ihr, abgetrennt durch niedrige Plastikwände, waren leer. Mal wieder war die Klimaanlage ausgefallen, weshalb die meisten jede Gelegenheit nutzten, der Sauna im siebten Stock des rundum verglasten Gebäudes zu entfliehen.

Sie legte Schlüsselbund, Handy und Portemonnaie auf den Tisch, setze sich, rief Google auf und gab »Fabian Behringer« ein. Der erste Treffer, den sie anklickte, führte zu einer Seite der Fachschaft Psychologie der Freien Universität Berlin. Allerdings schien sein Studium schon etliche Jahre zurückzuliegen. Er hatte mal einen Reiseblog aus Südamerika geschrieben, aber auch dieser war fast zehn Jahre alt. Auf Insta war er offenbar nicht, zumindest nicht unter seinem richtigen Namen, genauso wenig wie auf anderen Social-Media-Kanälen. Auch die Foto-Suche war frustrierend: nur alte Bilder aus der Schulzeit und von der Uni.

»Na, wichtige Recherche?«

Erschrocken drehte Anne sich um. Sie hatte Christian Schneider nicht kommen gehört, und fragte sich, wie lange er schon hinter ihr stand.

»Wolltest du nicht längst unterwegs sein für die Hundegeschichte?«

Schneider war nur zwei oder drei Jahre älter als sie, hatte es aber mit seiner aalglatten Art und hundertzehnprozentiger Einsatzbereitschaft – Leitspruch: »Ein Reporter ist immer im Dienst!« – schon zum Ressortleiter Lokales geschafft. Vor allem bei etwa gleichaltrigen Kollegen genoss er es, den Chef raushängen zu lassen – und besonders gerne bei Kolleg*innen*.

»Bin ja schon weg«, sagte Anne, leicht genervt, und versuchte aufzustehen. Da Schneider keine Anstalten unternahm, hinter ihrem Stuhl Platz zu machen, drehte sie sich umständlich zu ihm um und sagte: »Darf ich?« Erst jetzt trat er ein Stück zur Seite, so dass sie den Stuhl vom Schreibtisch wegschieben konnte. Mit ihren 1,77 Meter überragte sie ihn um einige Zentimeter. Sie quetschte sich im engen Gang zwischen den Schreibtischreihen an ihm vorbei.

»Vergiss nicht, was Nettes diesmal«, rief er ihr hinterher. Sie hob, ohne sich umzudrehen, eine Hand: »Ich weiß, für die Blattmischung!«

Die heilige Blattmischung: Eine Boulevardzeitung wollte zwar informieren, in erster Linie aber unterhalten. Hierfür musste jeden Tag, in jeder Ausgabe, von allem etwas dabei sein: große Weltpolitik und Tratsch aus der Nachbarschaft, Hightech von morgen und Herzschmerz von heute, ein bisschen Sex, ein bisschen Crime. Und natürlich ganz viele Emotionen. Oder auch die »drei großen ›T‹«, wie Schneider es gerne nannte: »Titten, Tränen, Tiere.«

»Kinder und Tiere gehen immer«, hatte er ihr außerdem grinsend mit auf den Weg gegeben, als er sie damit beauftragt hatte, eine große Geschichte über die Berlinerinnen und Berliner und deren Hunde zu recherchieren. Vielleicht würde es ein längeres Stück in der nächsten Wochenendausgabe werden, möglicherweise sogar eine Serie – je nachdem, was sie liefern würde. Sie war nicht unglücklich über den Auftrag, denn viele Hundebesitzer gehörten zur Stammleserschaft und redeten gerne über sich und ihre Tiere.

Ihren Text aus der Laube an der Avus hatte sie innerhalb von zwei Stunden runtergeschrieben, ihn nach der Bearbeitung durch Schneider aber kaum wiedererkannt. Das ging los bei der Überschrift: Sie hatte »Was geschah im Schrebergarten?« drüber geschrieben, woraus er »Mord in der Grusel-Laube?« gemacht hatte. Sicherlich an der Grenze zum presserechtlich

Erlaubten, aber dafür wurden ja alle heiklen Texte vor der Veröffentlichung von hauseigenen Justiziaren geprüft.

Sie hatte sich längst daran gewöhnt, dass Schneider oder der Chefredakteur ihre Überschriften änderten. Unangenehmer fand sie, wie die beiden den Menschen in ihren Texten immer wieder übertriebene Gefühlsregungen andichteten. Zwar legten sie ihnen keine Worte in den Mund, die sie nicht gesagt hatten, dafür aber gerne eine Schippe Drama drauf.

Anne hatte die alte Frau Panofski korrekterweise damit zitiert, die Geräusche aus der Laube als »unheimlich« empfunden zu haben. Im lektorierten Text war sie dann »zu Tode verängstigt«. Das war natürlich Quatsch, so wie sie die resolute alte Frau kennengelernt hatte.

Sei's drum: Frau Panofski würde erst morgen, wenn der Text in der gedruckten Zeitung erschien, von sich lesen. Bis dahin konnte Anne ihren neuen Kontakt für die geplante »nette Hundegeschichte« zweitverwerten. Schließlich hatten Frau Panofkis Schützlinge Bolle und Oskar doch recht fotogen gewirkt. Außerdem gab es nicht weit von der Laubenkolonie ein Hundeauslaufgebiet, wo sie sicher viele Prachtexemplare abgreifen konnte – an Hunden und Haltern gleichermaßen.

Sie fuhr mit dem Fahrstuhl in die Tiefgarage, wo sie mit Reinhard Meister verabredet war. Der leicht übergewichtige Ur-Berliner war Anfang Sechzig und sprach fortwährend über die guten alten Zeiten, als die Zeitungen noch das Geld hatten, ihre Leute für opulente Reportagen quer durch die Welt zu schicken. Seitdem das Internet erst die Auflagen und dann die Anzeigenerlöse hatte einbrechen lassen, wurde an allen Ecken und Ende gespart – beim Personal und der Ausstattung genauso wie bei den Spesen. Das hieß: mehr Arbeit für weniger Menschen zu schlechteren Bedingungen.

Viele Gründe also, der Vergangenheit nachzutrauern, was Meister ausgiebig tat. Außerdem fühlte er sich durchgängig von seinen Chefs ungerecht behandelt, die ihn gegenüber den jüngeren Kolleginnen und Kollegen für zu langsam und unflexibel hielten. Auch wenn Meisters Gemecker in Dauerschleife manchmal schwer auszuhalten war, mochte Anne ihn. Und vor allem war sie jetzt froh, bei der Hitze weder mit dem Fahrrad noch den Öffis fahren zu müssen, sondern in Meisters klimatisiertem Opel-Kombi mitgenommen zu werden.

Auf dem Weg zum Grunewald erzählte sie ihm von ihrem Auftrag. Das löste bei ihm einen Redeschwall aus, in dem es neben vielen anderen Dingen darum ging, dass es ja im Grunde unter seiner Würde sei, Hundebilder zu machen, dass Kinder und Tiere allerdings am allerschwersten zu fotografieren seien, warum das ausgerechnet mittags sein müsste, wo es erstens viel zu heiß und zweitens die Lichtverhältnisse unterirdisch seien, er außerdem heute noch keine einzige Pause gehabt und noch nichts zu Mittag gegessen habe und seit heute Morgen noch nicht mal pinkeln gewesen war. Anne stellte auf Durchzug, sagte nur ab und zu »Oh je« oder »Hast recht« und dachte über ihre Fragen für die Hundehalter nach. Zwischendurch klingelte ihr Telefon: Ihre Mutter blieb hartnäckig. Sie ignorierte den Anruf.

Zwanzig Minuten später bogen sie in den Weg zur Laubenkolonie ein. Als Meister das Grundstück mit dem Mottengespinst sah, rief er aus: »Na, dit sieht ja heiß aus.« Daraufhin erzählte Anne ihm von den Blutspuren und dem morgen erscheinenden Artikel, was Meister zu dem beleidigten Kommentar »Zu sowas schicken sie natürlich wieder jemand anderen« veranlasste.

Dieses Mal brauchte Erika Panofski nicht so lange wie am Morgen, um die Tür zu öffnen. Wieder schossen ihre beiden Hunde laut bellend aus der Tür.

»Hallo, Frau Panofski, darf ich noch einmal ein wenig von Ihrer kostbaren Zeit stehlen?«, sagte Anne mit einem strahlenden Lächeln. »Diesmal geht es um Ihre Hunde.«

»Um meine Hunde? Was ist denn mit denen?« Die alte Frau schien etwas verwirrt, schon wieder die junge Reporterin vor sich zu sehen.

»Gar nichts ist mit denen. Wir sollen nur einen Artikel über Berlins schönste Hunde schreiben, und da musste ich gleich an Bolle und Oskar denken.«

Mehr musste Anne nicht sagen, um die alte Frau zum Mitmachen zu bewegen. Während Meister sie und ihre Hunde vor dem Haus und im Garten in allen möglichen Konstellationen und Positionen ablichtete, fragte Anne sie aus: Wie lange sie die Hunde schon hatte, was sie besonders an ihnen mochte, ob sie ohne sie leben könnte, was sie an ihnen im Vergleich zum Mensch schätzte und so weiter und so fort.

Nach 20 Minuten machte ihr Meister ein Zeichen, genug Material im Kasten zu haben.

»Das wär's schon«, sagte Anne. »Vielen Dank, dass Sie wieder so toll mitgemacht haben.«

Sie hatten das Gartentor schon hinter sich geschlossen und sich verabschiedet, da hörte sie die Stimme von Erika Panofski hinter sich: »Frau ... ach Gott, jetzt habe ich ja ganz Ihren Namen vergessen ...«

Anne drehte sich um: »Temmen ... Kein Problem, ist ja auch ein Allerweltsname. Was ist denn, Frau Panofski?«

Die alte Frau stand direkt hinter ihrem Gartentor, auf dem sie sich abstützte. Sie schien sich nicht sicher zu sein, ob sie sagen sollte, was ihr durch den Kopf ging. »Ich weiß ja, dass sie jetzt wegen meiner Hunde hier sind. Aber mir ist noch was eingefallen zur Laube der Bergers.«

»Was denn, Frau Panofski?«

»Naja, vor ein paar Tagen ist die Melanie hier plötzlich wieder aufgetaucht, die hatte ich ja auch seit Jahren nicht mehr gesehen. Und sie war irgendwie so komisch und ...«

»Entschuldigung, Frau Panofski, wer ist Melanie?«

»Ach so, na also, Melanie ist die Enkelin der Bergers. Die kenne ich schon, seit sie ...«, sie hielt die flache Hand etwa einen Meter über den Boden, »... so klein ist. Als Lütte war sie öfter in der Laube. Später ist sie dann manchmal mit meinen Hunden Gassi gegangen, als ich im Krankenhaus war. Oh, das war 'ne schlimme Zeit. Hatte Krebs und hab Chemo bekommen und alles. Ist aber gut ausgegangen. Ich leb ja noch, wie Sie sehen.« Sie lachte. »Naja, auf jeden Fall hat mir die Melanie da manchmal mit den Hunden geholfen. Waren aber nicht Bolle und Oskar, da hatte ich noch den Cäsar und die Jacky. Das waren vielleicht zwei Racker. Einmal haben sie ...«

Anne fiel ihr ins Wort: »Sie meinten, die Melanie sei irgendwie komisch gewesen?«

»Ja, ganz komisch. Zuerst habe ich mich gewundert, sie überhaupt mal wieder hier zu sehen – nach all den Jahren. Und dann hat sie sich immer so komisch umgesehen. Auch als sie wieder weg ist. Hat so nach allen Seiten geguckt. Als ob sie nicht will, dass sie jemand sieht.«

»Und das war letzte Woche?«

»Ja, am Wochenende. Am Samstag, glaube ich. Oder nein: Muss am Sonntag gewesen sein, weil ich doch gerade den Fernsehgarten geschaut habe. Der kommt immer sonntags.«

»Heißt denn die Melanie auch Berger?«

»Nee, hat doch geheiratet vor ein paar Jahren. War ich sogar eingeladen. So 'nen unsympathischen Kerl. Wie hieß der noch? Irgendwas mit ›K‹ ... Warten Sie ... ›Kamp‹! So hieß er. Naja, und sie dann auch.« Wieder lachte sie. »Ziemlich proletiger Typ. Aber das Fest war schön. In einem Gasthof in Lübars. Mit Kapelle und allem Pipapo. Das Essen hatten sie ...«

»Frau Panofski ...« Anne bemerkte ihren eigenen ungeduldigen Tonfall und versuchte, sanfter zu klingen: »Ich kann mir vorstellen, dass das eine schöne Feier war. Und danach haben Sie die Melanie hier nicht mehr gesehen?«

»Nee, oder doch, aber höchstens zwei oder dreimal. Einmal war sie noch mit ihrem Kleinen da, aber das ist jetzt bestimmt auch schon wieder zwei Jahre her. Im letzten Sommer war's auf jeden Fall nicht ...«

Plötzlich veränderte sich der Gesichtsausdruck der alten Frau: »Oh, mein Gott, es wird ihr doch nichts Schlimmes passiert sein?«

»Soweit wollen wir mal nicht denken, Frau Panofski. Vielleicht hat das ja alles überhaupt nichts mit ihr und den Bergers zu tun. Wir als Zeitung können da auf jeden Fall nicht viel machen. Danke trotzdem, dass Sie es mir erzählt haben. Morgen erscheint übrigens der Artikel.«

»Oh ja, ganz sicher kaufe ich mir morgen eine Zeitung«, sagte Panofski zerstreut. Sie nahm ihre Hände vom Gartentor, um ins Haus zurückzugehen.

»Entschuldigung, doch noch eine allerletzte Frage«, sagte Anne. Die alte Frau drehte sich auf halbem Weg zwischen Gartentor und Haustür zu ihr um.

»Sie wissen nicht zufällig, wo Melanie jetzt wohnt?«

Panofski schaute sie einen Moment verständnislos an. Dann lächelte sie verschwörerisch: »Doch, *zufällig* weiß ich das. Warten Sie.« Sie ging ins Haus und kam nach einer Minute mit einem kleinen zerknitterten Zettel zurück, den sie Anne reichte. »Hier, sie hat's mir mal aufgeschrieben.« Mit besorgter Miene setzte sie hinzu: »Glauben Sie wirklich, dass es ihr gut geht?«

»Das weiß ich nicht, Frau Panofski. Aber wir werden es sicherlich bald erfahren. Tausend Dank erstmal!«

Anne drehte sich um, schaute zum Auto und musste grinsen: Reinhard Meister hatte den Fahrersitz zurückgekippt und schlief mit offenem Mund.

7

56 Jahre zuvor.
Oktober 1963.

Er war so müde.

Der lehmige Boden der Hundehütte war kalt und feucht. Kleine Steinchen piksten durch seine für die Jahreszeit viel zu dünne Hose. Es störte ihn nicht. Er drückte sich eng an Kira, krallte sich in ihr verfilztes Fell und legte seinen Kopf auf ihren Rücken. Es gab so viele interessante Geräusche in ihr. Am liebsten wäre er in sie hineingekrochen.

Auf dem Weg vom Kindergarten hatte er in der leichten Regenjacke mit dem kaputten Reißverschluss gefroren, jetzt wärmten ihn Kiras großer Körper und ihr heißer Atem. Hier, im Dämmerlicht der Hütte, fühlte er sich endlich sicher.

Am Morgen hatte ihn der Vater mal wieder brüllend aus dem Bett gezogen. Er hatte aus dem Mund gestunken. Wie immer hatte er sich beeilt, alles zu tun, was dieser ihm sagte. Ihm keinen Anlass zu geben, wütend zu werden. Alles richtig zu machen. Hatte Kaffee gekocht, den Tisch gedeckt, ihm seine Leberwurstbrote geschmiert – nicht zu dick und nicht zu dünn. Dann hatte er etwas Milch verschüttet und Vater war explodiert. Eine Missgeburt sei er, die zu nichts tauge, hatte er geschrien und ihm eine Ohrfeige gegeben, die er noch Stunden später gespürt hatte.

Auf dem Weg zum Kindergarten war er Matze, Peer und Rüdi begegnet, die sich über seine zu großen Schuhe lustig machten. Sie schubsten ihn und zerrten an seinem Ranzen, bis einer der Riemen riss. Beim Weglaufen stolperte er über seine Schnürsenkel und fiel in eine Pfütze. Sie lachten höhnisch.

Im Kindergarten bekam er von Barbara eine Standpauke wegen der dreckigen Hose. Ob er denn noch ein Baby sei und sich nicht auf den Beinen halten könne mit seinen sechs Jahren. Wortlos ließ er es über sich ergehen, als sie ihm ruppig die Hose herunterzog und nicht weniger grob eine mit diversen

Flicken ausgebesserte Cordhose überstreifte. Sie war ihm zu kurz und kratzte.

Den Tag über machte er ohne zu Klagen, was sie von ihm verlangten: Herbstblumen malen, schreiben (heute war das Wort »Mama« dran), kollektiv aufs Klo gehen (obwohl er nicht musste), Lieder singen (»Kinder, kommt, und seht euch an, was der Traktor alles kann« mochte er), den Essensraum fegen, die Stühle hochstellen.

Am Tor schritt er schnell durch das Spalier der Mütter, die ihre Kinder abholten. Er freute sich auf Kira.

Bei ihr konnte er seine permanente Hab-Acht-Stellung aufgeben. Draußen lauerten überall Gefahren. In der Hütte entspannte er sich. Er wusste, dass ihm hier nichts passieren konnte. Kira würde niemanden an ihn ranlassen. Ein paarmal hatte Vater es versucht, ihn zu holen. Kira war ausgerastet. Wenn sie wusste, dass keine Gefahr mehr drohte, kam sie zu ihm und drückte ihm ihre warme, feuchte Nase an den Hals.

Tief sog er den leicht fauligen Geruch ein, der teils von den vermoderten Holzwänden, teils von Kiras nassem Fell kam. Tränen flossen ihm übers Gesicht. Draußen weinte er nicht mehr. Weil die Erzieherinnen dann schimpften. Und weil das den Vater nur noch härter zuschlagen ließ. »Heul nicht rum wie ein scheiß Mädchen«, brüllte er dann.

Nur Kira störte es nicht. So oft hatte sie ihn schon getröstet, ihm wie jetzt mit ihrer rauen Zunge die Tränen von den Wangen geleckt. Er dachte an ihre drei Welpen. Zärtlich hatte sie auch diese immer wieder abgeschleckt, bevor Vater sie ihr entrissen und wegbracht hatte. Sicherlich vermisste sie diese noch mehr als er.

Damals war er so wütend auf den Vater gewesen. Also war er weggelaufen, wollte ihn bestrafen. Er wollte, dass der Vater Angst um ihn hat. Dass er ihn sucht. Aber er suchte ihn nicht. Auf einem Baum, auf den er geklettert war, hatte er sich stundenlang an einen Ast geklammert.

Dann war es dunkel geworden und kalt. Er kam kaum den Baum herunter, weil seine Glieder so steif waren. Zitternd vor Kälte klopfte er an die Tür. Es dauerte lange, bis der Vater ihm öffnete. Er verpasste ihm eine Ohrfeige und schnauzte ihn an: »Ab ins Bett. Und glaub ja nicht, dass du noch was zu Essen kriegst.«

Aber jetzt war er bei Kira in der Hütte. Es begann zu regnen. Erst war es nur ein leises, sanftes Rauschen auf dem Wellblechdach. Dann hörte er einzelne, dicke Tropfen heraus, die schneller und schneller auf das Dach fielen. Immer lauter und heftiger, bis sie zu einem einzigen ohrenbetäubenden Donnern miteinander verschwammen. Er liebte das. Nichts war mehr zu hören von draußen. Es gab nur noch Kira und ihn. Er war in Sicherheit. Erschöpft schlief er ein.

8

10. Juli 2019. Kurz nach halb vier am Nachmittag.

Es ging für Fabian viel zu schnell.

Er stand in einem Wohngebiet im Wedding vor einer langen Reihe roter Backsteinhäuser aus der ersten Hälfte des 20. Jahrhunderts. Gerade eben hatte auch Ergün noch neben ihm gestanden. Doch nachdem sie »Scheiße, die haut ab!« geschrien hatte, war sie nach rechts den Gehweg heruntergerannt – der mit Jeans und einem dunkelblauen Longsleeve bekleideten jungen Frau hinterher, deren lange blonde Haare beim Laufen durch die Luft wirbelten. Als Fabian die Situation begriff, hatte seine Kollegin schon gut fünfzehn Meter Vorsprung und überquerte gerade die Straße, deren zwei Spuren ein begrünter Mittelstreifen trennte.

Die Frau, die sie verfolgten, zwang einen schwarzen Mercedes auf der Gegenfahrbahn zur Vollbremsung. »Wohl verrückt geworden?!«, brüllte der Fahrer des Benz der Frau aus dem offenen Fenster hinterher. Dann bog sie urplötzlich vom Bürgersteig nach links ab. Auf dieser Seite der Straße standen keine Häuser, und erst als Fabian näher kam, sah er, dass sie in eine Laubenkolonie gelaufen war. Ergün war offenbar dicht hinter ihr und brüllte ständig: »Frau Kamp! Stehenbleiben! Polizei!«

Schon wieder Kleingärten, durchzuckte es Fabian. Binnen Sekundenbruchteilen entschied er sich, nicht den beiden Frauen hinterherzulaufen. Stattdessen rannte er weiter den Gehweg runter und nahm nach rund 50 Metern die nächste Abzweigung in die Laubenkolonie hinein. Anlagen wie diese waren meist schachbrettartig mit parallel verlaufenden Pfaden aufgebaut: Wenn er jetzt schneller als Melanie Kamp war, konnte er ihr weiter oben den Weg abschneiden. Er holte alles aus sich heraus. An seinen Seitenstichen merkte er, dass er viel zu selten joggen ging, seit die Zwillinge auf der Welt waren. Die erste Abzweigung ignorierte er. Nach fünfzehn Sekunden traf er auf eine T-Kreuzung. Jetzt nach links. Nichts zu sehen von Melanie Kamp. Dafür kam plötzlich Ergün um die Ecke und ihm entgegen.

»Wo ist sie hin?«, rief Fabian außer Atem. Das T-Shirt unter seiner Jacke war klitschnass geschwitzt.

»Sie ist hier rein ...«, keuchte Ergün.

»Wenn du sie nicht vorbeirennen gesehen hast, muss sie hier auf den Grundstücken sein«, sagte Ergün nun deutlich leiser und stützte tief atmend die Hände auf die Oberschenkel. Sie richtete sich auf: »Du links, ich rechts!«

Fabian schlich langsam an den Hecken entlang. Seine Kollegin tat dasselbe auf der anderen Seite in entgegengesetzter Richtung. Am dritten Kleingarten stand das Gartentor offen. Er betrat das Grundstück, das übersichtlich angeordnet war: links Gemüsebeete, rechts säuberlich gemähter Rasen mit einem einzelnen Baum, dazwischen ein Weg aus grauen Betonplatten. Er endete an einer dunkelrot gestrichenen Hütte, an deren linker Seite Fabian eine kleine überdachte Terrasse mit einem Tisch und einer Hollywood-Schaukel sah. Was rechts neben der Hütte war, konnte er nicht erkennen. Nach hinten und beiden Seiten war das Grundstück mit dichten, mannshohen Hecken begrenzt. Wenn Melanie Kamp hier reingelaufen war, hatte sie eine schlechte Wahl getroffen, denn dann saß sie in der Falle: Hier kam man nur durch die Gartenpforte raus. Wenn nicht, war sie ihnen ohnehin schon entwischt. Er hatte also keine Eile.

Langsam näherte sich Fabian dem Haus. Ein paar Meter davor blieb er stehen und sagte laut: »Frau Kamp, sind Sie hier?« Er wandte sich nach rechts, um hinter das Haus zu schauen. Plötzlich hörte er in seinem Rücken Geräusche und drehte sich um: Melanie Kamp kam auf der anderen Seite hinter der Hollywood-Schaukel hervorgeschossen und stolperte quer über die Gemüsebeete Richtung Ausgang.

»Halt!«, schrie Fabian. Sein Rufen war überflüssig: Kurz bevor Kamp das Gartentor erreicht hatte, stürzte sie über eine

Holzlatte, die eines der Beete begrenzte. Sie landete mit dem Gesicht im Kopfsalat. Dieses Mal reagierte Fabian schneller und war bei ihr, bevor sie sich aufrappeln konnte. Er drückte ihren Oberkörper ins Beet, was nicht einfach war, da sie mit allen Gliedmaßen wie verrückt strampelte. »Neeeeiiiinnnn!«, schrie sie hysterisch. »Loslassen!«

Aus dem Augenwinkel bemerkte Fabian am Gartentor Menschen und versuchte hektisch, mit der linken Hand an sein Portemonnaie mit dem Dienstausweis zu kommen, das unglücklicherweise in der rechten Gesäßtasche steckte. Ihm tropfte der Schweiß vom Gesicht.

»Lassen Sie die Frau los!«, bellte ein Glatzkopf im Muskelshirt. Fabian fielen seine muskulösen, mit martialischen Motiven tätowierten Oberarme auf.

»Ich bin Polizist!«, stieß Fabian hervor, während er mit der rechten Hand verzweifelt versuchte, die zappelnde Melanie Kamp unter Kontrolle zu halten.

»Lassen Sie mich durch, wir sind von der Polizei!«

Ergüns Stimme zu hören, war eine Erlösung für Fabian. Sie zeigte dem Glatzkopf, hinter dem zwei weitere Männer standen, im Vorbeihasten ihren Ausweis, zog Handschellen aus ihrem Gürtel und beugte sich zu Fabian hinunter.

»Muss das sein?«, fragte er.

Doch da hatte Ergün schon mit einem energischen Ruck Kamps Arme auf dem Rücken miteinander verschränkt, was diese vor Schmerz aufschreien ließ, und die Handschellen einrasten lassen. »Und jetzt hören Sie mal auf zu schreien und stehen Sie auf«, fuhr sie die junge Frau an.

Melanie Kamp schien wie ausgeknipst: Wortlos erhob sie sich. Ihre Jeans und ihr Oberteil waren mit Erdklümpchen bedeckt. Auch in ihren langen, verstrubbelten Haaren hing Erde, einige Strähnen klebten in ihrem verschwitzten Gesicht. Sie ließ den Kopf hängen und starrte apathisch den Boden an.

»Komm, weg hier«, sagte Ergün zu Fabian, der unentschlossen im Salatbeet stand. Widerstandslos ließ sich Kamp von Ergün aus dem Gartentor schieben, vorbei an den Klein-gärtnern, die mittlerweile zu fünft waren. »Ganz schön rabiate Sitten bei der Polente«, zischelte ein Älterer mit Schiebermütze.

»Spar'n Sie sich die Kommentare und kümmern Sie sich um Ihr eigenes Gemüse!«, fuhr Ergün ihn an.

»Is' ja schon gut«, sagte er schnell und hob beschwichtigend die Hand. »Ick hab ja nüscht jesagt.«

Der Fußmarsch aus der Laubenkolonie bis zu ihrem Auto, das an der Straße parkte, war unangenehm: An einigen Schrebergärten standen Menschen am Zaun, andere waren auf den Weg gekommen, um besser sehen zu können, was los war. Fabian war erleichtert, als sie endlich beim Auto waren und Kamp auf den Rücksitz verfrachten konnten. Sie nahmen ihr die Handschellen ab, setzten sich selbst auf Fahrer- und Beifahrersitz und zogen die Türen zu.

»So, Frau Kamp«, begann Ergün, drehte sich nach hinten und atmete tief durch. »Wir würden uns gerne mit Ihnen über den Schrebergarten Ihrer Großeltern, Marianne und Walter Berger, unterhalten.«

Kamp, die bislang auf ihre Füße gestarrt hatte, hob den Kopf und sah Ergün mit leeren Augen an. Noch immer klebten ihr Haarsträhnen auf den Wangen. Sie unternahm keine Anstalten, sie aus dem Gesicht zu streichen.

»Wir würden Ihnen gerne ein paar Fragen stellen«, versuchte Ergün es noch einmal. »Sie können die Antwort auf Fragen verweigern, deren Beantwortung Sie selbst oder einen nahen Angehörigen in die Gefahr bringen würde, wegen einer Straftat oder Ordnungswidrigkeit verfolgt zu werden.« Kamp zeigte keine Regung. »Wenn Sie Angaben zur Sache machen können«, fuhr Ergün fort, »müssen Sie die Wahrheit sagen. Andernfalls könnten Sie sich gegebenenfalls strafbar machen. Aber denken Sie daran, dass wir Sie auch als Zeugin ins Präsidium vorladen können. Das wäre dann sicherlich sehr viel unangenehmer für Sie. Haben Sie das verstanden?«

Kamp nickte kaum sichtbar. Sie hielt sich den linken Arm, der offenbar schmerzte. Vermutlich hatte sie Ergün etwas zu hart rangenommen, dachte Fabian.

»Heißt das, sie möchten mit uns reden?«, fragte Ergün. Ihr Ton war jetzt etwas sanfter.

Kamp hob den Kopf und schaute durch Ergün hindurch. Die versuchte es noch einmal: »Können wir Ihnen ein paar Fragen stellen?«

Ein plötzlicher Gedanke schien die Frau aus ihrer Lethargie zu reißen: »Mein Sohn«, sagte sie leise. »Ich muss zu meinem Sohn.«

»Ist Ihr Sohn in Ihrer Wohnung?«, schaltete Fabian sich ein.

Statt zu antworten, versuchte Kamp die Autotür zu öffnen. Sie rüttelte am Griff und sagte nun lauter: »Ich muss zu meinem Sohn.«

»In Ordnung, Frau Kamp«, versuchte Ergün sie zu beschwichtigen. »Was halten Sie davon, wenn wir drei jetzt zusammen in Ihre Wohnung zu Ihrem Sohn gehen?«

Kamp schien nachzudenken. Dann sagte sie, mit dem Kopf auf Fabian deutend: »Er nicht. Nur Sie.«

»Sie möchten, dass nur ich mit Ihnen in die Wohnung gehe?«, fragte Ergün.

Die Frau nickte.

»Können wir gerne so machen. Aber Sie versprechen mir, dass Sie nicht noch einmal versuchen, die Fliege zu machen, ja?«

Wieder nickte Kamp.

Ergün beugte sich zu Fabian und flüsterte ihm ins Ohr: »Warte auf mich. »Vielleicht brauche ich dich noch.«

Sie stieg aus, umrundete das Auto, öffnete Melanie Kamp die Tür und führte sie mit einer Hand am Arm zur Haustür, die etwa zwanzig Meter entfernt lag. Fabian sah Kamp die Tür aufschließen. Dann verschwanden die beiden Frauen im Haus.

Während Fabian wartete, dachte er an das seltsame Telefongespräch mit Melanie Kamp vor rund drei Stunden: Sie habe von ihren Großeltern gehört, dass in der Laube etwas passiert sei. Ohne, dass er danach gefragt hatte, hatte sie gleich beteuert, nichts davon zu wissen. Außerdem sei ihr der Schlüssel zur Laube vor ein paar Wochen gestohlen worden. Wo, wusste sie nicht. Irgendwo in der S-Bahn, hatte sie gesagt. Dabei hatte sie dermaßen fahrig gewirkt, dass für Fabian nach wenigen Sätzen klar war: Vermutlich stimmte nichts von dem, was sie erzählte. Aber warum dann dieser Anruf bei ihm? Dann hatte sie urplötzlich aufgelegt.

In der darauffolgenden Stunde hatten sie mehrfach versucht, sie zu erreichen – sie hatte mit offener Nummer angerufen –, doch sie war nicht ans Telefon gegangen. Nach kurzer Rücksprache mit Grindelmann hatten sie sich dann entschieden, zu jener Adresse zu fahren, die Marianne und Walter Berger genannt hatten. Und dort war sie dann vor ihnen geflüchtet. Fabian wurde aus ihrem Verhalten nicht schlau: Benahm sich so eine Täterin, die komplett die Kontrolle verloren hatte? Oder doch eher ein verängstigtes, womöglich traumatisiertes Opfer?

Das kurz vibrierende Handy riss ihn aus seinen Gedanken. Die eingegangene Nachricht kam von dem Kollegen aus der Kriminaltechnik, der ihn vor dem Mittagessen angerufen hatte. Für den Fall, es gäbe wichtige Neuigkeiten, hatte er ihn um eine Mitteilung gebeten. Er öffnete die SMS und während er las, richtete er sich instinktiv auf: »Vermutlich Tatwaffe gefunden. Können mich gerne anrufen. Kovac, KTI 21«

9

Am frühen Abend.

Anne fühlte sich unwohl. Diese Art von Gesprächen mochte sie gar nicht. Schließlich hatte Melanie Kamp sie nicht in ihre Wohnung gelassen, weil sie mit ihr reden wollte. Sondern nur, weil sie scharf auf die Kohle war: Weich geworden war sie erst durch die zwei 50-Euro-Scheine, die Anne durch den schmalen Türspalt gesteckt hatte, der durch ihren Fuß in der Tür offengeblieben war, als Kamp ihr diese vor der Nase zuschlagen wollte. Und wegen der weiteren 100 Euro, die es hinterher geben sollte.

Sie hatte es genauso gemacht, wie ihr Chef Christian Schneider es ihr eine halbe Stunde vorher gesagt hatte: »Wenn du mit Scheinen wedelst, knicken alle ein«, hatte er gegrinst. Da hatte sie längst bereut, dass sie ihm überhaupt von dem Gespräch mit Erika Panofski erzählt hatte. Aber sie befürchtete, es könnte ihr auf die Füße fallen, wenn sie es verschweigt.

Auf dem Weg in den Wedding, ein weiteres Mal mit dem dauermotzenden Reinhard Meister als Fotografen an ihrer Seite, ärgerte sie sich über ihre Naivität: Sie hätte wissen müssen, dass der übermotivierte Schneider sie verdonnern würde, sofort zur Wohnung von Melanie Kamp in der Londoner Straße zu fahren. Eine solche Gelegenheit ließ man nicht bis zum nächsten Tag warten – nicht beim *Berliner Blatt*.

Da spielte es keine Rolle, dass sie zu diesem Zeitpunkt bereits mehr als elf Stunden im Dienst und kreuz und quer durch die Stadt gefahren war, schon einen Artikel geschrieben und für einen weiteren Interviews mit einem Dutzend Hundehaltern geführt hatte. Vor allem nicht, wenn man einen Christian Schneider als Boss hatte.

Jetzt hockte sie also bei Melanie Kamp im Wohnzimmer, das kaum größer als zehn Quadratmeter schien, inmitten von

Bergen dreckiger Wäsche auf der abgeranzten Couch-Garnitur und fühlte sich schlecht.

Es war offensichtlich, dass Melanie Kamp mit ihren Kräften und Nerven am Ende war. Sie hatte einen gelben, langärmligen Pullover an, auf ihrer Jeans sah Anne diverse Flecken, die Erde oder Schlamm zu sein schienen. Zusammengesunken saß sie ihr gegenüber und starrte die meiste Zeit ins Leere. Kaum einen Satz bekam sie zu Ende gesprochen, ohne den Faden zu verlieren. Anne kam sie vollkommen erschöpft vor. Nicht einfach müde und überanstrengt, sondern körperlich ausgelaugt. Außerdem hielt sie sich die ganze Zeit den linken Arm. Offenbar hatte sie Schmerzen.

An sie schmiegte sich ihr fünfjähriger Sohn. Marc – sie hatte den Namen auf seinem Turnbeutel an der Garderobe gesehen – trug ein dunkelblaues, fleckiges T-Shirt mit der weißen Aufschrift »Papas kleiner Prinz« und eine schmuddelige graue Jogginghose. Auf der Stirn klebte ein großes, quadratisches Pflaster. Seine kurzen, blonden Haare waren unordentlich geschnitten und offenkundig einige Zeit nicht mehr gewaschen worden. Auch seine nackten Füße sahen ziemlich schmutzig aus.

Der schmächtige Junge hatte Ringe unter den Augen und wirkte auf Anne seltsam entrückt. Kinder in diesem Alter – sie dachte an die Töchter ihres Bruders, die drei und sechs waren – saßen doch normalerweise keine Minute still und mussten ständig irgendetwas sagen oder fragen. Doch Marc hockte unbeweglich da, den Kopf an die Schulter seiner Mutter gelegt, und starrte sie an. Durch ihn fühlte sich Anne noch mehr wie ein Eindringling.

»Sie haben also keine Erklärung dafür, was in der Gartenlaube Ihrer Großeltern passiert sein könnte?«, versuchte sie es noch einmal. Sie brauchte das eine oder andere halbwegs verwertbare Zitat, um später nicht vollständig von Schneider zusammengefaltet zu werden.

»Nein, keine Ahnung. ... War ewig nicht mehr da. ... Hab ich doch schon gesagt.«

»Wann *waren* Sie denn das letzte Mal da?«

»Weiß nich'. ... Letzten Sommer ... Nee, vorletzten ... Kann mich nicht erinnern ...«

»Der Garten sieht ja ziemlich wild aus. Müsste da nicht mal aufgeräumt werden?«

»Wieso? ... Nein ... Ja, vielleicht ...«

Anne kam kein bisschen voran. Sie deutete mit dem Kopf auf Melanie Kamps Arm: »Tut das sehr weh?«

»Was ...?« Kamp schaute erst kurz Anne an und dann auf ihren Arm runter. Sie ließ ihn ruckartig los und sagte schnell: »Ach, ... nein ... Is' gar nichts ...«

Sie zeigte auf Marcs T-Shirt-Spruch: »Gibt's den Papa noch? Ich meine, sind Sie noch zusammen?«

Melanie Kamp brauchte einen Moment, um den plötzlichen Themenwechsel nachzuvollziehen. »Der René? Nee, der wohnt nicht mehr hier. Hab ihn vor ein paar Monaten rausgeschmissen. Hat sich nicht um uns gekümmert. Wenn er nicht auf Arbeit war, der is' Security im Gesundbrunnencenter, war er Saufen oder Zocken. Bin froh, dass er weg ist.«

Das war verglichen mit den fünf Minuten zuvor ein regelrechter Redeschwall. Anne fühlte sich ermutigt, auf den Kleingarten zurückzukommen.

»Als Kind waren Sie öfter da, oder?«

»Wo?«

»In der Laube an der Avus, meine ich.«

Kamp sah sie an, und Anne meinte, eine Regung zu erkennen. »Als Kind?«, fragte sie. Etwas arbeitete in Melanie Kamps Kopf.

»Ja, als Sie klein waren. Da müssen sie doch öfter mal mit Ihren Eltern in der Laube gewesen sein. Die gehört schließlich schon seit ewigen Zeiten Ihren Großeltern.«

Kamp sah aus dem geöffneten Fenster. Auf der Londoner Straße rauschte der Feierabendverkehr vorbei.

Sie schaute Anne an, das erste Mal etwas länger: »Ja, jeden Sommer eigentlich. Das war schön. Gab meistens Kirschkuchen oder so, den konnte meine Oma am besten.«

»Die Frau Panofski hat mir erzählt, dass Sie auch manchmal auf ihre Hunde aufgepasst haben ...«

So plötzlich sich Melanie Kamps Gesicht gelöst hatte, so schnell versteinerte es jetzt wieder.

»Ich hab nie auf Hunde aufgepasst!«

Der Satz kam so hart, so scharf, dass Anne innerlich zusammenzuckte.

»Das stimmt also nicht?«, fragte sie.

»Nein, stimmt nicht, was bildet die Alte sich ein?!« Melanie Kamp klammerte sich an der Schulter ihres Sohnes fest.

»Au, Mama, du tust mir weh ...«

Es war das erste Mal, dass Marc etwas sagte, doch seine Mutter reagierte nicht. Stattdessen stand sie urplötzlich auf: »Ist das Interview fertig?«

Anne zögerte einen Augenblick, dann erhob sie sich ebenfalls: »Ja ... äh ... gut ...«

»Was ist mit der Kohle?«

»Ach ja ...« Anne zog ihr Portemonnaie aus der Hosentasche, holte zwei weitere Fünfzig-Euro-Scheine raus und streckte sie Kamp entgegen.

»Und hier«, sie kramte in ihrem Rucksack, »haben Sie noch eine Visitenkarte mit meiner Handynummer. Rufen Sie mich gerne an, wenn Ihnen noch was einfällt, ja?«

Kamp antwortete nicht, sondern verließ den Raum in den kleinen, unaufgeräumten Flur und öffnete die Wohnungstür. Marc folgte ihr mit hängendem Kopf und klammerte sich an ihr erdverkrustetes Hosenbein.

»Vielen Dank, dass Sie sich die Zeit genommen haben«, sagte Anne im Umdrehen. Doch da hatte Melanie Kamp die Tür schon zugedrückt.

Anne blieb stehen. Ihr war hundeelend zumute. Von der anderen Seite prallte etwas dumpf gegen die Tür. Sie hörte ein

Schleifgeräusch, als ob etwas das Holz herabgleitet. Den Atem anhaltend legte Anne ihr Ohr an die Tür. Sie hörte, wie Melanie Kamp weinte – und außerdem, kaum wahrnehmbar, den flüsternden Marc: »Mama, es wird doch alles wieder gut, oder?«

Dann sagte der Junge noch etwas. Hatte sie richtig gehört? Konnte das sein? Wie passte das zusammen? Das, was sie Marc sagen gehört hatte, war so unsinnig, dass sie schon Sekunden später im Treppenhaus daran zweifelte, es richtig verstanden zu haben. Wahrscheinlich hatte sie sich einfach verhört.

10

Der Schultag war heute wieder die Hölle für ihn. Im Deutschunterricht sollten sie etwas über die Berufe ihrer Eltern schreiben. Die Lehrerin, sie war jung und beliebt bei der Klasse, fragte reihum jedes Kind nach der Arbeit von Mutter und Vater und deren Alter. Als er drankam, hatte er schweißnasse Hände. »Meine Mama arbeitet im Himmel«, sagte er. Sie lächelte und fragte: »Und wie alt ist sie?« Er wurde zornig und schrie: »Meine Mama ist tot. Und im Himmel haben die Menschen kein Alter.« Da lachten die anderen.

Es fühlte sich an wie vor ein paar Wochen, als sie über dieses Bild schreiben sollten. Das Bild mit dem Hund, der aussah wie ein Wolf. Vor ihm hockte ein Junge, so alt wie er selbst, der dem Hund etwas zu essen vor die Nase hielt. Der Junge sah sehr glücklich aus.

Es gab noch eine Menge anderer Dinge auf dem Bild: Einen grimmig schauenden Soldaten mit einem weiten Umhang und einer Kalaschnikow. Einen anderen Soldaten, der durch ein Fernglas zum Horizont schaute. Einen Bauern, der gemeinsam mit einem Jungen Getreideähren zu großen Bündeln zusammenschnürte. Zwei Bauarbeiter, die Ziegelsteine auf eine Mauer schichteten. Einen Mann mit Wanderstock und Ranzen, dem eine Frau zum Abschied eine Blume reichte. Die Frau hatte ein farbenprächtiges Kleid an und sah sehr schön aus. Sie und der Mann wirkten glücklich, und er fragte sich, warum eigentlich, wo sie sich doch gerade einander Lebewohl sagten. Am linken Bildrand saß ein kleines Mädchen in der Wiese. Sie hatte ein hübsches, weißes Kleid an und einen Blütenkranz im Haar. Die Menschen standen auf einer Lichtung im Wald, auf die das Sonnenlicht fiel.

Das alles sah er. Aber es interessierte ihn nicht. Ihn interessierten nur der Hund und der Junge. Er schrieb: »Der Hund hat sehr lange nichts gegessen. Er ist froh, dass der Junge ihm etwas abgibt. Der Junge ist froh, dass der Hund sein Freund sein will. Wenn sie gegessen haben, machen sie zusammen einen Spaziergang. Sie gehen in den Wald. Im Wald hat der Junge keine Angst, weil der Hund bei ihm ist. Der Hund beschützt ihn. Der Hund ist froh, dass der Junge ihm Gesellschaft leistet. Er will nicht, dass der Junge weggeht. Deshalb beschützt er ihn.«

Jedes Kind musste nach vorne kommen und im Stehen seinen Text vorlesen. Er konnte nicht gut lesen und es fiel ihm schwer, die eigene Schrift zu entziffern. Dauernd verhaspelte er sich. Statt »nichts« las er »nachts«, statt »froh« las er »Frosch«. Erst kicherten seine Mitschüler nur verstohlen in ihre Handflächen hinein, dann immer lauter und unverhohlener. Das Heft zitterte in seinen Händen. Beim Wort »Gesellschaft« brauchte er drei oder vier Anläufe, bis er es fehlerfrei über die Lippen brachte. Dabei war er so stolz darauf, es in seiner Geschichte untergebracht zu haben. Er hoffte, dass die Lehrerin ihn dafür loben würde. Als er endlich den letzten Satz geschafft hatte, glühte sein Kopf und sein Herz raste.

»Das ist ja eine lustige Tiergeschichte«, sagte die Lehrerin. »Aber warum hast du nichts über die Menschen geschrieben?«

Die Klasse lachte auf, prustend und laut.

»Ich hab doch über einen Menschen geschrieben«, sagt er leise und schaute auf seine Schuhe.

»Wie bitte?«, sagte die Lehrerin. »Ich hab dich nicht verstanden.«

»Ich hab doch über einen Menschen geschrieben«, wiederholte er und schaute sie unsicher an.

»Ja, über *einen*«, sagte sie, »und dann auch noch den unwichtigsten auf dem ganzen Bild.«

Wieder kicherten alle.

Er verstand nicht, warum der Junge unwichtig sein sollte.

»Warum hast du nichts über die Soldaten geschrieben, die uns beschützen? Oder die Bauern, die für uns auf dem Feld schuften? Oder die Arbeiter, die für uns Häuser bauen?« Sie machte eine Pause, als ob sie eine Antwort erwartete. Aber er schaute wieder auf den Boden und blieb stumm.

»Das war doch nun wirklich nicht so schwer, Micha«, sagte sie. »Haben die anderen doch auch alle hingekriegt.« Seufzend schaute sie ihn an: »Ich weiß auch nicht, was aus dir nochmal werden soll.« Dann ließ sie ihren Blick über die Klasse schweifen: »Peter ist der nächste!«

Als er an Peter, der zackig zur Tafel schritt, vorbeikam, gab ihm dieser einen Schubser, so dass er beinahe auf Hilde und Ulrike gefallen wäre. »Ey, du Idiot, pass doch auf!«, rief Ulrike und der Rest hatte wieder was zu lachen.

Er setzte sich an seinen Platz in der letzten Reihe und schaute auf die Tischplatte. Der Klos im Hals ließ ihn kaum atmen. Aber er würde nicht weinen, den Gefallen tat er ihnen nicht. Er dachte an Kira. Sie lachte ihn niemals aus. Egal wie dumm oder peinlich war, was er tat.

Donnerstag, 11. Juli 2019.
Zweiter Tag der Ermittlungen.

11

Gegen halb zehn am Morgen.

Die Frage musste kommen, das war klar. Fabian war eher überrascht, dass sie nicht schon früher gestellt worden war.

Die Morgenrunde der sechsten Mordkommission lief seit mehr als zwanzig Minuten, als sein fast dreißig Jahre älterer Kollege Bertram Kubitschek wissen wollte, wie sie Melanie Kamp aus deren eigener Wohnung entkommen lassen und im Anschluss ein ganzes Kleingartengebiet »in Aufruhr versetzen« konnten, wie er es nannte. Das war zwar übertrieben, aber in der Sache hatte der Kollege leider recht. Fabian hatte sich eine Antwort zurechtgelegt. Doch als sich jetzt vier männliche und ein weibliches Augenpaar auf ihn richteten, merkte er, wie er errötete und seine Stimme an Sicherheit verlor.

»Die Erdgeschoss-Wohnungen in diesem Teil der Londoner Straße haben Balkone zur Straße«, erklärte er und versuchte, es nicht nach Rechtfertigung klingen zu lassen. »Sie hängen nur einen halben Meter über dem Straßenniveau. Von dort ist sie auf den Bürgersteig gesprungen.«

»Haben Sie diese Möglichkeit vorher nicht in Betracht gezogen?«, bohrte Kubitschek nach. Er hatte eine Wampe und war selbst sicher lange niemandem mehr hinterhergelaufen.

Immer schön den Finger in die Wunde, dachte Fabian. Dabei hatten sie im Grunde keine Fehler gemacht: Schließlich hatte Melanie Kamp durch ihren Anruf selbst Kontakt mit ihnen aufgenommen. Es war also nicht anzunehmen gewesen, dass sie vor ihnen flüchten würde. Darüber wollte er sich aber jetzt gar nicht mit Kubitschek streiten: »Nein, das haben wir nicht«, antwortete er nüchtern und versuchte, ihm dabei so fest wie möglich in die Augen zu schauen.

»Und dann mussten Sie sie ausgerechnet in eine Laubenkolonie jagen, wo am Nachmittag eines solchen Sommertages die Hölle los ist? Das weiß man doch!«

Fabian ärgerten Kubitscheks Übertreibungen. Schon von Beginn der Besprechung an hatte dieser versucht, die ganze Geschichte in der Laube an der Avus kleinzureden: Es gäbe nicht einmal Hinweise auf Geschädigte, hatte er geätzt. Das sei doch überhaupt kein Fall für die MoKo und so weiter. Es war offensichtlich, dass er Fabians Eifer belächelte.

Fabian zwang sich, trotz Kubitscheks dauernder Zwischenbemerkungen ruhig zu bleiben. »Wir haben die Frau nicht ins das Kleingartengebiet hinein*gejagt*, sie ist dort von selbst hinein*gelaufen*«, betonte er. Dann wandte er sich dem Laptop zu, um klarzumachen, dass er mit seinem Vortrag fortfahren wollte. Er vermisste Ergün: Wegen eines Verhörs in einem anderen Fall konnte sie nicht an der Sitzung teilnehmen. Seine resolute Kollegin hätte den nervigen Frager vermutlich mit wenigen Sätzen abserviert.

Kubitschek stichelte weiter: »Ich kann mir nicht vorstellen, dass es da nicht auch die eine oder andere Alternative gegeben hätte, sie mit weniger öffentlicher Aufmerksamkeit ...«

»Bertram, lass ma' gut sein!«

Die Schützenhilfe für Fabian kam von Friedrich Müller. Er hatte den Kriminaltechniker, der in der Laube die Spurensicherung angeleitet hatte, nach Rücksprache mit Grindelmann zu ihrer Morgenrunde eingeladen. Jetzt saß er direkt neben Kubitschek und legte diesem beschwichtigend seine Hand auf den Arm. »Einen solchen Fehler wird der junge Kollege sicher nicht noch einmal machen. Wie ging das noch: ›Wer keine Fehler macht, macht wahrscheinlich gar nichts‹ oder so? Is' ja auch egal. Wir haben hier auf jeden Fall auch noch ein paar andere wichtige Dinge zu besprechen.« Dann nickte er Fabian aufmunternd zu: »Machen Sie mal weiter!«

Fabian klickte im Stehen auf die Tastatur seines Laptops und auf dem leinwandgroßen Flachbildschirm erschien der Ausschnitt eines Satellitenbildes von Berlin. Es zeigte den Bezirk Charlottenburg-Wilmersdorf mit dem nach Westen angrenzenden Grunewald und darüber den Bezirk Reinickendorf. Dazwischengequetscht lag der Wedding, ein Ortsteil des Bezirks Mitte.

»Wir haben bislang vier Orte, die eine Rolle spielen.« Fabian zeigte mit dem Laserpointer auf den kleinen Weg, an dem der Schrebergarten lag. »Erstens die Laube an der Avus. Sie gehört zur Kolonie Hundekehle.«

Der rote Punkt des Laserpointers wanderte weiter hoch. »Dann die Wohnung von Melanie Kamp in der Londoner Straße im Wedding ...«, der Punkt glitt einige Kilometer weiter Richtung Norden, »... und die Wohnung ihrer Großeltern in der Treuentbrietzner Straße im Märkischen Viertel.«

Er wandte sich wieder dem Tisch mit den drei Kollegen und einer Kollegin zu. »Von der Laube bis zu ...«

Kubitschek unterbrach ihn: »Das waren drei Orte.«

»Wie bitte?« Fabian war irritiert.

»Sie sprachen von vier Orten.« Kubitschek grinste breit. »Und das waren jetzt erst drei.«

»Ja, ... richtig ... Zum vierten Ort komme ich später.«

Fabian musste sich zusammenreißen, um nicht aus dem Konzept zu kommen. »Wir schauen uns jetzt also erstmal diese *drei* Orte an. Von der Laube bis zu Melanie Kamps Wohnung sind es gut zwölf Kilometer. Mit dem Auto ist das am späten Abend bei normalem Verkehr in etwa 20 Minuten zu schaffen. Interessanter aber scheint die Strecke zwischen dem Kleingarten und der Wohnung der Großeltern, die ziemlich genau 17,5 Kilometer beträgt.«

»Warum sollte diese Strecke interessanter sein?« Erstmals meldete sich Hannah Deininger zu Wort. Die junge Kollegin, sie war erst Mitte zwanzig, war von Grindelmann eingeteilt worden, ihn und Ergün zu unterstützen.

»Weil wir davon ausgehen, dass sich Melanie Kamp dort gestern Morgen gegen zehn Uhr aufgehalten hat«, sagte Fabian. Er berichtete von den Kleidungsstücken an der Garderobe, der verschlossenen Schlafzimmertür sowie der eigenartigen Reaktion der Bergers, als Ergün und er sie darauf ansprachen. Das Geräusch hinter der Tür, das er gehört hatte, verschwieg er.

Fabian hatte seinen letzten Satz noch nicht zu Ende gesprochen, da fiel ihm Kubitschek ins Wort: »Ich will hier ja nicht Ihren kriminalistischen Spürsinn infrage stellen, Herr Kollege, aber eine ...«

»Vor einem ›Aber‹ steht meistens die Lüge.« Diesmal war es Fabians Zimmerkollege Volker Braun, der Kubitschek unterbrach und ihn dabei entwaffnend anlächelte. Dieser schaute ihn verdutzt an. Als Kubitschek die Anspielung kapiert hatte, winkte er verächtlich ab: »Ach, hör doch auf, Volker! Is' doch wahr: Eine Jacke und eine verschlossene Tür sind nun mal ziemlich schwache Indizien für die Anwesenheit einer Person.«

»Äh ... gut ... also ...« Fabian hatte den Faden verloren.

Diesmal sprang ihm der Chef persönlich zur Seite. »Sie wollten uns doch noch von der Zeugin erzählen«, sagte Norbert Grindelmann, der sich bis dahin mit Fragen und Kommentaren zurückgehalten hatte. »Wie hieß sie noch ...«

»Panofski, Erika Panofski«, sagte Fabian schnell. »84 Jahre alt, lebt seit der Nachkriegszeit – damals natürlich noch mit ihren Eltern – mit einem Dauerwohnrecht ausgestattet in dem Kleingarten neben der Laube der Bergers. Hat am späten Abend zweimal die 110 gewählt, um erst von verdächtigen Geräuschen und dann von den Spuren auf dem Weg zu berichten. Angeblich hat beim ersten Mal niemand abgenommen. Kann das überhaupt sein?«

Norbert Grindelmann räusperte sich. »Leider ja, befürchte ich. Ist echt ein Problem. Wenn grad kein Platz frei ist, hört der Anrufer nach etwa 15 Sekunden eine Ansage vom Band mit der Bitte zu warten. Viele legen dann frustriert auf. Sind wohl um die 500 am Tag. Gab da erst kürzlich eine Anfrage zu im Abgeordnetenhaus.«

»Boah, so viele?«, stöhnte Friedrich Müller und knetete sich mit der Hand die Nasenwurzel. »Kein Wunder, dass der Bürger da den Glauben an die Polizei verliert.«

»Ja, wie gesagt, echt nicht schön«, sagte Grindelmann. »Aber was soll man machen bei den ganzen Stellenstreichungen?« Er wandte sich wieder direkt an Fabian: »Umso wichtiger ist es, dass die, die da sind, exzellente Arbeit abliefern. Also, Herr Felter, Sie waren gerade bei den Zeugen. Gibt es neben der alten Dame noch weitere?«

»Nein, bisher leider nicht. In dem kleinen Weg gibt es bis zur Wendeschliefe außer der Laube der Bergers und der von Frau Panofski noch neun weitere Grundstücke. Von der Straße aus kommend zwei davor und sieben danach. Wir haben über den Kleingartenverein alle Besitzer ausfindig gemacht, aber noch nicht alle erreicht. Moment ...«

Fabian blätterte in seinem Notizbuch. »Hier: Von den fünfen, mit denen die Kolleginnen und Kollegen schon sprechen konnten, waren drei am Mittwoch gar nicht in ihrem Kleingarten, zwei waren zwar da, aber nur tagsüber. Niemand hat am Abend oder in der Nacht irgendetwas gesehen oder gehört, das mit den Geschehnissen in der Laube der Bergers in Zusammenhang stehen könnte.«

»Was ist mit dem Messer?«, fragte Grindelmann.

»Dazu wollte ich gerade kommen«, sagte Fabian.

Von dem Messer hatte ihm Damir Kovac aus der Kriminaltechnik am Telefon berichtet, als er gestern Nachmittag vor Melanie Kamps Haustür auf Ergün gewartet hatte. Fabian tippte auf seiner Tastatur. Auf dem Bildschirm erschien ein Foto mit einem Gebüsch. Er zoomte in das Bild, so dass am Boden zwischen den Zweigen ein langes Messer zu erkennen war. Als er weiterklickte, erschien das Messer alleine auf hellem Untergrund. Es hatte einen schwarzen Griff, auf der Klinge war deutlich ein IKEA-Logo zu erkennen – und verwischte rote Spuren.

»Dieses Messer haben spielende Kinder gestern Nachmittag in der Nähe der Laube gefunden, genauer gesagt an einem Weg jenseits der Avus, etwa zweihundert Meter in den Grunewald hinein«, erklärte Fabian. »Es handelt sich um das

Modell Vörda von IKEA und gehört zu einem dreiteiligen Set. Wird tausendfach verkauft. Es hat eine 20 Zentimeter lange Klinge und eine Gesamtlänge von 34 Zentimetern. Der Hund der Kinder hat es wohl laut und ausdauernd angebellt, weshalb sie es ihren Eltern erzählt haben. Die haben dann die Polizei angerufen. Glücklicherweise waren sowohl die Kids als auch ihre Eltern so klug, es nicht anzufassen.«

»Brav«, bemerkte Friedrich Müller.

»Die Spuren auf der Klinge sind auf jeden Fall von relativ frischem Blut«, fuhr Fabian fort. »Ob es aber was mit unserem Fall zu tun hat, wird sich erst sagen lassen, wenn wir den Bericht aus der KTU dazu haben.«

»Fingerabdrücke?«, wollte Volker Braun wissen.

»Wird noch gecheckt«, antwortete Fabian. »Gab aber bislang noch keine Treffer in unserer Datenbank. Ach ja, ein Detail ist noch interessant ...« Er ging wieder zum Laptop, klickte sich rückwärts zurück zum Satellitenbild und nahm den Laserpointer in die Hand, der neben dem Computer gelegen hatte. »Wie ich sagte, wurde das Messer am Rande des Grunewalds gefunden, und zwar hier ...« Er kreiste mit dem Laserpointer einen Punkt über einem Waldweg ein, der parallel zur Avus verlief. »Und dieser Ort liegt südöstlich von der Laube – also in entgegengesetzter Richtung der Wohnungen von Kamp oder ihrer Großeltern. Zu diesen geht es nordwestlich durch die Stadt.« Fabian legte den Laserpointer neben den Laptop und schaute in die Runde.

»Okay, solange wir hier noch nichts Genaueres wissen, konzentriert sich im Augenblick also alles auf Melanie Kamp?«, fragte Grindelmann.

»Richtig«, sagte Fabian. »Nur gibt die uns leider mehr Rätsel auf, als dass sie uns helfen würde.«

Er drückte eine Taste auf dem Laptop und auf dem Bildschirm erschien ein Passfoto von Kamp, auf dem sie steif lächelte. Ihre blonden Haare fielen glatt auf die Schultern und umrahmten ihr schmales, blasses Gesicht mit den graublauen Augen. Die Stirn bedeckte ein gewellter Pony.

Neben dem Foto stand:

- Melanie Kamp, geb. Welscher
- geb. 18. Februar 1995 in Berlin
- z. Z. wohnhaft in Londoner Straße 15 (Wedding)
- seit August 2014 verheiratet mit René Kamp (geb. 2. Oktober 1990 in Berlin), aktueller Wohnort nicht bekannt (gemeldet in Londoner Straße 15)
- 1 Kind: Marc Kamp (geb. 5. September 2014)
– Eltern: Hartmut Welscher (geb. 1969), Barbara Welscher (geb. 1972), beide wohnhaft in Neukölln
– 1 Bruder: Alexander Welscher (geb. 1991)
- Realschulabschluss, gelernte Floristin, momentan beschäftigungslos

Nachdem Fabian seinen Kollegen einen halbe Minute zum Lesen gelassen hatte, berichtete er von den diversen Geschichten, die ihnen Kamp im Verlauf des gestrigen Tages aufgetischt hatte. Angefangen von seinem Telefonat mit ihr am Mittag bis zu dem, was ihm Ergün erzählt hatte, als sie sich nach etwas mehr als einer Viertelstunde in Kamps Wohnung wieder zu ihm ins Auto gesetzt hatte: Es hatten offenbar wenige hartnäckige Fragen ausgereicht, dann hatte Melanie Kamp zugegeben, sich die Geschichte mit dem gestohlenen Laubenschlüssel ausgedacht zu haben. Stattdessen überraschte sie Ergün mit der Aussage, dass sie mit ihrem Sohn in dem Kleingarten gewesen sei. Dieser habe sich den Kopf gestoßen und eine Platzwunde gehabt. Ihr sei dann keine Zeit mehr geblieben, die Hütte sauber zu machen, weil sie mit ihm ins Krankenhaus gefahren sei. Tatsächlich hatte Marc ein großes Pflaster auf der Stirn kleben, das er während des Gesprächs immer wieder betastete. Ansonsten hatte er die ganze Zeit mucksmäuschenstill neben seiner Mutter gesessen. Auf Ergün hatte er eingeschüchtert gewirkt. Kamp selbst hatte, so Ergüns Fazit, eine konfuse Vorstellung abgegeben.

»Wir wissen nicht so richtig, was wir mit ihr anfangen sollen«, schloss Fabian seinen Bericht. »Auf jeden Fall haben wir sie für heute um zehn hierher bestellt und hoffen, mit ihr dann endlich mal ein bisschen weiterzukommen.«

»Das wäre insofern gut, als die Presse auch an ihr dran ist«, sagte Grindelmann. Er deutete auf eine aktuelle Ausgabe des *Berliner Blatts*, die er vor sich auf den Tisch gelegt hatte. »Der Chefredakteur vom *Blatt* und ich sind am Wannsee im selben Bootsclub. Er hat mir gestern Abend gesteckt, dass eine Reporterin bei Melanie Kamp in der Wohnung war. Wie die wieder so schnell von der Sache Wind bekommen haben und auf die Kamp gekommen sind, hat er mir nicht verraten. Wäre auf jeden Fall schön, wenn später in der Zeitung und im Internet nicht mehr steht, als wir selbst wissen.«

Grindelmann stand auf, schob seinen Stuhl an den Tisch, stützte sich auf die Lehne und schaute Fabian an: »Dann versuchen Sie gleich doch mal, etwas mehr aus der Kamp rauszukriegen.« Er wollte sich schon umdrehen, da fiel ihm noch etwas ein: »Ach ja, Herr Felter«, sagte er und zeigte auf die Zeitung vor ihm auf dem Tisch. »Seite 8. Nicht gerade der große Wurf, aber gelesen haben sollten Sie es. Ist immer gut, wenn wir in etwa wissen, auf welchem Stand unsere Pappenheimer von der Presse sind.«

Eine halbe Minute später war Fabian alleine im Raum. Er wusste nicht, ob die Sitzung gut oder schlecht für ihn gelaufen war. Aber er hatte keine Zeit zum Grübeln: In gut 20 Minuten waren sie mit Melanie Kamp verabredet.

Er nahm sein Handy vom Tisch und wählte Ergüns Nummer in der Hoffnung, sie würde mit ihrer Vernehmung bereits durch sein. Sie war es: »Was gibt's Kollege?«, meldete sie sich.

»In welches Krankenhaus, hat die Kamp dir nochmal erzählt, ist sie mit ihrem Sohn gefahren?«, fragte er ohne Umschweife.

»Äh, ins Virchow, glaube ich.« Sie überlegte kurz. »Ja, ganz sicher, es war das Virchow.«

Fabian trat an die große Berlinkarte mit den bunten Nadeln heran. »Das macht doch überhaupt keinen Sinn.« Er schüttelte den Kopf.

»Was macht keinen Sinn?«

»Und sie sagt, sie habe ein Taxi gerufen, oder?«

»Ja, genau.«

»Sie steigt also nahe dem S-Bahnhof Grunewald ...«, er legte den Finger auf die Karte, »... mit einem heftig blutenden Kind ins Auto und will in eine Rettungsstelle gefahren werden.«

»Ja, und?«

»Was macht man dann als Taxifahrer?«

»Man fährt in das Krankenhaus, das am nächsten liegt.«

»Ganz genau«, bestätigte Fabian. »Und das sind ...«, er fuhr mit dem Finger auf der Karte einige Zentimeter Richtung Norden, »... ganz eindeutig die DRK-Kliniken Westend, keine fünf Kilometer von der Laube entfernt.«

»Und bestimmt nicht das Virchow-Klinikum«, vervollständigte Ergün seinen Gedankengang. »Wahrscheinlich ist ihr, als sie mit mir gesprochen hat, das mit dem Virchow einfach als erstes eingefallen. Schließlich liegt das im Wedding um die Ecke von ihrer Wohnung, da kommt sie täglich dran vorbei.«

Fabian war schon wieder eine Idee weiter: »Wie war das, als du bei Kamp in die Wohnung gekommen bist: Hast du da Marc gleich gesehen?«

Ergün wusste nicht, worauf er hinauswollte: »Äh, wie meinst du das?«

»Naja, hast du ihn *sofort* gesehen, als ihr reingekommen seid, oder hat seine Mutter ihn aus irgendeinem Zimmer geholt oder so?«

»Jetzt wo du's sagst: Sie war tatsächlich kurz weg und kam dann mit ihm aus seinem Zimmer.«

»Dabei hätte sie vermutlich genug Zeit gehabt, ihm schnell ein Pflaster auf die Stirn zu packen, oder?«

»Denke schon«, sagte Ergün.

»Lass uns das gleich für das Gespräch mit ihr im Hinterkopf behalten«, sagte Fabian. »Bin in fünf Minuten da!«

Er ging zu dem Platz, an dem Grindelmann gesessen hatte, und überflog die Titelseite des *Berliner Blatts*: »Sommerwahnsinn und kein Ende« stand da in großen Lettern, dazu ein Foto wild plantschender Kinder an einem Badesee. Auch bei den weiteren Titelthemen war der Schrebergarten nicht dabei. Er blätterte zur Seite 8.

Irgendwo hatte er mal gehört, dass Zeitungsleser zuerst das Bild und dann – etwa zeitgleich – die Bildunterschrift und die Überschrift wahrnehmen. Ihm aber fiel zuerst der Name der Autorin auf, der mit einem Mini-Porträt versehen über dem Text stand: Anne Temmen. Na, das ist ja mal ein Zufall, dachte er.

Schlagartig erinnerte er sich an die kurze Begegnung gestern am frühen Morgen, als er an der Laubenkolonie mit dem Auto weggefahren war: *Sie* war die junge Frau auf dem Fahrrad gewesen! Jetzt sah er auch, warum er sie nicht gleich erkannt hatte: Die langen Haare waren ab, auf dem Foto trug sie einen strähnigen Kurzhaarschnitt – und keine Brille mehr wie damals. »Anne Temmen«, murmelte er vor sich hin. »Dass wir uns hier mal wieder über den Weg laufen ...«

12

Etwa zur selben Zeit.

»Schlimmer Unfall auf dem südlichen Berliner Ring: Dazu *müssen* wir was machen.« Die stellvertretende Ressortleiterin Lokales war Mitte 30 und hatte es heute, fand Anne, mit dem Make-up etwas übertrieben.

Jetzt schaute sie von ihrem Zettel auf und in die Runde ihrer etwa 35 Kolleginnen und Kollegen, die sich auf dem halbrunden roten Sofa und den weißen Sitzwürfeln in der Mitte des Großraumbüros verteilt hatten.

Die allmorgendliche große Redaktionssitzung erinnerte Anne jedes Mal ein bisschen an Gladiatorenkämpfe im Alten Rom: Alle Ressorts stellten der Reihe nach die geplanten Themen vor und der Chefredakteur hob oder senkte den Daumen. Es ging zwar nicht um Leben und Tod, aber immerhin darum, wie gut man voraussichtlich den Tag überstehen würde.

In dieser Hinsicht war das, was die stellvertretende Ressortleiterin nun über den Unfall auf der A10 bei Königs Wusterhausen hinzufügte, für ihr eigenes Team wenig erfreulich: »Es gibt drei Tote, aber leider ist kein Berliner dabei.« Einige Männer in der Runde lachten auf. Erst da bemerkte sie, was sie gesagt hatte: »Äh ... ich meine natürlich nicht ›leider‹, sondern ... sondern ... Also, ihr wisst schon.« Sie fuchtelte etwas hilflos mit ihrem Zettel. »Ist natürlich schlimm, aber ohne Berliner als Opfer eben nicht die ganz große Geschichte.«

Die ganz große Geschichte: Darum ging es hier permanent. Nach dieser waren alle auf der Jagd. Und Christian Schneider glaubte seit gestern Abend, dass sie selbst, Anne Temmen, so eine an der Angel haben könnte.

Nach dem Verlassen von Melanie Kamps Wohnung hatte sie eine halbe Stunde gewartet, bevor sie Schneider anrief. Einerseits wollte sie den Besuch vor ihrem Boss länger erscheinen lassen. Vor allem aber hatte sie Zeit gebraucht, um sich zu sammeln. Noch nie hatte sie ein Interview mit einem Menschen geführt, der so am Ende war wie Kamp. Durch die Begleitumstände – das verstörte Kind, ihr Eindringen in den intimen Rahmen der chaotischen Wohnung, das Info-Honorar –, fühlte sich für Anne alles falsch an. Und auch das, was sie den kleinen Marc am Ende durch die geschlossene Wohnungstür hatte sagen hören, hatte sie nachhaltig irritiert. Wie sollte das möglich sein?

Aufgewühlt war sie auf die Müllerstraße gegangen, hatte in einer türkischen Bäckerei einen Latte macchiato und einen Sesamring bestellt und sich damit an einen der Plastiktische vor dem Laden gesetzt. Nach zwei Schluck Kaffee und einem großen Simit-Bissen hatte sie sich bereit gefühlt, Schneider anzurufen. Natürlich war er noch in der Redaktion gewesen – vor acht Uhr machte er selten Feierabend – und hatte tausend Detailfragen zu dem, was Melanie Kamp erzählt hatte. »Wir bleiben da dran«, hatte er am Ende gesagt und grußlos aufgelegt.

Nun – der Chefredakteur hatte die Redaktionssitzung gerade mit einem markigen »An die Arbeit, Leute!« beendet – fing Schneider sie auf dem Weg zu ihrem Platz ab.

»Na, fit?«, fragte er und grinste sie an. Offenbar sah man ihr an, wie unruhig sie geschlafen hatte, was nicht nur an der Hitze gelegen hatte.

»Ja, warum?«, entgegnete sie und trat einen Schritt zurück.

»Siehst irgendwie etwas mitgenommen aus«, spöttelte er. »Hat dich das Interview mit Melanie Kamp umgehauen?«

»Nee, geht schon, schlecht geschlafen«, wiegelte sie ab.

»Hab ja gestern schon gesagt, dass wir 'ne Weiterdrehe von der Grusel-Laube brauchen. Hast du irgendeine Idee?«

Sie wusste, dass dies nur ein weiterer blöder Test war und er längst einen konkreten Plan im Kopf hatte.

»Mit Melanie selbst kommen wir, glaube ich, nicht weiter«, sagte sie zögernd.

»Gibt's was Neues von der Polizei?«

»Hab ich heute morgen schon angerufen, die sagen nichts: ›laufende Ermittlungen‹.«

»Wie sieht's mit dem Vater und dem Kind aus?«

»Beim Vater könnte ich's probieren. Melanie hat mir ja erzählt, dass er als Sicherheitsmann im Gesundbrunnen-Center arbeitet.«

»Und der Kleine?«

Sie runzelte die Stirn. »Wie meinst du das?«

»Der geht doch sicherlich in einen Kindergarten oder sowas?«

Tatsächlich hatte Kamp ihr erzählt, dass Marc eine Kita am Nachtigalplatz besuchte, keine 500 Meter von der Wohnung entfernt – und den Weg dorthin alleine lief.

Christian Schneider las ihre Gedanken: »Du weißt es, richtig?«

Sie seufzte, weil sie wusste, was jetzt kam.

»Guck doch mal, ob du ihn vielleicht auf dem Weg abpassen kannst ...«

»Mann, der ist *fünf* Jahre alt!«

»Ja, schon klar, du musst ihn ja auch nicht gerade verfolgen. Aber einfach im Vorbeigehen die eine oder andere Frage zu stellen, ist schon okay. Ganz nett und freundlich – das kannst du doch so gut«, sagte er und setzte wieder sein Du-weißt-eh-dass-ich-am-längeren-Hebel-sitze-Gesicht auf. »Aber versuch's erst beim Vater, vielleicht hat er ja gerade Dienst. Viel Glück!« Ohne, dass sie etwas erwidern konnte, drehte er sich um und rauschte davon.

»Und was ist mit der Hundegeschichte?«, rief sie ihm hinterher.

»Vergiss die scheiß Hunde, die interessieren keinen!«, rief er ohne sich nach ihr umzudrehen und so laut, dass es die ganze Redaktion mitbekam.

Eine Dreiviertelstunde später betrat Anne durch die großen Drehtüren das Einkaufscenter am Gesundbrunnen und steuerte zielstrebig den ersten Wachmann an, den sie sah.

»Entschuldigung, ihr habt doch einen René Kamp im Team, oder?«, sagte sie und lächelte den Mann, den sie auf Ende zwanzig schätzte, entwaffnend an.

»Äh, wieso willst du das wissen?«

»Bin eine alte Freundin von ihm und hab gehört, dass er hier arbeitet.« Sie wunderte sich selbst, wie ihr diese kleinen Lügen immer leichter über die Lippen kamen.

»Hast Glück.« Er zeigte auf die Rolltreppen etwas weiter den Gang rauf. »Der ist gerade unten beim Supermarkt eingeteilt.«

Während sie ins Untergeschoss fuhr, überlegte sie, ob sie auch René Kamp eine Geschichte auftischen sollte. Noch bevor sie unten war, sah sie ihn in seiner schwarzen, etwas zu großen Uniform der Sicherheitsfirma vor dem Markteingang stehen – und entschied sich für die Wahrheit.

Sie ging direkt auf ihn zu: »Hallo, sind Sie René Kamp?«

Er schaute sie skeptisch an. »Ja, wer will das wissen?«

»Anne Temmen, *Berliner Blatt*«, sagte sie lächelnd und streckte ihm die Hand entgegen.

»*Berliner Blatt*? Du bist von der Zeitung?« Sein Blick wurde nicht freundlicher. Er drückte kurz, aber kräftig ihre Hand.

»Ja, genau.«

»Was verschafft mir die Ehre?«

»Wir haben heute über den Schrebergarten der Großeltern Ihrer Lebensgefährtin Melanie berichtet und ...«

»*Ex*-Lebensgefährtin!«

»Ach ja, stimmt ja. Entschuldigung, tut mir leid.«

»Was tut dir leid?« Sein Blick hellte sich um keinen Deut auf.

»Dass Sie nicht mehr zusammen sind.« Sie versuchte es mit einem Lächeln, das er in den falschen Hals bekam.

»Ach, laber doch nicht. Was hat euer Revolverblatt denn über die Bruchbude von Kleingarten geschrieben?«

»Da wurden Blutspuren gefunden.«

»Blut? In der Laube?« Für einen Moment wirkte sein Gesichtsausdruck nicht mehr ganz so feindlich. Eher überrascht.

»Ja, und die Polizei hat keine Ahnung, was da passiert ist.«

»Und? Was soll *ich* damit zu tun haben?«

»Melanie hat mir erzählt, dass Sie hier arbeiten ...«

»Das sieht ihr ähnlich: Immer schön die Schuld auf andere schieben, das hat ...«

Anne fiel ihm ins Wort: »Die Schuld wofür?«

»Ach, gar nichts«, schnaubte René Kamp und half einer alten Frau dabei, zwei verkeilte Einkaufswagen voneinander zu trennen.

Anne lief ihm ein paar Schritte hinterher: »Wie meinen Sie das mit der Schuld?«

»Einfach nur so. Ganz grundsätzlich. Ist so ihre Art.«

»Ihnen die Schuld in die Schuhe zu schieben?«

»Nicht nur mir. Allen. Schuld sind immer die anderen.«

»Auch an dem, was in der Laube passiert ist?«

René Kamp kam dicht an sie heran und hob seinen rechten Zeigefinger vor ihrer Brust: »Jetzt hör mir mal zu. Ich hab keinen Blassen, was da abgegangen ist. Anhängen lassen werd ich mir aber nichts. Never ever. Hat wahrscheinlich wieder was mit dem verrückten Alten zu tun. Oder was weiß ich ...«

»Mit welchem Alten? Meinen Sie Melanies Großeltern?«

»Ach, gar nichts meine ich. Ich hab echt keinen Bock, da irgendwo reingezogen zu werden. Und deshalb sag ich jetzt auch nichts mehr. Außerdem«, er deutete mit dem Kopf auf den Kassenbereich, »bin ich im Dienst und kann hier nicht stundenlang rumstehen und quatschen.«

Anne wollte etwas sagen, aber er kam ihr zuvor: »Ich mein's ernst. Ich sag nichts mehr.«

»Alles klar«, sie hob beschwichtigend die Arme. »Dann lass ich Sie jetzt in Ruhe.«

»Ja, mach das«, sagte er und betrat ohne ein weiteres Wort durch die sich automatisch öffnende Schranke den Markt. Dahinter drehte er sich noch einmal um: »Ach ja: Kein Wort von mir in der Zeitung, klar?«

»Klar, kein Problem«, beteuerte sie und hob die rechte Hand wie zum Eid.

Aber es *war* natürlich ein Problem. Schöne Scheiße, dachte sie, als sie die Rolltreppe wieder hochfuhr. Insgeheim hatte sie gehofft, dass René Kamp ihr genug erzählen würde, um daraus einen Artikel zu stricken – und sie auf diese Weise zumindest vorerst um den unangenehmen Auftrag herumkommen würde, einem Fünfjährigen aufzulauern. Jetzt aber musste sie auf jeden Fall zum Kindergarten von Marc fahren, um dort eventuell noch irgendetwas Verwertbares einzusammeln. Ohne es nicht wenigstens versucht zu haben, konnte sie sich bei Schneider nicht blicken lassen.

Sie schaute auf die Uhr: kurz nach zwölf. Wenn sie sich beeilte, konnte sie mit dem Rad in zwanzig Minuten am Nachtigalplatz sein.

13

43 Jahre zuvor.
November 1976.

Natürlich war er es, der als Lehrling wieder mit in den Schacht runtermusste. Sein mehr als zehn Jahre älterer Kollege wusste, wie er diesen Teil der Arbeit hasste. »Nu' mach ma' hinne, Stift«, trieb er ihn an. »Ick will hier nüscht den janzen Tach an dem stinkenden Loch stehen und nass werden.«

In den Nieselregen hatten sich Schneeflocken gemischt, die an seiner schweren Sicherheitskleidung klebenblieben. Er knipste die Stirnlampe am Helm an und ertastete mit den Füßen die ersten Stufen der Leiter. Ein Kollege war bereits unten. Mit den klobigen Gummistiefeln, die ihm mindestens zwei Nummern zu groß waren, rutschte er auf den glitschigen Sprossen der Leiter immer wieder weg. Auch festhalten konnte er sich mit den glatten, bis zu den Ellenbogen reichenden Handschuhen nur mit großer Mühe. Wenn er nicht gleich am Seil baumeln wollte, musste er sich zusammenreißen.

Der kreisrunde Schacht war so eng, dass er immer wieder mit seinen Schultern am feuchten Beton entlangschrabbte. Je näher er dem Boden kam – er zählte Sprosse für Sprosse mit, um sich zu konzentrieren –, desto wärmer wurde es. Das war, zumindest im Winter, der einzige Vorteil hier unten. Wenn man das wirklich so nennen wollte, denn gleichzeitig schlug ihm bestialischer Gestank entgegen: eine Mischung aus Fäkalien, Schimmel und irgendwelchen Chemikalien, die auf seinen Schleimhäuten ätzten. Er zwang sich, durch den Mund zu atmen. Die Kollegen behaupteten, der Geruch würde sie nicht mehr stören, aber er hielt das für Schwachsinn. Kanalarbeiter war ein Beruf, den man sich schönredete, das hatte er schnell gemerkt.

In solchen Momenten dachte er oft daran, wo er jetzt sein könnte: Mit Schafen im Stall, Kühen auf der Weide, vielleicht sogar mit Pferden auf der Koppel. Stattdessen watete er hier knietief durch die Exkremente der Menschen, die in der neuen Plattenbausiedlung am Fennpfuhl lebten.

Facharbeiter für Tierzucht hatte er werden wollen, sogar Geflügelhaltung hätte er genommen. Doch irgendwann im Laufe der zehnten Klasse wurde ihm klar, keine Chance auf einen Ausbildungsplatz zu haben. Seine Noten waren bescheiden, obwohl er sich angestrengt hatte. Aber daran lag es nicht einmal. Selbst die ihm wohlgesonnenen Lehrer machten ihm wenig Hoffnungen: »Bei *dem* Vater wird's schwer ...«

Er wusste nicht, was der Vater in Russland erlebt hatte. Sie hatten nie darüber gesprochen. Nicht, dass es ihn nicht interessiert hätte. Aber er hatte einfach zu große Angst davor, dass der Vater austickte, wenn er danach fragen würde. Ein paar Mal war der Name des Ortes gefallen, wenn Vater sich mit anderen Männern getroffen hatte: Workuta. Auf einem Atlas hatte er nachgesehen: Die Stadt lag nördlich des Polarkreises, und er stellte sich vor, dass es dort verdammt kalt gewesen sein musste. Einmal hatte er allen Mut zusammengenommen, und einen Lehrer, den er mochte, nach Workuta gefragt. Der Lehrer war zusammengezuckt, hatte sich nervös umgeschaut und geflüstert, er solle nie wieder danach fragen – weder ihn noch irgendjemand anderen.

Ein andermal hatte er aufgeschnappt, dass der Vater in einem Kohlebergwerk gearbeitet hatte. Wenn er mal wieder betrunken war, lallte er davon, wie er die Mitgefangenen neben ihm hatte sterben sehen. Und wie sie diese in den nächstbesten Schacht geworfen hatten.

Manchmal, selten, tat der Vater ihm leid. Eines Nachts – er war 13 oder 14 – war er aufgestanden, weil er Durst hatte. Durch die leicht offen stehende Küchentür schimmerte Licht. Vorsichtig schaute er durch den Türspalt: Der Vater saß am Küchentisch, das Gesicht in den Händen vergraben, vor ihm eine halbvolle Flasche Kristall-Wodka. Als der Vater den Kopf hob, um sich nachzuschenken, sah er, dass seine Augen rot und die Wangen nass waren. Noch nie hatte er den Vater so gesehen. Schnell ging er zurück ins Bett und hoffte, dass dieser ihn nicht gehört hatte.

Doch das Mitleid währte immer nur kurz. Er hasste den Vater. Dafür, wie er ihn behandelte. Wie er soff. Und dass er nicht nur das eigene, sondern auch sein Leben zerstörte. »Wenn dein Vater dich zur FDJ hätte gehen lassen, hättest du vielleicht noch eine Chance auf deine Wunschausbildung gehabt«, sagten die Lehrer. »Aber so ...«

»Du wirst mir nicht zum Kommunistenmündel!«, hatte der Vater gedonnert. »Du gehst da nicht hin – basta!« So war er außen vor, wenn die anderen von Pioniernachmittagen erzählten, nach den Ferien von den Abenteuern an der Ostsee schwärmten oder stolz berichteten, für das Fahnenkommando ausgewählt worden zu sein.

Im Lauf der Jahre gewöhnte er sich daran, nicht dazuzugehören. Nicht zur Klassengemeinschaft und nicht zu dieser Gesellschaft. Nie fühlte er sich wohl, wenn er mit Menschen sprach. Oft verunsicherte und überforderte es ihn. Und immer strengte es ihn unglaublich an.

Das war bis heute so. Wirklich gut ging es ihm nur, wenn er allein mit Branca war. Auch unter Menschen half es ihm, wenn die grau-weiße Schäferhündin dabei war. Sein Vorarbeiter hatte geschimpft, als er sie das erste Mal mitgebracht hatte. Aber dann hatte sie sich im Fußraum des Einsatzwagens ganz klein gemacht und mehrere Stunden keinen Mucks von sich gegeben, was die Kollegen beeindruckt hatte. Mittlerweile begrüßten sie Branca herzlicher als ihn selbst, wenn er morgens mit ihr zum Dienst erschien, aber das machte ihm nichts aus. Sie gab ihm Sicherheit.

Sicherheit, die er vermisst hatte seit jenem sonnigen Junitag vor sieben Jahren: Als er zwei Tage vor seinem zwölften Geburtstag von der Schule nach Hause gekommen war, war seine geliebte Kira, seine treueste Gefährtin, nicht in der Hütte gewesen. Zunächst dachte er sich nichts dabei. Manchmal ließ der Vater sie von der Leine, damit sie ihr Geschäft im Feld hinterm Haus erledigte. Stutzig wurde er erst, als sie auf sein Rufen nicht kam. Er klapperte die Nachbarn ab, keiner hatte sie gesehen.

Zwei Stunden später kam der Vater nach Hause. Obwohl er nicht erwartete, dass dieser etwas von Kira wusste, fragte er ihn im Flur. Der Vater, der sich gerade seine Jacke auszog, schaute ihn einige Sekunde schweigend an, bevor er sagte: »Ich hab sie wegbringen lassen.«

»*Was* hast du gemacht? Sie *wegbringen* lassen? Wohin?«

Wieder ließ sich der Vater mit der Antwort Zeit. »Zum Veterinär.«

»Warum? War sie krank?«

Diesmal kam die Antwort schneller: »Ja. Krank und alt. Sie hätte es eh nicht mehr lange gemacht.« Der Vater hing seine Jacke auf, ging in die Küche und ließ ihn im Flur stehen.

Er lief ihm nach. »Was hast du getan?«, rief er und stieß ihn von hinten gegen den Rücken. Er war mittlerweile nur noch einen Kopf kleiner als sein Vater.

Als sich dieser umdrehte, stellte er sich auf eine Ohrfeige ein. Doch stattdessen schaute ihm der Vater nur mit unbeweglicher Miene an und sagte langsam: »Ich hab getan, was getan werden musste. Und jetzt fang bloß nicht an zu heulen.«

Die Tränen kamen, ohne dass er es wollte. Er konnte sich nicht dagegen wehren. Und sie blieben: Nächtelang weinte er sich in den Schlaf. Wenn der Vater am Morgen seine roten Augen bemerkte, sagte er: »Mensch Junge, reiß dich zusammen, war doch nur eine scheiß Töle.«

Es machte ihn nicht einmal mehr wütend. Er war völlig kraftlos und leer. Nie zuvor hatte er sich so einsam gefühlt wie in jenen Tagen.

Fünf Jahre später, nachdem er sein erstes Lehrlingsgehalt bekommen hatte, war er direkt am Sonnabend zu einem Züchter nach Hoppegarten gefahren. Diesen hatten ihm Kollegen empfohlen.

Er wusste, was er wollte: Als Kind hatte er mit der Klasse den Film »Der Moorhund« gesehen. Die Handlung – Grenzsoldaten verfolgen einen Geheimagenten, der einen Schäferhund als Boten einsetzt – hatte ihn nicht interessiert. Nur der grau-weiße Hund, der ihm schlauer als alle Menschen vorkam. »Eines Tages werde ich so einen haben«, hatte er sich damals geschworen. Als er Jahre später mit dem Welpen auf dem Arm im Bus nach Hause fuhr, war er so glücklich wie seit Jahren nicht mehr: Endlich hatte er wieder eine echte Freundin.

»Hey, Leute! Was'n los da unten?«

Das plötzliche Gebrüll des Vorarbeiters riss ihn aus seinen Gedanken.

»Kommt ma' in die Pötte da!«

Mechanisch hatte er gemeinsam mit seinem Kollegen mehrere Abflüsse von Fäkalien und Unrat befreit. Nachdem sie die Werkzeuge im Eimer verstaut und die Kollegen diesen auf ihr Zeichen hin nach oben gezogen hatten, machten sie sich an den Aufstieg.

Er freute sich auf Branca, die im Wagen auf ihn wartete.

14

11. Juli 2019. Kurz nach zehn.

Sie standen zu zweit im Flur vor dem Vernehmungszimmer, beide mit Aktenmappen in der Hand. Fabian konnte seine Enttäuschung nicht verbergen.

»Weißt du was?« Die Psychologin Amira Daneshvar strahlte ihn an und legte ihre Hand auf seine Schulter. »Dann nutzen wir eben die gewonnene Zeit, damit du mir erzählst, was ihr bisher von eurer Zeugin wisst, und ich geb' mal meinen Senf dazu.«

Sie trug ein luftiges, knallgelbes Oberteil, das perfekt mit ihren üppigen dunkelbraunen Locken und ihren beinahe schwarze Augen kontrastierte. Fabian schätzte sie auf Anfang 50, auch wenn sie jünger wirkte, und mochte ihr ausgesprochen herzliches Wesen. Am Rande eines Betriebsfestes hatten sie sich vor einigen Monaten mal über Gott und die Welt unterhalten, zusammen gearbeitet allerdings noch nie.

Jetzt war Fabian froh darüber, dass sie da war. Die positive Art seiner zwanzig Jahre älteren Kollegin tat ihm gut an diesem unbefriedigenden Morgen: Erst die anstrengende Morgenrunde mit den vielen skeptischen Nachfragen. Dann die Enttäuschung, die ihnen Melanie Kamp bereitet hatte.

Fabian hatte Kamps Vernehmung entgegengefiebert. Nachdem Ergün gestern in der Londoner Straße alleine mit ihr gesprochen hatte, war er gespannt darauf gewesen, sie selbst bearbeiten zu dürfen. Schon während der Ausbildung hatte er die Vernehmungsarbeit immer als eine der interessantesten Aufgaben empfunden. Die Fachliteratur dazu hatte er aufgesaugt wie ein Schwamm. Und schließlich hatte er ja auch Psychologie studiert. Leider hatte er sein geballtes theoretisches Wissen bislang selten in der Praxis ausprobieren können. Jetzt sollte er endlich die Gelegenheit dazu bekommen! Doch statt, wie verabredet, in der Keithstraße zu erscheinen, hatte Melanie Kamp einen Anwalt anrufen lassen. Dieser hatte darauf verwiesen, dass seine Mandantin der Vorladung nicht folgen müsse, da diese nicht von der Staatsanwaltschaft angeordnet worden war. Fabian hatte gehofft, dass er und das Team weiter von Kamps Unbeholfenheit profitieren könnten und sie ihnen, freiwillig oder unfreiwillig, weiterhelfen würde. Darauf konnten sie nun vermutlich nicht mehr bauen.

»Komm, wir gehen in mein Büro, da können wir in Ruhe quatschen«, schlug Daneshvar vor und nickte Richtung Treppenhaus. Im Gehen schaute sie ihn von der Seite an: »Hey, kein Grund, Trübsal zu blasen. Du weißt doch: ›Ja, mach nur einen Plan! Sei nur ein großes Licht! Und mach dann noch 'nen zweiten Plan – geh'n tun sie beide nicht.‹«

Fabian schaute sie verständnislos an.

»Brecht!«, sagte sie. »Dass bei unserer Arbeit etwas nicht so läuft, wie wir es uns vorstellen, ist die Regel, nicht die Ausnahme!«

Ihr Zimmer, das ein Stockwerk tiefer lag, strahlte eine viel lebendigere Atmosphäre aus als alle anderen Büros im Gebäude, die er kannte: Auf der Fensterbank hinter dem Schreibtisch standen große, offensichtlich liebevoll gepflegte Grünpflanzen. Die linke Wand war fast vollständig von einem Bücherregal bedeckt, rechts an der Wand stand ein kleiner Tisch mit zwei Sitzgelegenheiten, darauf eine bunte Vase mit einem Strauß gelber Tulpen. Daneshvar deutete auf die Stühle: »Nimm Platz. Wasser?« Sie holte eine Flasche Mineralwasser und ein Glas aus einem kleinen Bodenschrank.

»Gerne«, bedankte sich Fabian und nahm ihr Flasche und Glas aus der Hand.

»Gib mir noch zwei Minuten, muss nur schnell was fertig machen«, sagte Daneshvar und setzte sich an ihren Rechner.

Fabian goss sich Wasser ein und betrachtete das Bild, das über dem Tisch an der Wand hing. Es war die Reproduktion eines bunten Gemäldes von Gustav Klimt und zeigte eine junge Mutter, die zärtlich ihren Arm um etwa zweijährige Zwillinge mit dunkelbraunen Locken gelegt hatte. Alle drei Figuren hatten nackte Oberkörper und schliefen. Die Mutter hatte wallendes, orangenes Haar, in dem verschiedenfarbige Blumen steckten. Ihre Wangen waren gerötet, um ihren schmalen Mund spielte ein Lächeln. Sie hatte ihren Kopf auf einem der Jungen abgelegt und sah glücklich aus, gleichzeitig ein wenig erschöpft. Auch die beiden Kinder, die sich aneinanderschmiegten, hatten rot gefärbte Wangen.

»Gefällt es dir?« Daneshvars Stimme riss ihn aus seinen Gedanken. »Viele finden sowas kitschig, aber ich mag die Stimmung. Beruhigt mich irgendwie.« Sie stand von ihrem Bürostuhl auf und setze sich ihm gegenüber an den Tisch.

»Hast du Kinder?«, fragte sie.

»Ja, Zwillinge.« Er zeigte lächelnd auf das Bild. »Ungefähr im selben Alter wie die beiden da. Sind allerdings strohblond – kommen generell eher nach der Mutter.« Er zögerte kurz. »Und du?«

»Ob ich Kinder habe? Ja, zwei Mädchen und einen Jungen. Eine Iranerin ohne Kinder ist ja nur ein halber Mensch.« Sie lachte. »Sind aber schon ein paar Jahre aus dem Haus.«

Jetzt war sie es, die auf das Klimt-Bild zeigte: »Das da ist also schon ganz schön lange her, aber ich erinnere mich gerne an die Zeit zurück.«

Ihr Blick verharrte kurz auf dem Bild, dann wandte sie sich Fabian zu: »Aber erzähl mir doch mal lieber von ... wie hieß sie noch ...« Sie öffnete die Aktenmappe, die sie vor sich auf den Tisch gelegt hatte, und schaute auf das oberste Blatt. »Melanie Kamp!«

Auch Fabian öffnete seine Mappe, blätterte kurz, und fasste dann knapp Kamps bisherige Aussagen zusammen. Außerdem versuchte er, so gut er konnte, ihr Verhalten einzubeziehen, um Daneshvar ein möglichst umfassendes Bild zu geben. Sie hörte konzentriert zu, notierte sich immer wieder etwas und stellte nur gelegentlich Fragen, um bestimmte Sachverhalte zu präzisieren. Als er fertig war, schaute er sie erwartungsvoll an.

»Okay«, sagte sie und fuhr sich mit der Hand über den Mund. »Das klingt ja alles tatsächlich etwas undurchsichtig.«

Fabian nickte.

»Ist natürlich nicht ganz einfach so eine Fernanalyse, ohne selbst mit ihr gesprochen zu haben. Aber wenn du mich fragst, sieht das alles nach einer kürzlich erfahrenen Traumatisierung aus. Sie scheint neben sich zu stehen.«

»Den Eindruck haben meine Kollegin und ich auch«, sagte Fabian. »Allerdings bringt uns das kein Stück bei der Frage weiter, was in dem Schrebergarten passiert sein könnte.«

»Aber ihr könnt davon ausgehen, dass sie dort oder woanders etwas erlebt hat, was sie emotional aus der Bahn geworfen hat und sie vor euch verbergen möchte. Das macht sie allerdings nicht besonders gut, was wiederum Rückschlüsse auf ihren labilen Seelenzustand zulässt. Sie scheint ja kaum zu wissen, was sie tut.«

Fabian lachte gequält: »So kann man das nennen, ja.«

»Also entweder ist sie einfach komplett durch den Wind und denkt sich immer wieder neue Geschichten aus, um die Wahrheit nicht aussprechen zu müssen. Oder aber«, die Psychologin faltete die Hände vor ihrem Kinn, »sie leidet unter retrograder Amnesie, also rückwirkendem Gedächtnisschwund. Das hieße, sie weiß *wirklich* nicht mehr, was konkret passiert ist. Vielleicht kennt sie das Ergebnis, aber hat die entscheidende Zeitspanne, in der es dazu gekommen ist, komplett ausgeblendet. Filmriss.« Sie simulierte mit der rechten Hand den Schnitt mit einer Schere. »Passiert gar nicht so selten. Erleben wir zum Beispiel bei Verbrechensopfern oder auch Beteiligten von schweren Verkehrsunfällen immer wieder.«

»Hm«, machte Fabian. Sein Blick wanderte zu Klimts Zwillingen. »Dilek hatte ja den Eindruck, dass uns auch der

Junge, also ihr fünfjähriger Sohn, was erzählen könnte. Aber an den kommen wir natürlich überhaupt nicht ran ...«

»Macht auch wenig Sinn, bevor ihr nicht zumindest ansatzweise wisst, was sich da abgespielt hat«, überlegte Daneshvar. »Kinder als Zeugen sind echt tricky. Sie sind nicht nur viel sensibler, sondern auch leichter zu manipulieren als Erwachsene. Deshalb vermischen sich bei ihnen sehr häufig Realität, Fantasie und Beeinflussung von außen.« Sie lächelte ihn an. »Aber, wie du selbst sagst: Momentan habt ihr ja noch überhaupt keine Handhabe.«

Sie klappte die Aktenmappe zu. »Wenn du mich fragst, kommt ihr am besten weiter, wenn ihr euch erstmal auf die KTU konzentriert. Da müsste bei der Spurenlage doch was bei rumkommen.«

»Ja, hoffentlich«, meinte Fabian, der ebenfalls seine Mappe schloss und aufstand. »Vielen Dank auf jeden Fall für deine Einschätzung, das hilft uns schon weiter.«

»Dafür bin ich doch da«, sagte sie strahlend und stand ebenfalls auf. Sie gingen gemeinsam zur Tür. »Ihr macht das schon«. Sie klopfte ihm ermutigend auf den Arm. »Du brauchst nur ein bisschen Geduld. Und sagt jederzeit Bescheid, wenn ihr Hilfe braucht!«

Als er in sein Zimmer kam, war Volker Braun nicht an seinem Platz. Fabian setzte sich an den Computer und öffnete sein Mail-Postfach: 32 ungelesene Nachrichten. Er überflog die Betreffzeilen und ignorierte diverse Rundmails zu freien Lehrgangsplätzen, Vorträgen, Betriebssportkursen, Verabschiedungen verdienter Kolleginnen und Kollegen, Stromabschaltungen im Gebäude sowie ein paar Pressemitteilungen der Abteilung Öffentlichkeitsarbeit.

Stattdessen klickte er eine Mail von Damir Kovac mit dem Betreff »Vorläufiger Bericht Schrebergarten« an. Die Mail war denkbar kurz: »Wenn Sie Interpretationshilfe brauchen: gerne durchrufen!«

Fabian klickte auf den beigefügten Link, der ihn zum Vorgangsbearbeitungssystem des LKA führte. In diesem wurden alle Informationen, Berichte und Nachrichten zu aktuellen Fällen gesammelt, sodass alle jeweils beteiligten Kolleginnen und Kollegen gleichzeitig Zugriff darauf hatten.

Fabian öffnete Kovacs Bericht und sah schnell, dass er dessen nettes Angebot annehmen sollte: Aus den vielen Abkürzungen, kryptischen Zahlen und dem verschwurbeltem Fachchinesisch wurde er nur bedingt schlau.

Er hatte Glück: Kovac nahm nach nur einem Klingeln ab: »Ah, der neue Kollege von der Mordkommission. Warten Sie mal einen Moment.« Der Hörer wurde zur Seite gelegt. »So, jetzt bin ich ganz für Sie da. Was wollen Sie wissen?«

Fabian zögerte einen Moment. »Könnten Sie mir vielleicht das Wichtigste zusammenfassen? Ich steig da, ehrlich gesagt, nicht so ganz durch.«

»Oha, okay, alles klar, ich versuch's mal«, sagte Kovac. »Da die Spurenlage, wie Sie ja bereits wissen, sehr unübersichtlich war, werden wir für die komplette Rekonstruktion noch brauchen. Liegt auch daran, dass wir relativ viele Mischspuren haben, also Spuren mit verschiedenen Profilen. Eins können wir aber schon mit ziemlicher Sicherheit sagen: Wir haben es mit dem Blut von mindestens drei verschiedenen Personen zu tun: einer Frau und zwei Männern.«

»Das können Sie schon sicher sagen?«, fragte Fabian.

»Ich will Sie jetzt nicht unnötig mit den Details von DNA-Analyse langweilen«, erwiderte Kovac. »Aber wir untersuchen bestimmte DNA-Systeme, die sich durch unterschiedliche, sich wiederholende Einheiten in ihrem Aufbau unterscheiden – die sogenannten Allele oder Merkmale.« Er zögerte kurz. »Können Sie mir folgen?«

»Soweit schon ...« Fabian hoffte, der Vortrag würde nicht allzu lang werden. »Und über diese Merkmale lassen sich auch Verwandtschaftsverhältnisse feststellen?«

»So ist es. Wir analysieren 16 Systeme gleichzeitig. Erst wenn in allen jeweils ein geteiltes Merkmal vorliegt, kommt eine Verwandtschaft in Frage.«

»Und wie sieht das in diesem Fall aus?«

»Kleinen Moment Geduld bitte noch«, bremste ihn Kovac. »Alle drei Blutsorten fanden sich übrigens auch an dem Messer, das die Kinder gefunden haben. Am meisten jenes aus der größeren Lache hinter der Küchenzeile.«

»Es könnte also ein Tatwerkzeug sein?«

»Ja, *könnte* ...«, antwortete Kovac vorsichtig. »Sagen wir es mal so: Das Messer hat auf jeden Fall etwas mit den Geschehnissen in dem Kleingarten zu tun.«

»Und sind die Personen miteinander verwandt?«

»Ja, sieht so aus.«

»Sieht nach was aus?«

»Zwischen der weiblichen Person und einer der beiden anderen Personen besteht ein verwandtschaftliches Verhältnis ersten Grades«, sagte Kovac. »Haben Sie schon irgendwelche Personen im Blick, die involviert gewesen sein könnten?«

»Eigentlich nur eine«, antwortete Fabian. »Die Enkelin der Besitzer des Kleingartens verhält sich eigenartig. Die ist Mitte Zwanzig. Wir sind uns sicher, dass sie irgendwas mit der Geschichte zu tun hat. Wieso?«

»Naja, aufgrund unserer Ergebnisse kommen nicht allzu viele Kombinationen infrage. Entweder handelt es sich bei den beiden verwandten Personen um Vater und Tochter, Mutter und Sohn – oder um Bruder und Schwester.«

15

Früher Nachmittag.

Tatsächlich: Da war er.

Seit über einer Stunde hatte Anne unter den wuchtigen Arkaden eines Sechziger-Jahre-Baus gesessen. Immer im Blick: der Eingang der Kita in der Petersallee. Nur zwei Mütter und ein Vater waren in dieser Zeit gekommen, um ihre Kinder abzuholen. Sie befürchtete schon, Marc verpasst zu haben. Da sah sie ihn alleine aus dem Tor der Einrichtung kommen. Er hatte dasselbe »Papas-kleiner-Prinz«-T-Shirt an wie gestern Abend, eine kurze schwarze Hose und Sandalen ohne Socken. Auf dem Rücken trug er einen hellblauen Rucksack mit irgendwelchen Comicfiguren.

Sie wartete ab, bis er die Straße überquert hatte, die rund um den Nachtigalplatz verlief. Dieser bestand aus mehreren Rasenflächen, auf denen zwei Dutzend Birken nur spärlich Schatten spendeten.

Mit gesenktem Kopf schlurfte Marc den gepflasterten Weg entlang, der über den westlichen Teil des Platzes führte. In der Hand hielt er ein DIN-A4-Blatt. Sie lief eine halbe Minute mit etwas Abstand hinter ihm her – unschlüssig, wie sie sich ihm nähern sollte. Dann schloss sie zu ihm auf und trottete einen Moment still neben ihm. Er hob den Kopf und schaute sie mit gekräuselter Stirn an, lief aber weiter. Unter den Augen hatte er dunkle Ringe, die Tränensäcke waren geschwollen.

»Hallo, Marc«, sagte sie und lächelte ihn an. »Kennst du mich noch?«

Er blieb stumm.

»Ich war doch gestern bei euch und hab mich mit deiner Mutter unterhalten.« Sie zeigte auf das Blatt in seiner Hand. »Was hast du denn da? Hast du das gemalt?«

Er blieb stehen und drehte das Papier so, dass sie die bemalte Seite sehen konnte. Zuerst fielen ihr die düsteren Farben auf. Marc hatte fast nur schwarze, graue und braune

Wachsmalstifte benutzt. Im Zentrum des Bildes erkannte Anne eine offenbar weibliche Figur mit langen Haaren, die mit dem Oberkörper aus einer schwarzen Fläche herausragte und die Arme nach oben streckte. Ihre Mundwinkel waren weit nach unten gezogen, über ihr Gesicht schienen Tränen zu laufen. Daneben stand ein etwas kleinerer Mensch mit kurzen Haaren, der den Mund weit aufsperrte und ebenfalls die Arme nach oben riss. Er stand unter einer Art Zelt, das nach oben hin spitz zulief. Um die beiden Gestalten herum war, wie ein Kasten, eine durchgehende Linie gezeichnet.

Links daneben meinte Anne ein langgezogenes Fahrzeug mit vielen Rädern zu erkennen. Aus seinen Fenstern schauten mehrere vergnügt aussehende Menschen.

Am rechten Rand stand eine weitere Figur, nur halb so groß wie die kleinere Gestalt in der Bildmitte. Ihr Mund bildete eine Zickzack-Linie, was sie wütend und aggressiv erscheinen ließ. Mit beiden Händen hielt sie ein Bündel fest. Am unteren Bildrand waren unzählige dicke schwarze Punkte zu erkennen, aus denen kleine Striche ragten.

»Das ist aber schön«, lobte sie. »Hast du das gemalt?«

»Hm«, machte Marc, der wie angewurzelt dastand. Dann sagte er etwas so leise, dass sie es nicht verstand. Sie ging in die Knie, um mit ihm auf Augenhöhe zu sein.

»Was hast du gesagt?«

»Es ist ein trauriges Bild.«

»Wer sagt das?«

»Janine.«

»Ist Janine deine Erzieherin?«

Er nickte schwach.

»Also, ich finde es sehr schön«, sagte sie und nahm ihm das Blatt aus der Hand. »Ich würde sogar gerne ein Foto davon machen. Darf ich?« Sie stand auf, zog ihr Handy aus der Hosentasche und zeigte es Marc, der langsam nickte. Als sie das Bild abfotografiert und das Telefon eingesteckt hatte, kniete sie sich wieder neben ihn.

»Außerdem gehört es zum Leben ja auch dazu, dass man manchmal traurig ist, oder?« Sie sah ihn an. Dann zeigte sie auf das Gefährt links unten: »Und hier sitzen ja auch fröhliche Leute in dem Auto.«

Wieder murmelte Marc so leise, dass sie es nicht hörte.

»Was meinst du?«

»Is' kein Auto. Is' eine S-Bahn.«

»Ah, na klar, ich bin ja doof«, sagte sie und schlug sich theatralisch mit der Hand gegen die Stirn. »Ein Auto hat ja gar nicht so viele Räder.«

Er lächelte: »Und nicht so viele Fenster!«

»Genau, das *kann* ja nur eine S-Bahn sein – dass ich das nicht erkannt habe. Und was ist ...«, sie tippte auf die vielen schwarzen Punkte am unteren Bildrand, »... das hier?«

Marc kam nah an sie heran und legte seine Hand auf ihre Schulter. »Na, das sind doch die Spinnen.«

»Natürlich, sieht man doch«, rief sie, heftig den Kopf schüttelnd. »Ich kapier aber auch wirklich gar nichts.«

»Nein, du kapierst gar nichts«, wiederholte Marc und lächelte, ein bisschen breiter als eben. Er legte ihr die Hand auf die Schulter und schmiegte sich eng an sie.

»Die Frau da in der Mitte: Ist das deine Mama?«

Er wurde ernst und sagte, ohne Anne anzuschauen: »Ja, das ist Mama. Die holt mich.« Einen Augenblick starrte er auf die Zeichnung, dann sah er sie plötzlich direkt an: »Mama wartet! Sie schimpft, wenn ich zu spät komme!«

Ruckartig riss er ihr das Blatt mit der Zeichnung aus der Hand, löste sich von ihr und rannte los. »Hey, Marc, warte!« Sie richtete sich auf und wollte ihm nachlaufen, ließ es dann aber doch. Er rannte auf dem Bürgersteig die Petersallee Richtung Müllerstraße hinunter.

Auf einer Bank stellte sie ihren Rucksack ab, setzte sich daneben und holte ihre blaue Isolierflasche mit Wasser heraus. Während sie trank, schaute sie sich auf dem Handy Marcs Bild an und überlegte, ob sie es Schneider zeigen sollte. Sie traute ihm zu, dass er es veröffentlichen würde. Durfte man das? Wollte sie dafür verantwortlich sein? War es überhaupt in Ordnung gewesen, Marc anzusprechen?

Sie packte die Flasche in den Rucksack und schaute auf die Uhr: Zwanzig nach zwei. Sollte sie kurz ihre Mutter anrufen? Gestern Abend hatte sie nur noch Kraft gehabt, ihr eine knappe SMS zu schicken: Sie würde sich heute bei ihr melden. Aber jetzt? Besser nicht. Sie musste zurück in die Redaktion.

»Wir machen das!«

Mit drei kurzen Worten wischte Christian Schneider sämtliche Bedenken vom Tisch, die Anne vorgebracht hatte: Sie fühlte sich mies bei dem Gedanken, aus ihren dürftigen Gesprächen mit Melanie und René Kamp sowie der Begegnung mit Marc einen Artikel zusammenzuschustern.

Aber sie kannte auch das eiserne Gesetz des Boulevard-Journalismus: Geschichten mussten fortgesetzt werden. Leserinnen und Leser wollten wissen, wie es weiterging. Da spielte es manchmal keine große Rolle, ob man etwas Substanzielles in der Hand hatte: Wenn sich eine Story nicht weiter*erzählen* ließ, wurde sie eben weiter*gesponnen* – notfalls mit vielen Konjunktiven und kühnen Mutmaßungen.

Tatsächlich zerbrach sie sich seit gestern Abend intensiv den Kopf darüber, was in der »Grusel-Laube«, wie Schneider sie mittlerweile konsequent nannte, passiert sein könnte. Aber daraus einen Artikel stricken?

»Du machst das schon.« Schneider klopfte ihr grinsend auf die Schulter. »Bist doch ein kreativer Kopf!«

Seufzend ging sie zu ihrem Platz und legte ihr Handy mit Marcs Zeichnung auf dem Bildschirm vor sich auf den Tisch. Kurz hatte Schneider erwogen, es zu veröffentlichen. Doch dann hatte er plötzlich Skrupel gehabt, was selten war. »Fang das im Text ab«, hatte er gesagt. Gerade hatte sie sich die ersten Zeilen aus den Fingern gequält, da stand Reinhard Meister neben ihr. Sie schaute zu ihm hoch: »Nichts zu tun?«

»Zu tun gäb's wahrscheinlich schon was«, schnaubte der Fotograf verächtlich durch die Nase. »Aber darf ja alles nichts mehr kosten heute ...«

Bloß nicht, dachte Anne. Sie hatte noch knapp zwei Stunden, um etwas Druckbares zu Papier zu bringen. Einen Monolog über die guten alten Zeiten konnte sie jetzt wirklich nicht gebrauchen.

»Weißt du, mit wie vielen Leuten wir am 9. November '89 unterwegs waren?« Er wartete nicht darauf, dass sie riet. »Achtunddreißig! Verstehst du ...«, er beugte sich zu ihr runter: »Acht – und – dreißig! In einer einzigen Nacht! Zweiundzwanzig Redakteure und sechzehn Fotografen. Da wurde alles mobilisiert, was laufen konnte. Sowas gibt's heute nicht mehr.« Er starrte geistesabwesend auf das Bild von Marc. »Der Mauerfall war eh das Größte. Tagelang waren wir in der Stadt unterwegs: Bornholmer, Ku'damm, Checkpoint Charlie, Brandenburger Tor. Einfach überall.« Ein seliges Lächeln umspielte seine Mundwinkel. »Aber was erzähl' ich dir hier. Schnee von vorgestern!« Er winkte ab, drehte sich um und schlurfte Richtung Fotoredaktion.

Anne atmete erleichtert auf und wandte sich wieder ihrem Bildschirm zu. Was sollte sie nur schreiben? Plötzlich fiel ihr auf, dass Marc – im Gegensatz zu gestern in der Wohnung – gar kein Pflaster mehr auf der Stirn kleben hatte. Vorhin hatte sie es nicht beachtet, aber jetzt kam es ihr komisch vor. Zumal sie dort, wo es geklebt hatte, nicht die kleinste Schramme gesehen hatte.

Es wurmte sie, dass es ihr nicht aufgefallen und sie ihn nicht danach gefragt hatte. Noch heftiger aber ärgerte sie sich darüber, nicht mehr über die Zeichnung erfahren zu haben. Vor allem eines hätte sie gerne gewusst: Wer war der wütende Mensch am rechten Bildrand?

16

30 Jahre zuvor.
9. November 1989.

Erst waren es nur vereinzelte Rufe aus der Menge. »Tor auf!«, schrie einer von hinten. »Aufmachen!«, ein anderer vor ihm. Er selbst war zu klein, um zu erkennen, was weiter vorne passierte.

Bis hierhin hatte sich der wogende Strom von Fußgängern, Trabbis und Mopeds – am Ende Zentimeter für Zentimeter – vorwärts bewegt, jetzt ging nichts mehr. Er schätzte, dass sie noch etwa fünfzig Meter vom Kontrollhäuschen entfernt waren. Um ihn herum wurden Hälse gereckt.

»Nu' macht doch auf, verdammte Scheiße!«, brüllte ein Typ in Lederjacke neben ihm. »Genau«, rief ein anderer. »Wir kommen doch wieder!« Und ein Dritter: »Wir müssen alle morgen arbeiten gehen! Wollen doch nur mal kieken, wie's drüben aussieht!« Dann begann der Lederjacken-Typ, die Hände in den Taschen seiner Jeans, rhythmisch zu rufen: »Tor auf! Tor auf! Tor auf!« Erst zögerlich, dann immer kräftiger stimmten die anderen ein, bis es aus hunderten Kehlen schall: »Tor auf! Tor auf! Tor auf! Tor auf!«

Plötzlich bemerkte er, dass er mitschrie. Automatisch, ohne nachzudenken. Ähnlich, wie er vor einer Stunde auf die Straße gegangen war und sich der Menge angeschlossen hatte, die sich zur Bornholmer Brücke schob.

Das von Minute zu Minute lauter werdende Knattern hatte ihn ans Fenster seiner Zweiraumwohnung treten lassen. Draußen erblickte er eine endlose Auto-Schlange, die bis zum Grenzübergang reichte, der weniger als 300 Meter von seinem Haus entfernt war. Er schloss das Fenster und schaltete den Fernseher ein. Der Sprecher der »Aktuellen Kamera«, verkündete, Privatreisen könnten »ohne Voraussetzungen« beantragt werden. Wovon redete der? Der Ansager mahnte: »Die Reisen müssen jedoch beantragt werden!« Die Abteilungen Pass- und Meldewesen hätten morgen um die gewohnte Zeit geöffnet.

Das war es: Die Leute wollten rüber! In der kurzen Zeit, die er ungläubig vor dem Fernseher gesessen hatte, schien sich die Menge vor seinem Haus verdoppelt zu haben. Immer mehr Menschen drängten von der Schönhauser Allee aus Richtung Grenzübergang. Einen Moment starrte er bewegungslos auf die Szenerie. Dann machte er das Fenster zu, tätschelte den Kopf von Luna, die friedlich in ihrem Korb schlief, griff sich an der Garderobe den schwarzen Mantel, steckte seinen Reisepass in die Innentasche und verließ die Wohnung.

Vor der Haustür schlug ihm Abgasgestank entgegen. Er knöpfte seinen Mantel zu, grub die Hände in die Taschen und reihte sich ein. Wie von einem Magneten gezogen, bewegten sich Fußgänger, Trabbis und Mopeds langsam vorwärts.

Aus Autos hörte er Frauen hysterisch lachen, sah Sektflaschen kreisen. Ein Vater hatte seine vierjährige Tochter auf den Schultern, ein junges Paar schob einen Kinderwagen an ihm vorbei. Die Menschen schwankten zwischen Euphorie und Fassungslosigkeit. Als trauten sie ihrem Glück nicht so recht. Als ahnten sie, dass etwas Großes bevorstand – und gleichzeitig nicht wussten, ob dies die totale Glückseligkeit bedeuten oder in einer Tragödie enden würde. »Ich glaub's einfach nicht«, hörte er wieder und wieder.

Auch ihn erfasste große Erregung. Er fühlte sich gut. Obwohl er mitten unter Menschen war. Das war neu für ihn. Ihn überkam eine plötzliche Glückswallung, mit all diesen Leuten dasselbe Ziel zu teilen. Und ein gemeinsames Gefühl. Er war einer von ihnen, ohne dass irgendjemand etwas von ihm verlangte. Ohne dass ihm jemand Fragen stellte oder sich über ihn lustig machte. Hier und jetzt gehörten sie alle zusammen.

Und sie hatten es fast geschafft. Nur noch wenige Meter fehlten bis zum Kontrollhäuschen. Ab und zu sah er zwischen den Menschen die Mütze eines Grenzpolizisten aufblitzen. »Tor auf! Tor auf! Tor auf!«, brüllte er mit den anderen. Er sah, wie einige auf die Grenzer einredeten, es gab Rangeleien. »Nu' macht doch nicht so'n Blödsinn«, rief einer aufgewühlt, wobei nicht klar war, ob er damit die Grenzer oder die Leute meinte.

Dann ein Schrei aus Dutzenden von Kehlen. Jubel, Gejohle, Bewegung. Plötzlich ging es voran. Sekunden später passierte er gemeinsam mit Hunderten anderer die von den Grenzern geöffneten Schranken. Keiner wollte ihre Pässe sehen. Keiner richtete Gewehre auf sie. Keiner hielt sie auf.

Die Beamten beobachteten mit auf den Rücken verschränkten Armen und versteinerten Mienen die Frauen und Männer, die jubelnd an ihnen vorbeihüpften. Kurz dachte er an seinen Vater: Welch ein Triumph es für ihn gewesen wäre, hier mit ihnen zusammen an den Grenzern vorbeizumarschieren.

Die Anspannung entlud sich. Die Menschen lagen sich in den Armen, drehten miteinander Pirouetten, brüllten »Freiheit!« in den Berliner Herbsthimmel.

Er jubelte nicht, hüpfte nicht, brüllte nicht, tanzte mit niemandem. Er lief einfach nur. Immer weiter geradeaus über die Brücke, unter der in diesem Moment eine hell erleuchtete S-Bahn hindurchfuhr. Es saß keiner drin. In der Mitte der Brücke schwenkte ein Mann eine schwarz-rot-goldene Fahne. Seine Kumpel hatten Schultheiss-Flaschen in der Hand und grölten irgendwas mit »Deutschland«.

Er wusste nicht, wohin. Tante Hanni ging ihm durch den Kopf. Jahre hatte er nicht an sie gedacht. Er versuchte, sich an die Adresse zu erinnern. Sie fiel ihm nicht ein. Vermutlich wohnte sie ohnehin längst woanders.

Nach einer knappen halben Stunde kam er an den U-Bahnhof Osloer Straße. Vor den Treppen nach unten standen sieben oder acht Männer und Frauen, die lautstark und lachend darüber diskutierten, wo sie hinfahren sollten. »Zum Ku'damm!«, rief einer der Männer und reichte eine Sektflasche weiter. »Da geht's ab heute Nacht!«

Eine andere Frau aus der Gruppe – sie hatte eine blonde Dauerwelle, trug eine knallrote Jacke und war um die Vierzig – drehte sich plötzlich zu ihm um.

»Hey, was is' mit dir? Ku'damm? Biste dabei?«

Er war überrascht, aus heiterem Himmel angesprochen zu werden, wurde rot und bekam keinen Ton raus.

»Wat is', biste stumm?«, sagte sie lachend. »Du bist doch auch 'n Ossi, sieht man dir doch an.« Dann kam sie auf ihn zu, hakte sich bei ihm unter und zog ihn zu den U-Bahn-Treppen, die ihre Freunde bereits krakeelend hinabstolperten.

Als er aufwachte, brauchte er einen Moment, um sich zu erinnern, wo er war. Die Bilder in seinem Kopf flogen wie kleine Explosionen durcheinander: Die vielen Menschen am Ku'damm. Trabbis, die unter dem Getrommel auf die Motorhauben fast zusammenbrechen. Ihre Lippen auf seinen. Ihre Zunge in seinem Mund. Silvesterraketen und Hupkonzerte. Wodka in der Küche. Ihre Brüste auf seiner Haut.

Sie lag neben ihm, ihr nacktes linkes Bein schaute unter der Decke hervor. Er sah ihr Gesicht nicht, es war von Haaren begraben. Sie schnarchte. Vorsichtig stand er auf, sein Kopf hämmerte. Er suchte seine auf dem Boden verstreuten Kleider zusammen, zog sich schnell an und verließ das Zimmer.

Er wusste nicht, was er hätte sagen sollen, wenn sie aufgewacht wäre. Was er hätte tun sollen. Was erwarteten Frauen in solchen Situationen von Männern? Vor allem aber trieb ihn das schlechte Gewissen: Die ganze Nacht hatte er Luna allein gelassen. Das hatte er noch nie gemacht. Sicher suchte sie schon verzweifelt nach ihm. Leise zog er die Wohnungstür hinter sich zu und stieg die Treppen des Altbaus hinunter.

Draußen war es noch stockdunkel. Vor der Haustür lief schwankend ein Pärchen an ihm vorbei. »Freiheit!«, lallte der Mann und winkte ihm mit einer Sektflasche zu.

Ihm war kalt. Er schlug den Mantelkragen hoch und machte sich auf den Weg nach Hause.

17

11. Juli 2019. Gegen 17 Uhr.

Es ging los. Der hellbraune Labrador Retriever nahm Witterung auf.

Unbedingt hatte Fabian dabei sein wollen, wenn der Einsatz mit dem Spürhund im Kleingarten an der Avus begann. Nun stand er mit Ergün sowie vier weiteren, zivil gekleideten Kolleginnen und Kollegen vor dem Gartentor der Laube in der Nachmittagshitze. Die Blutspuren auf dem Weg hatten sich dunkel verfärbt, waren aber noch immer deutlich erkennbar.

In zwei vor dem Kleingarten geparkten Autos warteten weitere Hunde. Doch den Anfang sollte Bella machen. Deshalb hielt deren Besitzerin Theresa Fritsch, Fabian schätzte die Kollegin auf Mitte 40, ihrem Schützling etwas unter die Nase, das aussah wie ein an einem kleinen Deckel befestigtes Wattestäbchen. Es enthielt eine Geruchsprobe von der Blutlache hinter der Küchenzeile. Sofort zerrte Bella ihre Halterin an der Leine über den Gehweg vom Grundstück, vorbei an Fabian, Ergün und den drei anderen.

Fabian merkte plötzlich, wie aufgeregt er war. Er selbst hatte überhaupt nicht daran gedacht, Personenspürhunde auf eine Geruchsspur vor der Laube anzusetzen, bis Norbert Grindelmann die Idee ins Spiel gebracht hatte. Er hatte in anderen Fällen positive Erfahrungen mit Hunden gemacht und wusste, dass diese Ermittlungsmethode mittlerweile häufig gerichtsverwertbare Ergebnisse lieferte.

Fabian war überrascht gewesen, wie flott es gegangen war: Keine sechs Stunden waren vergangen seit der Entscheidung für den Hundeeinsatz, die sie gemeinsam mit Staatsanwältin Miriam Meinerle getroffen hatten. Den Ausschlag gab, dass das Blut aus der Lache hinter der Küchenzeile nicht nur mit den Tropfspuren auf dem Weg, sondern auch mit dem Blut auf dem im Wald gefundenen Messer übereinstimmte.

Fabians und Ergüns Einschätzung, Melanie Kamp müsse etwas mit den Geschehnissen in der Laube zu tun haben, überzeugte die Staatsanwältin. Dass ein Teil des Blutes in der Laube von Marc war, wie Kamp zuletzt behauptet hatte, glaubte niemand: Zu widersprüchlich, zu konstruiert waren die Versionen, die sie ihnen aufgetischt hatte. Auch Meinerle fand es wenig glaubwürdig, dass die Frau mit ihrem blutenden Kind bis in den Wedding ins Virchow-Klinikum gefahren sein sollte, wo doch die DRK-Kliniken von der Laubenkolonie aus in zehn Autominuten zu erreichen waren.

Nachdem Fabian von Damir Kovac aus der Forensik das Ergebnis der DNA-Analyse der Blutspuren erfahren hatte, arbeiteten sie vorläufig mit einer Hypothese: Wenn sie annahmen, das weibliche Blut stammte von Melanie Kamp selbst, kamen für das verwandte Blut ihr Vater und ihr Bruder infrage. Kamp hatte bereitwillig deren Handynummern herausgegeben. Allerdings behauptete sie, die beiden seien gemeinsam auf einer Bergtour in den Schweizer Alpen und schwer zu erreichen. Mehrere Stunden hatten sie es auf beiden Nummern probiert – vergeblich.

Auch wenn es nur eine von vielen Möglichkeiten und ein stückweit Spekulation war: Der Staatsanwältin schmeckte der Gedanke überhaupt nicht, dass irgendwo im Grunewald in der Hitze eine notdürftig mit Laub bedeckte Männerleiche vor sich hinfaulte. »Versuchen wir's«, hatte sie gesagt. »Wir haben nichts zu verlieren: Schlimmstenfalls sind wir danach so schlau wie vorher. Bestenfalls wissen wir, was passiert ist.«

Dass der Einsatz dann so schnell in die Wege geleitet wurde, lag auch am Wetter: Die schwüle Hitze drohte die für die Hunde erkennbaren Geruchsspuren zu zerstören – jede weitere Stunde würde es für die Tiere schwieriger werden.

Bella war erstaunlich schnell. Gradlinig folgte sie dem Weg, an dem die Schrebergärten standen, Richtung Straße. Überrascht registrierte Fabian, dass sie dabei die Nase nicht etwa am Boden, sondern hoch in der Luft hielt. Ab und zu schnupperte sie nach links oder rechts. An der Gabelung hielt sie kurz an, um sich zu orientieren.

Hundeführerin Fritsch nutzte die Unterbrechung, um sich an Fabian zu wenden: »Kennen Sie sich mit Mantrailing aus?«

»Nicht wirklich«, gab er zu. »Ist heute auf jeden Fall meine Ernstfall-Premiere.«

»Dann kann ich Ihnen ja vielleicht noch ein bisschen was erzählen ... Moment ...« Sie gab Bella, die sich zu ihr umgedreht hatte, einen kurzen Befehl. Sofort nahm die Hündin wieder Witterung auf und folgte der Straße nach links Richtung Wald.

»Jeder Mensch verliert pro Minute an die 40.000 Körperzellen«, erklärte Fritsch. »Vor allem mikroskopisch kleine Haut- und Haarpartikel, aber auch noch ne Menge andere Sekrete. Dazu kommen Rückstände von Kosmetika und so. Insgesamt bis zu 16 Gramm am Tag. Das verstreuen wir alles kontinuierlich in der Gegend, sodass sich eine individuelle Duftspur bildet. Und dieser folgt der Hund.«

»Mir ist aufgefallen, dass sie gar nicht am Boden schnüffelt«, sagte Fabian.

»Genau«, nickte Fritsch. »Das unterscheidet den Mantrailer von klassischen Fährtenhunden oder solchen, die auf Blutspuren laufen. Er läuft eben streng genommen gar nicht auf der Spur selbst, sondern sucht Geruchspartikel. Deshalb weichen die Hunde auch öfter Mal vom tatsächlichen Weg der Zielpersonen ab. Zum Beispiel, wenn die Geruchspartikel an eine Wand oder so geweht worden sind.«

Fritsch schaute auf Bella, die kurz stehengeblieben war, dann aber weiterlief. Sie wandte sich wieder Fabian zu: »Im Gegensatz zu den normalen Suchhunden können Mantrailer auch bei Mischspuren die jeweiligen Individuen voneinander unterscheiden. Sie folgen ausschließlich dem Duft der gesuchten Person – egal, wie viel sie abgelenkt werden. Das Geruchsbild eines Menschen ist übrigens noch einzigartiger als seine

DNA. Mantrailer können auch eineiige Zwillinge auseinanderhalten, obwohl deren DNA absolut identisch ist.«

»Wird aber in Deutschland noch gar nicht so lange gemacht, oder?«, mischte sich Ergün von hinten ein.

»Ja, hat eigentlich erst so richtig vor gut zehn Jahren angefangen«, antwortete Fritsch. »Der Mensch gibt eben ungern zu, dass Tiere das eine oder andere vielleicht besser können als er selbst.« Sie lachte. »Klassische Fährtenhunde, die etwa Fußspuren verfolgen, gibt's natürlich schon ewig. Aber im Gegensatz zu denen können Mantrailer auch in geschlossenen Gebäuden oder auf bebauten Flächen eingesetzt werden.« Wieder schaute sie kurz zu Bella. »Das funktioniert sogar, wenn jemand in einem Auto weggefahren wurde. Bei geöffneten Autofenstern sowieso, aber manchmal reicht dafür auch schon die Entlüftungsanlage.«

»Könnte das hier auch passiert sein?«, fragte Fabian.

»Unwahrscheinlich. Dafür ist die Spur zu eindeutig. Das merke ich an Bellas Verhalten.«

Sie liefen jetzt unter der Avus hindurch, auf der die Autos in sechs Spuren über sie hinwegbrausten. Direkt hinter der Unterführung orientierte sich Bella nach links, wo der asphaltierte Königsweg abbog.

Vier Fahrradfahrer hielten an und beobachteten neugierig die sechsköpfige Gruppe mit Hund. Das war nicht verwunderlich: Zwar waren sie in zivil, trugen aber alle ihre Dienstwaffen am Gürtel. Fabian wurde erst in diesem Moment klar, was sie für ein eigenartiges Bild auf Außenstehende abgeben mussten. Erstaunt schauten sich die Ausflügler an, als die vier bewaffneten Männer und zwei Frauen dem Hund eine kleine Böschung hinauf auf einen Trampelpfad mitten in den Wald hinein folgten.

»Okay, jetzt hat sich die Option mit dem Auto wohl erledigt«, bemerkte Fabian.

»Sieht ganz so aus«, rief Fritsch im Umdrehen.

Der Pfad führte parallel zu Avus und Königsweg Richtung Süden und war so schmal, dass Fabian und die anderen Bella im Gänsemarsch hinterherlaufen mussten. Es war unangenehm schwül, Gewitterstimmung lag in der Luft.

Theresa Fritsch drehte sich zu ihm um: »Die Hunde sollen die Spur immer so frei wie möglich verfolgen können. Deshalb benutze ich eine zehn Meter lange Leine. Kann ich natürlich nur voll ausspielen, wenn es die Verkehrsverhältnisse zulassen. Wir haben schon Bundesstraßen oder ganze Autobahnkreuze für Einsätze sperren lassen. Aber hier im Wald ist das ja echt Luxus – wie ein Sonntagsausflug mit Hund!«

Bella war ihnen ein Stück voraus und verschwand immer wieder für einige Sekunden zwischen den Bäumen. Nach rund hundert Metern wedelte die Hündin plötzlich heftig mit dem Schwanz, schaute sich immer wieder zu ihrem Frauchen um und winselte aufgeregt.

»Passt«, sagte Ergün, als sie das Tier erreicht hatten. »Hier haben die Kinder das Messer gefunden.«

Fritsch schaute sie fragend an. Fabian wusste, dass die Besitzer der Mantrailer grundsätzlich keine Informationen zum Fall und den bisherigen Ermittlungsergebnissen bekamen, um sie nicht zu beeinflussen. Er klärte Fritsch über das Messer auf.

Bella folgte weiter dem Trampelpfad Richtung Süden.

»Wie lange nach einer Tat kann man denn einen Mantrailer auf so eine Spur ansetzen?«, fragte Fabian.

»Kommt auf diverse Faktoren an«, antwortete Fritsch. »Das Wetter, Art und Intensität der Absonderungen und so weiter. Hautzellen bleiben ungefähr 36 Stunden erhalten, rote Blutkörperchen bis zu 120 Tage. Bei der momentanen Hitze dürfte es allerdings deutlich weniger sein.«

Sie waren etwa fünfzehn Minuten gelaufen, als der Pfad plötzlich scharf nach rechts abbog, tiefer in den Wald hinein. Die Bäume standen hier dichter, was es ihnen schwerer machte, Bella zu folgen. Die Labrador-Dame zeigte keinerlei Müdigkeit. In zügigem Tempo lief sie Richtung Westen, meist auf Trampelpfaden, manchmal quer durchs Unterholz – dann war es für ihre Begleiterinnen und Begleiter besonders schwer, ihr zu folgen. Immer wieder mussten sie umgestürzte Bäume überwinden. Sie schwitzten. Einige Minuten hatten sie kein Wort mehr miteinander gesprochen. Nur Fritsch rief Bella hin und wieder kurze Befehl zu.

»Rechts von uns müsste die Sandgrube liegen«, bemerkte Fritsch nach einer weiteren Viertelstunde. »Wenn ich mich nicht täusche, steuern wir auf den Teufelssee zu.«

Zehn Minuten später standen sie schwer atmend und verschwitzt am Ufer des kleinen Sees. An der Badestelle hörten Jugendliche laut Hip-Hop, was die um sie herum auf Handtüchern liegenden Menschen nicht zu stören schien. Eine Mutter beobachtete ihre zwei im seichten Wasser spielenden Kinder, auf dem See sah man mehrere Schwimmer.

»Gut möglich, dass die Suche hier zu Ende ist«, sagte Fritsch. »Ich würde Bella aber gerne noch etwas Zeit geben. Gerade scheint sie ein bisschen verwirrt zu sein und nimmt offenbar noch verschiedene Gerüche wahr.«

Als es weitere zehn Minuten am Ufer des Sees mal in die eine, mal in die andere Richtung gegangen war, entschied sich Fabian, zurück ins Büro zu fahren. Wenn die Spur tatsächlich hier am See endete, müssten ohnehin Taucher anrücken. Das konnte dauern. Darauf wollte er nicht warten, zumal noch Schreibarbeit zu erledigen war.

Er brauchte fast eine halbe Stunde, bis er zurück beim Auto war, das er vor dem Schrebergarten abgestellt hatte. Unterwegs hatte er versucht, seine Frau anzurufen, um ihr zu sagen, dass er auch heute wieder spät nach Hause kommen würde. Aber er hatte keinen Empfang gehabt.

Ihn plagte das schlechte Gewissen: Die Zwillinge hatten mal wieder Fieber. Natürlich beide, wie so oft, seit sie im vergangenen Herbst mit einem Jahr in die Kita gekommen waren. Und Sarah hatte eine wichtige Konferenz, die sie seit Monaten vorbereitete. Wie immer kam alles auf einmal.

Gestern Morgen war er um halb vier aus dem Bett geklingelt und zur Laube an der Avus gerufen worden – und erst abends um halb zehn nach Hause gekommen. Sie war angefressen gewesen, was er irgendwie verstanden hatte. Schließlich hatte sie selbst organisiert, dass spontan ihre Mutter vorbeikam. Dann hatte er sich aber doch geärgert, dass sie einfach nur pampig ins Bett gegangen war und ihn nicht mal danach gefragt hatte, wie sein Tag gewesen war. Sie wusste doch, wie sehr er auf einen eigenen wichtigen Fall wartete. Erst kurz vor dem Einschlafen – den Kopf voll mit Gedanken an Melanie Kamp, die Laube, Marianne und Walter Berger – war ihm aufgefallen, dass er sie ebenfalls nicht nach ihrer Konferenz gefragt hatte. Aber da schlief sie schon tief und fest.

Auch heute Morgen hatten sie nicht mehr als ein paar Worte gewechselt. Als er um halb sieben seinen Wecker gehört hatte, war sie schon im Bad gewesen – und kurze Zeit später zur Tür raus. Zum Glück konnte ihre Mutter dableiben, um auf die Jungs aufzupassen.

Gerne hätte er jetzt ihre Stimme gehört, um kurz zu fragen, wie es ihr geht und ob mit ihrer Mutter alles geklappt hatte. Doch als er am Auto war und sein Handy endlich wieder genug Striche zum Telefonieren anzeigte, ging bei ihr nur die Mailbox dran. Er würde es nochmal aus dem Büro versuchen.

Avus und Kaiserdamm ächzten unter dem Berufsverkehr. Fabian brauchte fast eine Dreiviertelstunde für die acht Kilometer zur Keithstraße. Kurz vor 19 Uhr kam er an.

Sein Zimmerkollege war schon im Feierabend. Seufzend schaltete Fabian seinen Computer an. Noch immer hatte er die Berichte von gestern nicht abgeliefert. Das nervte ihn. Er machte gerne Dinge fertig, bevor er neue anfing. In ruhigen Zeiten klappte das. Doch jetzt merkte er, was es vor allem hieß, für einen größeren Fall verantwortlich zu sein: permanent der Zeit hinterherzurennen.

Gegen Viertel vor acht klingelte sein Handy. Es erinnerte ihn daran, dass er eigentlich nochmal bei seiner Frau hatte anrufen wollen. »Dilek« stand auf dem Display.

»Hi, Kollegin, gibt's was Neues?«

»Allerdings.« Ergüns Stimme klang gedämpft, was Fabian auf den vermutlich schlechten Empfang schob. »Der Teufelssee war nicht das Ende der Suche.«

Fabian nahm das Telefon in die andere Hand. »Wie? Es ging noch weiter?«

»Ja, noch tiefer in den Grunewald hinein.«

»Ja, und?«

»Der Mantrailer hat den Menschen, zu dem das Blut aus der Laube gehört, gefunden ...« Sie stockte.

»Eine Leiche?«, sagte Fabian, jetzt deutlich ernster.

»Ja, eine Leiche. Ist ja schon schlimm genug, aber ...«

»Was ist denn?«

Ergün schluckte hörbar. Nach mehreren Sekunden sagte sie: »Es ist ein Säugling.«

Fabian wusste nicht, was er erwartet hatte. Aber darauf war er nicht vorbereitet gewesen.

»Scheiße. Das gibt's doch nicht.«

»Leider doch«, erwiderte Ergün. »Das ist aber nicht das einzige, was mich fertig macht. Sondern auch der Ort, an dem ich hier gerade stehe.«

»Wieso? Wo bist du denn?«

»Sagt dir der Selbstmörder-Friedhof vom Grunewald etwas?«

»Der *was*?«

»Du hast richtig gehört: Wir haben den toten Säugling auf einem Friedhof gefunden. Einem sehr speziellen. Und an einer sehr speziellen Stelle.«

18

Kurz nach 20 Uhr.

»Kennst du den Selbstmörder-Friedhof im Grunewald?«

Christian Schneider hatte sich mal wieder angeschlichen und ohne Vorwarnung das Feuer eröffnet. Gerade hatte Anne die x-te Überarbeitung des Artikels über ihre Begegnungen mit Melanie, René und Marc Kamp beendet. Eine erste Version war gegen 18 Uhr in Druck gegangen: für die Frühausgabe, die ab dem späten Abend auf der Straße, in U-Bahnhöfen und Kneipen verkauft wurde. Für die Kioskausgabe am kommenden Morgen hatten sie einige Stunden mehr Zeit. Und da Schneider mit ihrem Text nicht zufrieden gewesen war, hatte sie nachsitzen müssen. Dazu hatten sie immer wieder die Online-Kollegen mit Fragen genervt, die aus ihren spärlichen Video-Sequenzen von Frau Panofski und der Gartenlaube einen 90-Sekünder zusammengeschnitten hatten.

Nun aber hatte sich Anne darauf eingestellt, endlich Feierabend zu haben. Schneiders plötzliches Auftauchen war kein gutes Zeichen.

Sie schaute ihn von unten an und hob die Augenbrauen: »Äh, ... nee ... Sollte ich?«

»Du arbeitest doch für eine Berliner Boulevard-Zeitung, oder?«, fragte er grinsend. Offensichtlich erwartete er allen Ernstes eine Antwort.

Sie tat ihm den Gefallen: »Ja, und?«

»Dann ist die Antwort: Ja, du *solltest* den Selbstmörder-Friedhof kennen. Oder auch ›Schandacker‹ oder ›Friedhof der Namenlosen‹.«

»Alles klar, hole ich nach«, sagte sie gereizt. »Warum ist das jetzt wichtig?«

»Einer unserer fleißigsten Leserreporter hat uns geflüstert, dass die Polizei den Friedhof vor einer guten halben Stunde mit Flatterband abgesperrt hat.« Schneider schaute sie erwartungsvoll an. »Na, klingelt's?«

»Äh ...« Sie stand auf dem Schlauch.

»Ach, komm schon«, sagte er. »Grunewald! Ich verwette meine Großmutter, dass die Aktion was mit unserer Grusel-Laube zu tun hat.«

»Okay, und was heißt das jetzt?« Sie ahnte Schlimmes.

»Das heißt, dass du dort mal vorbeischauen solltest.«

»Äh ... jetzt noch?«

»Nee, morgen reicht völlig«, sagte Schneider und winkte theatralisch mit der Hand ab. Dann verfinsterte sich sein Blick: »Quatsch! Natürlich jetzt! Oder willst du, dass die Konkurrenz die fette Geschichte abgreift? War ja nicht gerade das Gelbe vom Ei, was du heute mitgebracht hast.«

Sie musste schlucken.

»Und nimm Meister mit, der müsste noch da sein. Er kann dir dann auch gleich was über den Friedhof erzählen, den kennt er in- und auswendig. Erspart dir die Internet-Recherche.« Er drehte sich um und zog ab.

Feierabend ade, dachte sie. Missmutig packte sie Block, Stifte, Portemonnaie und Handy in ihren Rucksack.

Natürlich war Reinhard Meister noch übler gelaunt als sie selbst. Dabei hatte er Spätdienst und damit erst um 14 Uhr angefangen – im Gegensatz zu ihr, die seit heute Morgen auf den Beinen war. Seine Miene hellte sich jedoch auf, als sie nach dem Selbstmörder-Friedhof fragte.

»Oh, da war ich lange nicht mehr«, sagte er, als sie aus der Tiefgarage fuhren. »Toller Ort!« Er schien sich tatsächlich darüber zu freuen, dort hinzufahren. »Offiziell heißt der Friedhof ›Grunewald-Forst‹, aber so nennt den kein Mensch. Wurde gegen 1880 von der Forstverwaltung angelegt. Die wussten nicht mehr, wo sie mit den ganzen Wasserleichen hinsollten.«

»Was für Wasserleichen?«

»Die, die in der Bucht von Schildhorn angeschwemmt wurden. Da macht die Havel einen Knick und wegen irgendwelcher Strömungen werden die Leichen immer an der gleichen Stelle an Land gespült. Die Förster wuchteten sie die Havelanhöhe hoch und begruben sie dort auf einer Lichtung – lange, bevor es den Friedhof gab.«

»Warum haben sie denn die Leichen nicht der Polizei gemeldet?«

»Weil es sich der Erfahrung nach meist um Selbstmörder, oder besser gesagt: Selbstmörder*innen* handelte«, fuhr Meister fort, während er einen bummelnden VW Golf per Lichthupe vom linken Fahrstreifen scheuchte. Er genoss es sichtlich, vor einer jungen Kollegin mit seinem Berlin-Wissen glänzen zu können. »Neben den Wasserleichen begruben sie da auch Leute, die sich im Wald erhängt hatten oder in Duellen ums Leben gekommen waren. Angeblich haben sich einige sogar bewusst in der Nähe des Friedhofs umgebracht, damit ihre Angehörigen mit der Bestattung keine Umstände haben.«

»Versteh ich trotzdem nicht, warum die Förster sich die Mühe gemacht haben, die soweit zu schleppen und selbst zu verbuddeln.«

Annes Enttäuschung über den entgangenen Feierabend wich mehr und mehr dem Interesse an diesem mysteriösen Ort im Wald.

»Weil die sonst überhaupt niemand halbwegs würdevoll begraben hätte«, antwortete Meister. »Selbstmord galt der Kirche damals noch als Sünde, in Preußen stand er unter Strafe. Wer sich umbrachte, wurde auf dem Schindacker entsorgt. Da häutete man sonst Tiere und überließ die Überreste den Aasfressern!«

»Krass«, sagte Anne. Sie holte Block und Kugelschreiber aus dem Rucksack, um sich Notizen zu machen. »Du hast eben gesagt, dass es meist Selbstmörder*innen* gewesen seien ...«

Ein dicker silbergrauer Mercedes vor ihnen wusste nicht, ob er nach links oder rechts abbiegen wollte und blinkte im Wechsel nach beiden Seiten. »Nu' entscheid' dich ma', du Mitte-Snob!«, rief Meister und drückte hektisch die Hupe.

»Was hast du gesagt? Ach ja! Das waren oft Dienstmädchen, die von ihren reichen Grunewalder Herren geschwängert worden waren. Haben sich dann aus Verzweiflung von der Stölpchenseebrücke ins Wasser gestürzt. Hast du schonmal was von Minna Braun gehört?«

Sie schüttelte den Kopf: »Nö.«

»Über die Geschichte hat kurz nach dem Ersten Weltkrieg ganz Berlin ... ach was ... ganz Deutschland geredet!«, sagte Meister, der jetzt voll in Fahrt war. »Ein junges Ding, 25 oder so. Hatte mitten im Winter im Grunewald versucht, sich mit Schlafmitteln umzubringen. Wurde tot an der Uferchaussee gefunden und auf dem Selbstmörder-Friedhof eingesargt. Kriminalbeamte, die sie mehr als zehn Stunden später identifizieren wollten, merkten dann, dass sie gar nicht tot war.«

»Wie gruselig.«

»Ja, oder? Das ging damals durch die Zeitungen im Deutschen Reich. Alle hatten plötzlich Angst davor, bei lebendigem Leibe begraben zu werden.«

»Und was wurde dann aus ihr?«

»Die hat drei Jahre später nochmal versucht, sich umzubringen.« Meister verstummte einen Augenblick. »Dieses Mal erfolgreich.«

»Tragisch ... Und auf dem Friedhof liegen bis heute echt nur Selbstmörder?«

»Nee, nee. Mit der Bildung Groß-Berlins 1920 bekam jeder Bezirk seinen Friedhof. Die wurden dann nicht mehr von der Kirche betrieben. Von dem Moment an konnte auch auf dem Selbstmörder-Friedhof jeder ein Grab bekommen. Theoretisch. Freiwillig hat sich den Friedhof nämlich sowieso kaum jemand ausgesucht.« Meister lachte kurz auf. »Kein Wunder bei dem schlechten Ruf. 1945 wurden da über 1.200 Bombenopfer verscharrt, für die es anderswo keinen Platz mehr gab. Nur Nico wollte dort unbedingt neben ihrer Mutter begraben werden.«

Er schaute sie von der Seite an. »Kennste nich', wa? Biste zu jung für: erstes deutsches Supermodel und Sängerin von

The Velvet Underground. Sagt dir nichts, oder? Is' ja auch egal. Is' auf jeden Fall an Heroin und Alkohol zugrunde gegangen. Noch so 'ne schlimme Geschichte.«

»Ziemlich viele schlimme Geschichten gerade«, murmelte Anne mehr zu sich selbst und ließ, obwohl die Klimaanlage an war, die Scheibe ihres Fensters nach unten, um frische Luft hineinzulassen.

Sie fuhren die Straße des 17. Juni entlang, mitten durch den Tiergarten, Berlins grüne Lunge. Sie streckte den rechten Arm aus dem Fenster und ließ den warmen Fahrtwind durch ihre Finger strömen. Die Biergärten und Cafés waren rappelvoll. Mütter und Väter zogen in Fahrradanhängern ihre Kinder hinter sich her. Auf den Grünflächen sah sie Menschen Fußball und Frisbee spielen oder auf Decken in der Sonne liegen. Die Luft roch nach verbrannter Holzkohle und gegrilltem Fleisch. Der Kontrast zu den traurigen Schicksalen aus dem Grunewald hätte nicht größer sein können.

Doch sie hatte das Gefühl, zu den vielen düsteren Storys vom Selbstmörder-Friedhof würde demnächst eine weitere hinzukommen.

19

20 Jahre zuvor.
Dezember 1999.

Sein Puls schnellte in Bruchteilen von Sekunden in die Höhe. Trotz der Kälte in dem zugigen Baustellen-Container wurde ihm plötzlich heiß. Luna hatte ruckartig den Kopf gehoben und die Ohren gespitzt. Häufig geschah das, ohne dass er selbst etwas wahrnahm. Nicht nur deshalb war er jede Nacht aufs Neue froh, seine Schäferhündin dabei zu haben. Doch dieses Mal hatte auch er das Geräusch gehört.

Er griff gleichzeitig mit der einen Hand zur Taschenlampe und der anderen zu seiner Dienstwaffe, die er in das Holster am Gürtel steckte, und schaute aus dem Fenster des Containers. Zwei große Scheinwerfer tauchten das rund drei Meter hohe und mehr als zehn Meter breite, blickdichte Eingangstor der Baustelle in gleißendes Licht. Dahinter zeichneten sich die Silhouetten von mehreren Hochausrohbauten und einem Dutzend Kränen ab.

Er war immer noch stolz darauf, als Sicherheitsmann auf dem Potsdamer Platz zu arbeiten, der größten Baustelle Europas. Auch empfand er eine gewisse Genugtuung darüber, täglich über Gelände zu laufen, das früher der Mauerstreifen gewesen war – bedeckt mit Stacheldraht und Selbstschussanlagen. Der Job hatte zudem einige Pluspunkte. Die Bezahlung war zwar miserabel und im Herbst und Winter sah er wegen der Nachtschichten manchmal wochenlang kein Sonnenlicht. Doch dafür hatte er seine Ruhe und der Kontakt mit anderen Menschen beschränkte sich auf ein Minimum. Genauso, wie es ihm am liebsten war. Ohnehin gefiel es ihm hier besser, als zuhause vor dem Fernseher zu sitzen. Vor allem an Tagen wie heute: Die Kollegen hatten dankend angenommen, als er sich freiwillig für den Dienst an Heilig Abend gemeldet hatte. Der größte Vorteil seiner Arbeit aber war, dass Luna immer bei ihm sein konnte.

Diese stand jetzt winselnd an der Tür des Containers, was ihn nervös machte. Normalerweise beruhigte sie sich schnell wieder, wenn ein Geräusch sie irritiert hatte. Jetzt schien etwas da draußen zu sein, das nachhaltig ihre Aufmerksamkeit erregte. Angestrengt starrte er hinaus: Außer ein paar Kabeln, die lose von einem Gerüst baumelten, sah er in der Einfahrt keinerlei Bewegung. Vielleicht war es auch eines der vielen Kaninchen, die sich immer wieder aus dem nahen Tiergarten hierher auf die Baustelle verirrten. Doch die regten die mittlerweile elfjährige, altersweise Luna eigentlich nicht mehr auf.

Entsprechend angespannt war er, als er die Tür öffnete. Anziehen musste er sich nicht: Wegen der Kälte im Container legte er die dicke Jacke mit dem Schriftzug »PS-Security« auch dort nie ab. Es hatte schon wieder angefangen leicht zu nieseln. Er zog sich die Kapuze über den Kopf.

Luna war einige Schritte vorausgelaufen und plötzlich wie angewurzelt stehengeblieben. Sie fixierte eine Stelle am Fuß des Gerüstes, welches die gesamte, rund 15 Stockwerke hohe Fassade bedeckte, dann drehte sie sich zu ihm um.

Er nickte mit dem Kopf in Richtung Gerüst und sie lief darauf zu. Er folgte ihr, wobei er einige große Pfützen umrunden musste, die der Dauerregen der vergangenen Tage hinterlassen hatte. Kurz vor dem Gerüst blieb Luna wieder stehen und schaute sich nach ihm um. Als er sie erreicht hatte, sah er, dass an dieser Stelle ein Durchgang im Beton war, abgedeckt mit einer Plastikplane.

Er zeigte Luna mit einer Handbewegung an, dass sie an seine Seite kommen sollte. Dann näherte er sich der Plane. Als er unter dem Gerüst stand, schlug er leise die Kapuze zurück und horchte. Zwar meinte er, Geräusche zu hören, die er nicht zuordnen konnte. Allerdings war auch der Regen stärker geworden: Überall um ihn herum floss und tropfte das Wasser. Er steckte die Taschenlampe in die Jackentasche und zog mit der rechten Hand seine Pistole aus dem Holster. Die andere

Hand legte er an die linke Kante der Plane. Dann zog er diese mit einem Ruck zur Seite.

Als er später im Prozess aussagen musste, konnte er nicht mehr sagen, was er zuerst getan hatte: zu brüllen, zu laufen oder zu schießen. In seiner Erinnerung verschwamm alles zu einer einzigen Reaktion auf die Szene, die er in diesem Augenblick wahrnahm: In etwa zwanzig Metern Entfernung, weit hinten in der Ecke des noch vollkommen nackten Erdgeschosses, hatte er in der Dunkelheit schemenhaft drei Männer an einem Baugerät herumwerkeln sehen.

Er konnte auch nicht mehr sagen, warum er so schnell geschossen hatte, ob er Angst gehabt oder sich bedroht gefühlt hatte. Natürlich drehten es später die von seinem Arbeitgeber gestellten Anwälte so. Die Richter schluckten die Notwehr-Version zumindest teilweise, auch weil einer der drei Männer ebenfalls eine Waffe dabei gehabt hatte. Das bewahrte ihn zwar vor dem Gefängnis, doch seinen Job war er los. Zum wievielten Mal in den vergangenen neun Jahren? Und wie so oft wusste er nicht, warum. Er hatte nicht das Gefühl, etwas falsch gemacht zu haben. Sein Auftrag war, die Baustelle zu bewachen. Das hatte er getan. Wozu gab ihm sein Arbeitgeber eine Pistole, wenn er sie in einer solchen Situation nicht benutzen durfte?

Nach der Urteilsverkündung, es war Mai und das Wetter sonnig und mild, fuhr er mit der S-Bahn zum Grunewald und lief mit Luna kreuz und quer durch den Forst. Irgendwann sah er den hölzernen Wegweiser, auf dem in altdeutscher Schrift »Zum Friedhof« stand, und folgte ihm. Den Hinweis »Mitbringen von Hunden verboten« ignorierte er und öffnete das Tor aus dunklem Holz, das von einem Rundbogen aus massiven Steinquadern überspannt wurde.

Außer ihm war kein Mensch weit und breit zu sehen oder zu hören. Insekten summten, es roch süßlich nach irgendwelchen Blüten und in der Nähe klopfte ein Specht. Je länger er auf den schmalen, teilweise überwucherten Wegen herumlief und die Inschriften auf den Grabsteinen las, desto besser gefiel ihm dieser Ort: Hier lagen Verzweifelte, Ausgestoßene, Namenlose. Menschen, die sich in der Welt vermutlich ebenso verloren gefühlt hatten wie er selbst.

Nach einigen Minuten blieb er vor einem steinernen, etwa einen Meter hohem Kreuz stehen. Die Inschrift erinnerte ihn unweigerlich an seine Mutter. Ein Teil des Steines verschwand hinter einem Busch, das darunter liegende Grab war vollständig von Efeu zugewuchert.

Während er auf das Kreuz starrte, versuchte er krampfhaft, sich an das Gesicht seiner Mutter zu erinnern. Er hatte ein paar Fotos von ihr, die er vor vielen Jahren das letzte Mal angeschaut hatte, als sie ihm beim Aufräumen zufällig in die Hände gefallen waren.

Aber er wollte sich nicht an *Bilder* erinnern. Wie hatte sich seine Mutter angefühlt? Wie hatte sie gerochen? Wie hatte ihre Stimme geklungen? So sehr er sich auch bemühte, sich irgendetwas davon ins Gedächtnis zu rufen – es gelang ihm nicht. Er wurde traurig und wütend. Auf sich selbst, weil er sich einfach nicht erinnern konnte? Auf seine Mutter, weil sie nicht bei ihm geblieben war? Auf die Menschen, die ihn heute einmal mehr ungerecht behandelt hatten?

Er spürte einen sanften Druck an seinem rechten Bein, schaute hinunter und merkte erst in diesem Moment, dass Luna offenbar schon eine ganze Weile ihre Schnauze an ihm gerieben hatte.

»Komm, Luna, wir gehen«, sagte er und wandte sich zum Eingangstor. Er war sich sicher, dass sie hierher wiederkommen würden.

20

11. Juli 2019. Viertel nach acht am Abend.

»Das ist nicht dein Ernst, oder?!«

Fabian fasste es nicht. Er fuhr deutlich schneller als erlaubt auf der fünfspurigen Heerstraße Richtung Westen, um den Wald oberhalb zu umrunden und von Norden hineinfahren zu können. Nur so kam er möglichst nah mit dem Auto an den Friedhof Grunewald-Forst heran.

Als sein Handy geklingelt hatte, war er auf Ergün oder Sarah vorbereitet gewesen. Nicht aber auf einen der beiden Kollegen, die sie am späten Nachmittag noch einmal zur Wohnung von Marianne und Walter Berger geschickt hatten. Und schon gar nicht auf das, was dieser ihm berichtete.

Er hatte keinerlei Hoffnung gehabt, dass bei einem erneuten Gespräch mit den beiden Rentnern irgendetwas rumkommen würde. Schlimmstenfalls, so hatte er geglaubt, würden es die Bergers ihrer Enkelin gleichtun und weitere Aussagen erst einmal verweigern. Jetzt erfuhr er, dass er mit dieser Einschätzung falsch gelegen hatte.

»Sie sind *wohin*?«, fragte er entgeistert in den Raum.

»Nach Mallorca«, kam die Antwort aus der Freisprechanlage. »Behaupten jedenfalls die Nachbarn.«

In seinem Kopf spulte er noch einmal das Treffen mit den Bergers im Zeitraffer ab. Niemals hätte er ihnen zugetraut, sich aus dem Staub zu machen – vor allem nicht innerhalb von gerade mal etwas mehr als 24 Stunden!

»Und ihr seid euch sicher, dass die Nachbarn euch keinen Bären aufgebunden haben?«

»Das klang alles schon ziemlich glaubwürdig«, antwortete der Kollege. Fabian meinte, einen leicht gekränkten Unterton herauszuhören. »Wir haben ja länger mit denen gesprochen. Außerdem sehe ich keinen Grund, warum sie uns eine solche Geschichte aufgetischt haben sollten. Wir haben sowas ja auch nicht das erste Mal gemacht.«

»Schon gut«, beschwichtigte Fabian. »Ist ja nicht eure Schuld.«

Er war am Scholzplatz angekommen und ließ den entgegenkommenden Verkehr passieren, um links in den Postfenn Richtung Grunewald abzubiegen. »Lasst das alles abchecken, auch bei den Fluggesellschaften. Kommen ja vermutlich nicht allzu viele Flüge infrage, die sie genommen haben können.«

»Ist doch klar«, sagte der Kollege etwas verschnupft. »Läuft alles längst.«

»Na umso besser, dann euch nen schönen Feierabend!«

Erst als er aufgelegt hatte, merkte er, dass er sich gar nicht für die Arbeit bedankt hatte. Das ärgerte ihn, denn er wollte weder ein Chef noch ein Kollege sein, der die Bemühungen der anderen als selbstverständlich hinnahm.

»Fuck!«, rief er laut und schlug aufs Lenkrad.

Es lief alles andere als geschmeidig: Ihre Hauptzeugin stellte sich quer, die Besitzer des Tatortes waren erstmal außer Reichweite und er war unterwegs zur Leiche eines Säuglings, die – Gott weiß, warum – auf einem Friedhof abgelegt worden war. Es brauchte nicht viel Fantasie, um sich die entsprechende Schlagzeile des *Berliner Blatts* vorzustellen, wenn die Zeitung davon Wind bekam. Ihm grauste schon jetzt vor der nächsten Morgenrunde: Er hatte keine nennenswerten Ermittlungserfolge zu vermelden, Grindelmann würde ihn vor versammelter Mannschaft noch mehr unter Druck setzen und Bertram Kubitschek sicher wieder zu großer Form auflaufen.

In sanften Kurven schlängelte sich die Havelchaussee durch den dichten Grunewald. Am Straßenrand sah er einen uniformierten Polizisten, der an einem Streifenwagen lehnte. Fabian verlangsamte das Tempo, öffnete das Seitenfenster und hielt direkt neben dem Kollegen, der sich zum Fenster hinunterbeugte. Fabian stellte sich vor, woraufhin der Beamte, der mindestens 20 Kilo zuviel auf den Rippen hatte, auf die andere Straßenseite zeigte: »Sie müssen den Weg da rein und den ersten Forstweg wieder nach links. Dann laufen Sie direkt

113

drauf zu. Sind keine fünf Minuten. Wagen könnse hier stehen lassen.«

Vom Eingangstor des Friedhofs aus kam ihm Ergün entgegen, die den Ganzkörperanzug der Spurensicherung trug. Als sie ihn erreichte, schob sie sich ihren Mundschutz unters Kinn.

»Könnte noch ein langer Abend werden«, sagte sie statt einer Begrüßung. Fabian merkte sofort, dass sie ernsthaft erschüttert war.

Er deutete er mit dem Kopf zum Friedhof: »Sehr schlimm da drin?«

Sie zuckte mit den Schultern: »Kommt drauf an, was man schon so gesehen hat.« Für einen Moment schien sie durch ihn hindurch zu blicken. »Und was man erwartet.«

Sie schaute in die Kronen der Bäume, die über die Friedhofsmauer hinausragten, und von unten angestrahlt wurden. »Aber es hilft ja nichts, lass uns reingehen.«

Sie deutete auf ein Polizeifahrzeug mit offener Kofferraumklappe, das neben der Friedhofsmauer parkte: »Da kannst du dich einkleiden lassen.«

Nachdem er sich den weißen Overall übergestreift und den Mundschutz aufgesetzt hatte, folgte er ihr zum Tor. Kurz nickend grüßte er die beiden dort stehenden Polizisten und ging hindurch. Drinnen fühlte er sich sofort an den Morgen im Kleingarten erinnert: Es dämmerte schon leicht und die Scheinwerfer tauchten die dicht stehenden Bäume, Büsche und Wege, Grabsteine und Kreuze in schummriges Licht. Durch die Äste sah er hier und da die weißen Schutzanzüge der Kriminaltechnikerinnen und -techniker aufleuchten, von denen etwa ein halbes Dutzend vor Ort waren.

Ergün folgte einem schmalen gepflasterten Weg. Dieser verlief parallel zur Friedshofmauer, alle paar Meter gingen vom ihm kleine Pfade nach rechts ab, die auf beiden Seiten mit Gräbern gesäumt waren. In einen dieser Wege bog sie nach kurzer Zeit ein. Vor einer der Grabstätten auf der linken Seite hockte der Kriminaltechniker Friedrich Müller und leuchtete mit einer großen Taschenlampe in die Äste eines Busches, der einen Grabstein aus hellem Fels fast vollständig verdeckte.

Hinter ihm standen ein weiterer Kriminaltechniker, die Staatsanwältin Miriam Meinerle und der Rechtsmediziner August Renner. Fabian kannte ihn von einem anderen Fall, bei dem eine junge Frau von ihrem Ex-Mann zuerst getötet und dann aus dem zehnten Stock vom Balkon gestoßen worden war. Ihn hatte beeindruckt, wie Renner die Leiche regelrecht gelesen und in kürzester Zeit die vom Sturz herrührenden Verletzungen von jenen unterschieden hatte, die zum Tode der Frau geführt hatten.

Als er sich der Gruppe näherte, nickte ihm die Staatsanwältin statt einer Begrüßung anerkennend zu: »Da hatten Frau Ergün und Sie ja den richtigen Riecher mit dem Mantrailing.«

Fabian schätzte Meinerle auf Ende Dreißig und hatte gehört, dass sie äußerst ambitioniert sein sollte. Tatsächlich machte sie jedes Mal, wenn er sie traf, einen ebenso kompetenten wie dynamischen Eindruck.

Der vor dem Grab kniende und mit einem kleinen Werkzeug hantierende Müller schaute von unten zu ihnen hoch: »Ah, Kollege Felter«, sagte er. Mühsam erhob er sich. Schweißperlen liefen ihm über das Gesicht und tropften auf seinen Overall, der sich über der Brust leicht wölbte. »Uff, ich glaube, ich bin langsam zu alt für das alles hier ... Sie wissen schon Bescheid?«

»Nur, dass es ein Säugling ist«, sagte Fabian. »Ist er noch ... also, liegt er noch da?«

»Ja, klar«, erwiderte Müller. »Allerdings sehr versteckt im Busch.« Er leuchtete mit seiner Taschenlampe auf den großen Strauch neben dem Grabstein.

»Darf ich mal?«, fragte Fabian und ging in die Hocke. Müller kniete sich neben ihn, um ihm mit der einen Hand einige Zweige des Busches zurückzuschieben. Mit der anderen hielt er die Taschenlampe, um ihm zu leuchten.

Auf der Erde lag ein etwa 50 Zentimeter langes, in eine Decke aus Frottee eingewickeltes Bündel. Der Stoff war wohl ursprünglich hell gewesen, Fabian vermutete verwaschenes Weiß oder Grau. Doch das war nur noch zu erahnen, denn das Tuch war blutgetränkt. Das Blut war eingetrocknet und hatte unterschiedliche Rot- und Brauntöne angenommen. Als Fabian näher an das Bündel heranging, stieg ihm trotz des Mundschutzes beißender Gestank in die Nase, der ihn unwillkürlich würgen ließ. Das Bündel lag auf einer Plastikfolie. Bei näherem Hinsehen erkannte Fabian, dass es sich offenbar um einen schwarzen Müllsack handelte, der an der oberen Längsseite aufgeschnitten war. Er schaute zu Müller, der neben ihm saß und weiter die Zweige für ihn zur Seite drückte: »Die Tüte habt *ihr* aufgeschnitten, nehme ich an?«

Müller nickte.

Fabian drehte sich zu August Renner um: »Todeszeitpunkt?«

»Schwer zu sagen«, antwortete der Rechtsmediziner. »Das Klima in dem Sack hat den Verwesungsprozess enorm beschleunigt. Muss da drin heiß wie in einem Ofen geworden sein.«

»Trotzdem 'ne Vermutung?«

Renner zögerte. »Ich würde mal behaupten: mindestens 36 Stunden. Vielleicht auch länger. Aber, wie gesagt: Ist nicht so einfach.«

Fabian wandte sich wieder dem Bündel zu. An dessen oberem Ende war die blutbefleckte Decke nach beiden Seiten aufgeschlagen. Er brauchte einen Moment, um zu begreifen, was er dort sah: das Gesicht des Kindes. Dessen Zersetzung war schon so weit fortgeschritten, dass es eher einer zerknitterten Fläche denn einem menschlichen Antlitz glich. Zumindest erkannte Fabian, dass Augen und Mund des Babys geschlossen waren. Die eingefallenen Wangen und Nase erinnerten ihn an Bilder von Säuglingen aus Hungerkatastrophen. Verletzungen konnte Fabian keine erkennen. Allerdings trug das tote Kind eine Mütze aus Wolle, die aussah, als sei sie blutgetränkt.

Fabian musste unvermittelt an seine eigenen Söhne denken. Wie er sie das erste Mal im Krankenhaus im Arm hielt, erst Emil, eine halbe Stunde später Till. Er hatte gespürt, wie sich ihre kleinen Brustkörbe beim Atmen fast unmerklich hoben und senkten, hatte seine Finger in ihre Mini-Händchen gelegt, an denen sie sich sofort festklammerten.

Es waren die unglaublichsten Momente in seinem Leben gewesen. Die Tränen waren ihm übers Gesicht geflossen – vor Rührung, Erschöpfung, Fassungslosigkeit. Jetzt erinnerte er sich daran, dass er im Augenblick des höchsten Glücks gleichzeitig Angst bekommen hatte. Angst, dass diesen beiden zarten, hilflosen Wesen, die in seinem Arm lagen, etwas passieren könne. Sie nicht beschützen zu können. Nicht immer für sie da sein zu können, wenn sie ihn brauchten.

Wer hatte dieses Kind hier nicht beschützt?

»Wissen wir schon, ob Junge oder Mädchen?«, fragte Fabian an Renner gewandt. Dieser schüttelte den Kopf.

»Eine Ahnung, wie alt?«

»Nur so ungefähr. Sicher älter als ein Monat. Und wohl nicht mehr als drei.«

»Todesursache?«

Renner starrte den Säugling an. »Das werden wir erst nach der Obduktion sagen können. Das viele Blut in den Textilien und das eine oder andere Anzeichen deuten auf Gewalteinwirkung hin.«

»Schnittverletzungen?«

»Sie denken an das Messer, das die Kinder im Wald gefunden haben?«

Fabian nickte, ohne den Blick von dem blutigen Bündel unter dem Busch zu nehmen.

»Bei dem, was wir bislang gesehen haben, also das Gesicht und einen Teil des Halses ...«, sagte Renner, »... sind keine Schnitte zu erkennen. Eher Kratz- oder Schlagspuren.«

»Oh Mann ...«, sagte Fabian, pustete durch und stand auf.

In nicht allzu weiter Ferne grummelte das Gewitter. Fabian zeigte auf das steinerne Kreuz und wandte sich an Ergün: »Weiß man denn, wer hier liegt?«

»Vermutlich nicht«, sagte Ergün. »Ist offenbar ein sehr altes Grab, wahrscheinlich noch vor dem Krieg angelegt. Und da hier viele anonym bestattet wurden, wird man das wohl auch kaum noch rauskriegen.«

Fabian starrte auf die Inschrift des kompakten kreuzförmigen Grabsteins und schüttelte den Kopf: »Es kann kein Zufall sein, dass jemand die Leiche eines Säuglings ausgerechnet hier ablegt.« Auf dem Stein war in Großbuchstaben nur ein einziges, kurzes Wort eingraviert: MAMA.

21

Knapp anderthalb Stunden später, am selben Ort.

Es tat weh.

Natürlich konnte sie Fabian verstehen: Er war unter Druck und hatte einen Fall aufzuklären. Außerdem war es fast zehn Uhr, zuhause warteten seine Frau und zwei kleine Kinder. So viel hatte sie schon von ihm erfahren. Trotzdem enttäuschte es sie, wie er sie nach nur wenigen Minuten, die sie miteinander gesprochen hatten, hier einfach so stehen ließ. Beim ersten Wiedersehen nach über zehn Jahren!

Gerade als sie zusammen mit ihrem schnaufenden Fotografen Reinhard Meister den Friedhof erreicht hatte, war Fabian neben einer Frau um die Vierzig, offenbar eine Kollegin, aus dem Tor gekommen. Sie waren sich sozusagen in die Arme gelaufen – was ihn, das war deutlich, überfordert hatte. »Hallo, Anne«, hatte er unsicher gesagt und war zögerlich vor ihr und Meister stehen geblieben. »Ihr kennt euch?«, hatte Fabians Kollegin gefragt.

»Ja, das ist Anne, wir kennen uns von früher.« Dann hatte er nach einer kurzen Pause, als ob er nicht wüsste, was er sagen sollte, auf die Frau neben sich gedeutet. »Ach ja, das ist meine Kollegin Dilek Ergün.«

»Freut mich! Und das«, Anne hatte auf Meister gezeigt, »ist *mein* Kollege Reinhard Meister.« Mit den Worten »Angenehm, Meister, *Berliner Blatt*« hatte dieser den beiden seine Hand entgegengestreckt.

»Oha, die Presse«, hatte Fabians Kollegin gesagt, ihn ernst angeschaut und ohne jede Ironie hinzugefügt: »Dann pass auf, was du sagst.«

Anne hatte sich über die Bemerkung geärgert. Sie war heilfroh gewesen, als sich die Frau kurz darauf verabschiedet hatte. Meister wollte sich »ein wenig umschauen«, wie er selbst sagte – was Fabian noch nervöser als sowieso schon gemacht hatte.

Also standen sie nun zu zweit hier, in einer unwirklichen Szenerie: im nächtlichen Wald vor einem Friedhof, auf dem die Bäume geisterhaft von unten erleuchtet waren. In den Wipfeln rauschte der Wind, gelegentlich hörte sie entfernt Donner.

»Hab dich übrigens gegoogelt«, sagte sie und schaute verlegen auf ihre Finger. »Aber nur altes Zeug gefunden ...«

»Wird an meinem neuen Namen liegen.«

Sie schaute ihn verwundert an: »Neuer Name?«

»Ja, hab den Namen meiner Frau angenommen: Felter.«

Das passte zu ihm, dachte sie. Er hatte nie großen Wert auf Äußerlichkeiten gelegt, zu denen er offenbar auch seinen Familiennamen zählte. Das hatte sie damals an ihm fasziniert – in einem Alter, als jeder damit beschäftigt war, so cool und besonders wie möglich zu sein.

»Du bist also bei der Zeitung«, stellte Fabian fest. »Ist doch genau das, was du immer machen wolltest. Warst ja auch damals bei der Schülerzeitung schon die große Reporterin.«

Sein ironischer Unterton störte sie, doch sie wollte sich nichts anmerken lassen: »Ja, irgendwie schon.«

»Hab deinen Artikel über unseren Fall gelesen.« Er machte eine Handbewegung zum Friedhof hin, was sie aufmerksam registrierte. »Hast ein bisschen dick aufgetragen, oder? Ich meine ›Grusel-Laube‹, ›Pflaumenkuchen-Idylle‹ und so.«

»Naja, ist eben Boulevard«, meinte sie und hob die Augenbrauen. »Da gibt man immer etwas mehr Gas.«

»Gas geben«, wiederholte er leicht verächtlich. »Apropos: Wie schafft ihr es eigentlich, immer so schnell da zu sein?«

Sie zögerte. »Früher hat die Sex-and-Crime-Abteilung den Polizeifunk abgehört. Als der vor ein paar Jahren von analog auf digital umgestellt wurde, und man als Externer da nicht mehr so ohne Weiteres reinkam, war das ...«

Plötzlich knackte, raschelte und schnaubte es heftig im Unterholz. Beide zuckten zusammen und schauten in die Richtung, aus der die Geräusche kamen.

»Wildschweine«, sagte sie. Fabian war sichtlich nervös, was sie amüsierte. Lächelnd sagte sie: »Wo waren wir?«

»Bei euren Methoden, so schnell an den Tatorten zu sein.«

»Ach ja, genau. Als die Polizei nicht mehr analog gefunkt hat, war das ein harter Schlag.«

»Die Reporter sind aber trotzdem immer noch ganz schön fix da. Kann ja kein Zufall sein.«

Sie überlegte, ob sie Betriebsgeheimnisse ausplauderte, wenn sie mehr verriet. Doch vermutlich erzählte sie nichts, was nicht eh jeder wusste. Außerdem hoffte sie, dass auch Fabian die eine oder andere Info für sie hätte. Es schadete also nicht, ein wenig in Vorleistung zu gehen: »Es gibt offenbar genug schlecht bezahlte und gefrustete Leute bei euch, die die Presse mit Interna versorgen – selbstverständlich gegen ein kleines Info-Honorar.«

Er pustete spöttisch aus und malte imaginäre Gänsefüßchen in die Luft: »›Info-Honorar‹. Findest du das in Ordnung?«

»Wie meinst du das?« Ihr gefiel nicht, wie sich das Gespräch entwickelte.

»Naja, ich meine: ›Info-Honorar‹ – komm schon! Für mich ist das Bestechung. Ihr wisst doch auch, dass das nicht legal ist, wenn Beamte solche Sachen an euch durchstecken.«

Sie verdrehte die Augen: »Oh nee, komm, das wird jetzt hier keine Moralpredigt, oder? Und außerdem ...«, sie zog ihr Smartphone aus der Hose und hielt es hoch, »... erfahren wir heutzutage eh fast immer live, wenn irgendwo was passiert. Dafür brauchen wir gar keine Maulwürfe.«

Sie zeigte auf den Friedhof: »War heute übrigens auch ein stinknormaler Spaziergänger, der uns hiervon berichtet hat. Hat auch was mit der Laube zu tun, oder?«

Er zögerte. »Nein ... also, doch ... ja ..., aber ...«

»... aber du darfst mir nichts sagen. Verstehe. Hat dich ja deine sympathische Kollegin schon eindringlich drauf hingewiesen.« Sie grinste: »Überhaupt zu wissen, dass es was miteinander zu tun hat, ist ja auch schonmal was.«

Verunsichert schaute er sie an: »Das schreibst du jetzt aber nicht, oder? Ich meine, dass du das von mir hast.«

»Nee, keine Angst, bleibt unter uns.« Sie wechselte schnell das Thema: »Und du? Seit wann bist du in Berlin? Gleich nach dem Abi hierhergekommen?«

»Nicht sofort. Musste erst noch Zivildienst machen.«

»Ach ja, stimmt ja. Den gab's damals ja noch. Was hast du denn gemacht?«

»War in einer Kita.« Erst jetzt hob er den Kopf, sah sie an und lächelte: »Hat echt Spaß gemacht.«

Sie musste schlucken. Sich Fabian umgeben von einer Schar fröhlich tobender Mädchen und Jungen vorzustellen, schmerzte. Gleichzeitig tat ihr sein Lächeln gut. Sie freute sich, endlich ein wenig von der Vertrautheit zu spüren, die sie damals miteinander geteilt hatten, auch wenn es nur eine minimale Andeutung davon war.

Er schien ihr Gefühl nicht zu teilen, denn plötzlich sagte er: »Tut mir echt leid, aber ich muss wirklich los. Vielleicht treffen wir uns ja mal auf einen Kaffee oder so?«

»Na klar, gerne«, meinte sie und erwartete, dass er nach ihrer Handynummer fragen würde. Stattdessen machte er einen Schritt auf sie zu und umarmte sie lasch und ungelenk.

»Na dann«, sagte er, blieb einen Augenblick unschlüssig stehen und stapfte, die Hände in den Hosentaschen, zum Forstweg, der zur Havelchaussee führte. Sie schaute ihm nach und hoffte, er würde sich noch einmal umdrehen – vergeblich.

Als er zwischen den Bäumen im mittlerweile stockdunklen Wald verschwunden war, fiel ihr auf, dass es bereits nach zehn war. Sie hatte ihre Mutter schon wieder nicht angerufen.

Dann kam Reinhard Meister schwerfällig hinter der Friedhofsmauer hervor: »Anne, ich glaube, ich hab hier was für uns«, rief er heftig atmend und deutlich lauter als nötig. Triumphierend schwenkte er seine Kamera: »Das musst du dir unbedingt anseh'n.«

22

Eine Stunde später, ganz in der Nähe.

Wie unterschiedlich Friedhöfe sein können, dachte Fabian. Auch hier hatten Menschen ihre letzte Ruhestätte gefunden. Aber was war das für eine andere Welt als auf dem Selbstmörder-Friedhof, von dem aus sie vor kaum einer Stunde mit der Hündin losgelaufen waren. Langsam ließ Fabian den Lichtkegel seiner Taschenlampe über die endlosen Reihen weißer Grabsteine gleiten: Sie waren absolut identisch. Auch die Gravur war fast immer dieselbe: Am Kopf trugen sie einen fliegenden Adler, der seine Flügel weit ausgestreckt hatte – das Emblem der britischen Luftstreitkräfte.

Während auf dem Selbstmörder-Friedhof kein Grab dem anderen glich – genauso wenig wie die Schicksale der Menschen, die dort lagen –, und Bäume und Büsche wild über die Gräber wucherten, war hier alles unfassbar aufgeräumt: In Reih und Glied standen die Steine in exakten, zentimetergenauen Abständen zueinander, der Rasen war akkurat gemäht, nicht einmal vereinzelte Zweige oder Blätter lagen herum. Die Ordnung über der Erde passte zu jener darunter: Alle, die hier bestattet waren, starben aus demselben Grund und im selben Zeitraum: Bei den Kämpfen um Berlin im Frühjahr 1945.

Für Bella waren es nur Steine, zwischen denen sie seit einigen Minuten konzentriert schnuppernd herumlief. Offenbar hatte sie Mühe, die Spur wiederzufinden, die sie hierher, auf den Britischen Soldatenfriedhof geführt hatte.

Fabian hatte Anne angelogen, als sie vor dem Selbstmörder-Friedhof miteinander gesprochen hatten: Er müsse nach Hause zu seiner Familie, hatte er ihr gesagt, um sich von ihr loszueisen. Doch da hatte längst festgestanden, dass sein Arbeitstag noch immer nicht beendet war.

Gemeinsam mit der Staatsanwältin und Theresa Fritsch hatten sie am Fundort des toten Säuglings entschieden, Bella auf die Spur der Person anzusetzen, die ihn dorthin getragen hatte. Offenbar war diese nicht vorsichtig gewesen: Die Labrador-Dame hatte keinerlei Mühe, die Spur der Geruchsproben vom Strampler des Babys und vom Plastiksack aufzunehmen.

Während er mit Fritsch und Bella mitlaufen sollte, war Ergün zusammen mit Dr. Renner und der Staatsanwältin in die Gerichtsmedizin gefahren, um bei der Obduktion des Säuglings dabei zu sein.

Fabian hatte Anne allerdings kein zweites Mal in die Arme laufen wollen. Deshalb war er zunächst im Auto geblieben, um etwas später zu Fritsch und den Kollegen zu stoßen. Nach rund zwanzig Minuten hatten sie ihn angerufen und gesagt, er solle die Havelchaussee ein Stück Richtung Norden fahren, das Auto an einem Forstweg stehenlassen und diesen hineinlaufen. Weniger als zehn Minuten später hatte er die vierköpfige Gruppe auf einer Lichtung erreicht.

Er hatte schon befürchtet, dass sie Anne und ihren Foto-Heini im Schlepptau haben könnten, aber Theresa Fritsch lächelte auf seine Nachfrage nur matt: »Na klar saßen die vor dem Friedhof im Gebüsch. Aber unsere Zielperson war netterweise so schlau, den Friedhof über die hintere Mauer zu verlassen – was Bella dann natürlich auch gemacht hat. Deine Freundin von der Zeitung dürfte also gar nicht bemerkt haben, wie wir losgelaufen sind.«

Es hatte sich also rumgesprochen, dass er Anne kannte. Kurz wollte er etwas entgegnen und versichern, dass dies für die laufenden Ermittlungen kein Problem darstellen würde. Doch da hatten sich alle schon wieder auf Bella konzentriert, die an ihrer Leine zerrte.

Was soll's, dachte Fabian, und stiefelte der Gruppe hinterher. Es war, wie es war. Er würde Anne gegenüber schon keine Interna ausplaudern. Ohnehin schien niemand in der Gruppe zum Schwatzen über derartige Nebensächlichkeiten aufgelegt zu sein. Fabian fiel auf, wie anders die Stimmung gegenüber dem ersten Mantrailing-Einsatz am Nachmittag war: Der Fund des toten Babys drückte allen aufs Gemüt.

Nach zehn Minuten überquerten sie die einspurige, asphaltierte Straße »Am Postfenn«. Um diese Zeit, es ging auf 23 Uhr zu, waren kaum noch Autos im Grunewald unterwegs – Fahrradfahrer und Fußgänger sowieso nicht. Dann ging es wieder einige Minuten quer durchs Gelände – und plötzlich standen sie auf dem Britischen Soldatenfriedhof mit seinen langen Reihen identischer weißer Grabsteine.

In den Bäumen um den Friedhof rauschte der Wind, doch das Gewitter schien vorbeigezogen zu sein. Nach einigen Minuten hatte Bella die Fährte wiedergefunden: Sie führte quer über den Friedhof zum Ausgang Heerstraße. Nachdem sie etwa 250 Meter neben der fünfspurigen Straße auf dem Gehweg gelaufen waren, orientierte sich Bella zur Straßenmitte.

»Straße sperren«, bedeutete Fritsch den Kollegen. Zwei von ihnen zogen Polizeikellen aus ihren Westen, aktivierten die roten Leuchten und betraten, die Signale langsam über ihren Köpfen in entgegengesetzte Richtungen schwenkend, gemeinsam die Fahrbahn. Da kaum noch Autos unterwegs waren, brauchten sie keine Minute, um den Verkehr zum Stehen zu bekommen.

Fritsch gab Bella, die geduldig am Straßenrand gewartet hatte, das Zeichen weiterzumachen. Die Hündin überquerte die Fahrbahn und folgte auf der anderen Seite dem Gehweg. Fritschs Kollegen warteten noch einen Moment, dann gaben sie die Straße wieder für den Verkehr frei.

Sie passierten eine Wirtschaft zu ihrer Linken und erreichten eine Straßenkreuzung mit einer Tankstelle. Zunächst schien Bella an dieser vorbeizulaufen, dann ging sie einige Meter wieder zurück und lief quer über das Gelände der Tankstelle in die Schirwindter Allee. Auf dieser folgte sie dem Fußweg Richtung Norden. Fritsch schaute auf die Uhr: »Kurz nach zwölf – mal gucken, wie lange sie noch durchhält.«

Die Straße nahm eine leichte Rechtsbiegung, Bella lief nun ohne größere Ausflüge zu den Seiten immer geradeaus am Rande des linksseitigen Bürgersteigs entlang.

»Ich hab 'ne Ahnung, wo's hingeht«, sagte Fritsch plötzlich und zeigte die Straße runter. Da sah auch Fabian den grünen Kreis mit einem großen weißen »S« darin: Bella steuerte auf die S-Bahn-Station Pichelsberg zu. Einen Moment dachten sie, sie hätten sich geirrt, denn auch hier lief die Hündin zunächst am Eingang vorbei. Doch nach ein paar Sekunden machte sie kehrt, lief in den S-Bahnhof hinein und die Treppe zu den Bahnsteigen hinunter. Dort blieb sie stehen.

»So«, sagte Fritsch und schaute in die Runde ihrer fünf Kollegen. »Sieht ganz danach aus, als sei unsere Zielperson hier in die S-Bahn gestiegen.«

»Das heißt, hier ist jetzt erstmal Schluss?«, fragte Fabian.

»Eher geht's hier erst richtig los«, antwortete Fritsch. »Jetzt haben wir 'ne Menge Arbeit vor uns.«

Fabian wusste, was sie meinte: Mit dem Hund mussten nun alle Bahnhöfe abgeklappert werden, an denen die Zielperson ausgestiegen sein könnte, um dort die Fährte wieder aufzunehmen. Je weiter die oder der Gesuchte gefahren war, desto länger würde es dauern, denn das Prozedere war aufwändig: Der ganze Trupp fuhr mit dem Auto entlang der S-Bahn-Trasse bis zur jeweils nächsten Station. Dort ließ man den Hund solange suchen, bis dieser entweder die gewünschte Spur wiedergefunden hatte – oder klar war, dass die Zielperson an diesem Bahnhof nicht ausgestiegen war.

»Natürlich«, entgegnete Fabian schnell auf Fritschs Antwort. Er wollte nicht unmotiviert wirken. »Aber noch heute Nacht, meinte ich – also jetzt gleich?«

Fritsch, die neben Bella kniete und dieser den Nacken kraulte, schaute wieder auf die Uhr: »Allzu lange warten sollten wir nicht: Wenn der Berufsverkehr beginnt, wird's nicht einfacher. Wir haben keine Ahnung, wie weit wir fahren müssen. Könnte langwierig werden.« Sie schaute Bella an. »Aber auch das spricht eher dafür, heute Nacht dranzubleiben. Sobald die Bahnsteige voller Menschen sind, wird's schwer.«

»Sie wollen also sofort weitermachen?«, fragte Fabian. Er sehnte sich nach seinem Bett.

»Bella braucht defintiv eine Pause«, sagte Fritsch. »Wir sollten sie also in jedem Fall durch einen anderen Hund ersetzen. Allerdings könnte ich selbst vorher auch ein, zwei Stündchen Schlaf vertragen.« Sie blickte lächelnd in die Runde: »Ist ja warm genug, um im Auto zu schlafen.«

»Ich rufe uns mal zwei Wagen, die uns zur Havelchaussee zurückbringen«, sagte einer der Kollegen seufzend.

Bei den Autos angekommen verabredeten sie, die Aktion um zwei Uhr fortzusetzen. Eine halbe Stunde, bevor sein Wecker klingelte, wurde Fabian von einem eingehenden Anruf geweckt. Es war Ergün.

»Was gibt's bei euch?«, fragte er, nachdem er, noch leicht benommen, vom Stand des Mantrailings berichtet hatte.

»Warte kurz, ich geb dich an Dr. Renner weiter«, sagte Ergün. »Der kann das besser erklären.«

»Hallo, Herr Felter«, meldete sich der Rechtsmediziner. »Wir sind noch nicht ganz fertig, aber die Todesursache ist so offensichtlich, dass ich mich nicht zu weit aus dem Fenster lehne, wenn ich sie Ihnen schon mal verrate.«

Er hörte es am anderen Ende der Leitung rascheln.

»Wir konnten das vorhin vor Ort nicht erkennen, weil wir dem Kleinen nicht die Mütze ausgezogen haben. Darunter ...«

»Sorry, Sie sagten ›dem Kleinen‹«, unterbrach Fabian ihn. »Es ist also ein Junge?«

»Ja, sagte ich das nicht schon?«

»Nein, aber Sie wollten gerade über die Todesursache sprechen. Er ist also an Kopfverletzungen gestorben?«

»Richtig, genauer gesagt: Der Sinus sagittalis superior des Jungens wurde durchtrennt. Einer der venösen Blutleiter im Gehirn. Verläuft unter dem Schädeldach entlang der Hirnsichel und mündet in den Confluens sinuum. Das Blut fließt dann über weitere Blutleiter in die Halsvenen. Die Sinus können stark bluten, auch über einen längeren Zeitraum.«

»Das heißt, dem Baby hätte noch geholfen werden können?«, fragte Fabian.

»Kaum. Sind die Sinus erstmal offen, ist eine Rettung nicht mehr möglich. Der Säugling ist vermutlich verblutet.«

»Und wie sind dem Kind die Verletzungen zugefügt worden?«

»Meine Kollegen und ich haben uns den Kopf sehr genau angeschaut und sind uns sicher, dass es keinerlei Spuren menschlicher Einwirkungen gibt.«

»Moment ...« Fabian stutzte. »Wie meinen Sie das: ›keine menschlichen Einwirkungen‹?« Plötzlich war er hellwach.

»Sie wissen doch, was eine Fontanelle ist?«, fragte Renner.

»Die Stelle, an der die Schädeldecke von Neugeborenen noch nicht zusammengewachsen ist?«

»Korrekt! Davon haben Neugeborene nicht nur eine, wie die meisten annehmen, sondern mehrere. Allerdings ist eine deutlich größer als die anderen – und an dieser hat's den kleinen Wurm erwischt.«

Fabian verstand nicht. »Aber Sie meinten doch eben, ihm seien keine Verletzungen zugefügt worden?«

»Da haben Sie nicht gut zugehört: Ich sagte, wir gehen nicht von *menschlichen* Einwirkungen aus.«

Er hatte keinen Schimmer, worauf der Arzt hinauswollte.

»Ein spitzer Gegenstand ist tief in die große Fontanelle eingedrungen und hat dabei offensichtlich den Sinus sagittalis getroffen«, erklärte dieser. »Ich hab mir darauf zunächst auch keinen Reim machen können. Aber dann fiel mir ein, so etwas schon einmal in der Ausbildung gesehen zu haben: Den anderen Spuren an der Schädeldecke nach zu schließen, war dieser spitze Gegenstand ein Zahn.«

»Ein Zahn?«, echote Fabian. »Das heißt ...«

»Genau«, sagte Dr. Renner. »Der Junge wurde totgebissen. Höchstwahrscheinlich von einem Hund.«

23

12 Jahre zuvor.
März 2007.

Sie hatten alle keine Ahnung.

Der Richter nicht, die so genannte Expertin nicht, die Eltern des Mädchens schon gar nicht. Sie schwafelten von Aufsichtspflicht, Leinenzwang und Maulkorb. Dabei ging es um etwas völlig anderes. Sie begriffen nicht, dass Alma alles richtig gemacht hatte. Dass sie selbst es waren, die den Fehler gemacht hatten. Er verstand nicht, wofür *er*, wofür Alma bestraft werden sollte.

Was hatte die Verteidigerin, die er vom Gericht gestellt bekommen hatte, auf ihn eingeredet: Er solle sich entschuldigen, seinen Fehler eingestehen, versprechen, in Zukunft alles dafür zu tun, dass so etwas nicht noch einmal passiert. Wie konnte er das versprechen, wenn die anderen sich immer wieder so dumm verhielten? *Er* wusste, wie man mit Tieren umging. *Er* verstand sie.

Deshalb begriff er auch, warum sich Alma gegen die Dreijährige verteidigt hatte: Sie konnte gar nicht anders. Warum glaubten die Leute immer wieder, sie könnten Hunden mir nichts dir nichts einen Status unterhalb ihrer Kinder zuweisen? Ein erwachsener Hund würde sich einem Kleinkind gegenüber immer als ranghöher empfinden. Wenn das Kind dies nicht akzeptiert, verteidigt er seinen Status. Das ist sein natürliches Recht.

Als das Mädchen seine Arme um Almas Hals geschlungen hatte, hatte sie ja sogar noch versucht, sich zu befreien. Aber die Göre hatte einfach nicht aufgehört, sich an sie zu klammern. Statt einzugreifen, hatten die Eltern das süß gefunden: Wie lieb! Wie goldig! Das Mädchen hatte Alma geknuddelt, als wäre diese ein Stofftier.

Wenn die Eltern eingeschritten wären, hätte Alma den Übergriff vermutlich sogar akzeptiert. Die Rudelführer konnten die Beziehungen der einzelnen Rudelmitglieder untereinander beeinflussen. Sie hätten es tun können in diesem Moment. Aber sie standen nur da und lachten.

Kurz darauf lachten sie nicht mehr. Da schrien sie hysterisch, stürzten sich gleichzeitig auf ihr Kind, schlugen blindlings auf Alma ein und brüllten ihn an. Dabei hatte ihre Tochter nicht einmal geblutet.

Er hatte versucht, es allen zu erklären: seiner Verteidigerin, der Sachverständigen, dem Richter. Sie wollten es nicht verstehen. Stattdessen hielten sie ihm vor, uneinsichtig zu sein – *ihm*!

»Fahrlässige Körperverletzung« lautete die Anklage. Er war auf verlorenem Posten: Selbst die eigene Verteidigerin stand nicht auf seiner Seite. Warum sollte er sich für etwas entschuldigen, das nicht sein Fehler gewesen war? Warum stellte ihm das Gericht nicht jemanden, der wenigstens ein bisschen Ahnung von Hunden hatte?

Was ihn vor allem schmerzte, war das Unverständnis der anderen. Diese totale Dummheit. Dass sie es einfach nicht begreifen wollten. Eines Tages würde er es allen zeigen.

Freitag, 12. Juli 2019.
Dritter Tag der Ermittlungen.

Berliner Blatt vom 12. Juli 2019.
Gedruckte Ausgabe, Seite 10.

Kindheit in der Grusel-Laube

Jetzt spricht die Besitzerin des Kleingartens

Von Anne Temmen

Blutspuren auf dem Weg. Verunsicherte Nachbarn. Ermittler, die im Dunkeln stochern.

Noch immer ist völlig unklar, was in einem Grunewalder Kleingarten zwischen Avus und S-Bahn-Trasse passierte.

In der Nacht von Dienstag auf Mittwoch hatten Kriminaltechniker in Schutzanzügen das Gelände des Schrebergartens untersucht (das *Berliner Blatt* berichtete). Eine Nachbarin hatte die verdächtigen Spuren auf dem Weg zwischen Tor und Haus entdeckt und die Polizei verständigt. Doch die hat keine heiße Spur. »Wir ermitteln in alle Richtungen«, so ein Sprecher gegenüber dem *Berliner Blatt*.

Auch Melanie K. (24), die Enkelin der Laubenbesitzer, kann kein Licht ins Dunkel bringen – oder sie will es nicht. »Ich habe keine Ahnung, was dort passiert ist«, behauptet sie im Interview mit dieser Zeitung.

Die momentan beschäftigungslose Floristin nahm sich Zeit für das Gespräch, berichtete bereitwillig über ihre Kindheitserlebnisse in dem Kleingarten: »Ich war eigentlich jeden Sommer da, das war schön. An den Wochenenden gab es Kirschkuchen, den konnte meine Oma am besten.«

Die Besitzerin der Nachbarlaube erzählte dem *Berliner Blatt*, wie Melanie K. früher auf ihre Hunde aufgepasst hat: »Sie war so ein fröhliches Kind!«

Doch in den vergangenen Jahren sei sie nur noch selten dort gewesen, sagte Melanie K., zuletzt im Sommer vor zwei Jahren. Die idyllischen Tage scheinen unendlich weit weg: Die mittlerweile völlig heruntergekommene Parzelle verbirgt offenbar ein dunkles Geheimnis. Nur welches?

Auch der ehemalige Lebensgefährte von Melanie K., der als Sicherheitsmann in einem Einkaufscenter arbeitet, will angeblich nichts wissen: Vom *Berliner Blatt* auf den Kleingarten angesprochen, verweigerte er jede Aussage.

Selbst Melanie K.s Sohn Marc (5) verhält sich eigenartig: Das *Berliner Blatt* erfuhr, dass er im Kindergarten düstere Bilder malt, auf denen unheimliche Gestalten zu erkennen sind. Und seine Mutter – tränenüberströmt!

Ebenfalls mysteriös: Die Besitzer der Laube, Melanie K.s Großeltern, haben sich nach Mallorca abgesetzt, wie Nachbarn von ihnen im Märkischen Viertel dem *Berliner Blatt* berichteten. Wovor sind sie geflüchtet? Was verheimlicht Melanie K.? Welches Drama spielte sich wirklich in der Laube an der Avus ab? Das *Berliner Blatt* wird weiter berichten.

24

Viertel nach neun am Morgen.

Trotz der frühen Uhrzeit und der geöffneten Fenster war es stickig im Raum. Die Stimmung war gereizt.

»Ich muss mir doch von einem Schreibtischkriminologen nicht sagen lassen, wie ich meine Arbeit zu machen habe!« Friedrich Müller schlug so heftig mit der flachen Hand auf die Tischkante, dass einige in der Runde erschrocken zusammenzuckten. »Wir haben fast die ganze Nacht da draußen geródelt, ich hab zwei Stunden gepennt. Und jetzt kommt der mit sowas!« Der Kriminaltechniker machte eine abfällige Handbewegung in Richtung des ihm gegenüber sitzenden Bertram Kubitschek.

Dieser hatte sein selbstgefälliges Grinsen aufgesetzt. Wie immer war er auf seinem Stuhl tief hinuntergerutscht. Er lag mehr, als dass er saß. Der Wutausbruch des Kollegen schien ihn wenig zu beeindrucken: »Was musste dich denn gleich so aufregen? Ich hab doch nur gefragt, ob ihr in dem Kleingarten wirklich nichts übersehen habt, das vielleicht auf einen toten Säugling hingewiesen hat.«

»Was soll denn das gewesen sein?«, blaffte Müller ihn an. »Ein Schnuller? Eine Nuckelflasche? Jetzt mach ma' halblang! Und außerdem«, er richtete erregt den Zeigefinger auf Kubitschek, »warst du doch derjenige, der es gestern noch völlig übertrieben fand, dass ich euch gerufen habe. Wenn ich das nicht getan hätte, hätten wir den Jungen wahrscheinlich überhaupt noch nicht gefunden!«

Der kurze Überblick, den Müller von den ersten Erkenntnissen seines Teams vom Tatort gegeben hatte, hatte kaum Fragen beantwortet – und jede Menge neue aufgeworfen.

Die Hilflosigkeit stand den Anwesenden in den Gesichtern. Fabian blickte in die Runde, die gegenüber gestern gewachsen war: Heute war auch Ergün dabei, genauso wie Miriam Meinerle. Ab sofort würde sich die Staatsanwältin in kurzen Abständen über die Ermittlungen berichten lassen. Neben Fabians Zimmernachbar Volker Braun saß im Gegensatz zu gestern außerdem noch Max Otten mit am Tisch. Der Ende-50-Jährige war schon seit fast zwanzig Jahren bei der MoKo, Fabian hatte ihn als gewissenhaft und akribisch kennengelernt. Zusammen mit Kubitschek und Hannah Deininger war ihre Mordkommission damit fast vollständig versammelt – bis auf eine Kollegin und einen Kollegen, die ältere Kinder hatten und im Urlaub weilten. Mit Friedrich Müller als erneutem Gast waren sie zu neunt.

Und alle ließen sich von der Nervosität anstecken, mit der die Besprechung vor knapp einer halben Stunde begonnen hatte. Sie hatten ein totes Baby. Jeder wusste, was das hieß: Der Druck der Öffentlichkeit würde von Stunde zu Stunde steigen. Wie ein Vorgeschmack darauf lagen drei Exemplare der aktuellen Ausgabe des *Berliner Blattes* auf dem Tisch, die Grindelmann beim Reinkommen missmutig dorthin gepfeffert hatte.

Ihm war die Anspannung ebenfalls deutlich anzumerken: Er wirkte lange nicht so souverän wie sonst. Jetzt platzte ihm angesichts der wiederholten Wortgefechte zwischen Müller und Kubitschek der Kragen: »Reißen Sie sich mal zusammen«, rief er. »Wir haben keine Zeit für Privatfehden!« Er wandte sich an Fabian, der an der Stirnseite des Tisches saß und die letzte Minute schweigend den Diskussionen der Kollegen zugehört hatte: »Sie hatten doch angefangen, uns Ihre Gedanken zu erläutern. Machen Sie weiter.«

Fabian schaute kurz auf seine Notizen, dann stand er auf und stellte sich an die Längswand des Raumes. An dieser hing ein Satelliten-Bild, das den Grunewald zwischen der Avus und der Havel zeigte. Deutlich waren mitten im Wald der dunkelblaue Teufelssee und – als heller Fleck rechts daneben – die große Sandgrube zu erkennen. Auf dem Bild klebten verschiedene farbige Markierungen sowie eine gestrichelte gelbe Linie, die von der Laubenkolonie quer durch den Forst zunächst zum See, weiter zum Friedhof und schließlich zum S-Bahnhof

Pichelsberg im Wohngebiet oberhalb des Waldes führte: die Route, welcher Bella gefolgt war.

Um das Satellitenbild herum hingen rund ein Dutzend Fotos: von dem toten Säugling sowie dem noch verschlossenen, schwarzen Plastiksack, in dem er transportiert worden war; von Melanie Kamp und ihrem Sohn; von Walter und Marianne Berger; von Melanies Vater und ihrem Bruder; sowie vom Kleingarten, dem Friedhof und dem im Wald gefundenen blutverschmierten Messer.

Fabian räusperte sich. »Wie alle wissen, geht Dr. Renner davon aus, dass der Junge von einem Tier, vermutlich einem Hund, totgebissen wurde.«

»Hat die Kamp einen Hund?«, warf Grindelmann ein.

Fabian schaute Ergün an, die nur die Augenbrauen hob. »Äh ... Das wissen wir noch nicht«, sagte er stockend.

»Schlecht«, bemerkte Grindelmann.

»Wie gesagt«, fuhr Fabian zaghaft fort, »sind alle Überlegungen zum Tathergang nach wie vor ziemlich spekulativ ...«

»Na, dann spekulieren Sie mal!«, warf Grindelmann ungeduldig ein. »Dafür sitzen wir hier ja.«

Fabian wandte sich der Wand zu. »Ok, dann mache ich erstmal mit dem Mantrailing weiter.« Er trat näher an die Karte und legte den Finger auf die Linie, die Laube, See und Friedhof miteinander verband. »Dass das Baby zuerst zum See und dann weiter zu dem Friedhof getragen wurde, ergibt auf den ersten Blick keinen Sinn, da der Abstecher zum Wasser«, er fuhr mit dem Finger den Knick der Linie nach, »einen Umweg bedeutet. Deshalb vermuten wir«, er nickte kurz zu Ergün rüber, »dass die Person, die den Jungen durch den Wald getragen hat, ihren urprünglichen Plan geändert hat.«

»*Wenn* sie einen Plan hatte«, warf Kubitschek ein.

»Natürlich«, sagte Fabian schnell. »Er oder sie kann natürlich auch ohne konkretes Ziel in den Wald hineingelaufen sein, zum Beispiel auf der Flucht vor jemandem.« Er schaute Ergün an: »Unsere Theorie ist allerdings, dass jemand die Leiche im

See verschwinden lassen wollte – und dann aus irgendeinem Grund davon Abstand genommen und sie weiter zum Friedhof getragen hat.«

»Dazu passt auch das Verhalten des Mantrailers«, ergänzte Ergün, die ihren Laptop aufgeklappt vor sich stehen hatte. »Die Hündin ist am Ufer auf- und abgelaufen, bevor sie Richtung Friedhof ist. Sieht also so aus, als ob das Baby am See ein paar Mal hin- und hergetragen wurde.«

»So würde der anfangs sehr zielstrebige Weg zum See auf jeden Fall einen Sinn ergeben«, überlegte Volker Braun.

Braun gehörte zu den ruhigeren Mitarbeitern des Dezernates. Fabian mochte ihn, weil er kein so großes Geltungsbedürfnis wie manch anderer Kollege hatte. Bislang hatte er sich immer auf ihn verlassen können, wenn er Hilfe von einem erfahreneren Kriminalisten brauchte.

»Für mich sieht es übrigens auch so aus, als ob sich die Person im Grunewald auskennt«, fuhr Braun fort. »Wenn sie zunächst bewusst den See angesteuert haben sollte, hat sie das auf jeden Fall auf Pfaden getan, von denen man schon wissen muss. Da gerät man nicht zufällig drauf.«

»Glauben wir auch«, sagte Fabian. »Außerdem war auch später der Weg zum S-Bahnhof Pichelsberg ziemlich zielgerichtet, was ebenfalls darauf hindeutet, dass die Person genau wusste, wie sie dorthin kommt.«

»Alles klar«, sagte Grindelmann. »Wir gehen also von einer ortskundigen Person aus, die nicht wusste, was sie mit der Leiche machen sollte. Möglicherweise war sie verunsichert. Apropos Leiche ...«, er wandte sich an Friedrich Müller: »Können wir davon ausgehen, dass der Junge schon tot war, als er durch den Wald getragen wurde? Oder könnte er auch erst auf dem Friedhof oder dem Weg dorthin gestorben sein?«

Müller, immer noch aufgewühlt von seinem Streit mit Kubitschek, wiegte den Kopf: »Im Prinzip schon, ja.« Fahrig trommelte er mit den Fingern auf den Tisch. »Wenn Dr. Renners Theorie mit dem Hundebiss in die Fontanelle stimmt, dürfte der Tod allerdings schnell eingetreten sein.«

»Und was sagt der Doc zum Todeszeitpunkt?«, wollte Grindelmann von Fabian wissen.

»Bei dem Verwesungsstatus der Leiche war da nicht mehr viel mit Temperatur messen und so, meint er«, antwortete Fabian. »Er vermutet, dass der Junge mindestens 36 Stunden tot war, als wir ihn gefunden haben.«

»Wir haben ihn gestern Abend gegen 19.45 Uhr gefunden. Das heißt also ...«, rechnete Ergün vor, »... dass das Kind vor Mittwochmorgen zu Tode gekommen ist.«

»Genauer kriegen wir es nicht?«, fragte Grindelmann.

Ergün schüttelte den Kopf.

»Ok, dann machen Sie mal weiter, Herr Felter«, sagte Grindelmann, sichtlich unzufrieden. »Äh ... Herr Felter?«

Fabian starrte auf die Wand mit der Karte und den Bildern. Irgendwas an dieser erinnerte ihn an etwas, das er im Laufe der vergangenen zwei Tage gesehen hatte. Irgendein wichtiges Detail. Er kam nicht drauf, was es war.

Noch einmal sprach Grindelmann ihn direkt an: »Herr Felter, Konzentration!«

»Natürlich«, murmelte Fabian. »Tschuldigung.«

»Also«, sagte Grindelmann. »Wie sieht's mit den Zeugenbefragungen aus?«

Vor diesem Moment hatte Fabian sich gefürchtet. Jetzt ärgerte er sich doppelt: Dass ihn Grindelmanns unausweichliche Frage auf dem falschen Fuß erwischt hatte – und er ihr nicht durch einen geschickteren Vortrag zuvorgekommen war. Es musste so aussehen, als habe er sich um dieses Thema herumgedrückt, was ja in gewisser Hinsicht auch stimmte. Es half nichts, da musste er jetzt durch.

»Marianne und Walter Berger«, er zeigte auf die beiden auf DIN A4 vergrößerten Passfotos der Rentner, »sind momentan nicht mehr greifbar, weil sie nach Mallorca geflogen sind.« Zerknirscht fügte er hinzu: »Ihr habt davon gehört.«

»Stehen wir in Kontakt mit den spanischen Kollegen?«, fragte Volker Braun.

»Ja, stehen wir«, antwortete Ergün. »Ist aber wohl nicht so einfach, die Bergers ausfindig zu machen. Mir scheint auch so, als ob die Polizei auf der Insel nicht besonders gut besetzt ist. Könnte sein, dass die ...«

Grindelmann fiel ihr ins Wort: »Was ist mit den anderen Kleingartenbesitzern? Irgendwelche nennenswerten Hinweise?« Es war offensichtlich, wie sehr ihn das Verschwinden der Bergers aufregte.

»Leider nicht«, sagte Volker Braun. »Mittlerweile haben wir alle erreicht, sind ja in diesem Teil der Kolonie nicht allzu viele. Keiner hat was gesehen oder gehört. Erika Panofski bleibt die einzige, die uns eventuell weiterhelfen könnte.«

»Gut«, brummte Grindelmann. »Oder auch nicht. Wie geht's mit Melanie Kamp weiter?«

»Sicher ist, dass sie nicht die Wahrheit sagt«, antwortete – zu Fabians Erleichterung – wieder Ergün. »Und dass sie ... wie soll ich sagen ... nicht gerade die Hellste ist. Dafür hat sie uns schon zu viele unterschiedliche Versionen aufgetischt. Und sie ist beim ersten Mal vor uns abgehauen, als wir bei ihr waren.«

Sie stand auf und ging zur Wand mit den Fotos. »Wenn wir von unserer Arbeitshypothese ausgehen, dass das weibliche Blut in der Hütte von ihr ist, dann besteht zu dem Baby«, sie zeigte auf das Bild des toten Säuglings, »offenbar ein enges verwandtschaftliches Verhältnis, wie die Kollegen durch den Abgleich der DNA-Strukturen ermittelt haben.«

Hannah Deininger meldete sich schüchtern. Fabian nickte ihr aufmunternd zu. »Enges verwandtschaftliches Verhältnis heißt, sie könnte auch die Mutter sein?«

»*Könnte* schon«, antwortete Fabian. »Allerdings haben wir ja ihre Daten bei der Meldebehörde abgefragt. Da war immer nur von Marc die Rede. Trotzdem ist das möglich, ja.«

»Obwohl die Ämter nichts davon wissen?«, fragte Deininger.

Volker Braun, der neben ihr saß, wandte sich ihr zu: »Wir haben schon alles Mögliche in dieser Richtung erlebt. Immer wieder kommen Babys zuhause oder sonstwo ohne medizinische Hilfe zur Welt. Zum Beispiel, weil die Mütter sich für das Kind schämen, Freunde oder die Familie davon nichts wissen sollen oder so. Das kann unterschiedlichste Gründe haben.« Er wandte sich an Fabian: »Wie alt hat Dr. Renner den Jungen noch geschätzt?«

»Vermutlich ein bis drei Monate.«

»Das spricht allerdings eher gegen die Verzweiflungstat einer Mutter«, sagte Braun. »Die legen ihre Kinder meist direkt nach der Geburt irgendwo ab. Haben wir in Berlin in den letzten Jahren ja leider Gottes häufiger mal gehabt.«

»Und Melanie Kamp hat die gestrige Vorladung platzen lassen, richtig?«, fragte Grindelmann.

»So ist es«, bestätigte Fabian.

»Verzweiflungstat hin und oder«, brummelte Kubitschek. »Aus meiner Sicht spricht einiges dafür, dass die Kamp selbst das Baby durch den Wald getragen hat.«

»Nicht so schnell«, protestierte Friedrich Müller energisch – ohne Kubitschek anzuschauen – und hob beide Hände. »Am Tatort wurde ja auch noch das Blut von mindestens einer weiteren Person gefunden. Das ist alles noch nicht abschließend analysiert. Wer weiß, was da noch zutage gefördert wird. Ich würde mich nicht so schnell auf die Kamp einschießen.«

Kubitschek guckte säuerlich: »Ist aber jetzt auch nicht besonders abwegig ...«

Grindelmann wandte sich an Fabian und Ergün: »Was meinen Sie beide: Könnte es so gewesen sein, wie der Kollege Kubitschek vermutet?«

Fabian schaute Ergün an, die über eine Antwort nachzudenken schien. »Möglich wäre es«, sagte sie nach ein paar Sekunden. »Hilfreich wäre sicherlich, wenn wir ihre Handydaten auswerten könnten. Allerdings haben wir sie ja momentan noch als Zeugin laufen.«

»Worüber ich, ehrlich gesagt, nicht besonders glücklich bin.« Zum ersten Mal mischte sich Miriam Meinerle in die Diskussion ein. »Wir haben schon eine ganze Reihe Indizien, die Kamp als Beschuldigte infrage kommen lassen.«

Vor der Sitzung hatten sich Fabian und Ergün mit der Staatsanwältin kurz über den weiteren Umgang mit Kamp ausgetauscht. Das Problem war: Wenn Zeugen im Laufe von Ermittlungen zu Beschuldigten wurden, konnte das die Arbeit erheblich erschweren. Denn während Zeugen dazu verpflichtet sind, die Wahrheit zu sagen und Vorladungen zu folgen, müssen Beschuldigte fast gar nichts: Sie dürfen schweigen, sogar lügen, und können polizeiliche Ladungen ignorieren – ohne Konsequenzen. Es sprach also vieles dafür, Melanie Kamp so lange wie möglich als Zeugin zu führen.

»Wenn Sie die Kamp als Verdächtige auf dem Radar haben«, unterstrich Meinerle, »sollten Sie nicht mehr zu lange warten, ihr und ihrem Anwalt das auch mitzuteilen. Ansonsten kriegen wir Probleme.« Dann schaute sie Ergün direkt an: »Und wenn Sie an ihre Handydaten ranwollen, führt natürlich eh kein Weg daran vorbei.«

Auch Grindelmann war sichtlich unwohl bei der Sache. »Frau Meinerle hat recht«, ergänzte er. »Sie müssen echt aufpassen, wie weit Sie gehen.«

Wieder schauten Fabian und Ergün sich an – unsicher, wer von ihnen weitersprechen sollte. Diesmal war es Fabian: »Solange wir noch nicht wissen, was in der Laube eigentlich passiert ist, halten wir es für vertretbar, sie als Zeugin zu vernehmen. Wir haben sie für heute Vormittag nochmal vorgeladen, dieses mal mit Staatsanwaltschaft.« Er wandte sich an Meinerle: »Sie wissen ja Bescheid.« Die Staatsanwältin nickte.

»Gut, was soll's«, seufzte Grindelmann. »Also nochmal fürs Protokoll: Außer einer verwirrten alten Frau hat niemand etwas mitgekriegt, die Bergers liegen am Strand, Melanie Kamp schaltet auf Stur. Wen gibt's noch?« Er griff eine der Zeitungsausgaben von der Tischmitte und blätterte hektisch durch, bis er zur Seite mit dem Artikel über die Laube kam. »Was ist mit ihrem Ex-Mann, der hier erwähnt wird? René K. – das wird ja wohl für Kamp stehen. Ist da schon jemand dran?«

Fabian kratzte sich an der Stirn und schaute zu Ergün. Die starrte zuerst auf die Tischplatte, dann hob sie den Kopf und sagte zerknirscht: »Haben ihn leider noch nicht sprechen können.«

»Mann, Leute!« Grindelmann musste sich offenbar beherrschen, nicht zu brüllen. »Wenn die Medienfuzzis mit irgendwelchen Beteiligten reden, können sie das von mir aus tun. Nur müssen *wir* es *vorher* gemacht haben.« Er zeigte mit dem Finger auf die Wand mit den Fotos. »Und aus meiner Sicht gehört beim momentanen Erkenntnisstand – der mehr als dürftig ist, da sind wir uns wohl alle einig – das Bild von diesem Mann oder Ex-Mann zwingend da mit drauf. Wir haben ja sonst fast nichts.«

Betretenes Schweigen in der Runde.

»Gibt's beim Mantrailer einen neuen Stand?«, fragte Grindelmann, wieder etwas ruhiger. »Die haben heute früh weitergemacht, oder?«

Fabian erhob sich und tippte in der Wandkarte auf den S-Bahnhof Pichelsberg. »Die Kollegen haben heute Nacht zunächst die Bahnhöfe auf dem inneren Ring abgeklappert.« Fabian fuhr mit dem Finger die Gleise Richtung Osten entlang.

»Das heißt, die Zielperson ist in die Stadt reingefahren?«, fragte Grindelmann.

»Sieht ganz so aus. Offensichtlich ist sie an der Friedrichstraße umgestiegen. Zumindest hat der Hund dort wieder Witterung aufgenommen.«

Fabian umrundete den Tisch zur anderen Seite des Raumes, wo der große, mit bunten Nadeln gespickte Stadtplan hing. Er zeigte auf den Bahnhof Friedrichstraße, der fast genau in der Mitte der Stadt lag.

»Da ist das Team jetzt gerade noch unterwegs. Ist natürlich mittlerweile viel Betrieb auf den Bahnhöfen, was die Arbeit nicht einfacher macht.«

»Alles klar«, sagte Grindelmann. »Wir gehen in Kommission.«

Jeder wusste, was das bedeutete: Ab jetzt hatte das tote Baby aus dem Grunewald oberste Priorität, man würde sich mit Mann und Maus auf diesen Fall stürzen. Um den Bereitschaftsdienst kümmerten sich bis auf Weiteres die anderen Mordkommissionen.

Grindelmann stand auf und stützte sich auf die Tischplatte. »Und, Herr Felter«, er hob mahnend seinen Zeigefinger, »sagen Sie mir umgehend Bescheid, wenn Sie was Neues haben. Ich möchte Sie nicht erst wieder daran erinnern müssen.« Dann wandte er sich an Bertram Kubitschek, dessen Grinsen ihm nicht entgangen war: »Kein Grund zur Häme, Herr Kollege. Ich denke, jeder weiß, was er zu tun hat.«

Fabian und Ergün blieben alleine im Besprechungsraum zurück. »Oh Mann, jetzt wird's richtig anstrengend«, sagte sie, als der letzte der Kollegen die Tür hinter sich geschlossen hatte. »So schlecht gelaunt habe ich den Chef selten erlebt.«

Sie saßen sich an einer Ecke des Tisches gegenüber. Er hatte das Kinn auf beide Hände gestützt und starrte auf den Bildschirm des Laptops. »Ja, das befürchte ich auch«, murmelte er. Dann schaute er seine Kollegin über den Computer direkt an: »Weißt du, was mir nicht aus dem Kopf geht ...«

»Spuck's aus!«

»Melanies Verhalten macht für mich überhaupt keinen Sinn: Erst ruft sie uns aus freien Stücken an, dann mauert sie wieder total, läuft vor uns weg, erzählt uns irgendwelche absurden Geschichten.« Er zeigte auf die Zeitungen. »Und zwischendurch gibt sie Interviews.«

»Ja, sieht auf den ersten Blick tatsächlich ziemlich wirr aus. Aber du hättest sie vorgestern in ihrer Wohnung erleben müssen: Die war echt völlig fertig mit den Nerven, total durch.« Ergün schüttelte leicht den Kopf. »Denk dran, was Amira gesagt hat: Wir wissen nicht, was sich in der Laube abgespielt hat. Und was das mit Melanie gemacht hat. Stell dir vor, der tote Junge ist ihr eigenes Kind: Da würde ich auch nicht mehr wissen, was ich tue.« Sie klappte ihren Laptop zu. »Auf jeden Fall kann ich mir nicht vorstellen, dass sie imstande wäre, ein totes Baby in einen Plastiksack zu stecken, damit quer durch den Wald zu laufen und es dann auf einem Friedhof abzulegen. Egal, ob es jetzt ihr eigenes ist oder nicht.«

Fabian schaute sie geistesabwesend an. »Ja, hast wahrscheinlich wieder recht.« Dann stutzte er: »Moment ... Was hast du gerade gesagt?«

»Dass ich nicht glaube, die Kamp hat das Baby durch den Wald getragen.«

»Nein, davor!«

»Häh? Ich versteh' nicht ...«

»Die Plastiktüte!«, rief Fabian und stand auf.

Ergün schaute ihn fragend von unten an: »Was ist mit der Tüte?«

Felter ging zur Wand und tippte hektisch auf das Foto mit dem schwarzen Sack. »Das ist es, was mir die ganze Zeit nicht eingefallen ist!«

»Was ist dir nicht eingefallen?«

Er schaute Ergün an: »Ich habe diesen Sack schon einmal gesehen!«

»Häh, wie meinst du das? Wo? Wann?«

»Beim ersten Mantrailer-Einsatz! Ich bin mir sicher, dass wir an genau solchen Säcken vorbeigekommen sind.« Er dachte kurz nach. »Und ich glaube, ich weiß auch, wo.«

25

5 Jahre zuvor.
November 2014.

Sie waren wirklich gekommen.

Als sie sich telefonisch angekündigt und ihm den Grund ihres Besuchs genannt hatten, hatte er an einen Scherz geglaubt. Doch jetzt waren sie da: die beiden schnieken Herren mit ihren perfekt sitzenden schwarzen Anzügen und Krawatten, den teuer aussehenden Armbanduhren und den makellosen Kurzhaarschnitten. Der eine war Ende 30, sein Kollege war etwa 15 Jahre jünger.

Er hatte aufgeräumt, sogar gestaubsaugt, was er höchstens alle drei Monate mal tat. Trotzdem bemerkte er ihre despektierlichen Blicke, als er sie aus dem engen Flur seiner Zweizimmerwohnung ins Wohnzimmer führte und ihnen einen Platz auf dem abgewetzten braunen Sofa anbot. Eine Viertelstunde hatte er daran herumgesaugt, doch es waren immer noch Hundehaare drauf.

Unter anderen Umständen wäre ihm das alles unangenehm gewesen. Aber jetzt war ihm völlig egal, was sie dachten. Er wusste, warum sie hier waren – und konnte es nicht erwarten, dass sie ihm die Details eröffneten.

Nachdem sich die Männer aufs Sofa gesetzt hatten – etwas widerwillig, wie ihm schien – und er selbst auf dem alten, roten Sessel vom Sperrmüll Platz genommen hatte, öffneten sie ihre schwarzen Aktenkoffer.

Er hörte Alma von innen an der Schlafzimmertür kratzen und überlegte, ob er sie rauslassen sollte. Da er nie Besuch hatte, kannte sie es nicht, eingesperrt zu werden.

Bevor er sich entscheiden konnte, begann der Ältere der beiden Männer zu sprechen: »Sie wissen ja, weshalb wir hier sind: Die testamentarische Verfügung unserer ehemaligen Kundin Hannelore Rückert, geboren am 13. April 1935 in Danzig, gestorben am 3. September 2014 in Berlin.«

Als die Post vom Nachlassgericht kam, hatte er zunächst einen weiteren unwichtigen Brief vom Amt vermutet: die Anpassung des Hartz-IV-Satzes, das Angebot irgendeiner Schulungsmaßnahme, die Aufforderung, seine Daten zu bestätigen oder so etwas. Stattdessen hatte er lange auf das Formular gestarrt, ohne zu verstehen, was es ihm sagen sollte. Er hatte den Namen seiner Tante und den Satz »Sie kommen als Erbe in Betracht« gelesen. Erst mit einiger Verzögerung hatte er begriffen: Tante Hanni war tot.

Immer wieder hatte er in den letzten 17 Jahren daran gedacht, sich bei ihr zu melden. Er hatte sogar im Telefonbuch nachgeschaut: Sie stand drin, unter ihrem Geburtsnamen, mit Nummer und Adresse. Er hätte sie einfach anzurufen und »Hallo« sagen können. Sie fragen, ob er mal auf einen Kaffee vorbeikommen könnte. Für *andere* Menschen wäre das wahrscheinlich leicht gewesen. Aber nicht für ihn.

Einmal, vor ein paar Jahren, hatte er es tatsächlich versucht. Hatte den Hörer in die Hand genommen und mit klopfendem Herzen ihre Nummer gewählt. Luna war erst ein paar Tage tot gewesen, er hatte sich unendlich einsam gefühlt. Nachdem es vier- oder fünfmal geklingelt hatte und er schon wieder auflegen wollte, war sie rangegangen: Beim Klang ihrer Stimme war ihm heiß und kalt geworden und er hatte keinen Ton rausbekommen. Sie hatte noch ein paar Mal gefragt, wer dran sei, dann hatte sie aufgelegt.

Er hatte es nie wieder versucht. Bereut: ja. Oft. Aber je mehr Zeit verging, desto unmöglicher erschien es ihm. Was sollte er sagen? Wie sollte er erklären, dass er sich nie gemeldet hatte? Und wäre sie noch derselbe Mensch, den er in Erinnerung hatte? Es gab zu viele Unsicherheiten, zu viel Unvorhersehbares, was bei einem Wiedersehen hätte passieren können – und das mochte er nicht. Es überforderte ihn schon, von der Frau an der Supermarktkasse angesprochen zu werden.

Der Anruf beim Nachlassgericht, was jetzt zu tun war, hatte ihn Überwindung gekostet. Eine übel gelaunte Beamtin hatte erklärt, er müsse nichts weiter tun: Jemand würde sich bei ihm melden, vermutlich die Bank seiner Tante.

»Wir nehmen an, Sie möchten gerne erfahren, um was für eine Summe es sich handelt?« Es war wieder der Ältere der beiden, der ihn angesprochen hatte.

»Äh ... ja«, stotterte er, »natürlich ... ja.«

»Nun gut«, sagte der Bankangestellte und strich mit der freien linken Hand seine Krawatte glatt. »Der Ihnen zufallende Betrag beläuft sich nach Abzug der Bearbeitungsgebühren auf ...«, er holte kurz Luft, »... zweihundertsiebenundfünfzigtausenddreihundertachtzehn Euro und fünf Cent.«

Mit offenem Mund starrte er ihn an.

Als Siebenjähriger hatte er mal von der Nachbarin zwei Mark zum Geburtstag geschenkt bekommen. Er erinnerte sich, wie er mit den Fingerspitzen über die leichte Aluminium-Münze in seiner Hand gestrichen hatte: die dicke Ziffer, die Eichenlaubzweige, die winzig kleine Abbildung von Hammer und Sichel auf der Rückseite. Sofort hatte er überlegt, was er damit alles kaufen konnte. Er versuchte sogar auszurechnen, wie viele Zitronenbonbons, Eiskugeln oder Splitterbrötchen er dafür bekäme. Er war reich. Wochenlang versteckte er die Münze in einer Ritze zwischen den Bettpfosten. Wenn er allein im Haus war, was häufig vorkam, holte er sie raus, wendete sie minutenlang in der Hand hin und her und dachte darüber nach, was er mit dem Geld, *seinem* Geld machen würde.

Eines Abends stand plötzlich der Vater in der Zimmertür, er hatte ihn nicht kommen gehört. »Was hast du da?«, fragte er ihn barsch. Zu überrascht, um sich etwas auszudenken oder die Münze schnell verschwinden zu lassen, zeigte er sie ihm.

»Woher hast du die?«, bellte er.

»Die hat die Nachbarin mir geschenkt«, sagte er leise und schloss langsam seine Finger um die Münze.

»Warum? Wofür?«

Er schaute den Vater misstrauisch an. Dachte fieberhaft darüber nach, welche Antwort taktisch am klügsten wäre. Aber ihm fiel nur die Wahrheit ein: »Für gar nichts, einfach so.« Und dann fügte er einen Satz hinzu, den er sofort wieder bereute: »Ich glaube, weil sie mich lieb hat.«

»Weil sie *was* hat?« Der Vater brüllte fast. Dann grinste er höhnisch: »Dich *lieb* hat? Das sieht der ähnlich. Spielt sich auf, als sei sie deine Mutter.« Energisch kam er auf ihn zu und streckte seine Hand aus: »Her damit!«

Er hatte keine Chance. Gab er ihm die Münze nicht, würde es Schläge setzen. Ihm schnürte es das Herz zusammen, als der Vater ihm das Geldstück aus der Hand riss, in seine Hosentasche steckte und sich umdrehte: »Komm mit, Abendbrot!« Mit gesenktem Kopf, einem dicken Klos im Hals und Tränen in den Augen trottete er hinter ihm her die Treppe hinunter.

Und jetzt, mehr als 40 Jahre später, saßen zwei geschniegelte Banker in seinem Wohnzimmer und hatten wieder eine Münze für ihn. Aber *was* für eine! Mit einem Mal erschien es ihm dermaßen absurd, in diesem Moment an ein nichtiges Kindheitserlebnis zu denken, dass er unvermittelt kicherte. Seine Gäste schauten ihn irritiert an. Als sich sein Kichern zu einem hysterischen Lachanfall steigerte, rutschten sie nervös auf dem Sofa hin und her und zupften an ihren Sakkos herum.

Der Ältere versuchte, die Situation unter Kontrolle zu bekommen, indem er betont sachlich fortfuhr: »Sie müssen natürlich noch die Erbschaftssteuer bedenken. Unterm Strich werden Ihnen vermutlich etwa 190.000 Euro bleiben. Damit lässt sich ja schon ganz gut was anfangen.«

Er spürte, dass ihm keiner der beiden das Geld gönnte. Es war ihm egal. Er wusste genau, was er damit machen würde: Endlich das, was er schon seit Jahren vorhatte.

26

»Fahr da hin! Zeig ihr die Fotos! Biete ihr was an!« Christian Schneider wirkte wie aufgeputscht. »Ich fress alle Besen der BSR, wenn da nichts bei rumkommt.«

Es hatte sich ausgezahlt, dass sie und Reinhard Meister gestern Abend länger an dem sonderbaren Friedhof im Grunewald ausgeharrt hatten. Schon die Bilder, die Meister geknipst hatte, waren äußerst vielversprechend gewesen. Während sie selbst mit Fabian sprach, hatte er drei große Baumscheiben einer zersägten Eiche an die Friedhofsmauer gehievt und gestapelt, um hinüberschauen und fotografieren zu können. Die Mühe hatte sich gelohnt: Seine Bilder zeigten nicht nur, wie mehrere Kriminaltechniker an einem Grabstein mit der ungewöhnlichen Aufschrift »Mama« arbeiteten. Sondern auch, wie sie später behutsam einen schwarzen Sack abtransportierten, aus dem – wie es aussah, blutgetränkter – Stoff hervorguckte. Offensichtlich hatte ihn keiner der Polizisten an der Mauer entdeckt, denn dann hätten sie Sichtblenden aufgespannt oder ihn gleich ganz weggejagt.

Als eine halbe Stunde später ein Kastenwagen der Gerichtsmedizin langsam den Forstweg hochgerumpelt gekommen war, wussten Anne und Meister, dass der schwarze Plastiksack von größerer Bedeutung sein musste – so vorsichtig, wie die Beamten die graue Kiste, in die sie diesen gelegt hatten, in den Kofferraum verfrachteten.

Sie hatten sich gegenüber dem Friedhofstor hinter einigen Kiefern versteckt. Dort hatte Meister sein Stativ aufgebaut und mit seinem Teleobjektiv eine ganze Serie von Bildern gemacht. Unter anderem von einem Spürhund, der kurz nach 22 Uhr auf den Friedhof geführt worden war. Anne hatte alles mit ihrem Handy gefilmt. Die Online-Kollegen waren zwar wenig begeistert von der schwachen Qualität der Aufnahmen gewesen, würden aber trotzdem einiges davon veröffentlichen. Hauptsache Bewegtbild. Hauptsache exklusiv.

Gleich mehrere Umstände hatten ihnen am Friedhof in die Karten gespielt: Nicht nur war das angekündigte Gewitter an Berlin vorbeigezogen. Auch hatte ihnen der Fahrer des Autos der Gerichtsmedizin den Gefallen getan, genau so zu parken, dass sie von ihrem Versteck aus einen optimalen Blick in den geöffneten Kofferraum hatten. Zudem sorgten die grellen Scheinwerfer auf dem Friedhof dafür, dass sie selbst vom Dunkel des Waldes verschluckt und von den Beamten übersehen wurden, da waren sie sich sicher.

Als sie am Morgen, kurz vor der großen Redaktionssitzung, an einem Rechner in der Fotoredaktion Christian Schneider die Bilder zeigten, war dieser aus dem Häuschen: »Temmen und Meister – unser neues Dreamteam!«, trompetete er durch den Raum. Drei andere Fotografen hatten sich mit ihnen im Halbkreis um den am Computer sitzenden Schneider gestellt. Alle wollten sich am großen Rätselraten beteiligen, was auf den Bildern zu sehen sein könnte. Man teilte ihren Eindruck, dass der Plastiksack von einiger Bedeutung sein musste.

»Wenn ihr mich fragt, kommen bei der Größe des Sacks eigentlich nur zwei Inhalte infrage«, sagte einer der älteren Kollegen, der seit über 25 Jahren Tatorte fotografierte. »Entweder Leichenteile – oder ein totes Baby. Wäre ja nicht das erste.«

Natürlich hatte der obligatorische Anruf bei der Pressestelle der Polizei am frühen Morgen nichts gebracht: Wie immer wurden sie mit dem Hinweis auf die »laufenden Ermittlungen« vertröstet. Doch Schneider hatte ohnehin längst wieder einen eigenen Plan: »Du hast doch erzählt«, sagte er, indem er sich zu Anne umdrehte, die schräg hinter ihm stand, »dass dein Ex ...«

Sie unterbrach ihn verärgert: »Er *ist* nicht mein Ex!«

Schneider verdrehte die Augen: »Is' mir doch völlig egal, dann eben deine Affäre, Bettgeschichte oder was weiß ich.« Er grinste sie an. »Auf jeden Fall hat er sich ja offenbar verplappert, dass der Fund auf dem Friedhof was mit der Grusel-Laube zu tun hat, richtig?«

Sie fühlte sich wie bei »Täglich grüßt das Murmeltier«: Wieder bereute sie es, Schneider vom Gespräch mit Fabian erzählt zu haben. Irgendwie verstand er es meisterhaft, ihr die wesentlichen Details aus der Nase zu ziehen.

Dieses Mal war es aber noch etwas anderes gewesen: Auch nach einer Nacht, in der sie immer wieder aufgewacht und dazwischen wild geträumt hatte, war ihr Ärger über Fabians Verhalten nicht verflogen gewesen. In gewisser Hinsicht empfand sie es als ausgleichende Gerechtigkeit, seine unbedachte Äußerung auszuschlachten. Auch sie machte nur ihren Job – genauso wie er. Wohl war ihr dabei trotzdem nicht.

»Ja oder ja?«, drängelte Schneider.

»Ja ... nein ... Doch, irgendwie schon.«

»Na also. Und deshalb wirst du jetzt diese Bilder hier ausdrucken und damit sofort zu Melanie Kamp fahren.« Er stand auf und die anderen machten einen Schritt zurück. »Wie gesagt: Würde mich echt wundern, wenn sie auf die Fotos nicht irgendeine Reaktion zeigt.«

Eine knappe halbe Stunde später stand sie in der Londoner Straße vor Melanie Kamps Wohnungstür. Nach dem dritten Klingeln öffnete diese einen Spalt breit die Tür – gerade so weit, wie es die geschlossene Vorhängekette zuließ. »Was willst du schon wieder hier?«, keifte sie. »Ich sag nichts mehr!«

Anne kam ein Schwall Parfümduft aus dem Türspalt entgegen. »Ich würde Ihnen gerne etwas zeigen«, sagte sie. »Fotos aus dem Grunewald.«

»Was für Fotos?«

»Fotos, die wir gestern Abend auf einem kleinen Friedhof mitten im Wald gemacht haben.«

»Warum Friedhof? Was?«

Es schien Anne, als habe Melanie Kamp keinen blassen Schimmer, wovon sie sprach. Gleichzeitig meinte sie, eine gewisse Neugier rauszuhören. »Können Sie mich vielleicht reinlassen? Dann kann ich Ihnen die Bilder in Ruhe zeigen.« Kamp schwieg.

»Ist Marc schon in der Kita?«

»Ja, isser«, antwortete Kamp zu Annes Erleichterung. Dann sagte sie plötzlich: »Was krieg ich dafür?«

»Wofür?«

»Dafür, dass ich mir die Bilder da angucke.«

Anne überlegte kurz. »Naja, kommt ein bisschen drauf an, was Sie mir dazu sagen. Wenn Sie mir zum Beispiel verraten, was darauf zu sehen ist, wird das meinem Chef sicherlich einiges wert sein.«

Kamp dachte offenbar nach. Dann schloss sie die Tür, und Anne hörte das klackende Geräusch der Vorhängekette, die geöffnet wurde. Kamp zog mit einem Ruck die Tür auf, drehte ihrer Besucherin ohne ein Wort den Rücken zu und ging ins Wohnzimmer.

Der kleine Raum war in demselben chaotischen Zustand wie zwei Tage zuvor: Der Wäscheberg auf der Couch schien noch größer, überall lagen Spielsachen aus Plastik, einzelne Kleidungsstücke, Filzstifte und Kinderbücher herum. Auf dem Couchtisch standen mehrere dreckige Gläser, Tassen und Teller mit eingetrockneten Nudel- und Ketchup-Resten.

Kamp war dagegen, zu Annes großer Überraschung, regelrecht aufgebrezelt: Statt Schlabberpulli und Jeans trug sie eine frisch gebügelte weiße Bluse und eine elegante schwarze Hose aus glänzendem Stoff. Sogar frisiert und geschminkt war sie. Genau wie vorgestern hielt sie sich den linken Arm. Sie hatte sich auf den einzigen Sessel gesetzt und Anne musste einige Kinderklamotten zur Seite schieben, um auf dem Sofa Platz zu haben.

Aus ihrem Rucksack zog sie einen kleinen Stapel mit einem Dutzend DIN-A4-Blätter. Ohne dass Kamp diese sehen konnte, schaute Anne die Fotos kurz durch, entschied sich dann für eines, das nur den schwarzen Sack zeigte, und reichte es Kamp hinüber. »Können Sie mir sagen, was hier drauf zu sehen ist?«

Kamp starrte auf das Foto. Ihre Unterlippe begann leicht zu zittern. Sie schaute zu Anne hoch: »Was ist das?«

»Ich hatte gehofft, dass Sie mir das sagen können.«

Kamp gab ihr das Bild zurück: »Kann ich aber nicht.«

Anne hatte den Eindruck, die Frau war kurz davor, in Tränen auszubrechen. Sie schaute noch einmal die Fotos durch und reichte Kamp eines, dass die Kriminaltechniker an dem »Mama«-Grabstein zeigte. Wie versteinert starrte Kamp auf das Bild: »Wo ist das? Was machen die da?«

»Das ist auf einem kleinen Friedhof im Grunewald«, antwortete Anne. »Die Männer in den weißen Anzügen sind Polizisten. Offenbar haben sie dort etwas gefunden ...« Sie zögerte. »Vielleicht können Sie mir sagen, was es sein könnte?«

In einer schnellen, plötzlichen Bewegung legte Kamp das Blatt auf die Teller mit den eingetrockneten Essensresten. »Keine Ahnung«, sagte sie und schaute zur Seite aus dem Fenster in den grau betonierten Hinterhof.

Anne sah, wie ihr eine Träne über die Wange lief. »Frau Kamp«, sagte sie, doch diese blickte weiter aus dem Fenster. »Ich glaube, ich weiß, was die Polizei dort auf dem Friedhof gefunden hat.«

Langsam drehte Kamp den Kopf und schaute Anne in die Augen.

»Als ich vorgestern Ihre Wohnung verlassen hatte, haben Sie angefangen zu weinen. Ich hab's durch die Tür gehört.«

Kamp starrte sie weiter schweigend an.

»Und Marc hat etwas gesagt, was mir seitdem nicht mehr aus dem Kopf geht.« Sie schaute auf das Foto mit den Kriminaltechnikern, das auf den dreckigen Tellern lag. »Es war nur sehr leise, aber ich glaube, er hat Sie gefragt, ob es dem ... war es ›Timmi‹? ... gut geht. Und ob dieser bald zurückkommt.«

Kamp wandte sich ab und schaute wieder in den Hof.

»Frau Kamp«, sagte Anne. »Timmi ist Marcs Bruder, oder? Ihr Kind ...«

Der Frau liefen die Tränen jetzt über beide Wangen, ihr Unterkiefer zitterte. Dann wischte sie sich plötzlich mit dem Ärmel über das Gesicht, sah Anne an und sagte trotzig: »Wenn ich es dir sage: Was krieg ich?«

Anne war überrumpelt. Sie war darauf vorbereitet gewesen, wieder etwas auf den Tisch legen zu müssen. Nur in diesem Moment hatte sie nicht mit der Frage gerechnet. »Biete ihr was an!«, hatte Schneider gesagt, über konkrete Summen hatten sie nicht gesprochen. Von der Sekretärin der Lokalredaktion hatte sie sich fünfhundert Euro geben lassen.

Wie viel wert ist ein totes Baby? Sie fühlte sich erbärmlich. Doch jetzt war es zu spät: Sie war hierhergefahren, sie hatte ihr die Bilder gezeigt. Sie hatte gewusst, dass dies passieren konnte. Also atmete sie tief durch und sagte: »Zweihundert Euro.«

»Ich will fünfhundert!«, stieß Kamp hervor.

Anne schämte sich dafür, mit einer Mutter über ihr totes Kind zu schachern. Sie wollte, dass es vorbei war. »Ist gut, Sie bekommen fünfhundert«, sagte sie schnell.

Kamp streckte die rechte Hand aus, ihr Arm zitterte heftig. Anne holte ihr Portemonnaie aus dem Rucksack, zog fünf Hundert-Euro-Scheine heraus und gab sie ihr.

»Stimmt es also?«, fragte sie dann. »Ist es Ihr Baby, das die Polizei auf dem Friedhof entdeckt hat?«

Kamp sagte nichts. Sie schaute wieder aus dem Fenster. Mit der zur Faust geballten rechten Hand, aus der die Geldscheine hervorguckten, stützte sie wieder ihren linken Arm. Dann flüsterte sie, ohne Anne anzuschauen: »Ja, sie haben da wohl mein Baby gefunden.«

27

Drei Monate zuvor.
April 2019.

Es war nicht zu übersehen, dass sie schwanger war. Selbst unter der dicken, grauen Jacke zeichnete sich ihr kugelrunder Bauch deutlich ab. Sie sah müde und abgekämpft aus, wie sie mit mehreren Kaufland-Tüten beladen aus der Müllerhalle kam. Das war ein Vorteil für ihn, dachte er. Es würde ihm die Sache erleichtern. Marc schlurfte hinter ihr her. Er aß irgendein Gummizeugs. So genau konnte er das von der anderen Seite der vierspurigen Straße aus nicht sehen, obwohl seine Augen auch mit Anfang Sechzig noch einwandfrei funktionierten.

Es stimmte also, was ihm René geschrieben hatte. Die SMS von ihm vor ein paar Wochen hatte ihn überrascht – wo René doch nichts mehr von ihm wissen wollte. Sicher ging es mal wieder um Kohle, was sonst?! Er hatte ihm nicht geantwortet. Dass Melanie selbst ihm nicht Bescheid gesagt hatte, wunderte ihn nicht. Wann hatten sie sich überhaupt das letzte Mal gesehen? Er erinnerte sich an eine Begegnung mit den beiden kurz nach Marcs Geburt. In einem proppenvollen Supermarkt hier in der Nähe waren sie quasi zusammengestoßen. Es war furchtbar: Keiner hatte gewusst, was er sagen sollte. Sie hatten gestammelt, sie würden hier gleich um die Ecke wohnen. Er hatte peinlich berührt in den Kinderwagen geschaut und was von »Glückwunsch« gemurmelt. Nach wenigen Sekunden war der Spuk vorbei.

Ja, das musste das letzte Mal gewesen sein. Seit er vor vier Jahren aus der Stadt rausgezogen war, hatte es keine zufälligen Begegnungen mehr gegeben – zum Glück!

Jetzt war es kein Zufall. Sein Plan war aufgegangen. Seit fast einer Woche kam er täglich gegen Abend hierher und ließ die Eingänge der Müllerhalle und von Aldi, ein bisschen weiter die Straße rauf, nicht aus den Augen. Wenn sie immer noch hier wohnten, kauften sie hier ein. Sicher nicht bei Edeka und Real. Er konnte sich vorstellen, mit wie wenig Kohle sie auskommen mussten.

Das Wetter war ungemütlich: Windig und höchstens zwölf Grad, schätzte er. Es hatte aufgehört zu regnen, aber immer wieder bretterten die Autos mit Schwung in die Pfützen am Straßenrand, ohne Rücksicht auf Fußgänger und Radfahrer.

Auch Melanie sprang zweimal zur Seite, um keinen Schwall abzukriegen. Sie kamen kaum voran – vor allem, weil Marc elendig langsam war. Melanie drehte sich immer wieder zu ihrem Sohn um und trieb ihn erfolglos an.

Das gemächliche Tempo der beiden kam ihm gelegen: So hatte er Zeit, sich den nächsten Schritt zu überlegen. Er musste sie abpassen, bevor sie in irgendeiner Haustür verschwanden. Denn er war sich sicher, dass Melanie und René ihm niemals die Tür öffnen würden, wenn er bei ihnen klingelte.

Vor einer türkischen Bäckerei stand ein kleiner Hubschrauber für Kinder, an dem Marc stehen blieb und offensichtlich seine Mutter anbettelte, fahren zu dürfen. An ihrer Gestik erkannte er, dass sie es erst nicht erlauben wollte. Dann stellte sie aber doch ihre Einkaufstüten mit dem rot-weißen Kaufland-Logo auf den nassen Bürgersteig, holte ihr Portemonnaie aus der Jackentasche, suchte nach einer Münze und beugte sich ins Innere des Apparats. Marc war längst hineingekrabbelt. Als der Hubschrauber zu ruckeln begann und diverse Lichter blinken ließ, passierte es: Melanie schaute auf die andere Straßenseite zu ihm herüber und starrte ihn an. Er hatte sich die letzten Minuten so sicher gefühlt, dass er zu keiner Reaktion imstande war und wie angewurzelt stehen blieb. Einige Sekunden schaute sie ihn ungläubig an, dann rief Marc etwas und sie neigte sich zu ihm herunter.

Er nutzte die Gelegenheit, um sich in die Hofeinfahrt eines roten Backsteinbaus zu drücken. Von hier aus sah er, wie Melanie, nachdem sie Marc offenbar davon überzeugt hatte, nicht noch einmal zu fahren, wieder suchend in seine Richtung schaute. Er ärgerte sich, so unvorsichtig gewesen zu sein. Jetzt konnte er nicht mehr auf den Überraschungseffekt bauen.

Melanie wandte sich ab, griff nach den Einkaufstüten, sagte irgendetwas zu Marc und schaute noch einmal kurz zu ihm auf die andere Straßenseite herüber. Dann lief sie weiter, jetzt deutlich schneller.

Er trat aus der Einfahrt und lief parallel zu ihnen eng an den Hauswänden entlang. Nach etwa dreißig Metern kam eine Ampel: Wenn er hier die Straße überquerte, bevor Melanie und Marc an diese Stelle kamen, konnte er sie abfangen. Er hatte es vermeiden wollen, sie auf der belebten Müllerstraße anzusprechen, aber jetzt erschien es ihm zu heikel abzuwarten, bis sie in einer Seitenstraße verschwand.

Als er die Ampel fast erreicht hatte, bemerkte er, dass sie ihn wieder entdeckt hatte und ihren Schritt beschleunigte. Allerdings verstand Marc offenbar nicht, warum sich seine Mutter jetzt plötzlich so beeilte, und blieb immer weiter hinter ihr zurück. Sie war sichtlich verzweifelt, drehte sich ständig zu ihrem Sohn um und trieb ihn zur Eile an. Doch es half nichts: Die Fußgängerampel sprang auf Grün. Ein paar Sekunden später war er nur noch wenige Meter hinter ihr und Marc, der fast rannte, um seiner Mutter folgen zu können.

»Melanie«, rief er halblaut. Sie lief weiter. »Melanie, warte doch.« Marc drehte sich zu ihm um. Dabei stolperte er, landete bäuchlings in einer Pfütze und fing an zu weinen.

Melanie ließ ihre Tüten fallen.

»Oh Mann, das gibt's doch nicht!«, stieß sie hervor und zog Marc unsanft hoch. Seine Hose war klitschnass. Dann funkelte sie ihren Verfolger grimmig an.

»Es tut mir leid, das wollte ...«, stammelte er.

Sie fiel ihm wütend ins Wort: »Das *wolltest* du nicht, oder was? Was wolltest du denn? Was machst du hier überhaupt? Spionierst du mir nach? Hast du uns beobachtet?«

Er schüttelte hektisch den Kopf. »Nein, nein ... ich wollte dich sehen ... und Marc ...«

Marc hatte aufgehört zu weinen, stand tropfend neben der Pfütze und starrte ihn einen Moment lang an. Dann fragte der Junge: »Wer bist du?«

»Ich ... äh ... ich bin ...«

»Das ist ein alter Bekannter, den wir sehr lange nicht mehr gesehen haben«, sagte Melanie schnell. Dann wieder zu ihm gewandt: »Also, was machst du hier?«

Er hatte es sich einfacher vorgestellt. Plötzlich wusste er nicht mehr, was er sagen sollte. »Äh ... na, ihr wohnt doch hier um die Ecke, und da ...«

»›Wir‹ gibt's nicht mehr«, sagte sie schroff.

Er verstand nicht: »Was ...?«

»Ich hab ihn rausgeschmissen. Keine Ahnung wo der jetzt pennt.« Genervt nahm sie Marc auf den Arm, der ungeduldig an ihrer Jacke zog.

»Oh, das wusste ich nicht ...«, sagte er. Schon wieder so eine Situation, auf die er nicht vorbereitet war. Wie er das hasste. Doch vielleicht, dachte er, war es in diesem Fall sogar ein Vorteil – noch einer.

»Also, was ist jetzt?«, blaffte sie ihn an. »Ich muss nach Hause, den Kleinen umziehen. Was willst du?«

Es war offensichtlich, dass sie ihn nicht zu sich in die Wohnung lassen würde. Er musste es hier tun, mitten auf der Straße. Menschen mit Einkaufstaschen, Kinderwagen und Döner in der Hand liefen links und rechts an ihnen vorbei. Marc vergrub sein Gesicht in Melanies Schulter.

»Ich ...« Er nahm all seinen Mut zusammen. »Ich wollte dir etwas vorschlagen.«

28

»Wiederholen Sie das bitte nochmal«, sagte Fabian entgeistert. »Sie haben *was* gemacht?«

Er starrte Melanie Kamp an, die ihm und Ergün gemeinsam mit ihrem Anwalt an einem kleinen Tisch im Vernehmungszimmer gegenübersaß. Vor ihr stand ein Plastikbecher mit Wasser, daneben lag das Diktiergerät zum Mitschneiden des Gesprächs. Sie trug eine blütenweiße Bluse, ihre Haare waren frisch gewaschen, sie duftete nach Parfum und war stark geschminkt. Es war offensichtlich, dass sie sich für den Termin in Schale geworfen hatte. Im Gegensatz zu ihrem veränderten äußeren Erscheinungsbild wirkte sie innerlich genauso konfus wie in den Gesprächen mit Fabian und Ergün vor zwei Tagen. Ihre Augen waren gerötet, als habe sie in den vergangenen Stunden viel geweint.

»Ist das wahr, Frau Kamp?«, fragte Ergün, die über das soeben Gehörte genauso schockiert war wie Fabian.

Sie waren von Melanie Kamp mittlerweile ja einiges gewohnt und vor dem Termin auf alles gefasst gewesen. Dass es sich bei dem toten Säugling um ihr eigenes Kind handeln könnte, hatten sie selbst ausgiebig diskutiert. Das überraschte sie nicht mehr. Aber dass diese genau *das* vor einer Stunde einer Reporterin vom *Berliner Blatt* erzählt hatte, machte sie fassungslos. Fabian dachte sich, dass es Anne gewesen war, die ihr dieses Geständnis entlockt hatte. Einmal mehr verfluchte er sich dafür, am Friedhof überhaupt mit Anne gesprochen zu haben.

»Haben Sie eigentlich eine Vorstellung davon, was das für Sie bedeutet?«, sagte Ergün. »Morgen weiß das die halbe Stadt und alle ...«

Kamps Anwalt, ein aalglatter, geschniegelter Snob Mitte Dreißig unterbrach sie: »Frau Kommissarin, ich glaube nicht, dass meine Mandantin Ihnen Rechenschaft darüber schuldig ist, mit wem sie über ihre Privatangelegenheiten spricht.«

»Privatangelegenheiten?!«, platzte es aus Fabian heraus. »Wir finden einen totgebissenen Säugling im Wald. Frau Kamp behauptet, dass es ihr eigenes Kind sei, obwohl die Behörden nichts von ihm wissen. Darüber plaudert sie freizügig mit der Presse, während sie uns seit drei Tagen eine Lüge nach der anderen auftischt. Und Sie reden von ›Privatangelegenheiten‹!? Das ist doch lächerlich!«

Ergün legte Fabian beschwichtigend die Hand auf den Arm und wandte sich an Kamp: »Natürlich können Sie sprechen, mit wem Sie möchten«, sagte sie sanft. Der Anwalt wollte etwas sagen, doch Ergün stoppte ihn mit einer kurzen Handbewegung. »Aber wir würden Ihnen empfehlen, sich gegenüber den Medien deutlich bedeckter zu halten.« Sie blätterte in ihren Akten: »Lassen Sie uns mal mit den wichtigen Dingen weitermachen.«

Fabian sah Kamp direkt in die Augen: »Genau, zum Beispiel damit, warum die Ämter keine Ahnung von Ihrem zweiten Kind haben?«

Kamp schaute hilfesuchend ihren Anwalt an, der sich zu ihr hinüberbeugte und ihr etwas ins Ohr flüsterte. Sie räusperte sich, dann sagte sie leise: »Ich habe das Kind nicht gemeldet.«

Fabian und Ergün schauten sich verdutzt an, dann wandte Ergün sich an Kamp: »Und warum nicht?«

»Ich weiß nicht. Bin einfach nicht dazu gekommen.«

»Moment«, sagte Fabian und schaute auf den Bildschirm seines Laptops. »Sie haben uns erzählt, dass das Kind am 8. Mai auf die Welt gekommen ist.« Er schaute Kamp an: »Sie haben es also *zwei* Monate lang nicht geschafft, es zu melden?«

»Genau«, sagte sie und blickte auf die Tischplatte.

»Aber Sie wissen schon, dass ...«

»Meine Mandantin möchte dazu nichts mehr sagen«, fiel ihm der Anwalt ins Wort.

Fabian schüttelte verständnislos den Kopf. »So funktioniert das nicht. Wir sprechen hier über ein totes Kind.« Er schaute Kamp direkt an: »Wie es aussieht, *Ihr* totes Kind ...«

Kamps Augen füllten sich schon wieder mit Tränen. »Ich glaube, ich kann das nicht«, flüsterte sie.

»Ich verstehe das«, sagte Ergün mitfühlend. »Wir müssen auch erstmal nicht mehr darüber sprechen.«

Fabian schüttelte erneut den Kopf, schwieg aber.

»Aber vielleicht können Sie uns etwas zu dem Hund sagen, der das Baby gebissen hat«, sagte Ergün mild. »Der gehört also einer Freundin?«

Kamp nickte.

»Ist das ein ›Ja‹?«

»Ja«, sagte Kamp leise.

»Okay, und was war das für ein Hund?«, mischte Fabian sich ungeduldig ein. »Groß? Klein? Welche Rasse?«

»Keine Ahnung.«

Fabian gab auf seinem Laptop »Hund« als Suchbegriff bei Google ein und klickte auf »Bilder«. Dann drehte er den Bildschirm zu Melanie Kamp hin und scrollte langsam durch die Fotos: »Hier. Sagen Sie mal ›Stop‹, wenn sie einen sehen, der dem Hund Ihrer Freundin ähnlich sieht.«

Kamp schaute wieder zu ihrem Anwalt, der ihr zunickte, und dann auf den Bildschirm. »Nicht so schnell, bitte ...«. Nach ein paar Sekunden hob sie die Hand und zeigte auf einen braunen Golden Retriever, der auf einer grünen Wiese lag: »So einer war das ...«

Fabian drehte den Computer wieder zu sich. »Ein Golden Retriever also ... Auch mit einem braunen Fell so wie der auf dem Bild?«

»Ja, braun war der.«

»Und auch in etwa so groß wie der hier?«

»Ja, in etwa ...«

»Gut«, sagte Fabian. Es fiel ihm schwer, seinen Unmut über den Verlauf des Gesprächs zu verbergen. Er hatte noch

161

alles aus der Ausbildung zum Thema Vernehmungen im Kopf: Nie dem Gegenüber das Gefühl geben, er würde nicht ernst genommen. Immer vermitteln, dieser habe selbst die Kontrolle. Weder zu schroff noch zu dominant agieren, sondern stets zugewandt und respektvoll. Dabei ruhig und verbindlich bleiben. Er wusste das alles. Doch er hatte zunehmend Mühe, diese Idealvorstellung auf das laufende Gespräch mit Melanie Kamp zu übertragen.

»Noch einmal«, setze er aufs Neue an. »Sie waren also am Dienstagnachmittag alleine mit diesem Hund der Freundin und Ihrem Baby im Grunewald unterwegs und kamen dann spontan auf die Idee, im Kleingarten Ihrer Großeltern vorbeizuschauen, korrekt?«

Wieder nickte Kamp nur.

»Um wie viel Uhr sind Sie denn in der Laube angekommen?«, fragte Ergün.

»Um 19.30 Uhr«, antwortete Kamp ohne zu zögern oder nachzudenken.

Fabian und Ergün schauten sich an.

»Und Marc war nicht dabei?«, fragte Ergün.

»Nein«, sagte Kamp.

»Wo war der denn?«

»Bei den Großeltern.« Kamp war kaum zu verstehen.

»Und in der Laube haben Sie das Baby kurz auf eine am Boden liegende Decke gelegt, und da hat der Hund es dann plötzlich angegriffen?«, fragte Fabian.

Statt zu antworten, starrte Kamp ihre Hände an.

»Frau Kamp«, sagte Ergün. »War es so?«

Wieder beugte sich der Anwalt zu ihr herüber und tauschte flüsternd ein paar Worte mit ihr aus. Dann wandte er sich an Fabian und Ergün: »Meine Mandantin hat aufgrund eines Schocks keinerlei Erinnerungen mehr daran, was in der Gartenlaube passiert ist.«

»Okay«, sagte Fabian. »Allerdings scheint ihre Erinnerung recht bald danach wieder einzusetzen, da sie uns vorhin erzählt hat, dass sie das Baby danach durch den Wald zum Friedhof getragen hat.« Er schaute Melanie Kamp an: »Ist das richtig, Frau Kamp?«

Sie nickte kaum merklich: »Ja.«

»Hinterher sind Sie dann mit den Öffentlichen zu Ihren Großeltern ins Märkische Viertel gefahren?«

»Genau.«

»Wir würden dazu gerne mit Ihren Großeltern persönlich sprechen, aber die haben es ja vorgezogen, einen spontanen Kurzurlaub zu machen, so dass ...«

»Was Sie wohl kaum meiner Mandantin vorwerfen können«, schnitt ihm Kamps Anwalt das Wort ab. »Außerdem bitte ich Sie, auf Ihren Ton zu achten.«

Fabian ließ sich in die Lehne seines Sitzes zurückfallen, hob resignierend beide Hände und signalisierte Ergün, sie solle weitermachen.

»Gut, dann noch das Messer, das wir gefunden haben«, sagte diese. »Sie haben angegeben, dass Sie sich mit diesem gegen den Hund verteidigt haben, sich aber nicht mehr erinnern können, was Sie hinterher damit gemacht haben. Ist das zutreffend?«

Kamp nickte.

»Sie haben sicher nichts dagegen, wenn wir Fingerabdrücke von Ihnen nehmen, um das zu prüfen?«, fragte Ergün.

Kamp und ihr Anwalt schüttelten die Köpfe.

Ergün zeigte auf Kamps linken Arm, den diese auch heute wieder stützte. »Hat der Hund auch Sie gebissen?«

Kamp nahm ruckartig die Hand vom Arm, doch dann – als ob Sie sich plötzlich bewusst würde, dass sie es ohnehin nicht mehr verbergen konnte – nickte sie langsam.

»Wir können also noch zu Protokoll nehmen, dass Sie selbst von dem Hund gebissen wurden?«, fragte Fabian.

Statt Kamp antwortete ihr Anwalt: »Ja, können Sie.«

Fabian schaute zu Ergün: »Ich denke, das wäre es dann erstmal, oder?« Seine Kollegin nickte.

Er wandte sich an Kamp: »Halten Sie sich bitte für weitere Befragungen bereit. Wir melden uns bei Ihnen!«

Eine Beamtin, die die ganze Zeit über mucksmäuschenstill in der Ecke des Raumes gestanden hatte, begleitete Kamp und den Anwalt aus dem Zimmer. Als sie die Tür geschlossen hatte, stand Fabian vom Tisch auf.

»Das passt doch alles hinten und vorne nicht.« Hektisch lief er durch den Raum. »Meinst du, die Geschichte mit dem nicht gemeldeten Baby kann stimmen? Machen das die Krankenhäuser nicht automatisch?«

»Die Krankenhäuser schon«, sagte Ergün. »Aber wenn's 'ne Hausgeburt ist? Eine Kusine von mir hat das bei ihrem ersten Kind auch verpeilt. Solange die Eltern das den Behörden nicht mitteilen, wissen die nichts von dem Kind.«

»Aber *zwei* Monate?« Fabian schüttelte den Kopf. »Da hängt doch auch Kindergeld, Elterngeld und was weiß ich noch alles dran. Das lässt man sich doch nicht durch die Lappen gehen. Da kümmert man sich doch drum. Gerade dann, wenn man so knapp bei Kasse ist wie die Kamp.«

»Du meinst, sie hatte einen Grund, es nicht zu melden?«

»Ich hab keine Ahnung. Aber das passt einfach alles nicht zusammen. Auch dass sie den Säugling selbst durch den Wald getragen haben will, glaube ich keine Sekunde.«

»Hast schon recht«, pflichtete Ergün ihm bei. »Ich glaub's auch nicht. Ist dir das mit der Zeit aufgefallen?«

»Was meinst du?«

»Als wir sie gefragt haben, wann sie im Schrebergarten angekommen ist. Da hat sie ›19 Uhr 30‹ gesagt. Das macht kein Mensch. Normalerweise sagt man ›halb acht‹ oder ›gegen halb acht‹ oder so.«

Fabian nickte. »Zumal sie sich sowieso nicht so genau an die Uhrzeit erinnern könnte, wenn das alles wahr wäre.«

»Dass sie morgens bei ihren Großeltern im Märkischen Viertel war, könnte dagegen stimmen«, meinte Ergün. »Würde auch zu der komischen Situation in dem abgesperrten Schlafzimmer und den Geräuschen, die du da gehört hast, passen.«

»Ja«, sagte Fabian nachdenklich. »Das ist aber auch so ziemlich das einzige, was ich ihr abnehme. Und vielleicht, dass der Hund sie selbst am Arm erwischt hat. Aber ...«

Er ließ sich auf seinen Stuhl fallen und klickte das Foto von dem Hund an, auf den Kamp gezeigt hatte: »Hier, nimm' nur mal die komische Hundegeschichte: Freunde von uns haben einen Golden Retriever. Das sind totale Familientiere. Die werden besonders bei kleinen Kindern empfohlen, weil sie so sanft sind und quasi nie überreagieren.«

»Wer weiß, ob dieser ominöse Hund der Freundin überhaupt existiert«, sagte Ergün.

»Und, ach ja ...«, meinte Fabian, mit seinen Gedanken schon wieder woanders. Er klickte ein paar Mal auf dem Laptop herum, bis ein Bild von dem schwarzen Plastiksack erschien: »Ich hatte dir doch erzählt, dass ich solche Säcke an einer bestimmten Stelle im Wald gesehen habe ...«

»Ja, und?«, fragte Ergün, ohne auf das Foto zu schauen.

»Wir haben vorhin zwei Leute hingeschickt, die sie tatsächlich genau da gefunden haben, vollgepackt mit Laub.«

»Also arbeitet das Forstamt mit solchen Säcken?«

»Genau«, sagte Fabian. »Mit denen sollten wir auf jeden Fall mal sprechen. Moment ...«

Er nahm sein vibrierendes Handy vom Tisch und meldete sich. »Ah, Frau Fritsch! Darf ich Sie kurz auf Lautsprecher stellen? Meine Kollegin Ergün sitzt bei mir.« Er legte das Telefon neben seinen Laptop.

»Schießen Sie los, was haben Sie für uns?«

»Noch ein bisschen mehr Wald«, sagte Fritsch.

»Äh ... Sie hätten *was* für uns?«

»Wald! Und zwar einen ziemlich großen.«

»Oh je, wo sind Sie denn?«, wollte Ergün wissen.

»Sie haben ja noch mitbekommen, dass unsere Zielperson vermutlich an der Friedrichstraße umgestiegen ist. Da war die

Suche mordsmäßig aufwändig: viele Treppen, viele Bahnsteige. Außerdem sind Bahnhöfe für die Tiere die Hölle: Die vielen Menschen, die relevanten Geruchsspuren werden ins Gleisbett geweht und so weiter. Aber wir haben einen unserer besten Hunde eingesetzt, der scheint es tatsächlich gepackt zu haben. Eine echte Meisterleistung.«

»›Meisterleistung‹ klingt gut«, sagte Fabian. »Aber was heißt, er hat's ›gepackt‹?«

»Wir wissen mit hoher Wahrscheinlichkeit, dass unsere Zielperson in die S2 Richtung Norden gestiegen ist.«

»In die S2?«, fragte Fabian. »Warten Sie mal kurz …«

Er öffnete auf seinem Laptop den Linienplan der BVG und zoomte auf den Bahnhof Friedrichstraße.

»Da fahren doch die Linien S1 und S2 vom selben Bahnsteig ab. Woher wissen Sie, dass es die S2 war?«

»Weil die S1 seit Montag dieser Woche nicht fährt. Schienenersatzverkehr wegen Gleisbauarbeiten.«

Ergün grinste Fabian an: »Das nenn ich Ermittler-Glück!«

»In der Tat«, sagte Fritsch. »Aber Sie wissen ja: Das Glück ist mit den Tüchtigen.«

»S2 also«, nahm Fabian den Faden wieder auf. »Bis wo?«

»Bis nach Karow.«

»Und da war Schluss?«, fragte Ergün.

»Nee, da ist sie oder er offenbar nochmal umgestiegen. In die Regionalbahn.«

»Oh Mann«, sagte Fabian. »Und das habt ihr auch noch alles gemacht?«

»Jau«, erwiderte Fritsch. »Waren gerade so im Flow.«

»Ihr seid echt krass«, sagte Ergün anerkennend.

»Das Kompliment gebe ich gerne an unsere Hunde weiter«, erwiderte Fritsch lachend. »Mussten dann auch Nummer drei nehmen. Nach der Friedrichstraßen-Nummer war der andere durch. Ihr kennt ja mittlerweile das Prozedere, wenn eine Zielperson Zug gefahren ist: Mit Mann und Maus im Auto zum nächsten Bahnhof. Da alle raus und Hund suchen lassen. Solange, bis klar ist, ob die Zielperson da ausgestiegen sein könnte. Und wenn nicht: Die ganze Truppe wieder zurück ins Auto und weiter bis zur nächsten Station. Hat alles nochmal ein paar Stunden gedauert. Aber auch der dritte Hund hat wieder einen super Job gemacht.«

»Ja, und?«, drängelte Fabian. »Bis wohin ging die Fahrt denn jetzt?«

»Die Zeichen des Hundes waren ziemlich eindeutig. Wir sind uns deshalb zu, sagen wir mal, 95 Prozent sicher, dass er den richtigen Ausstiegsbahnhof gefunden hat.«

»Der *wo* ist?«, sagte Ergün erwartungsvoll.

»Ungefähr 50 Kilometer nördlich von Berlin.«

Fabian schaute Ergün an: »Ach, du Scheiße.«

»Wo denn genau?«, fragte er Fritsch.

»Wir stehen vor dem Bahnhof Groß Schönebeck, mitten in der Schorfheide«, sagte Fritsch. »Und falls Sie beiden Stadtkinder es nicht wissen: Die Schorfheide ist eines der größten zusammenhängenden Waldgebiete Deutschlands.«

29

Etwa zur selben Zeit.

Christian Schneider ballte triumphierend die Faust: »Ich wusste es! Ich wusste es!« Unüberhörbar ließ er die gesamte Redaktion wissen, dank seines phänomenalen Bauchgefühls mal wieder eine große Geschichte an Land gezogen zu haben.

Er hatte Anne, direkt nachdem sie von Melanie Kamp zurückgekommen war, zum Balken zitiert. Wobei der Begriff »Balken« aus dem vordigitalen Medienalter stammte: Es handelte sich nicht um eine Reihe, sondern einen Kreis von Schreibtischen in der Mitte des Newsrooms. Über den Tischen hingen rundherum ein halbes Dutzend Bildschirme, auf denen tonlos unterschiedliche deutsche und internationale Nachrichtensender liefen. Unter ihnen saßen die Mitglieder der Chefredaktion und die Ressortleiter. Hier entschieden sie über die Gestaltung von Seiten, definierten die Länge von Artikeln, suchten Fotos aus, texteten Überschriften. Kurz: Hier wurde die Zeitung von morgen gemacht.

Doch Christian Schneider, vor dem eine ungeöffnete Plastikschale mit Thunfisch-Salat stand, wollte nicht bis morgen warten. »Damit gehen wir heute Nachmittag online!«, sagte er aufgekratzt. »›Das tote Baby aus der Grusel-Laube: Die Tränen der Mutter‹. Das gibt sensationelle Klickzahlen!«

Der neben ihm sitzende Leiter der Nachrichtenredaktion, fast 25 Jahre älter als Schneider und ein gemächlicher Typ, war anderer Meinung: »Wenn du damit heute Nachmittag rausgehst, machst du die komplette Print-Auflage kaputt. Beziehungsweise das, was von der Print-Auflage noch übrig geblieben ist. Das will doch dann morgen niemand mehr lesen.« Langsam biss er in ein Salami-Brötchen und fügte kauend hinzu: »Außerdem haben wir das doch exklusiv, oder? Warum die Eile?«

»Ach, Quatsch!« Schneider schüttelte abschätzig den Kopf. »Wir machen die Auflage nicht kaputt. Wir pushen sie!«

Der Kollege zog eine Augenbraue hoch: »Sehe ich anders.«

Schneider sprang auf und griff sein Handy. »Soll der Boss entscheiden, ich ruf ihn an.« Dann wandte er sich an Anne, die hinter ihm stand und dem kurzen Wortgefecht der beiden Ressortleiter schweigend zugesehen hatte: »So oder so, fang schonmal an zu schreiben. Seite eins hast du morgen sicher!«

Ein paar Minuten später wusste sie, dass sie sich beeilen musste. Schneider hatte den Chefredakteur überzeugt: Sie würden mit der Geschichte online gehen – je schneller, desto besser.

Als Anne gut zwei Stunden später mit dem Text fertig war, fühlte sie sich erschöpft. Die kurze Nacht, das emotionale Gespräch mit Melanie Kamp, der Zeitdruck beim Schreiben: Jetzt merkte sie, wie viel Kraft sie das alles gekostet hatte.

Doch es war nicht nur das: Ihr war extrem unwohl bei der ganzen Geschichte. Taten sie das Richtige? Kamp hatte ihr so viel unzusammenhängendes Zeug erzählt. Während des Schreibens zweifelte sie plötzlich daran, ob das alles so stimmen konnte. Hatte sie ihr am Ende einfach nur irgendwelche Storys aufgetischt, um die Kohle zu bekommen?

Sollte sie vielleicht doch endlich mal ihre Mutter zurückrufen? Diese hatte ihr schon oft geholfen, wenn sie in schwierigen Situationen steckte und nicht so recht wusste, wie sie weitermachen sollte. Deren jahrzehntelange Berufserfahrung als Psychologin war dabei immer wieder hilfreich gewesen. Zudem kannte ihre Mutter sie extrem gut. Das war Fluch und Segen zugleich: Manchmal wünschte sie, dass diese sie nicht so schnell durchschauen würde. Wenn sie jetzt mit ihr spräche, müsste sie ihr außerdem erzählen, dass sie Fabian wiederbegegnet war. Dazu verspürte sie wenig Lust. Sicher würde ihre Mutter, die damals so mitgelitten hatte, die ganze Geschichte aufwärmen. Im schlimmsten Fall sogar die Vorwürfe von damals wieder auspacken – an Fabian und an sie. Auf jeden Fall würde sie es nicht damit bewenden lassen, wenn sie sie darum bat, nicht weiter darauf herumzureiten. Das hatte nie funktioniert. So war ihre Mutter nicht. Nein, es war keine gute Idee, sie anzurufen.

Aber wie weiter? Sie hatten versucht, von der Polizei eine Bestätigung für Kamps Version zu bekommen, mal wieder vergeblich. Kurz nachdem sie zu schreiben angefangen hatte, war Schneider zu ihr gekommen und hatte ihr grünes Licht von den hauseigenen Anwälten gegeben: Wenn sie alles in wörtlicher Rede und im Konjunktiv ließen, gingen sie juristisch kein Risiko ein. Schließlich hatte Kamp während des Interviews einen glaubwürdigen Eindruck auf sie gemacht: Ihre Tränen waren echt, da war Anne sich sicher.

Trotzdem hatte sie ein komisches Gefühl. Sie glaubte nicht, dass sich die Dinge so abgespielt hatten, wie Kamp es ihr erzählt hatte: Dass sie alleine mit ihrem Baby und dem Hund in der Laube gewesen sei, als dieser das Kind plötzlich, quasi aus dem Nichts, angegriffen habe. Sie erinnerte sich an das Bild von Marc. An den mysteriösen Mann am rechten Bildrand. So etwas dachte sich ein Fünfjähriger doch nicht aus! Oder doch? War Marc dabei gewesen, als sein kleiner Bruder starb? War es überhaupt sein Bruder? Oder stimmte noch nicht einmal das?

Schneider war das egal. Die Story war gut, so oder so. Sicher erwartete er, dass sie dranblieb, die Geschichte »weiterdrehte«, wie es bei ihnen hieß. Aber wie? Mit wem? Es frustrierte sie, dass sie überhaupt keine offiziellen Informationen von den Ermittlungen bekam. Ein Versuch ist es wert, dachte sie, und drückte auf dem schnurlosen Festnetztelefon die Wahltaste für die Nummer der Polizei-Pressestelle. Sie hoffte darauf, ein Mann würde abheben. Bei denen hatte sie in der Regel mehr Glück.

»Pressestelle der Berliner Polizei, Peters am Apparat. Was kann ich für Sie tun?«

Sie hatte Glück: Tobias Peters war nicht nur ein Mann, sondern auch derjenige, mit dem sie in den vergangenen Tagen schon mehrfach gesprochen hatte.

»Ja, hallo, nochmal Temmen hier vom *Berliner Blatt*«, sagte sie in entspanntem Plauderton. »Wir haben ja gerade häufiger miteinander zu tun.«

»Ist ja nicht das Schlechteste«, erwiderte Peters. Offenbar war er gut gelaunt.

»Ich weiß, dass Sie mir zu der Lauben-Geschichte im Grunewald nichts sagen dürfen. Aber es wäre echt super-, super-nett, wenn Sie mir einen riesengroßen Gefallen tun könnten.«

»Wir tun, was wir können. Worum geht's denn?«

»Ein alter Bekannter von mir ist Kommissar bei der Mordkommission und ich habe leider seine Nummer verbaselt. Könnten Sie ihm meine Nummer weiterleiten und ihn fragen, ob er mich zurückrufen kann?«

»Kriegen wir hin. Wie heißt denn der Gute?«

»Felter. Fabian Felter.«

»Kein Problem, mach ich doch gerne. Bin ja froh, dass ich Ihnen auch mal helfen kann, wo ich Sie sonst die ganze Zeit vertrösten muss.«

»Können Sie ja auch nichts für«, schmeichelte Anne. »Das ist echt toll! Vielen herzlichen Dank! Sie haben einen gut bei mir!«

Als sie aufgelegt hatte, war sie kurz beschwingt von dem netten Gespräch. Und dann fragte sie sich, ob dieser Anruf jetzt wirklich so clever gewesen war.

30

Steffen Osterberg war ganz anders, als Fabian sich einen Förster vorgestellt hatte: jung – etwa Anfang zwanzig –, lebhaft und aufgeschlossen. Irgendwie hatte er bei einem Förster immer einen älteren, eigenbrötlerischen Mann vor Augen, der mit Bäumen besser konnte als mit Menschen.

Osterberg – muskulöser Typ, kurze blonde Haare und sonnengebräuntes Gesicht – war dagegen von entwaffnender Offenheit. Er hatte sich sofort einverstanden erklärt, Fabian und Ergün an jener Stelle in der Nähe des Selbstmörder-Friedhofs zu treffen, an der Fabian beim Mantrailing-Einsatz die schwarzen Plastiksäcke gesehen hatte. Sie standen noch dort.

»Die werden am Montag abgeholt«, erklärte Osterberg, nachdem er aus der Brusttasche seiner olivgrünen Latzhose ein unkaputtbares Outdoor-Smartphone herausgeholt und ein paar Mal darauf herumgetippt hatte.

»Sie können nicht zufällig sagen, ob sie vollständig sind?«, fragte Ergün.

»Moment, kleinen Augenblick.« Osterberg fingerte wieder auf seinem Smartphone herum. Dann grinste er stolz: »Da haben Sie aber Glück, dass der Kollege so gewissenhaft protokolliert hat.« Einige Male wanderte sein Blick zwischen seinem Gerät und den Säcken hin- und her. »Tatsächlich, da fehlt einer!« Er schaute Ergün und Fabian erstaunt an: »Der Kollege hat acht eingetragen, jetzt stehen hier nur noch sieben.«

»Alles klar, das passt ja«, sagte Ergün.

»Kann ich sonst noch was für Sie tun?«, fragte Osterberg und steckte das Smartphone in die Brusttasche zurück.

»Nein, ich denke, das wär's schon«, antwortete Fabian. Er war enttäuscht, wie schnell sich seine vermeintliche Spur aufgelöst hatte: Offensichtlich hatten die Forst-Arbeiter nichts damit zu tun, dass die Babyleiche in einem ihrer Säcke gefunden wurde.

»Entschuldigung«, sagte Osterberg schüchtern. »Darf ich Sie vielleicht auch noch was fragen?«

»Na klar, fragen geht immer«, erwiderte Ergün und fügte lächelnd hinzu: »Wir müssen ja nicht antworten.«

»Also, wir wollen natürlich immer wissen, was in unserem Wald so los ist. Und da habe ich mich gefragt, ob Ihr Interesse an diesen Säcken hier vielleicht etwas mit dem toten Baby zu tun hat, das auf dem Selbstmörder-Friedhof gefunden wurde.«

Fabian und Ergün starrten ihn entgeistert an. »Moment, Moment«, sagte Fabian hastig. »Woher ... Ich meine: Welches tote Baby meinen Sie?«

Osterberg wirkte leicht betreten, holte sein Smartphone wieder hervor und hielt es den beiden entgegen: »Na, das tote Baby, von dem das *Berliner Blatt* im Internet berichtet.«

Fabian war stinksauer. »Das ist doch echt das Letzte«, schimpfte er.

Ergün und er hatten sich von Osterberg verabschiedet und liefen nebeneinander durch den Wald zu ihrem Auto, das an der Havelchaussee parkte.

»Sie stellen nicht nur Melanie Kamp nach und leiern ihr irgendwelche Pseudo-Geständnisse aus den Rippen, sondern können nicht mal einen halben Tag warten, damit rauszugehen.« Während Fabian redete, probierte er vergeblich, die Seite des *Berliner Blatts* auf seinem Smartphone aufzurufen: »Scheiße, kein Netz hier!«

»Lass doch«, versuchte Ergün ihn zu beschwichtigen. »Du hast ja recht, aber ...«

»Was denn? Regt dich das etwa nicht auf?«

»Schon. Aber letztlich müssen wir eben einfach unsere Arbeit machen.« Sie kletterten über einen dicken Baumstamm, der quer über dem Forstweg lag. »Und dabei dürfen wir uns nicht davon beeindrucken lassen, was die Medien veranstalten.« Sie schaute ihn von der Seite an: »Könnte es sein, dass dich das deshalb so aufregt, weil es deine Ex ist?«

Er blieb abrupt stehen. »Quatsch!«

Sie sah ihn an: »Sicher?«

»Ach«, er zuckte mit den Schultern. »Weiß nicht. Passt mir nicht in den Kram, dass die ausgerechnet jetzt wieder auftaucht, wo ich das erste Mal für so einen Fall verantwortlich bin – und dann auch noch ständig dazwischenfunkt.«

Ergün ging einen Schritt auf ihn zu und fasste ihn kräftig an die Schulter: »Hey, ist doch alles nicht so dramatisch. Sei einfach professionell, mach deinen Job und lass' dich nicht aus der Ruhe bringen. Weder von ihr noch von irgendjemand anderem. Ok?« Sie schaute ihm tief in die Augen.

Er brummte »Hm«, löste sich von ihr und stapfte weiter. »Gut, dann lass' uns *unseren Job erledigen*.« Er sagte es so trotzig, dass sie lächeln musste. Fabian bemerkte es nicht.

»Ich denke die ganze Zeit darüber nach«, sagte er stattdessen, »dass die Person, die das Baby hierher getragen hat, hinterher durch halb Berlin mit der S- und Regionalbahn gefahren und dabei mehrfach umgestiegen ist. Das muss uns doch irgendwie helfen.«

»Du meinst Zeugen?«

»Ja, vielleicht. Oder die Videoüberwachung auf den Bahnhöfen oder so.« Fabian blieb wieder stehen. »Vermutlich hatte er oder sie ja auch einen Hund dabei.«

»Du bist lustig.« Ergün verzog das Gesicht. »Weißt du, wie viele Leute jeden Tag in Berlin mit U- und S-Bahn unterwegs sind? Allein die BVG zählt täglich drei Millionen einzelne Fahrten, hab ich letztens gelesen. Ohne S-Bahn! Nur Bus und U-Bahn! Drei Millionen! Und von denen haben Tausende einen Hund dabei. Außerdem ...« Sie machte ihm ein Zeichen, weiterzulaufen. »... wissen wir ja nicht mal, wann er welche Bahnen genommen hat. Die S-Bahn fährt doch die ganze Nacht.«

»Die S-Bahn schon ...«, überlegte Fabian, blieb erneut stehen, holte sein Smartphone aus der Tasche und tippte auf den Bildschirm. »Wann hat die Panofski nochmal die 110 angerufen?«

»So gegen halb zehn, glaube ich.«

»Okay, halb zehn. Warte kurz. Hoffentlich hab ich jetzt Netz«, murmelte er vor sich hin. »Scheint zu klappen.« Nachdem er die App der Deutschen Bahn geöffnet und ein paar Mal herumgetippt hatte, grinste er: »Bingo: Dienstagabend ist die letzte Regionalbahn von Karow in die Schorfheide um 20.27 Uhr abgefahren. Also zu früh für Mr oder Mrs X.«

»Ja, und?« Ergün verstand nicht, worauf er hinaus wollte.

»Wenn die Nase des Mantrailers nicht trügt, können wir davon ausgehen, dass unsere Zielperson mit der Regionalbahn vom Bahnhof Karow aus in die Schorfheide gefahren ist.«

»Und weiter?«

»Was hat sie vermutlich gemacht, wenn sie die letzte Bahn nicht mehr bekommen hat?«

Ergüns Gesicht hellte sich auf: »Sie hat die erste morgens genommen!«

»So ist es. Also können wir die Suche auf wenige Minuten reduzieren: kurz vor der Abfahrt der ersten Regionalbahn am Bahnhof Karow um ...«, er schaute wieder auf sein Display, »... 4.27 Uhr und bei deren Ankunft 40 Minuten später am Bahnhof Groß Schönebeck.«

»Moment mal«, sagte Ergün. »Für die Kameras sind wir leider ziemlich genau ...«, sie schaute auf ihr eigenes Handy, »... neun Stunden zu spät.«

»Häh, wieso?«

»Weil die Verkehrsbetriebe die Bilder nur 48 Stunden speichern.«

»Fuck. Keine Möglichkeit, da hinterher noch ranzukommen?«

»Keine Chance: Nach 48 Stunden werden sie gelöscht und überspielt. Macht das System automatisch.«

»Okay. Aber das Bahnpersonal könnte man doch befragen.«

»Du meinst die Schaffner aus dem 4-Uhr-27-Zug?«

»Genau«, sagte Fabian, der sich wieder in Bewegung gesetzt hatte. »In einem so frühen Zug sitzen normalerweise immer dieselben Leute: Pendler, Schichtarbeiter und so. Wenn da jemand anderes dabei ist, der sich vielleicht auch noch auffällig verhält, kann sich eventuell jemand an ihn erinnern.«

»Ja, könnte man versuchen«, sagte Ergün zögernd.

Sie schien wenig überzeugt.

Fabian stoppte und holte sein vibrierendes Handy aus der Hosentasche. Nachdem er kurz draufgeschaut hatte, hielt er es Ergün so hin, dass sie auf dem Display den Namen Hannah Deininger lesen konnte, und sagte: »Wo wir gerade von Videoüberwachung sprechen ...«

In der Morgenrunde hatten sie ihr jüngstes Teammitglied damit beauftragt, bei der Tankstelle an der Heerstraße Ecke Schirwindter Allee nach den Aufnahmen der Videoüberwachung vom Dienstagabend zu fragen. Fabian hatte sich daran erinnert, dass Bella auf dem Weg zum S-Bahnhof Pichelsberg zunächst einen Bogen um die Tankstelle machen wollte, dann aber doch quer drübergelaufen war.

»Hallo Hannah, ich stell dich mal kurz auf Lautsprecher«, sagte Fabian. »Dilek ist bei mir.«

»Oh, hallo Dilek«, sagte Deininger.

»Dann schieß mal los«, forderte Fabian seine Kollegin auf. »Hast du die Aufnahmen bekommen?«

»Ja, und auch schon durchgeschaut.«

»Wow, das ging ja schnell!« Fabian schaute Ergün an und hob anerkennend die Augenbrauen.

»Und: Was Interessantes dabei?«

»Ich weiß nicht, wie ich's sagen soll ...« Hannah war die Unsicherheit deutlich anzumerken. »Ich hab auch noch nicht alles vom Abend angeschaut, sondern erstmal gegen halb elf angefangen. Erschien mir am sinnvollsten.«

»Na los, erzähl schon«, sagte Fabian.

»Naja, also ...« Sie stockte. »Ich glaube, wir haben ihn.«

31

Drei Tage zuvor.
Dienstag, 9. Juli 2019.

Es würde richtig teuer werden, aber das störte ihn nicht. Das Taxameter stand mittlerweile bei 68 Euro, und es fehlten immer noch ein paar Kilometer bis zur Laubenkolonie. Er schaute auf seine Armbanduhr: kurz nach sechs. Um diese Zeit waren in den öffentlichen Verkehrsmitteln wahre Menschenmassen unterwegs, was er überhaupt nicht mochte. Erst recht nicht den Feierabendverkehr, wenn sich die Leute müde und noch schlechter gelaunt als sowieso schon aneinander vorbeidrängelten und dabei anpampten. Er wollte keine unangenehmen Begegnungen riskieren, die Waya womöglich aufgewühlt hätten. Die Entscheidung, am Bahnhof Karow ein Taxi zu nehmen, war richtig gewesen.

In weniger als einer halben Stunde würde er da sein, um alles vorzubereiten. Um acht Uhr sollten die anderen kommen. Es war ein guter Tag gewesen. Das war wichtig. Alle mussten so entspannt wie möglich sein. Das galt auch für ihn, doch während des Tages war er immer aufgeregter geworden. Es war soweit – endlich. Bis hierhin war alles genauso gelaufen, wie er es sich vorgestellt hatte. Natürlich hatte sich Melanie anfangs unwohl gefühlt. Aber mit der Zeit hatte sie ihre Bedenken abgelegt. Er hoffte nur, dass sie Marc nicht mitbrachte. Das würde die Sache verkomplizieren. Kinder waren unberechenbar.

Was seinen Teil anging, war er mit Akribie vorgegangen: Wochenlang hatte er die beiden aneinander gewöhnt. Langsam, behutsam, mit größter Aufmerksamkeit. Alles war genauso gelaufen, wie er es sich vorgestellt hatte. Es musste klappen. Es würde klappen.

Sie fuhren jetzt die Auerbachstraße entlang, parallel zur S-Bahn-Trasse. In weniger als einer Minute würden sie da sein. Er spürte Euphorie in sich aufsteigen.

177

32

Als Anne auf die Lichtung vor dem Selbstmörder-Friedhof kam, war sie überrascht: Sie hatte nicht erwartet, dass es so schnell gehen würde. Ihr Artikel mit dem Geständnis von Melanie Kamp war vor nicht einmal zwei Stunden online gegangen, und schon waren die ersten Blumen abgelegt und Kerzen aufgestellt worden. Sogar einige Kinderbilder und kurze Briefe in krakeliger Schrift lagen neben dem Friedhofstor, das von einer Polizistin in Uniform bewacht wurde. »Wir vermissen dich, kleiner Timmy!« las Anne auf einem Zettel, »Warum?« auf einem anderen. Daneben lag ein Stoff-Teddybär, der ein rotes Herz umschlungen hielt.

Betroffenheitstourismus, dachte Anne. Auch die beiden älteren Hundehalter, von denen einer gerade versuchte, mit dem Handy über die Mauer des Friedhofs zu fotografieren, sahen nicht sehr traurig aus. Der eine von ihnen hatte einen braunen Boxer an der Leine. Der andere ein undefinierbares, schwarz-weiß geflecktes Ungetüm, das für Anne wie eine Mischung aus einem Huskie und einem Bernhardiner aussah. Eine ausgesprochen hässliche Mischung.

Sie trat zu den Männern und stellte sich vor, was den Boxer-Besitzer sofort zu einem wütenden Wortschwall veranlasste. »Was habt ihr denn da schon wieder für einen Quatsch geschrieben!?«, blaffte er sie an. »Dass ein Hund ein Kleinkind tötet – was für ein Unsinn! Wieder so ein Märchen, das die Medien in die Welt setzen: Dass Hunde lebensgefährlich sind und so. So ein Blödsinn!«

Anne wollte etwas entgegnen, da polterte schon der andere los: »Hast völlig recht, Dieter. Das wird den Hundehassern wieder mächtig Auftrieb geben. Schöne Scheiße! Was soll das für ein Hund gewesen sein?«

»Das wusste die Mutter des Kindes nicht genau«, sagte Anne.

»Ha, siehste!«, sagte das Boxer-Herrchen. »Da ham was ja: Die hat überhaupt keine Ahnung. Aber erstmal alles auf die bösen Hunde schieben! Wahrscheinlich alles erstunken und erlogen!«

Während die beiden Männer auf Anne einredeten, kam eine Frau Mitte Dreißig mit einem etwa sechsjährigen Kind an der Hand dazu.

»Jetzt hör'n se aber auf!«, schnauzte sie erregt den Mann mit dem Boxer an. »Das hört man doch dauernd, dass Hunde kleine Kinder angreifen. Nur ihr Hundehalter wollt das nicht wahrhaben! Hier, warten Sie mal ...« Sie holte ihr Handy aus der Hosentasche und tippte darauf herum. »Hier: ›Hund attackiert Fünfjährige in Niederbayern und verletzt sie schwer‹. Oder hier: ›Hunde gehen auf Kinder los: Zwei Vierbeiner beißen drei Kinder in Mühlacker‹. Oder hier: ›Dobermann beißt kleines Mädchen in die Hüfte‹. ›Schwer verletzt: Hund beißt Dreijähriger ins Gesicht‹. Und so weiter und so fort. Können Sie alles nachlesen!«

»Ja, ja, ja«, versuchte sie der Besitzer des hässlichen Hundes zu stoppen.

Doch die Frau zitierte weiter: »›Rottweiler verletzt neunjährigen Jungen schwer‹, ›Labrador beißt Vierjährigem in die Schulter‹. Oder hier, ganz krass: ›Grausame Hunde-Attacke in Hameln: Tier beißt zwei Jahre alten Jungen Stück Fleisch aus dem Gesicht‹.«

»Okay, jetzt machen se aber mal 'nen Punkt!«, rief der Hundehalter. »Mag ja sein, dass das ab und zu passiert. Aber das wird doch von den Medien«, jetzt zeigte er auf Anne, »jedes Mal gnadenlos ausgeschlachtet!«

Angelockt von den lauten Stimmen stiefelten drei Teenagerinnen auf die Gruppe zu. Ihrer Kleidung nach zu schließen kamen sie direkt vom Badesee: T-Shirts, Shorts, an den Füßen Flip-Flops.

»Meine kleine Schwester wurde mal von einem Pitbull gebissen«, behauptete eine von ihnen. »Sie musste sogar ins

Krankenhaus.« Dazu stemmte sie die Hände in die Hüften und nickte theatralisch mit dem Kopf. Als der Boxer versuchte, sie zu beschnuppern, wich sie demonstrativ zurück. »Passen Sie auf Ihren Hund auf!«

»Was wird 'n ditte?«, sagte dessen Besitzer. »Ist das hier jetzt ein spontaner Volksgerichtshof oder so was?!«

»Wenn ihr besser auf eure Viecher aufpassen würdet, gäb's solche Geschichten überhaupt nicht«, fuhr ihn die Mutter an.

Anne folgte der Szene halb überrascht, halb belustigt. Schneider hatte sie wieder in den Wald geschickt, um Stimmen der Berlinerinnen und Berliner zum toten Baby vom Selbstmörder-Friedhof einzusammeln – und vor allem: Emotionen. Am besten als Videos, dann könnten die Online-Kollegen gleich ein kleinen Aufreger-Clip veröffentlichen. Das würde nicht schwer werden: Wenn es sich um Hunde drehte, verstanden die Leute keinen Spaß. Hier im Grunewald hatte jeder eine Meinung zu dem Thema: Hunde wurden geliebt oder gehasst, dazwischen gab es nichts.

Das war gut für sie: Themen, die polarisierten, waren immer guter Stoff. Schon nach wenigen Minuten am Friedhof wusste sie, dass sie im Handumdrehen genug Material für die von Schneider gewünschte Weiterdrehe beisammen haben würde. Die Gruppe war mittlerweile auf etwa ein Dutzend Menschen angewachsen, die heftig aufeinander ein- und durcheinanderredeten. Anne hielt einfach mit ihrem Smartphone drauf.

Sie hatte ja Zeit: Morgen erschien in der gedruckten Ausgabe erst einmal das Tränen-Geständnis von Melanie Kamp. Sie hoffte, dass wenigstens das meiste von dem, was sie ihr erzählt hatte, der Wahrheit entsprach.

33

Die Bilder von Dienstagnacht verfolgten ihn: die Schreie, das viele Blut, die Flucht durch den Wald. Auch hier auf dieser Park-Bank bekam er sie nicht aus dem Kopf. Doch er musste sich zusammenreißen. Wenn Melanie der Polizei den gleichen Quatsch erzählt hatte wie der Zeitung, blieb ihm immerhin noch etwas Zeit. Durch den auf seinem Handy eingestellten News-Alarm vom *Berliner Blatt* erfuhr er sofort von jedem neuen Artikel. Was er gerade gelesen hatte, beruhigte ihn: Melanie schien sich an ihre Absprache zu halten.

Wie lange hatte er jetzt schon hier auf der Bank gesessen? Zwei Stunden? Drei? Es war wie verhext. Jedes Mal, wenn sich eine Möglichkeit eröffnete, wurde sie innerhalb weniger Sekunden wieder verstellt. Aber auf ein oder zwei Tage kam es ohnehin nicht mehr an. Sie würden ihn kriegen, früher oder später. Doch er war entschlossen, es zu Ende zu bringen.

Auch wenn er viel Zeit verloren hatte in den vergangenen zwei Tagen. Den Mittwoch hatte er fast komplett verschlafen. Er musste Kraft sammeln. Am Donnerstag war er erfolglos kreuz und quer durch die Stadt gefahren. Jetzt war es Freitagmittag und Melanie wurde von allen Seiten bearbeitet: der Polizei, der Zeitung und ihm. Die meisten seiner Anrufe hatte sie allerdings ignoriert. Er war sich nicht sicher, ob sie stark genug war. Sie durfte nicht umfallen – noch nicht.

Wenn Melanie nicht geredet hatte, würden sie noch brauchen, um ihn aufzuspüren. Und selbst wenn: Auch Melanie hatte keine Ahnung, wo sie ihn finden konnten. Jetzt war er froh, ihr nie von der Hütte im Wald erzählt zu haben. Sollten sie sich dieser nähern, müsste er zum letzten Mittel greifen. Er würde alles dafür tun, sein Werk zu vollenden.

Die Chancen waren gut: Freitagnachmittag, Sommerferien, Sonne, strahlend blauer Himmel. Ein paar Stunden hatte er noch. Er erhob sich. Vielleicht hatte er woanders mehr Glück.

34

Zur selben Zeit.

»Hm, was meinst du?«, fragte Ergün und trommelte nervös aufs Lenkrad. »Der Typ verhält sich schon irgendwie eigenartig, oder?«

Sie schaute zu Fabian auf dem Beifahrersitz hinüber, dessen Tür genauso wie ihre halb offen war. Auf dem Armaturenbrett vor ihnen stand ein Laptop.

Sie parkten vor dem Restaurant »Tiroler Bauernstuben« am Rande des Grunewalds. Auf dessen Terrasse hatten sie gerade in Rekordtempo einen Salat hinuntergeschlungen. Von ihrem Standort aus sahen sie auf der anderen Seite der Heerstraße die Tankstelle an der Ecke Schirwindter Allee. Von deren Überwachungsvideos aus der Nacht von Dienstag auf Mittwoch hatte Hannah Deininger ihnen vier Sequenzen geschickt, von der sie in diesem Moment die dritte zum wiederholten Male ansahen.

»Geh noch mal zum Anfang zurück«, sagte Fabian.

Ergün drückte ein paar Tasten auf dem Laptop. Der Ausschnitt war etwa anderthalb Minuten lang. Er setzte um 22 Uhr, 55 Minuten und 13 Sekunden ein und zeigte zunächst einen dunklen Mercedes, der die Tankstelle verließ. Weitere zwölf Sekunden passierte nichts. Dann kam von der Heerstraße ein Mann ins Bild, der einen Hut mit breiter Krempe trug und einen beachtlich großen Hund an einer kurzen Leine führte.

»Siehst du, wie nervös der sich umschaut?«, sagte Ergün. »Das ist doch nicht normal.«

»Ja, ist auffällig«, bestätigte Fabian. »Trotzdem würde ich gerne auch die anderen nochmal sehen.«

Im Zeitraum zwischen halb elf und kurz nach Mitternacht hatten vier Menschen mit Hunden das Gelände der Tankstelle betreten. In der ersten Sequenz sah man ein Pärchen, das plaudernd ins Bild kam, seinen Dackel vor dem Shop anleinte und eine Minute später die Tankstelle mit einem Sixpack verließ.

»Die scheiden aus«, sagte Ergün.

Fabian nickte kurz: »Klar.«

Als Zweites lief ein hochgewachsener Mann mit einem Windhund an der Leine über das Gelände.

»Falsche Richtung«, sagte Fabian und blickte zwischen dem Bildschirm und der Tankstelle auf der anderen Straßenseite hin- und her. »Der kommt von der Schirwindter Allee rein, wir kamen mit Bella von der Heerstraße.«

Blieb Nummer vier: Eine Frau, die kurz vor Mitternacht mit einem Schäferhund von der Heerstraße kommend über die Tankstelle lief. Sie hatte es offenbar eilig: Ein paar Mal zerrte sie heftig an der Leine, um ihren Hund von Zapfsäulen oder Mülleimern wegzuziehen, an denen er schnupperte.

»Die kommt auch in die engere Auswahl, oder?«, fragte Ergün. »Richtung und Zeit stimmen, der Hund hat die richtige Größe – und offenbar hatte sie es ziemlich eilig.«

Fabian nickte bedächtig. »Ja, passt alles«, sagte er. »Aber ich weiß nicht ...«

»Hannah soll uns von den beiden mal gute Bilder rausziehen«, meinte Ergün. »Ich ruf sie an, ok?«

»Ja, mach mal.« Fabian drückte seine Tür weiter auf, um auszusteigen. »Ich muss auch kurz telefonieren.« Er trat ein paar Schritte vom Auto weg.

Eine Kollegin aus der Keithstraße hatten ihm Bescheid gesagt, dass eine Anne Temmen angerufen und um einen Rückruf gebeten hatte. Einerseits hatte er wenig Lust auf weitere Fragen von ihr zu den Ermittlungen. Er war nach wie vor sauer, wie das *Berliner Blatt* durch die Berichterstattung ihre Ermittlungen torpedierte. Auf der anderen Seite konnte Anne ihnen womöglich nützlich sein: Offenbar hatte sie mindestens genauso viel mit Melanie Kamp gesprochen wie sie selbst – und dazu noch mit ein paar anderen interessanten Menschen wie René und Marc Kamp. Anne war schlau. Auch wenn ihm der Gedanke nicht gefiel: Vielleicht war ihr bei den Gesprächen etwas aufgefallen, was sie selbst übersehen hatten? Es konnte nicht schaden, zu hören, was sie wollte.

Er wählte gerade die Nummer, die er von der Sekretärin bekommen hatte, da vibrierte sein Handy: »Damir Kovac« erschien auf dem Display. Da er sah, dass Ergün ihr Telefonat mit Hannah Deininger beendet hatte, ging er zum Auto zurück. Er setzte sich auf den Beifahrersitz, sagte zu Ergün »Der Kollege vom KTI« und nahm ab.

»Hallo, Herr Kovac, gibt's was Neues?« Kurze Pause. »Okay, alles klar, darf ich Sie auf Lautsprecher stellen? Die Kollegin Ergün ist bei mir!«

Er legte das Telefon auf das Armaturenbrett.

»Gut, dass ich gleich Sie beide dran hab«, sagte Kovac. »Ich hab da nämlich was, bei dem ich nicht so genau weiß, was ich damit machen soll.«

»Schießen Sie los«, meinte Ergün. »Vielleicht wissen wir's ja ...«

»Oh, da wäre ich mir nicht so sicher«, entgegnete Kovac. Im Vergleich zum Telefonat von gestern Morgen kam er Fabian erstaunlich zaghaft vor.

»Worum geht's denn?«, fragte er Kovac.

»Um das Messer aus dem Wald«, antwortete dieser.

Ergün neigte den Kopf zum Handy: »Haben Sie bei den Fingerabdrücken etwas gefunden?«

»Ja, haben wir.«

»Und?«, fragten Fabian und Ergün synchron.

»Identisch mit denen, die sie sich zum Abgleich von Melanie Kamp eingeholt haben.«

Fabian und Ergün nickten sich zu.

»Das passt«, sprach Fabian ins Telefon. »Sie hat uns erzählt, dass sie sich mit dem Messer gegen den Hund verteidigt hat. Sind denn außer Melanies Abdrücken noch andere drauf?«

»Nee, nur ihre.«

Fabian runzelte die Stirn und schaute Ergün an: »Ist sie vielleicht doch in den Wald gelaufen und hat das Messer dort selbst hingeworfen?«

Ergün schüttelte nachdenklich den Kopf.

»Auch was das Blut auf dem Messer angeht, sind wir einen Schritt weiter«, meldete sich Kovac wieder. »Ich hatte Ihnen doch erzählt, dass wir verschiedene Spuren festgestellt haben.«

»Von mindestens drei Personen«, sagte Fabian.

»Genau. Aber das war noch nicht alles: Wir haben auch noch das Blut eines Tieres identifiziert. Es befand sich in einer Mischspur, weshalb sich die Analyse etwas gezogen hat. Das passt ja auch zu dem, was Melanie Kamp Ihnen erzählt hat. Es gibt da allerdings eine Sache, die etwas eigenartig ist.«

»Wie meinen Sie das?«, fragte Fabian. Instinktiv rückten er und Ergün näher an das Handy heran.

»Also, wenn wir Tierblut feststellen, schicken wir die Proben an ein darauf spezialisiertes Labor«, erklärte Kovac. »Die jagen das zunächst routinemäßig durch eine riesige, internationale Datenbank mit allen möglichen Tier-DNAs, um den Verursacher festzustellen.«

»Und dabei ist herausgekommen, dass wir es mit dem Blut eines Hundes zu tun haben?«, fragte Ergün.

»Ja, aber nicht nur das«, sagte Kovac. »Das Ergebnis ist ... naja ... irgendwie beunruhigend.«

»Inwiefern?«, fragte Fabian.

»Sie müssen sich das so vorstellen«, holte Kovac aus. »Die DNA wird mit Untersuchungen von Tieren auf der ganzen Welt abgeglichen. Das wird einmal über die sogenannte mitochondriale DNA gemacht, die nur über die mütterliche Linie vererbt wird. Und dann wird die Kern-DNA analysiert, quasi das Pendant zu unserem genetischen Fingerabdruck. Die trägt Merkmale, die von Vater *und* Mutter vererbt werden. Wenn es dann besonders viele Übereinstimmungen mit bestimmten Tierarten in gewissen Regionen gibt, kann man davon ausgehen, dass das gesuchte Tier irgendwie aus dieser Ecke stammt. Also einerseits, was die geografische Herkunft betrifft. Gleichzeitig lassen sich so aber auch ziemlich zuverlässige Rückschlüsse auf die Rasse ziehen.«

»Okay, haben wir verstanden«, sagte Fabian. »Und jetzt können Sie uns also sagen, was das für ein Hund war, dessen Blut an dem Messer war? Und wo er herkommt?«

»Nunja ... Der Abgleich zeigte auffallend viele Treffer aus den USA und Kanada. Aber das war gar nicht das Bemerkenswerte.« Er machte eine Pause. »Viel spannender ist, bei welchen Arten.«

»Nämlich?«, fragte Ergün gespannt.

»Wenn man den Untersuchungen der Kollegen trauen kann, ist das Tier, dessen DNA wir an dem Messer gefunden haben, verdammt eng mit einem nordamerikanischen Wolf verwandt.«

Fabian schaute Ergün an und runzelte die Stirn.

»Was heißt ›verdammt eng‹?«, fragte er ins Telefon.

Stille.

»Naja«, antwortete Kovac. »Es deutet offenbar vieles darauf hin, dass es sich um eine direkte Kreuzung aus einem Haushund und einem wilden Wolf handelt. Also erste Generation. Oder aber ...«, er zögerte, »... es ist sogar ein echter Wolf.«

35

Gegen halb fünf.

Wie waren sie hierhergekommen? Was machten sie hier? Warum war sie so durcheinander?

Sie saß neben Fabian im Gras und blickte auf das vor Hitze flirrende Berlin. Die Aussicht vom Drachenberg über die Stadt war beeindruckend. Kurz hinter der Waldrandkante sahen sie neben dem Funkturm das Messezentrum ICC – wie ein gelandetes Raumschiff aus einem Science-Fiction-Film der 70er Jahre. Dahinter erstreckte sich bis zum Horizont die Stadt, aus welcher der über 300 Meter hohe Fernsehturm wie eine überdimensionale Nadel in den Himmel ragte.

Sie hörte nicht auf, sich zu wundern. Dass Fabian sie zurückgerufen hatte. Dass er hier mit ihr saß. Und dass er eine Dreiviertelstunde mit ihr durch den Wald gelaufen war. Nicht nur, weil er dazu vermutlich überhaupt keine Zeit hatte. Sondern auch, weil er anfangs so sauer gewesen war.

Er hatte sie kaum zu Wort kommen lassen, nachdem er am Friedhof auf sie zugestapft war und sie von den heftig über beißende Hunde diskutierenden Leuten weggezogen hatte. Warum sie mit ihrer Berichterstattung ständig die Ermittlungen durchkreuzten. Ob sie so weitermachen wollten. Was sie für die nächsten Tage planten. Mit wem sie schon alles gesprochen habe. Zack, zack, zack! Es war wie ein Verhör. Ums große Ganze war es natürlich auch wieder gegangen: Ob sie das alles eigentlich mit gutem Gewissen machen könne. Was das für die Menschen, über die sie berichtete, bedeutete. Und so weiter.

Und er war sehr persönlich geworden: Sie hätte sein Vertrauen missbraucht, als sie seine Andeutung, dass der Fund auf dem Friedhof in einem Zusammenhang mit den Geschehnissen in dem Schrebergarten stand, ausgeschlachtet hatte. Sie hatte eingewendet, dass ihr eigener Vorgesetzter schon selbst auf diese Idee gekommen war und sie so oder so mit den Fotos vom Friedhof zu Melanie gefahren wäre. Das hatte ihn ein wenig besänftigt.

Und plötzlich war es dann fast wieder ein bisschen wie damals gewesen. Als sie in lauen Sommernächten stundenlang durch den Park und am Fluss entlang gelaufen waren und über Gott und die Welt gequatscht hatten. Meistens hatten sich ihre Gespräche um die Zukunft gedreht. Die gemeinsame. Die Erinnerung daran schnürte ihr das Herz zusammen. Sie hatten weniger als ein Jahr bis zum Abi gehabt – danach hätte ihnen die Welt offengestanden.

Auf einem Festival – verdreckt, verschwitzt, mit Sonnenbrand und beide schon leicht angetrunken – hatten sie das erste Mal geknutscht. Selbstverständlich war *sie* es gewesen, die die Initiative ergriffen hatte. Drei, vier Monate waren sie zusammengewesen. Wobei nie richtig klar war, ob es etwas Festes war. Eine echte Beziehung. Erst tat *sie* sich schwer, dann wollte *er* nicht so richtig. Endgültig vorbei war es gewesen, als er eines Tages mit dieser anderen Frau aufgetaucht war. Sie musste daran denken, wie niedergeschlagen und verzweifelt sie an jenem Abend war. Dabei hatte sie in dem Moment noch gar keine Ahnung davon gehabt, dass ihr das Schlimmste erst bevorstand. Sie hatte es überlebt, irgendwie. Mann, war das lang her. Und doch immer noch so nah.

Jetzt, ein Jahrzehnt später, saß sie hier mit ihm in der Nachmittagshitze und blickte auf Berlin. Er musste als Kriminalkommissar den Tod eines Säuglings aufklären, sie für eine Boulevardzeitung darüber berichten. Das Leben war komisch. Sie lächelte.

»Was ist?«, fragte er.

»Hab nur gerade an damals gedacht.« Sie schaute ihn an. »Hätte nie gedacht, dass du mal zur Polizei gehen würdest.«

»Was *hast* du denn gedacht, was ich machen würde?«

»Keine Ahnung. Eher was Wissenschaftliches. Oder Schriftsteller oder so. Irgendwas Intellektuelles.«

»Ich finde, man muss in unserem Job schon ziemlich schlau sein«, sagte er dermaßen nüchtern, dass sie nicht wusste, ob er es als Witz meinte oder sich auf den Schlips getreten fühlte.

»Was ist mit dir: Bist du glücklich mit deinem Job?«

»Ja, schon. Ist eigentlich genau das, was ich immer machen wollte. Wieso? Geht's dir nicht so?«

Er schwieg lange, schaute zum Horizont und sagte dann leise: »Ach, keine Ahnung ...«

Sie fühlte sich wie in einer Zeitmaschine: Auch damals musste sie ihm oft jedes Wort aus der Nase ziehen.

»Gefällt dir deine Arbeit nicht?«

Er schaute sie an: »Ist einfach heftig, was man alles so mitkriegt.«

»An schlimmen Geschichten?«

Er nickte und guckte auf Berlins Dächer. Um sie herum tummelten sich Familien, Liebespaare, Touristen.

»Ich stell mir oft vor, was jetzt gerade, in diesem Moment in dieser Stadt alles passiert«, sagte er.

»Wie meinst du das?«

»Genau in diesem Moment wird wahrscheinlich irgendwo in Berlin eine Frau vergewaltigt, ein Kind missbraucht oder so. Quasi vor unseren Augen. Daran denke ich auch manchmal abends beim Einschlafen. Diese Gleichzeitigkeit: Man selbst liegt kuschelig im Bett, während andere ... Das macht mich fertig.«

»Bist du deshalb Polizist geworden?«, fragte sie nach einer Weile.

Er lächelte sie an. »Weil ich die Welt retten wollte?«

»So meinte ich das nicht ...«

»Aber so ungefähr, oder?«

»Naja, dass du eben was Sinnvolles machen wolltest. Was weiß ich.«

Sie schwiegen eine Weile und schauten auf die Stadt.

»Und sonst?«, fragte sie. »Mit deiner Freundin ... äh ... Frau und den Kindern alles gut?«

Es sollte unverfänglich klingen, aber sie befürchtete, dass er irgendwelche Hintergedanken bei ihr vermutete. Und während ihr das durch den Kopf ging, merkte sie, wie sie rot wurde. Wie albern das war, dachte sie: Sie waren erwachsen, hatten sich seit über zehn Jahren nicht gesehen, bislang kaum ein paar Sätze miteinander gewechselt.

»Jaja, alles super«, sagte er etwas zu beflissen, wie sie fand. »Mit den Zwillingen ist es echt schön, wenn auch manchmal ziemlich anstrengend.« Er lächelte sie an: »Du weißt ja, wie wichtig mir mein Schlaf ist. Klappt momentan eher nicht so.«

»Kann ich mir vorstellen.«

»Du hast ...«, er zögerte, »... äh, ... keine Kinder, oder?«

Sie zuckte zusammen. Aber was wollte sie? Sie selbst hatte ja mit dem Thema angefangen. Da musste sie sich nicht wundern, dass er seinerseits so etwas fragte. Sie hätte damit rechnen müssen. Trotzdem gelang es ihr nicht, cool zu bleiben. Sie nuschelte etwas von »der Richtige noch nicht aufgetaucht« und schaute weg.

Je länger sie hier saßen, desto eigenartiger fühlte sie sich. »Weißt ja«, versuchte sie, sich selbst zu lockern: »Wir sind eben Generation Y: keine Bindungen, keine Entscheidungen, immer flexibel bleiben und so. Apropos ‚Bindungen‘: Ich würde dir gerne was zu eurer Schrebergarten-Geschichte zeigen ...«

Sie hielt inne. Seit seinem anfänglichen Wutausbruch hatten sie kein Wort mehr über den Fall verloren. Wenn es schlecht lief, zerstörte sie jetzt alles.

Missmutig schaute er sie an: »Ey, du weißt doch, dass ich dir nichts sagen darf.«

»Ok, ist klar, hab ich verstanden«, erwiderte sie schnell. »Aber darf ich *dir* was sagen?«

Sie spürte, wie unwohl ihm war.

»Wenn du keine Gegenleistung in Form irgendwelcher Infos dafür erwartest«, sagte er nach ein paar Sekunden.

»Nein, nein, du brauchst überhaupt nichts dazu zu sagen. Versprochen!« Sie holte ihr Handy aus der Tasche. »Ich möchte dir etwas zeigen.«

Nach ein paar Klicks reichte sie ihm das Telefon mit der abfotografierten Zeichnung von Marc. »Das hat Melanie Kamps Sohn gemalt. Vielleicht solltet ihr euch mal um den kümmern.«

»Hm«, murmelte er. »Du weißt ja, was ich davon halte, dass ihr Opfern nachstellt.«

»Jaja, geschenkt. Aber vielleicht hilft's euch ja …«

»Keine Ahnung«, brummte er, den Blick weiterhin auf dem Bild. »Aber schick's mir gerne mal.«

»Na klar.« Sie drückte auf dem Display herum. »Hast du.«

»Danke. Sag mal …« Er schien zu überlegen. »Was hältst du eigentlich von Melanie Kamp? Sie scheint dir ja dasselbe erzählt zu haben wie uns.«

»Ich weiß ja nicht, *was* sie euch erzählt hat. Da bist du klar im Vorteil.«

»Hast recht. Aber ihr habt das ja vermutlich alles veröffentlicht, weil ihr glaubt, sie sagt die Wahrheit, oder?«

»Was genau meinst du jetzt?«

»Naja, dass sie die Mutter von dem toten Baby ist und es von dem Hund ihrer Freundin totgebissen wurde.«

»Also, wenn ich ehrlich bin …«, sagte sie zögernd. »Die Geschichte mit dem Hund der Freundin kommt mir komisch vor. Klang einstudiert, als sie's mir erzählt hat.«

Er nickte langsam.

Sie überlegte, wie viel sie ihm sagen sollte. Einerseits erschien es ihr ungerecht, ihm von ihren Gesprächen mit Melanie zu berichten, während er sich hinter seiner professionellen Einstellung versteckte. Auch wenn sie nicht recht wusste, was sie eigentlich von ihm wollte: Mehr Infos über den Fall, damit sie in der Redaktion glänzen konnte? Oder war das eigentlich völlig egal und es ging hier um etwas ganz anderes?

»Ich gehe mal davon aus, dass ihr euch auch schon ein paar Mal mit ihr unterhalten habt«, begann sie.

Er erwiderte nichts.

»Sie war völlig fertig mit den Nerven. Ich hatte das Gefühl, ihre Trauer um das Baby ist absolut echt. Vielleicht stimmt nicht alles hundert Prozent, was sie sagt. Aber da ist noch was anderes ...« Sie hielt inne. »Als ich ihr heute Morgen unsere Fotos vom Friedhof gezeigt habe, hatte ich den Eindruck, dass sie wirklich geschockt und ... wie soll ich sagen ... auch überrascht war.«

»Du meinst, sie wusste nichts davon, dass das Kind auf dem Friedhof abgelegt wurde?«

»Genau. Aber irgendwie noch mehr als das.«

Er schaute sie an, wie er es die ganze letzte Stunde, die sie nun zusammen waren, nicht getan hatte: hellwach, interessiert, gespannt. Auf der einen Seite fühlte es sich gut für sie an, dass sie etwas anzubieten hatte, das seine Neugier kitzelte. Gleichzeitig versetzte es ihr einen Stich, dass dies erst jetzt geschah, als es um den Fall ging. Wahrscheinlich dachte er die ganze Zeit an kaum was anderes. Im Gegensatz zu ihr.

»Wie meinst du das?«, fragte er.

Sie war sich plötzlich nicht mehr so sicher wie noch heute Vormittag bei Melanie Kamp. Aber Fabian schaute sie so erwartungsvoll an, dass sie gar nicht anders konnte, als es auszusprechen: »Ich glaube, sie hat erst in diesem Gespräch mit mir erfahren, dass ihr Kind tot ist.«

36

Die Bremsen kreischten so laut, dass Fabian die Ohren schmerzten. Der Zug hielt im Bahnhof Wandlitz, rund zwölf Kilometer nördlich der Berliner Stadtgrenze. Sie waren seit zwanzig Minuten unterwegs, langsam wurden er und Ergün nervös. An ihren Coffee-to-go-Bechern nippend standen sie vor der Tür der Fahrerkabine und warteten darauf, dass Zugbegleiter Bernhard Kloppke endlich Zeit fand, mit ihnen zu sprechen. Die Minuten verflossen: In etwas mehr als einer Viertelstunde würden sie in Groß Schönebeck ankommen. Dort, wohin Bellas feine Hundenase ihre Kollegin Theresa Fritsch geführt hatte. Wo also allem Anschein nach jene Person ausgestiegen war, die zuvor das totgebissene Baby auf dem Selbstmörder-Friedhof im Grunewald abgelegt hatte.

Fabian und Ergün hatten sich am Bahnhof Karow schnell entscheiden müssen und waren dann in die blau-weiße Bahn in Richtung Schorfheide eingestiegen – ohne zu wissen, ob sich der Aufwand lohnen würde. Doch wenn Fabians Theorie stimmte, dass ihr Mr X respektive ihre Mrs X am Mittwochmorgen die erste Verbindung nach Groß Schönebeck genommen hatte, war Kloppke auf genau dieser Fahrt im Dienst gewesen. Als sie gegen zwanzig nach acht in Karow angekommen waren, hatte Kloppke sie zwar freundlich, aber leicht gestresst empfangen. Er könne sich gerne mit ihnen unterhalten – allerdings nur, wenn sie mit ihm in den Zug stiegen, der in wenigen Minuten abfahren würde. »Dienst ist Dienst«, hatte er gesagt und schmunzelnd hinzugefügt: »Sie müssen natürlich keinen Fahrschein lösen.«

Also saßen sie in der sogenannten Heidekrautbahn, die wie so viele andere Strecken in Deutschland an einen privaten Anbieter verkauft worden war, und warteten darauf, dass Kloppke seine Fahrscheinkontrolle endlich beendet hatte.

»Mann, so viele Leute sitzen doch gar nicht hier drin«, grummelte Fabian gereizt. »Was dauert denn da so lange?«

Er war ungeduldig und mies gelaunt, was unter anderem an seinem Gespräch am Nachmittag mit Anne lag.

Ergün war natürlich überhaupt nicht begeistert gewesen, als Fabian ihr vor den »Tiroler Bauernstuben« sagte, er würde sich mit Anne am Selbstmörder-Friedhof treffen. Da sie mit Hilfe der Überwachungsvideos von der Tankstelle an der Heerstraße just einen möglichen Verdächtigen identifiziert hatten, hielt Ergün es für wichtiger, sofort mit allen Kräften dessen Spur zu verfolgen. Allemal nach der zwar wahnwitzigen, deshalb aber nicht weniger beunruhigenden Wolfsblut-Theorie von ihrem KTI-Kollegen Damir Kovac. Aber er sei erwachsen, hatte sie Fabian gesagt, und müsse wissen, was er tut.

Fabian selbst fand im Nachhinein zwar, dass es nicht die völlig falsche Entscheidung gewesen war, Anne zu treffen. Erstens war sie in der Nähe und die Gelegenheit entsprechend günstig gewesen. Außerdem hatte sie ihm tatsächlich einige Dinge gesagt, die hilfreich sein könnten.

Danach hatte er das von Melanie Kamps Sohn Marc gemalte Bild Ergün gezeigt. Sie hatte zwar zunächst wieder eine Spitze gegenüber Anne und ihren Methoden losgelassen. Dann aber hatte auch sie gemeint, dass ihnen Marcs Zeichnung möglicherweise helfen könnte. Wenn schließlich Annes Vermutung stimmte, dass Melanie bis zum Interview mit ihr nichts vom Tod des Kindes gewusst hatte, wäre das ebenfalls von Bedeutung.

Trotzdem haderte Fabian damit, so lange mit Anne durch den Wald gelaufen zu sein und auf dem Drachenberg gesessen zu haben. Das wäre nicht nötig gewesen. Aber irgendwie hatte es sich gut angefühlt – auch wenn er alles dafür getan hatte, dies nicht zu zeigen.

Als sie sich endlich mit einer Umarmung, die Fabian etwas zu lang erschien, verabschiedet hatten, verspürte er sogar ein leicht schlechtes Gewissen. Zum einen war er sich nicht sicher, ob er sich professionell verhalten hatte: War es okay, sich während laufender Ermittlungen mit einer Journalistin zu treffen und so ausführlich zu unterhalten? Auch über den Fall? Wahrscheinlich nicht. Hätte er außerdem die anderthalb Stunden nicht doch sinnvoller für weitere Untersuchungen nutzen können? Wahrscheinlich schon.

Vor allem aber fühlte er sich unwohl seiner Frau gegenüber. Seit drei Tagen war er quasi rund um die Uhr im Dienst. Und jetzt leistete er es sich, mitten am Tag ellenlang mit einer uralten Freundin zu plaudern. Auf keinen Fall würde er Sarah davon erzählen.

Ergün riss Fabian aus seinen Gedanken: »René hat ein wasserdichtes Alibi für die Tatnacht.« Sie wedelte mit ihrem Smartphone. »Die Kollegen, die bei ihm waren, haben gerade Bescheid gesagt: Er hatte vom frühen Nachmittag bis spät in die Nacht Dienst auf einer Veranstaltung. Es gibt Dutzende Zeugen. «

Einen Sekundenbruchteil wusste Fabian nicht, von wem Ergün sprach. Dann fiel ihm schlagartig Grindelmanns Wutausbruch in der morgendlichen Besprechung ein. Melanies ehemaligen Lebensgefährten konnten sie also aus dem Kreis der Verdächtigen streichen.

Auch aus Mallorca hatte es Neuigkeiten gegeben: Die dortige Polizei hatte Marianne und Walter Berger mittlerweile ausfindig gemacht und sie auch schon besucht. Für morgen hatten die Beamten auf der Insel versprochen, ein Gespräch per Videokonferenz mit ihnen zu organisieren.

Der Einsatz mit den Mantrailern war am Bahnhof Groß Schönebeck erst einmal unterbrochen worden: Menschen wie Hunde brauchten nach dem irren Ritt über diverse S- und Regionalbahnhöfe dringend eine Pause.

Schwierig gestaltete sich auch die Suche nach Melanie Kamps Freundin, deren Golden Retriever angeblich für den

Tod des Kindes verantwortlich war. Die Handynummer, die Kamp ihnen gegeben hatte, war offenbar nicht mehr aktuell. Das erhärtete zwar ihren Verdacht, dass diese Version der Geschehnisse nicht stimmte. Für eine Bestätigung mussten sie die Freundin und den Hund aber erst einmal finden. Doch auch bei der Adresse, die sie ebenfalls von Kamp bekommen hatten, war sie nicht anzutreffen.

»Die Kolleginnen und Kollegen bleiben da auf jeden Fall dran«, sagte Ergün und versuchte Fabian zu beruhigen.

»Jaja, wir alle bleiben irgendwie irgendwo dran«, erwiderte er genervt. »Aber irgendwie habe ich das Gefühl, dass wir null vorankommen.«

»Manchmal muss man eben einfach ein bisschen Geduld haben.« Ergün nahm einen demonstrativ langsamen Schluck von ihrem mittlerweile kalten Kaffee.

»Ja, Geduld. Genau wie hier gerade«, murrte Fabian. Er schaute auf sein Handy. »Weniger als zehn Minuten noch bis Groß Schönebeck. Wo bleibt denn dieser Kloppke?!«

Kaum hatte er den Namen ausgesprochen, tauchte der Bahnangestellte in seiner dunkelblauen Dienstkleidung auf der gegenüberliegenden Seite des Wagens auf und kam mit eiligen Schritten auf sie zu.

Einige Meter, bevor er sie erreicht hatte, hob er entschuldigend beide Hände: »Echt viel los immer in dieser letzten Tour.« Schnaufend hielt er vor ihnen an. »Aber jetzt bin ich ganz für Sie da: Wie kann ich der Ordnungsmacht behilflich sein?«

Fabian hätte ihn am liebsten angeschnauzt, dass sie den Tod eines Säuglings aufzuklären hatten, dem ein Hund – oder war es ein Wolf? – den Schädel zerfleischt hatte, und er sich die blöden Witzchen sparen sollte. Stattdessen schluckte er seinen Verdruss herunter und zeigte Kloppke auf dem Smartphone die Bilder von der Frau mit dem Schäferhund und dem Mann mit dem Hut, die sie in den Überwachungsvideos von der Tankstelle als Verdächtige ausgemacht hatten.

196

Kloppke schaute sich beide Bilder ein paar Sekunden an. Dann sagte er: »Also, die Frau kenne ich nicht, aber ...«

Er stutzte. »Warten Sie mal einen Moment, ich bin gleich wieder da!« Ohne eine Reaktion von Fabian und Ergün abzuwarten, drehte er ihnen den Rücken zu und lief hastig den Gang in Richtung des anderen Zugendes entlang.

»Oh Mann, das ist doch nicht wahr«, platzte es aus Fabian heraus. »Was ist denn jetzt schon wieder? So wird das ja nie und nimmer was. Hätten wir uns echt sparen können die Fahrt in die Pampa.« Er schaute zum x-ten Mal in der vergangenen Stunde auf sein Handy-Display. »Weißt du, wann wir erst wieder in der Stadt sind?! Das ist doch echt zum Kotzen.«

Ergün zuckte mit den Schultern.

Eine Minute später war Kloppke zurück. »Hatte ich mich doch richtig erinnert«, sagte er sichtlich erregt und kam nah an sie heran.

Sie schauten ihn ratlos an.

»*Woran* haben Sie sich erinnert?«, fragte Ergün.

»Ich hatte gleich das Gefühl, wollte aber auf Nummer sicher gehen, um Ihnen keinen Unsinn zu erzählen. Deshalb habe ich noch einmal nachgeschaut«. Kloppke blinzelte verschwörerisch: »Unauffällig natürlich.«

»Ich verstehe überhaupt nichts«, sagte Fabian. »*Wo* haben Sie etwas *unauffällig* nachgeschaut?«

»Na, in der ersten Klasse«, erklärte Kloppke leise. Ganz offensichtlich war er ausgesprochen stolz darauf, der Polizei helfen zu können. Sein Körper straffte sich, er kam noch dichter und dann flüsterte er fast: »Der Mann, den Sie suchen, sitzt in diesem Zug.«

37

Zum Glück war er allein. Keiner der anderen sieben Plätze war besetzt. Lächerlich, dachte er, diesen winzigen abgetrennten Bereich »Erste Klasse« zu nennen. Schließlich war der Zug kaum komfortabler als eine S-Bahn. Aber er brauchte keinen Komfort, nur seine Ruhe. Und die hatte er hier: Wer außer ihm zahlte im Regionalverkehr schon einen Aufpreis nur dafür, hinter einer mit Plastikfolie beklebten Glaswand sitzen zu dürfen?

Missmutig starrte er aus dem Fenster. Im orangenen Licht der untergehenden Sonne zogen Kuhweiden, Bauernhöfe und Waldstücke vorbei. Ein weiterer Tag war verstrichen, der ihn kein bisschen vorangebracht hatte. Mehrfach hatte er den Ort gewechselt, war von einem Kiez zum anderen gewandert. Vergeblich.

Jetzt, wo er sich nicht mehr auf seine Mission konzentrieren musste, holten ihn erneut die Bilder von Dienstagnacht wieder ein: Melanies Schreie, das viele Blut, der leblose Babykörper in seinen Armen. Wie leicht dieser gewesen war. Er hatte ihn kaum gespürt. Plötzlich war ihm klar geworden, dass er noch nie im Leben ein Baby gehalten hatte. Kein menschliches zumindest. Tierbabys schon viele, ja. Nie hätte er gedacht, dass ein Menschenbaby so leicht ist. Es wog kaum mehr als Kiras drei Welpen, die er damals vorsichtig an seine Brust gedrückt hatte. Bevor der Vater sie ihm aus den Armen gerissen und weggebracht hatte.

Kira. Wie gerne wäre er in diesem Moment zu ihr in die Hütte gekrochen. So wie damals. Die Welt draußen lassen, sich vor allem verkriechen. Stattdessen war er wie betäubt durch den Grunewald gestolpert – ohne zu wissen, wohin.

Anfangs hatte er panisch versucht, die Blutung zu stoppen. Er hatte sich gefragt, wie ein so kleines Wesen so viel Blut haben kann. Wie viel konnte es verlieren und trotzdem am

Leben bleiben? Als sich diese Frage nicht mehr stellte, als es unwiderruflich vorbei war, hatte er es nicht geschafft, Melanie anzurufen. Stattdessen hatte er eine Nachricht an sie in sein Telefon getippt. Und dann minutenlang auf die neun Buchstaben gestarrt: »Tim ist tot« Er hatte die SMS nicht abgeschickt. Melanie im Vagen darüber gelassen, was er mit ihm gemacht, wo er ihn hingebracht hatte, wie es ihm ging. Aber offenbar hatten es ihm mittlerweile die Zeitung und die Polizei abgenommen, Melanie die traurige Nachricht zu überbringen.

Schluss mit den düsteren Gedanken. Was passiert war, war passiert. Nach vorne schauen. Weitermachen. Wenn das Wetter hielt, bot das Wochenende weitere Gelegenheiten.
Der Zug verlangsamte die Fahrt. In zwei Minuten würden sie in Groß Schönebeck sein.

38

Eine halbe Stunde später.

Hatten sie sich richtig entschieden? Hätten sie den Mann besser auf dem Bahnsteig stellen sollen? Oder schon vorher im Zug? Wären sie nicht sogar dazu verpflichtet gewesen, ihn anzusprechen und sich als Polizisten zu erkennen zu geben?

Je weiter sie sich von Groß Schönebeck wegbewegten, je tiefer sie in den Wald hineinliefen, desto hartnäckiger nagte der Zweifel an Fabian. Die Schorfheide war kein überschaubarer Forst mehr, kein Naherholungsgebiet mit S-Bahn-Anbindung, sondern ein richtiger Wald. Mit Bäumen so hoch wie sechsstöckige Häuser und nur wenigen Wegen, die diesen Namen verdienten. Beziehungsweise gab es sie sicherlich, die richtigen Wege. Nur der, den sie verfolgten, benutzte sie nicht. So zielstrebig, wie er quer durchs Gelände lief, kannte er sich verdammt gut aus hier – was nicht gerade ermutigend war.

Eben war die Sonne untergegangen, in einer Stunde würde es stockdunkel sein. Auf der einen Seite war Fabian dieser Gedanke überhaupt nicht geheuer. Andererseits spielte ihnen die einbrechende Nacht in die Karten: Der Mann mit dem Hut, der rund 50 Meter voraus war, hatte eine Taschenlampe angeknipst, deren Kegel sie auf seiner Spur bleiben ließ. Ohne diese Hilfe hätten sie ihn innerhalb weniger Minuten zwischen Bäumen und Büschen verloren.

Verbissen kämpften sie sich ihm hinterher durchs Unterholz. Ohne Frage hätten sie sich durch den Krach verraten, den sie dabei machten, wenn nicht ein mächtiger und steter Wind durch die Wipfel gerauscht wäre. Der Vorbote des seit Tagen angekündigten Gewitters. Fabian mochte sich nicht vorstellen, was es für sie hieße, wenn die Sintflut plötzlich losbrechen würde, während sie hier draußen waren. Aber die Verfolgung aufzugeben, war keine Option.

Er war froh, Ergün dabeizuhaben. Sie gab ihm Sicherheit. Auch vorhin am Bahnhof war sie es gewesen, die für sie eine

Entscheidung getroffen hatte. »Noch nicht«, hatte sie Fabian zugeraunt und ihm in der Zugtür eine Hand vor den Bauch gehalten, um ihn am Aussteigen zu hindern. Er wusste gar nicht, ob er den Mann angesprochen hätte, als dieser in einigen Metern Entfernung den Bahnsteig entlang Richtung Ausgang lief. Aber vermutlich war Ergüns Gedanke richtig gewesen: Es war nicht clever, es inmitten der aus dem Zug drängenden Menschen auf eine Konfrontation ankommen zu lassen. Allzu frisch war der Eindruck der unschönen Szenen, als sie Melanie Kamp durchs Kleingartengebiet abgeführt hatten. Und sie wussten nicht, wie der Mann reagieren würde.

Was auch für dessen vierbeinigen Begleiter galt. Der Zugbegleiter Bernhard Kloppke hatte ihnen aufgeregt berichtet, dass der Typ mit dem Hut einen Hund bei sich habe. Einen großen, wie er betont hatte. Als Fabian und Ergün diesen eng an das Bein des Mannes geschmiegt auf dem Bahnsteig sahen, glaubten sie sofort, dass Kovac mit seiner Wolfsblut-Theorie tatsächlich recht haben könnte: Das grau-braune Tier kam ihnen gewaltig vor. Der Gedanke daran, dass es möglicherweise vor drei Tagen einem Baby in den Kopf gebissen hatte, verursachte bei Fabian eine Gänsehaut. Das Viech war ein Grund mehr gewesen, den Verdächtigen nicht anzusprechen. Ein *guter* Grund, wie Fabian dachte.

Oder zumindest gedacht *hatte*. Denn jetzt, im minütlich dunkler werdenden Wald, war er sich längst nicht mehr sicher. Hierher zu geraten, war *bestimmt* nicht Ergüns Plan gewesen. Aber im Ort hatte der Mann plötzlich beschleunigt. Sie hatten keine Chance, ihn aufzuhalten, bevor er die asphaltierte Straße verließ und im Wald verschwand.

Was, wenn der Typ sich hinter einem Baum versteckte und sein Raubtier auf sie hetzte? Fabian fühlte nach seiner Dienstwaffe, die er ebenso wie Ergün mitgenommen hatte. Sie verlieh ihm keine Sicherheit, im Gegenteil: Es war mehrere Monate her, dass er mit der Pistole geübt hatte. Das letzte Schießtraining war mal wieder wegen Personalmangel ausgefallen. Ihm geisterte eine Zahl durch den Kopf, die er in der Ausbildung gehört hatte: Etwa 50 Mal im Jahr schossen Polizisten in Deutschland auf Menschen, aber mehr als 12.000 Mal auf Tiere, die gefährlich, krank oder verletzt waren. Er wollte heute in keine Statistik eingehen – weder in die eine, noch die andere.

»Scheiße, das Licht ist weg!«

Ergün war einige Meter vor ihm abrupt stehengeblieben und starrte in die Dunkelheit. Die letzten zehn Minuten waren sie mehr gestolpert als gelaufen, teilweise hatten sie kaum noch gesehen, wo sie hintraten. Das Rauschen hatte zugenommen, die Wipfel wurden vom Wind hin- und hergeschleudert, Stämme und Äste knarrten bedrohlich.

»Siehst du ihn noch?«, keuchte Fabian.

»Nee, is' weg«, antwortete Ergün, die ebenfalls nach Luft schnappte. »Entweder, wir haben ihn verloren, oder ...«
Sie schaute Fabian an. »... er hat die Lampe ausgemacht, weil er uns entdeckt hat.«

»Und jetzt?«, stieß Fabian hervor. »Was machen wir jetzt?«

Seine Kollegin schwieg einen Moment und schaute wieder in die Richtung, in die der Mann verschwunden war. »Lass uns noch ein bisschen weiterlaufen«, sagte sie dann.

Sie hatte recht: Später würden sie erklären müssen, warum sie den Verdächtigen nicht spätestens im Ort gestellt hatten. Und wie er sie im Wald hatte abhängen können. Fabian stellte sich lebhaft vor, wie sich Kollege Kubitschek wieder in ihrer Unfähigkeit suhlen würde.

Er wischte sich mit dem Jackenärmel den Schweiß aus dem Gesicht, streckte den Rücken durch, schaute Ergün an und versuchte entschlossen zu klingen: »Okay, dann los!«

Sie bewegten sich langsam und behutsam weiter, was wegen der Dunkelheit ohnehin kaum anders möglich war. Wenn das Gelände besonders uneben wurde, schalteten sie Taschenlampen-Funktionen ihrer Smartphones ein – das Licht immer dicht über dem Boden, um sich nicht zu verraten. Der Wind wurde von Minute zu Minute stärker.

Schnaufend erreichten sie eine kleine Lichtung. Der aufgewühlte Boden deutete darauf hin, dass es sich um einen beliebten Wildschwein-Treff handelte. Unsicher, wohin sie weitergehen sollten, schauten sie sich um.

»Da«, sagte Ergün. Sie zeigte auf eine Stelle schräg gegenüber.

Fabian sah nichts: »Was?« Für ihn war der Wald um sie herum nur eine schwarze Wand.

»Komm mit.« Sie machte ihm ein Zeichen, ihr zu folgen.

Als sie die andere Seite der Lichtung erreichten, sah Fabian, was seine Kollegin gemeint hatte: Zwischen zwei großen Bäumen führte ein Trampelpfad in den Wald hinein. Ergün hielt das Licht ihrer Handy-Lampe darauf.

»Ziemlich ausgetreten«, sagte sie leise. »Außerdem kein frisches Gras oder Moos drüber: Der wird regelmäßig benutzt. Ich kann mir vorstellen, von wem ...« Sie schaute Fabian an: »Gehen wir rein?«

Er nickte zögernd.

Im Gegensatz zur vorangegangenen Stunde, die sie sich mitten durchs Gelände gekämpft hatten, wurde der Weg nun geradezu komfortabel. Schweigend und konzentriert liefen sie hintereinander die schmale Rille entlang. Fabian begann schon daran zu zweifeln, dass ihre Nachtwanderung zu irgendetwas führen würde, da ging Ergün urplötzlich in die Hocke und zischte: »Runter!« Er war so überrascht, dass er für einen Moment wie erstarrt stehen blieb. Sie packte ihn am Saum seiner Jacke und zog ihn ruckartig zu sich herunter.

»Was ist denn los?«, flüsterte er.

Sie erhob sich ein wenig und schaute wieder nach vorne. »Da ist irgendwas. Eine Hütte oder so.«

Er reckte seinen Kopf über die Büsche: In rund fünfundzwanzig Metern Entfernung erkannte er zwischen den Bäumen ein kleines Haus aus dunklem Holz mit einem Giebeldach.

»Ich seh kein Licht«, flüsterte Ergün. »Was natürlich nichts heißen muss.« Sie schaute Fabian an: »Gehen wir hin?«

Er schwieg und blickte zum Haus. Welche Möglichkeiten hatten sie? Unterstützung anzufordern, hätte kaum Sinn: Es würde Ewigkeiten dauern, bis die Kollegen hier draußen waren. Warten, bis jemand aus der Hütte herauskam? Im schlimmsten Fall war weder der Typ mit dem Hund, noch irgendjemand anderes in dem Haus und sie würden völlig unnötig Stunden damit vergeuden, im Wald herumzusitzen.

In diesem Moment spürte er einen Tropfen auf seiner linken Hand, gleich darauf einen zweiten auf der anderen. Dann hörten sie es donnern. Es sah danach aus, als dauere es nicht mehr lang, bis das Gewitter losbrechen würde.

Ergün schaute nach oben, dann zu Fabian: »Wir geh'n hin, oder?«

Ein letztes Zaudern. Dann nickte er.

39

Im nächsten Moment.

Fabians Herz pochte heftig. Sie waren Polizisten, sie waren für solche Situationen ausgebildet, außerdem zu zweit und bewaffnet: Es würde schon gut gehen. Doch wenn nicht?

Ergün ließ ihm keine Zeit, weiter zu grübeln: Sie hatte ihre Waffe gezogen und bedeutete ihm, dasselbe zu tun.

»Lass uns erstmal von hinten ran«, sagte sie leise.

Sie verließen den Trampelpfad und schlugen sich in den Wald, um sich dem Holzhaus in einem Bogen zu nähern. Fabian lief geduckt hinter Ergün her, permanent den Blick auf die Hütte gerichtet. Eine Minute später sahen sie deren Rückwand: zwei Fenster, kein Lichtschein.

»Keine Hintertür«, flüsterte Ergün. »Schon mal gut.«

Während sie das Haus bislang nur umkreist hatten, liefen sie nun das erste Mal direkt darauf zu. Je näher sie kamen, desto nervöser wurde Fabian.

»Wir schleichen uns ran und schauen durchs Fenster«, flüsterte Ergün, als sie die letzten Bäume vor dem Haus erreicht hatten. Von dort waren es nur wenige Meter bis zur Rückwand.

Die Regentropfen wurden immer dichter und dicker, der Donner kam näher, vereinzelt erhellten bereits entfernte Blitze den Nachthimmel.

Auf Ergüns Zeichen rannten sie in geduckter Haltung auf die Hütte zu. Dort pressten sie sich zwischen den beiden Fenstern rücklings an die Wand. Fabian spürte das Adrenalin durch seinen Körper pumpen.

Ergün machte ihm ein Zeichen, dass sie einen Blick durchs Fenster wagen würde, das sich rechts oberhalb von ihr befand. Er nickte. Sie erhob sich vorsichtig und spähte über die Kante ins Innere. Als sie nach wenigen Sekunden wieder unten war, schüttelte sie den Kopf und formte mit den Lippen das Wort

»Nichts«. Dann deutete sie mit einem Nicken auf das Fenster neben Fabian.

Er atmete tief ein, umklammerte seine Pistole noch fester und rutschte langsam an der Wand nach oben. Dann drehte er den Kopf, um in die Hütte schauen zu können. Er sah: fast nichts. Im Innern war es stockdunkel, nur schemenhaft erkannte er Regale, einen Schrank, einen Tisch und Stühle. Schnell rutschte er wieder hinunter und schüttelte zu Ergün gewandt leicht den Kopf.

»Nach vorne«, flüsterte sie. Sie krochen unter den Fenstern die Wand entlang.

Es hatte jetzt heftig angefangen zu regnen. Fabian merkte bereits, wie seine Jacke schwerer wurde. Die Abstände zwischen Blitzen und Donner ließen darauf schließen, dass das Gewitter fast bei ihnen war.

Sie drückten sich entlang der Seitenwand, die keine Fenster hatte. Ergün schaute vorsichtig um die Ecke, Fabian stand dicht hinter ihr. Das Wasser lief ihm in die Augen. Ergün drehte sich zu ihm um und flüsterte: »Auf drei zur Tür.« Bei »drei« gingen beide wieder in die Hocke, um unter einem der zwei Fenster der Vorderfront durchzukriechen. Ergün lief an der Tür vorbei und drückte sich daneben an die Wand, Fabian blieb auf der anderen Seite stehen. Seine Atemzüge wurden immer kürzer.

Ergün zeigte auf sich und dann auf die Tür. Fabian nickte einmal kurz. Obwohl er wusste, was kam, schrak er zusammen, als Ergün mehrfach mit der flachen Hand auf die Tür schlug und »Aufmachen! Polizei!« brüllte.

Es goss jetzt in Strömen, sie waren bereits klitschnass. Ergün wartete ein paar Sekunden, dann trommelte sie erneut auf die Tür: »Hier ist die Polizei! Machen Sie auf!« Als nichts passierte, flüsterte sie zu Fabian rüber: »Wir geh'n rein!«

Es ist schon absurd, dachte Fabian: Da trainiert man solche Situationen hunderte Male in der Ausbildung – und im Moment des Ernstfalls fühlt man sich völlig unvorbereitet.

Rein technisch gesehen wusste er, was sie zu tun hatten. Sein emotionaler Zustand aber stand auf einem anderen Blatt.

Er löste sich von der Wand, drehte sich um und trat rückwärts einen Schritt von der Tür weg. In der linken Hand trug er sein Smartphone als Taschenlampe, das Licht auf die Tür gerichtet, in der rechten die Pistole.

Nach einem kurzen Blickkontakt mit Ergün, die ihm anzeigte, bereit zu sein, trat er mit aller Kraft gegen das Holz. Fast wäre er kopfüber in die Hütte gestürzt, da er nicht damit gerechnet hatte, dass das Schloss so leicht nachgeben würde. Die Tür schwang auf und sie schauten in ein dunkles Loch. Nach einem kurzen Moment machte Ergün eine Kopfbewegung zur Tür hin und Fabian trat, die Pistole erhoben, mit einem energischen Schritt ins Innere, schrie »Polizei!« und richtete blitzschnell Lampe und Waffe in alle Richtungen. Ergün folgte ihm ins Haus und sicherte sofort den Raum hinter der Tür.

Fabian ließ das Licht seines Handys mehrfach reihum wandern: Der Raum schien leer zu sein. Sie sahen einen Tisch, daran zwei Stühle, einen Herd, ein paar Regale. Auf dem Boden lag eine große Matratze mit unordentlichem Bettzeug darauf. Keine Stellen, an denen sich jemand hätte versteckt halten können.

Ergün schloss die Tür, durch die Windböen den Regen ins Innere peitschten. Dann sah Fabian die Luke in der Decke. Sie war geschlossen und führte offenbar zum Dachboden. Er ließ das Licht der Lampe darauf ruhen und schaute Ergün fragend an. Sie deutete auf die Wand schräg gegenüber, an der eine Holzleiter lag, und sagte leise: »Sieht nicht so aus, als ob jemand da oben ist. Aber gucken müssen wir.«

Erst als sie an der Leiter waren, bemerkten sie den daneben liegenden langen Stab mit dem Haken. Dieser ließ es noch unwahrscheinlicher erscheinen, dass sich dort oben jemand aufhielt.

Ergün steckte ihre Pistole ins Holster, nahm die Stange und zog die Luke auf. Fabian richtete die Waffe auf die Öffnung, während seine Kollegin die Leiter an deren Rand lehnte.

»Du oder ich?«, fragte sie und grinste ihn an. Er konnte nicht glauben, wie locker sie schon wieder war.

»Wie du willst«, entgegnete er, aber sie stand bereits auf der untersten Sprosse. Langsam kletterte sie rauf. Oben angekommen hob sie die Lampe ihres Handys über den Rand und leuchtete einmal rundherum.

»Nur Staub und altes Gerümpel«, sagte sie, ohne zu Fabian runterzuschauen. Dann stieg sie eine Sprosse tiefer. »Ich denke, wir können uns erstmal ums Erdgeschoss kümmern.« Sie richtete das Licht auf eine der beiden fensterlosen Wände. »Zum Beispiel um das da.«

Fabian war zu angespannt gewesen, um irgendwelche Details wahrzunehmen. Jetzt starrte er ungläubig auf die von Ergün angeleuchtete Wand. An ihr hingen etwa zwei Dutzend Bilderrahmen unterschiedlicher Größe, Farbe und Beschaffenheit. Ihr Zustand deutete darauf hin, dass sie auf Flohmärkten gekauft oder vom Sperrmüll waren.

Ergün stieg von der Leiter und trat auf die Wand zu. Fabian folgte ihr und stellte sich neben sie.

»Was ist das?«, fragte er.

Der Regen trommelte auf das Dach der Hütte. Immer wieder erhellten Blitze für kurze Momente den Raum.

»Die Frage ist wohl eher: *Wer* ist das?«, sagte Ergün leise. Sie ließ das Licht über die Rahmen gleiten. Einige enthielten Fotos, andere abfotografierte Gemälde oder Zeichnungen.

Das erste Foto, das Ergün anleuchtete, schien mehr als hundert Jahre alt zu sein. Es zeigte die typische bräunliche Färbung aus den Anfängen der Fotografie, war verschwommen und grobkörnig, vermutlich eine erhebliche Vergrößerung. Die Abbildung hatte etwas Verstörendes: Ein junger Mann – ob es sich um ein Kind, einen Jugendlichen oder einen Erwachsenen handelte, ließ sich schwer sagen – mit dunkler Gesichtsfarbe, platter Nase und schwarzen, eng am Kopf anliegenden Haaren schaute frontal in die Kamera. Wegen der niedrigen Bildqualität waren seine tief in den Höhlen liegenden Augen nicht zu erkennen. Doch die fast bis zu den Ohren hochgezogenen Schultern zeigten deutlich, wie unwohl er sich fühlte. Auf Fabian wirkte er wie ein verängstigtes Tier. Der Mensch tat ihm leid, was noch durch dessen Kleidung verstärkt wurde: Er trug ein klobiges, sackähnliches Gewand, das über seinem Bauch nachlässig zusammengeknotet war.

Ergün ließ den Lichtkegel weiterwandern. Auf drei beieinander angeordneten Schwarzweiß-Fotos, offenbar ebenfalls vom Anfang des vorherigen Jahrhunderts, sahen sie zwei nur mit Lendenschurz bekleidete drei- oder vierjährige Kinder: Sie krabbelten in einer ärmlichen Behausung herum, schliefen ineinander verkeilt oder hatten ihre Gesichter wie kleine Hunde in Fressnäpfe gesteckt.

Darunter sahen sie den historischen Stich eines Mädchens mit langen, verfilzten Haaren und wirrem Blick, das mit einem erhobenen Stock einer Gruppe von fein angezogenen Frauen zu drohen schien.

Ein Gemälde zeigte einen etwa fünfzehnjährigen Jungen mit auffällig vollen Lippen in der Kleidung des 18. Jahrhunderts. Seine lockigen Haare standen zerzaust vom Kopf ab, die Augenlider hingen schlaff herunter.

Etwas weiter rechts davon hing das farbige Foto eines vielleicht fünfjährigen Jungen in abgerissener Kleidung, der am Boden hockte und den Kopf rufend zum Himmel reckte.

Dann leuchtete Ergün auf einige Rahmen mit Zeitungsausschnitten. Mehrere von ihnen stammten augenscheinlich aus der Bild-Zeitung, auch wenn deren prägnantes Logo weggeschnitten war. Sie bezogen sich offenbar alle auf dasselbe Ereignis: »Hündin zog Kind groß« lasen sie und »Wolfsjunge Horst – endlich ein Bettchen!«. Direkt daneben hing die farbige Titelseite einer Illustrierten, auf der ein etwa dreijähriger Junge verschreckt in die Kamera blickte. »Die Tragödie des Wolfsjungen« stand daneben in großen, roten Buchstaben.

Auf dem unteren Rand der Rahmen mit den Zeitungsausschnitten klebten kleine Schildchen mit dem Namen »HORST«. Erst jetzt bemerkte Fabian, dass auch die anderen Bilder solche Bezeichnungen trugen.

»Gib mir mal die Lampe«, sagte er zu Ergün und nahm sie ihr aus der Hand. Er ließ das Licht über die Namen gleiten: »PETER«, »MARIE«, »VICTOR«, »KAMALA«, »OXANA« las er. Nur bei einem einzigen Bild fehlte ein Schild: Es war eine Schwarzweiß-Fotografie aus den 1950er oder 1960er Jahren, auf der ein etwa vierjähriger Junge neben einem Hund stand.

Das Tier war fast so groß wie der Knabe, der seine Hand auf den Rücken des Tieres gelegt hatte. Beide blickten direkt in die Kamera. Irgendetwas störte Fabian an diesem Bild.

Was stimmte damit nicht? Er kam nicht dazu, weiter darüber nachzudenken, denn urplötzlich drehte sich Ergün mit einem Ruck um: »Was ist das?«

Fabian schaute hastig um sich. »Was? Was ist?«

»Riechst du das nicht?«

Er hatte noch nie eine besonders feine Nase gehabt, und es dauerte einige Augenblicke, bis er verstand, was sie meinte:

Es roch nach Spiritus – und nach verbranntem Holz.

Noch ehe er etwas sagen konnte, hörten sie es knistern und knacken. Und dann sahen sie, wie an der gegenüberliegenden Seite der Hütte Flammen in den Raum schlugen.

40

Zur selben Zeit, am selben Ort.

Er schmiss den leeren Benzinkanister in den Matsch – der Regen hatte den Boden rund um die Hütte vollkommen aufgeweicht – und starrte einen Augenblick auf die lodernden Flammen. Es war ein eigenartiges Gefühl: Das Unwetter peitschte ihm kühlen Regen ins Gesicht, gleichzeitig erhitzte das Feuer seine Wangen. Ein enormer Blitz zuckte über den Himmel, gleich darauf donnerte es gewaltig: Der Sturm war genau über ihnen. Nein, nicht über ihnen: Sie waren mittendrin. Erde, Wasser, Luft und Feuer, dachte er: Die Elemente tanzten. Das gefiel ihm. Er drehte sich um und rannte in den Wald hinein.

Um das Haus tat es ihm nicht leid. Es war bloß Holz und Zeug. Nichts, was ihm etwas bedeutet hätte: seine Klamotten, die paar Werkzeuge, der alte Computer. Nur Menschen sammelten ihr ganzes Leben lang Unmengen unnützer Dinge an, von denen sie nichts wirklich brauchten. Im Gegenteil: Diese ganzen Sachen machten ihr Leben nur schwerer, fesselten sie an Orte, verdammten sie zur Bewegungslosigkeit. Tiere gaben ihre Behausungen auf, wenn es nötig war, und zogen weiter.

Während er durch den triefenden Wald lief, fühlte er sich frei. Richtig wohl hatte er sich in der Hütte sowieso nie gefühlt. Er ärgerte sich nur ein wenig darüber, dass er seine Verfolger nicht früher entdeckt hatte. Dass er nicht aufmerksamer gewesen war. Zwei Stadtmenschen, die wie Trampel durch den Wald stapften. *Seinen* Wald. Eine ganze Stunde hatten sie ihn verfolgt, ohne dass er sie bemerkt hatte. Als er sie wahrnahm, waren sie bereits zu nah an die Hütte herangekommen. Sie hätten diese entdeckt, früher oder später.

Außerdem hatte er sich auf diese Situation vorbereitet. Hatte literweise Brennspiritus besorgt und hinter der Hütte deponiert. Das Vordach hatte die Wände vor dem Regen geschützt: Sie waren weitgehend trocken geblieben und fingen schnell Feuer. Sogar seine Sorge, einen Waldbrand zu verursachen, hatte sich von selbst erledigt: Bei diesem Wetter würde sich das Feuer kaum weiter ausbreiten.

Er war zufrieden mit sich. Bloß einmal hatte er kurz gezögert: Als er die Eingangstür in Brand steckte. Sie hatten ihm sogar den Gefallen getan, diese zuzumachen. So dämlich, sich den einzigen Fluchtweg zu versperren, waren wirklich nur Menschen. Als er zur Tür geschlichen war, hatte er einen kurzen Blick ins Innere gewagt. Die beiden hatten so gebannt auf seine Galerie gestarrt, dass sie nichts anderes um sich herum wahrnahmen. Wenn sie nun gar nicht wieder herauskämen? Ach, würden sie schon. Es gab ja immer noch die Fenster.

Er lief schneller. Der Regen war unerbittlich: Die Klamotten klebten an seinem Körper, das Wasser lief ihm die Hosenbeine hinunter. Zum Glück wusste er, wo er heute Nacht schlafen würde.

Samstag, 13. Juli 2019.
Vierter Tag der Ermittlungen.

41

Morgens um halb acht.

»Fabian?«

Jemand rief seinen Namen. Dumpf, wie aus weiter Ferne, drang die Stimme zu ihm. Wo war er?

»Faaabian, hey!«

Es war eine Frau. Drängend, aber nicht laut. Sarah? Anne? Melanie Kamp?

Er lag, so viel war klar. Die Unterlage war weich. Ein Telefon klingelte. Es roch nach tropischen Früchten. Zu viele Sinneseindrücke auf einmal für seinen pochenden Kopf.

Als er sich drehen wollte, wallte ein Schmerz durch sein linkes Bein. Er hatte keine Ahnung, wo er war. Hierfür hätte er die Augen öffnen müssen, dazu war er außerstande. Jede kleinste Bewegung war ein Kraftakt – selbst jener minimale Aufwand, die Lider anzuheben. Er konnte einfach nicht.

»Fabian!?«

Der Ton wurde fordernder. Er spürte einen sanften Druck an der rechten Schulter. Eine Hand. Sie rüttelte ihn vorsichtig.

»Fabian, wir brauchen dich. Sie haben was gefunden.«

Er erkannte Ergüns Stimme. Langsam lichtete sich der Nebel in seinem Kopf. Wenn er wissen wollte, wo er war, musste er sich jetzt zusammenreißen. Er öffnete die Augen.

Ergün hockte vor ihm, die Hand auf seiner Schulter. Über der linken Schläfe hatte sie ein großes Pflaster kleben. Ihre vollen, schwarzen Haare waren feucht. Frisch gewaschen, dachte Fabian. Sie duftete intensiv nach künstlichem Mango- oder Papaya-Aroma. Das war es, was er eben gerochen hatte.

Besorgt schaute sie ihn an: »Alles okay?«

Er brauchte eine weitere Ewigkeit, um zu realisieren, dass er in Ergüns Büro in der Keithstraße auf dem Sofa lag, zugedeckt mit einer Wolldecke.

»Du meinst, abgesehen davon, dass mein Kopf dröhnt wie bescheuert, mein Bein bei jeder Bewegung schweinemäßig wehtut und ich mich fühle, als hätte ich heute Nacht an einem doppelten Iron Man teilgenommen?«

Ergün lächelte. Offensichtlich freute sie sich, dass er schon wieder scherzte.

»Also, das alles beiseite gelassen ...«, sagte Fabian schleppend. »Ja, ich glaube, ich bin okay.« Er richtete sich stöhnend auf. »Wie spät ist es?«

»Gleich halb acht. Du hast fast vier Stunden geschlafen.«

Sie hielt ihm ein Glas Wasser hin.

»Und das muss reichen, meinst du?«, fragte Fabian gequält. Nachdem er langsam einige Schlucke getrunken hatte, fragte er: »Was hast du da eben gesagt? ›Sie haben was gefunden‹? *Wer* hat was gefunden?«

Als er wieder den stechenden Schmerz in seinem Bein spürte, schlug er die Decke zurück und sah, dass er nur Shorts trug und sein linker Unterschenkel bandagiert war.

»Dich hat's heftiger erwischt als mich«, sagte Ergün. Sie betastete das Pflaster in ihrem Gesicht. »Bin dir auf jeden Fall verdammt dankbar, dass du uns den Weg durch die Tür freigemacht hast. Wäre sonst eng geworden.«

Kann man wohl sagen, dachte Fabian. Die Flammen an der Eingangstür der Hütte waren schon brusthoch gewesen, als er verzweifelt versucht hatte, diese aufzubekommen. Erst mithilfe des langen Stabes für die Dachluke hatte es geklappt. Da brannte es um sie herum bereits lichterloh. Als er hinter Ergün ins Freie gestürzt war, hatte er auf dem glitschigen Untergrund vor der Tür den Halt verloren und einen Spagat hingelegt – der Grund für seine schmerzhafte Zerrung. Verfolgungsjagden zu Fuß wie in den vergangenen Tagen fielen bis auf Weiteres aus.

»Bevor du uns heldenhaft gerettet hast, musstest du ja noch Beweismaterial sichern«, grinste Ergün ihn an.

Der Computer. In einer plötzlichen Eingebung hatte Fabian die weiße Kiste gegriffen und aus dem geschlossenen Fenster geschleudert. Die Scheibe war zerborsten, der herein-

215

strömende Wind hatte die Flammen weiter angefacht. Ergün hatte ihn währenddessen wie besessen angebrüllt.

»Tut mir leid, was ich dir alles an den Kopf geworfen habe«, sagte sie. »Allerdings hatte ich ja auch recht.«
Sie lächelte ihn an.

»Stimmt, war wirklich nicht die schlaueste Aktion«, erwiderte er und rieb sich den Kopf.

»Schwamm drüber, wir ham's ja überlebt.« Sie tätschelte das Knie seines lädierten Beines. »Außerdem: Wer weiß, wie sehr sich deine Wahnsinnstat am Ende noch gelohnt hat. Die Computer-Jungs vom KTI meinen auf jeden Fall, sie hätten etwas gefunden, das uns interessieren wird.« Sie stand auf. »Denkst du, in einer halben Stunde ginge schon für dich?«

Er atmete tief ein und wieder aus. »Ja, glaub schon. Will nur schnell duschen gehen. Ich stinke wie ein Schwein.«

Die sanitären Einrichtungen des Dienstgebäudes waren in die Jahre gekommen, erfüllten aber ihren Zweck. Bevor er in die Dusche stieg, entsorgte er den Verband um sein Bein. Auf der kleinen Bank vor der Kabine lagen frische Klamotten, die ein Kollege für ihn von zuhause abgeholt hatte. Dieser hatte sich dabei offenbar Einiges von Sarah anhören müssen: Fabians Frau fand es unbegreiflich, dass ein Polizist nach so einer Nacht nicht nach Hause kam.

Auch er selbst hatte ihr bei ihrem kurzen Telefonat mitten in der Nacht nicht verständlich machen können, warum er in die Keithstraße und nicht zu ihr fahren würde. Lange versucht hatte er es aber auch nicht. Er war schlicht zu fertig gewesen, als er endlich trocken und warm im Auto gesessen hatte.

Kein Wunder: Nachdem Ergün und er es gerade noch so aus der brennenden Hütte geschafft hatten, waren geschlagene anderthalb Stunden vergangen, bis zwei Kollegen sie mit einem Streifenwagen an einer Landstraße aufgelesen hatten. Vorher waren sie eine Dreiviertelstunde durchs Gewitter gestolpert, bis ihre Handys wieder Empfang hatten. Was für eine Erlösung war es gewesen, sich die vollgesogenen Klamotten vom Leib ziehen und durch trockene Trainingsklamotten aus dem Polizeifundus ersetzen zu können!

Kaum hatten sie im Auto gesessen, hatte ihm die Kollegin am Steuer berichtet, seine Frau warte dringend auf einen Anruf von ihm. Natürlich war sie besorgt: Mehrere Stunden hatte sie keinerlei Nachricht von ihm erhalten, nachdem sie gegen 21 Uhr von seiner Dienststelle erfahren hatte, dass er auf einem Einsatz sei. Außer, dass dieser länger dauern könne, hatte man ihr nichts gesagt. Jetzt war es fast halb eins. Er stellte sich vor, wie beunruhigt sie sein musste. Trotzdem spürte er eine gewisse Unwilligkeit, sich mit ihr auseinanderzusetzen, als er ihre Nummer drückte. Erschöpft hatte er versucht, sie davon zu überzeugen, wie gefährlich der Typ war, den sie verfolgten. Jemandem, der sein eigenes Haus abfackelte, obwohl zwei Menschen darin waren, sei einiges zuzutrauen. Zumal in Gesellschaft eines halbwilden Tieres, das vermutlich einen Säugling getötet hatte. Der Mann war eine Bedrohung – und lief da draußen herum. Das müsse sie doch verstehen.

Kapiere sie alles, hatte Sarah gesagt. Aber warum ausgerechnet *er* das machen müsse? Drei Tage und vier Nächte am Stück habe er sich schon aufgerieben. Könnten jetzt nicht mal seine Kollegen einspringen? Er hatte ihr kaum klarmachen können, dass es keiner Anweisung bedurft hatte, ihn zurück in die Keithstraße zu rufen. Dass er selbst es war, der unbedingt weitermachen wollte. *Er* wollte den Kerl erwischen. Eine Pause konnte er sich nicht erlauben. Er war zu müde gewesen, das alles in diplomatische Worte zu packen, am Ende hatten sie gestritten. Das wiederum war ihm vor Ergün und den zwei weiteren Kollegen im Wagen so unangenehm gewesen, dass er Sarah irgendwann brüsk abgewürgt hatte.

Erst jetzt, unter der Dusche, fiel ihm ein, dass heute Samstag war: ihr großer Auftritt auf der Konferenz. Der Vortrag, an dem sie seit Monaten arbeitete. Kein Wort hatte er dazu heute Nacht gesagt. Nachdem er sich abgetrocknet und angezogen hatte, schrieb er Sarah eine SMS: »Viel Glück für den Vortrag. Bin bei dir«. Er schaute auf die zwei kurzen Sätze, löschte »Viel Glück« und ersetzte es durch »Drücke dir die Daumen«. Dann strich er auch »Bin bei dir« und schrieb stattdessen »Denk an dich!« Er schickte die Nachricht ab, griff seinen Wäschestapel und verließ die völlig zugedampfte, enge Duschkammer.

Die hauseigenen Kriminaltechniker saßen im Erdgeschoss. Als Fabian die Treppen hinunterstieg, schmerzte sein linkes Bein beim Auftreten. Wenn er es nicht zu sehr belastete, war es halbwegs zu ertragen. Er klopfte an die weiße Tür des Labors, die ihm kurz darauf ein großgewachsener Kollege Mitte dreißig öffnete, der sich mit »Frank« vorstellte. Nach einer kurzen Verwirrung stellte sich heraus, dass dies sein Vorname war. Er lief durch einen großen, menschenleeren Raum voran, der Fabian an eine Zahnarztpraxis erinnerte: Zum einen wegen der Einrichtung – auf den ausnahmslos weißen Schränken und Tischen standen verschiedene technische Gerätschaften, Mikroskope und Monitore herum –, aber auch wegen des chemischen Geruchs, der in der Luft hing.

Sie betraten ein kleineres Zimmer, mit Schreibtischen ringsherum an den Wänden. Auf diesen standen Dutzende Computer, Monitore und Laptops. Als sie hereinkamen, blickten sich Ergün und ein weiterer Kollege zu ihnen um. Sie saßen an einem der Tische vor einem Monitor.

»Kommst genau richtig«, sagte Ergün, zog vom Nebentisch einen Bürostuhl zu sich, sah Fabian an und klopfte auf die Sitzfläche des Stuhls. »Ganz schön krass, was Frank und Micha hier zutage gefördert haben.«

Fabian gab dem vor dem Monitor sitzenden Kollegen, den er auf Anfang Vierzig schätzte, die Hand und setzte sich.

»Micha Bauer«, stellte dieser sich vor. »Du hast auch keinen Kaffee mitgebracht?«

Fabian schaute irritiert Ergün an, die schwach lächelnd die Augenbrauen hochzog.

Bauer winkte ab: »Passt schon!« Mit seiner zerknitterten Kleidung, dem Dreitage-Bart und den zum Pferdeschwanz gebundenen Haaren sah er aus, als sei er heute Morgen überstürzt aus dem Bett geholt worden.

»Glücklicherweise habt ihr das Ding noch rechtzeitig ins Trockene gebracht«, sagte Bauer, den Blick auf seinen Bildschirm geheftet. »Die Festplatte war fast unversehrt. War 'ne leichte Übung für uns.«

Er klickte in »Dokumente« und einen Ordner, der mit »Videos« betitelt war. Darin lagen vier Ordner mit Jahreszahlen, von 2016 bis 2019. Bauer wählte »2018« und es erschienen Ordner von »Januar« bis »Dezember«.

»Wir hatten noch keine Zeit, sämtliche Dateien anzusehen«, sagte Bauer. »Um alles auszuwerten, brauchen wir noch ein bisschen. Allerdings sind wir bei der ersten Sichtung auf diese Videos hier gestoßen, die ihr euch anschauen solltet.«

Er klickte auf den »März«-Ordner, in dem zwei Video-Dateien lagen. Als er die erste aktivierte, öffnete sich ein Fenster mit einem unscharfen Standbild.

Bauer drückte auf »Play«.

Zu sehen war ein spartanisch eingerichteter Raum, in dessen Ecke einige Decken und Kissen lagen. Etwa fünfzehn Sekunden passierte nichts. Dann kam der Rücken einer ganz in schwarz gekleideten Person ins Bild, die langsam zur Zimmerecke schritt und dort etwas ablegte. Als der Mensch sich umdrehte, nahm Fabian mehrere irritierende Details wahr: Die Person, mittelgroß und durchschnittlich gebaut, trug eine weiße Maske, die ihr gesamtes Gesicht bedeckte. Sie erinnerte Fabian an venezianische Karnevalsmasken. Auffällig waren auch die Gesten der maskierten Person, die sich offenbar an jemanden richteten, der sich hinter der Kamera befand: Mit geöffneter Handfläche schien sie so etwas wie »Warte noch« auszudrücken. Als sie an der Kamera vorbeigegangen war,

219

zoomte das Bild in die Zimmerecke. Auf den ersten Blick war sich Fabian nicht sicher gewesen, aber nun war unzweifelhaft zu erkennen, was die Person dort hingelegt hatte: ein Baby in einem rosafarbenen Strampelanzug, das Fabian kaum älter als drei Monate schätzte.

»Ach, du scheiße«, entfuhr es Ergün. Entsetzt hielt sie sich eine Hand vor den Mund.

Auch Fabian wurde flau im Magen. Mehr als ein »Oh, Mann« bekam er nicht zustande. Schlagartig wurde ihm klar, wem die Handzeichen gegolten hatten: dem großen grau-braunen Hund, der jetzt suchend und schnüffelnd ins Bild kam und sich langsam dem Baby näherte. Fabian erkannte das Tier sofort: Es war der Hund von dem Typen aus der Schorfheide.

Ergün hob die Hand: »Stop, halt mal an!«, sagte sie hastig zu Bauer. Verwundert sah dieser sie an und stoppte den Film.

»Habt ihr das ... äh ... schon gecheckt?«, fragte Ergün.

Bauer schaute sie verständnislos an.

»Also, ich meine ...«, fuhr sie leicht stotternd fort, »... wisst ihr schon, was da gleich passiert?«

Im Gegensatz zu ihnen beiden schienen Bauer und sein Kollege von der Filmsequenz mehr oder weniger unbeeindruckt zu sein. Fabian mochte sich nicht vorstellen, was die beiden in ihrer Laufbahn schon für Aufnahmen gesehen hatten.

»Du meinst, ob da jetzt gleich irgendwas Krasses passiert?«, fragte Bauer zurück.

»Richtig«, erwiderte Ergün angefasst. »Dann würde ich nämlich gerne darauf vorbereitet werden.«

»Geht mir genauso«, schob Fabian rasch ein.

»Also«, hob Bauer an und suchte kurz Blickkontakt zu seinem Kollegen, der immer noch schweigend hinter ihnen stand. »Auf der Festplatte gibt es Dutzende solcher Filmdateien, die ersten wurden im Januar 2016 aufgenommen. Alle zeigen quasi dieselbe Szene: Hund mit Baby. Was wir bisher *gesehen* haben«, er hob beide Hände, »ist ziemlich unspektakulär: Der Hund kommt und schnuppert, ab und zu legt er sich neben das Kind, ein oder zweimal schleckt er ihm durchs Gesicht. Meist brechen die Sequenzen nach dreißig, maximal sechzig Sekunden ab, ohne dass etwas Dramatisches passiert ist.« Bauer kratzte sich den Bart. »Aber, wie gesagt, es sind 'ne Menge Dateien und wir haben gerade erst angefangen. Was *die* hier angeht ...«, er zeigte auf den Bildschirm, »... die gehört ganz sicher auch in die Kategorie harmlos. Da passiert nichts Schlimmes.« Er schaute Ergün an. »Also, weitermachen?«

Sie atmete tief durch. »Ja, bitte.«

Es war so, wie Bauer beschrieben hatte: Das Tier näherte sich dem Baby, schnüffelte an ihm herum, stupste ihm einmal mit der Nase unter das Kinn – und verschwand dann an der Kamera vorbei aus dem Bild. Das Kind zeigte währenddessen keine nennenswerten Reaktionen. Dann blieb das Bild stehen.

»Puh«, stieß Fabian hervor. Unsicher blickte er zu Ergün hinüber: »Das ist nicht unser Baby, oder?«

»Du meinst, der tote Säugling?«

Fabian nickte.

»Glaube ich nicht. Babys in dem Alter sehen für mich allerdings auch alle mehr oder weniger gleich aus.«

Fabian wandte sich an Bauer: »Das war jetzt offenbar eine Aufnahme aus dem März dieses Jahres, oder?«

»Ja, haben wir in den Metadaten der Dateien überprüft: Die Zeitangaben auf den Ordnern scheinen zu stimmen.«

»Was ist das aktuellste Video, das ihr gefunden habt?«, fragte Fabian.

Bauer klickte zwei Ordnerebenen höher. »Die Aufnahmen gehen bis Februar 2019.«

»Nichts aus dem Juli?«, fragte Fabian.

Ergün schaute ihn an: »Du meinst, dass ...«

»Genau«, sagte Fabian. »Wenn der Verrückte seit mehr als drei Jahren Babys zusammen mit seinem Monster-Hund filmt, gibt's sicher auch eine Aufnahme aus der Laube.«

Ergün nickte: »Stimmt. Wenn sie nicht hier gespeichert sind ... «, sie zeigte auf den Monitor, » ... fragt sich nur: Wo?«

42

Es war zu schön, um wahr zu sein. Die SMS von Fabian war ein Geschenk des Himmels gewesen. Fast musste sie grinsen, während Christian Schneider bei ihren bedauernswerten Kollegen – sie war die einzige Frau in der samstäglichen Sparbesetzung der Lokalredaktion – deren Themenvorschläge für die morgige Ausgabe abfragte. Sie wusste, dass keiner der vier anderen gegen ihre Story ankommen würde. Vielleicht schaffte sie es sogar wieder auf den Titel – so wie heute: »Baby-Leiche auf Selbstmörder-Friedhof gefunden. Besitzerin der Grusel-Laube bricht ihr Schweigen« stand in weißen Buchstaben auf schwarzem Grund und deutlich größer darunter: »Es ist mein Kind«. Daneben ein Foto der traurig aus ihrem Wohnzimmerfenster blickenden Melanie Kamp.

Noch vor einer halben Stunde hatte sie nicht ansatzweise zu hoffen gewagt, ihren Coup schon morgen wiederholen zu können. Im Gegenteil: Wie meistens hatte sie gehörigen Bammel vor der täglichen Runde der Lokalredaktion gehabt. Sie hatte zwar noch die Stimmen der aufgebrachten Berlinerinnen und Berliner von gestern Nachmittag am Selbstmörder-Friedhof im Block. Allerdings war sie sich sicher, dass Schneider wesentlich mehr von ihr erwartete: Das in der heutigen Ausgabe erschienene Tränen-Geständnis von Kamp die Latte in Sachen totes Baby hoch gelegt – ein paar motzende Hundehalter und aufgebrachte Mütter reichten vermutlich nicht mal zu einem Seitenaufmacher. Aber mehr war ihr dazu nicht eingefallen, und mit einem ganz neuen Thema konnte sie ebenso wenig aufwarten.

Gestern Abend war sie zu platt und deprimiert gewesen, noch wie gewöhnlich die einschlägigen lokalen und regionalen Nachrichtenseiten im Internet durchzusuchen. Über die Geschichten der Konkurrenz im Bilde zu sein, war Pflicht.

Oft ließen sie sich aufgreifen, weitererzählen oder mit einem boulevardesken Dreh kopieren. Einige Kollegen hatten sich auf die Auswertung bestimmter Radio- oder TV-Formate spezialisiert, was in der Redaktionsrunde regelmäßig für Gelächter sorgte: »Aha, hast auch wieder ›Frontal‹ gesehen!«, hieß es dann. Seit sie bei der Zeitung war, wusste Anne, warum sich die Medien so viel um sich selbst drehten: weil ein großer Teil der Journaille vor allem bei den Kollegen nach Themen suchten – und natürlich in den sozialen Netzwerken.

Exklusivgeschichten waren ihren Chefs deshalb am liebsten. Doch selbst die ehrgeizigsten Ressortleiter wussten, dass sich mit diesen nicht täglich eine ganze Zeitung füllen ließ. Dafür verlangten sie von ihren Leuten, jederzeit im Bilde zu sein, worüber die Stadt sprach.

Nachdem Anne gestern Abend dazu nicht mehr in der Lage gewesen war, hatte sie sich vorgenommen, am nächsten Morgen früher aufzustehen, um die Sichtung nachzuholen. Stattdessen hatte sie verschlafen – nach einer furchtbaren Nacht, in der sie sich stundenlang hin- und hergewälzt und immer wieder wachgelegen hatte. In ihrer kleinen Dachgeschosswohnung hatte sie sich während des Gewitters wie im Auge des Orkans gefühlt. An ruhigen Schlaf war nicht zu denken gewesen. Später hatte sie wilde Träume, in denen sich das Geräusch des stundenlang auf das Dach trommelnden Regens mit Bildern von Fabian und intensiven Gerüchen mischte. Sie hatte mal gehört, im Traum Düfte wahrzunehmen, sei ein Zeichen dafür, sich unbewusst mit seiner Vergangenheit auseinanderzusetzen.

Ob dem so war oder nicht: Auf jeden Fall war dieses Träumen mit allen Sinnen tierisch anstrengend. Wie zerschlagen war sie aufgewacht und hatte entsetzt festgestellt, dass sie den Wecker ihres Handys überhört hatte.

Ohne zu duschen und zu frühstücken war sie mit dem Rad losgerast, um wenigstens pünktlich um neun zur Themenrunde zu erscheinen. An einer Ampel hatte sie kurz auf ihr

Handy geschaut, um die Uhrzeit zu checken. Da hatte sie Fabians Nachricht gesehen: »Ruf mich bitte sofort an. Hab dir was anzubieten. Es geht um den Grunewald-Fall.«

Kurz hatte sie überlegt, ob sie nicht besser erst zur Zeitung fuhr, um wenigstens nicht zu spät zu kommen. Dann aber hatte sie Christian Schneider vor ihrem geistigen Auge gesehen (»Hast du vielleicht auch mal ne eigene Idee?«), war auf den Gehweg gerollt und hatte Fabians Nummer gedrückt. Nachdem sie ihm sofort gesagt hatte, keine Zeit zu haben, hatte er sich kurz gehalten: Sie suchten einen Mann, der mit den Geschehnissen in dem Schrebergarten und auf dem Selbstmörder-Friedhof in Zusammenhang stand – und würden dafür gerne die Zeitung einspannen. Sie hatte versucht, so unbeeindruckt wie möglich zu erscheinen. Was nicht einfach war, denn innerlich jubilierte sie. Sie könne ihm nichts versprechen, hatte sie gesagt, müsse erst einmal mit dem Ressortleiter reden. Am Ende entscheide ohnehin der Chefredakteur. Was ja alles stimmte. Sie war sich allerdings sicher, dass ihre Bosse auf das seltene Hilfsgesuch der Polizei anspringen würden.

»Na, das is' ja bislang alles nich' pralle«, moserte Christian Schneider und drehte sich auf seinem Bürostuhl in Richtung Anne. »Wie sieht's bei dir aus?«

Sie wollte anfangen zu sprechen, da schob Schneider nach: »Außer den Stimmen vom Selbstmörder-Friedhof natürlich. Die Geschichte ist ja quasi noch von gestern und zählt nicht.«

Normalerweise hätte sie der typische Schneider-Move aus dem Konzept gebracht und rumstammeln lassen. Aber sie hatte ja noch ein Ass im Ärmel.

»Ich hab was viel Besseres«, grinste sie zurück.

»Ach ja?«, entgegnete er überrascht tuend und setze sich kerzengerade in seinem Stuhl auf. »Schieß mal los!«

»Wie wäre es mit einem Fahndungsaufruf nach dem, der möglicherweise das Baby auf dem Gewissen hat?«

Sie wusste, dass sie sich damit weit aus dem Fenster lehnte. Allerdings bauschten in dieser Runde alle ihre Geschichten auf, um beim Chef Eindruck zu machen – und damit er möglichst zügig zum Nächsten in der Runde übergehen würde. In diesem Fall merkte Anne jedoch schnell, dass sie ein Eigentor geschossen hatte.

»Was heißt'n das: ›möglicherweise‹?«, fragte Schneider. Und als Anne erklärt hatte, worum es ging, hatte er eine Menge weiterer Fragen: Gab es druckfähige Bilder von dem Gesuchten? Was wissen wir alles über ihn? Dürfen wir einen direkten Zusammenhang zu Melanie Kamps totem Baby herstellen? Hat er einen Hund? Verrät die Polizei, was ihm konkret zur Last gelegt wird?

In ihrer Euphorie und angesichts der Eile hatte sie Fabian nichts von alldem gefragt. Wie dumm! Statt vor Schneider zu glänzen, stand sie wie ein dummes Schulmädchen da, das seine Hausaufgaben nicht gemacht hatte. Da spielte es auch keine Rolle mehr, dass sie die heutige Titelseite geliefert hatte.

Schnell versicherte sie, sich selbstverständlich sofort um die Beantwortung der offenen Fragen zu kümmern. Sie sprach von ihrem »Kontakt bei der Polizei« und hoffte inständig, dass Schneider nicht vor allen breittreten würde, um wen es sich dabei handelte. Es mussten ja nicht gleich sämtliche Kolleginnen und Kollegen wissen, dass ein alter Lover von ihr im Spiel war.

Glücklicherweise beließ es ihr Chef bei einem vielsagenden Grinsen. Welche Beziehung seine Leute zu ihren Informanten hatten, war ihm ohnehin völlig egal, solange sie gute Geschichten lieferten. Und was in der morgigen Ausgabe eine gute Geschichte wäre, wusste er auch schon: »Das ist der Baby-Killer vom Selbstmörder-Friedhof: Wer hat ihn gesehen?«, rezitierte Schneider vor versammelter Mannschaft seine Wunsch-Zeile von morgen. Und selbstgefällig grinsend ergänzte er: »Wenn wir das drucken können, gibt's ein Fleißbienchen für dich, Temmen.«

43

Rund zwei Stunden später.

Das veränderte alles. Sein Bild war im Internet. Sie suchten ihn. Über die Medien. Nervös schaute er sich um. Er war umgeben von Menschen, doch niemand nahm Notiz von ihm. Trotzdem war es vermutlich nur eine Frage der Zeit, bis irgendjemand auf ihn aufmerksam werden würde.

Er scrollte auf seinem Smartphone durch den vor wenigen Minuten online gegangenen Artikel, der mit zwei Abbildungen versehen war: Die eine war ein unscharfes Foto von ihm, offensichtlich von einer Überwachungskamera. Er war nicht besonders gut darauf zu erkennen. Etwa ein Drittel seines Gesichts war von seinem Hut bedeckt. Beunruhigender fand er dagegen ein Phantombild, auf dem er erstaunlich genau getroffen war. Kurz überlegte er, ob es möglicherweise mit Melanies Hilfe entstanden war, verwarf den Gedanken aber gleich wieder: Extrem unwahrscheinlich, dass sie der Polizei plötzlich derart konkrete Details geliefert hatte, nachdem sie in den letzten drei Tagen so wacker durchgehalten hatte. Wer war ihm so nahe gekommen, eine so genaue Beschreibung von ihm abzugeben? Die beiden Polizisten, die ihn im Wald verfolgt hatten? Egal.

Zu seiner eigenen Verwunderung spürte er so etwas wie Stolz in sich aufsteigen. Er war so gefährlich, dass er per Steckbrief gesucht wurde! Er musste an seinen Vater denken, der ihn stundenlang nicht vermisst hatte, als er damals weggelaufen war. Diese quälenden Erinnerungen an seine Kindheit: Wann hörte das endlich auf? Hörte das überhaupt *jemals* auf?

Er überflog erneut den kurzen Text, der unter den Bildern von ihm stand. Er dachte darüber nach, was es zu bedeuten hatte, dass er auf den Abbildungen alleine zu sehen war. Selbst im Text war mit keinem Wort die Rede von einem Hund.

Dann steckte er sein Handy ein und widmete sich wieder dem allgemeinen Gewusel um ihn herum. Er hatte Wichtigeres zu tun, als Berichte über ihn im Internet zu lesen.

44

Gegen zehn Uhr am Vormittag.

»Also, Moment, nochmal der Reihe nach ...«

Miriam Meinerles ungläubiger Gesichtsausdruck sprach Bände: Die Staatsanwältin konnte offenbar nur schwer einordnen, was sie soeben gehört hatte. »Kovac vom KTI meint allen Ernstes, das Tier, mit dem dieser Typ unterwegs ist, soll ein Wolf sein? Oder zumindest *fast* ein Wolf? Mit dem er irgendwelche abstrusen Experimente mit Babys macht? Die er auf Video aufnimmt?«

Sie saßen zusammen mit Grindelmann in Meinerles geräumigem Büro im Landgericht an der Turmstraße. Die Staatsanwältin legte die Stirn in Falten. Sie schaute Fabian und Ergün an, als könne sie nicht glauben, was die beiden ihr gerade erzählt hatten. »Aber wozu das alles? Was macht er mit den Aufnahmen?«

Grindelmann zuckte mit den Schultern: »Das wissen wir noch nicht. Aber das ist jetzt erstmal das, was wir haben.«

Die Morgenrunde der Mordkommission hatte Grindelmann abgesagt: Fabians und Ergüns Verfassung schien ihm nach den dramatischen Ereignissen der Nacht nicht die beste zu sein, um den Kollegen Bericht zu erstatten und sich von Kubitschek weitere Fehler aufs Brot schmieren zu lassen. Vor allem aber wollte er angesichts der brisanten Lage Diskussionen vermeiden und schnell zu nächsten operativen Schritten kommen. Es war für Fabian unübersehbar, dass Grindelmann die vielen Wortgefechte und Störfeuer der letzten Besprechungen enorm genervt hatten. Genauso störte ihn offensichtlich die Berichterstattung des *Berliner Blatts*. Auch jetzt lag die aktuelle Ausgabe mit dem Bild von Melanie Kamp auf der Titelseite wie ein Mahnmal vor ihnen auf dem Tisch.

Umso erstaunlicher fand Fabian noch immer, dass Grindelmann vor rund drei Stunden zugestimmt hatte, die Medien bei der Suche nach dem Mann aus der Schorfheide einzuspannen. Auch Meinerle war einverstanden gewesen und selbst der für eine solche Öffentlichkeitsfahndung notwendige richterliche Beschluss hatte schnell vorgelegen. Dieser stellte fest, dass der Mann als Zeuge und nicht Beschuldigter gesucht würde und eine Vorverurteilung durch die Medien unbedingt zu vermeiden sei. Auch die Hütte im Wald und der Brand sollten nicht vorkommen.

Grindelmann gab Fabian für das Gespräch mit Anne außerdem noch mit, er solle auf keinen Fall erwähnen, dass sich der Mann in Begleitung eines Hundes befindet.

»Wenn die Presse erfährt, dass das Baby von einem halben Wolf totgebissen wurde, können wir einpacken«, beschwor ihn Grindelmann.

Fabian hatte sich daran gehalten, obwohl Anne hartnäckig versucht hatte, ihm konkrete Details aus den Rippen zu leiern. Das sei die Bedingung ihrer Chefs, um überhaupt etwas zu veröffentlichen, hatte sie behauptet.

»Ihr wollt doch immer auf der Seite der Guten sein«, hatte Fabian versucht, sie bei der Ehre zu packen. »Jetzt habt ihr mal die Chance dazu!«

Erleichtert hatte er – kaum zwei Stunden, nachdem er mit Anne gesprochen hatte – die Online-Veröffentlichung des *Berliner Blattes* registriert: »Wer kennt diesen Mann?« stand über einem unscharfen Standbild aus den Aufnahmen der Überwachungskamera von der Tankstelle. Deutlich kleiner – obwohl viel aussagekräftiger – hatte die Zeitung das Phantomfoto veröffentlicht, das ein Polizeizeichner in der Nacht mithilfe von Ergüns und seiner Beschreibung angefertigt hatte. Fabian war es enorm schwergefallen, das Gesicht des Mannes zu beschreiben. Schließlich hatten sie es nur auf dem Bahnsteig in Groß Schönebeck für wenige Sekunden gesehen.

Der unter den beiden Abbildungen stehende Text kam für die *Berliner-Blatt*-Verhältnisse extrem nüchtern daher: »Die Berliner Polizei sucht im Zusammenhang mit einer Straftat diesen Mann: Kennen Sie ihn oder haben ihn in den vergangenen Tagen gesehen? Er ist zwischen 50 und 70 Jahre alt, mittelgroß und trägt möglicherweise einen Hut mit großer Krempe. Die Redaktion und die Berliner Polizei bitten um Hinweise.« Darunter stand nicht nur die Nummer ihrer Dienststelle, sondern auch die der Zeitung. Diesen Kompromiss hatte Anne ihm abgerungen. Die meisten würden sich in solchen Fällen sowieso zuerst an die Zeitung wenden, hatte sie gemeint.

Jetzt, drei Stunden später, hatte Grindelmann die Seite auf einem Tablet aufgerufen, tippte auf das Phantombild des Mannes und schaute zwischen Meinerle, Fabian und Ergün hin und her: »Wir müssen schleunigst rauskriegen, wer der Typ ist und wo er sich gerade aufhält.« Er legte das Tablet weg und schüttelte den Kopf: »Ein Wolf – das ist doch aburd!«

»Das hat Kovac tatsächlich gesagt?«, hakte Miriam Meinerle nach. »Ich dachte immer, das Erbgut von Wölfen und Hunden sei so ähnlich, dass man solche Unterschiede überhaupt nicht anhand von DNA-Tests ermitteln kann. Sind die nicht zu 99 Prozent identisch?«

»Das reicht nicht mal«, sagte Fabian. »Ungefähr 99,8 Prozent sind's, je nach Hunderasse sogar noch etwas mehr.«

»Aber wie kommt der Kovac dann auf so eine Theorie?«, fragte Meininger.

»Weil bei der von ihnen angewandten Methode nicht einfach nur die DNA eines Tieres ermittelt wird«, erklärte Ergün. »Sondern auf eine riesige Datenbank mit konkreten Tieren zugegriffen wird, wenn ich das richtig verstanden habe.«

Sie blickte zu Fabian, der sie nickend bestätigte und ergänzte: »Darüber lässt sich also nicht nur bestimmen, wie viel Wolf in einem Hund steckt, sondern auch ein ganz konkreter Stammbaum erstellen. Und der war im Falle unseres gefährlichen Vierbeiners hier wohl ziemlich eindeutig.«

»Wahnsinn«, sagte Meinerle und hielt kurz inne. Dann schaute sie Fabian und Ergün an. »Mal abgesehen davon:

Melanie Kamp läuft ja ab sofort als Beschuldigte. Ist ihr Handy schon ausgewertet worden?«

Wie zu erwarten gewesen war, hatte Kamps Anwalt am Morgen mitgeteilt, dass seine Mandantin von ihrem Schweigerecht Gebrauch machen würde. Ohne Widerstand hatte sie ihr Smartphone herausgegeben, das den Kolleginnen und Kollegen aus der Kriminaltechnik sofort verdächtig erschien: Ausgerechnet seit Dienstagnachmittag sollte sie weder Anrufe getätigt oder entgegengenommen noch Textnachrichten empfangen oder gesendet haben? Schnell hatten sie die gelöschten Verbindungsinformationen wieder hergestellt.

»Kamp hat zwischen dem späten Dienstagabend und der Abgabe ihres Handys ausschließlich mit zwei Nummern kommuniziert«, referierte Ergün nun für ihren Chef und die Staatsanwältin. »Auffällig ist, dass sie die beiden Mobiltelefone die ganze Nacht von Dienstag auf Mittwoch mehrfach selbst angerufen hat, ohne dass eine Verbindung zustande kam. Danach war es dann meist umgekehrt: Sie wurde angerufen, hat aber nicht abgenommen.«

»Textnachrichten?«, fragte Grindelmann.

»Ja, mehrere«, sagte Ergün. »Warten Sie mal.« Sie blätterte durch die losen Zettel ihrer Mappe, die vor ihr auf dem Tisch lag. Nach ein paar Sekunden zog sie ein Blatt heraus und reichte es Grindelmann. Der überflog es kurz und dann las dann laut vor: »Gesendete Nachricht, Dienstag, 22.24 Uhr: ›Wo ist er?‹ 23.11 Uhr: ›Was ist los?‹ 0.42 Uhr: ›Melde dich!‹ So geht das weiter bis morgens um vier. Immer an dieselbe Nummer. Keine Antworten.« Er schaute vom Blatt auf: »Konnten die Besitzer der beiden Nummern schon ermittelt werden?«

Fabian schüttelte den Kopf: »Leider nein. Scheint irgendwelche Systemfehler zu geben, weshalb die Nummern noch nicht zugeordnet werden konnte. Die Kollegen sind dran.«

»Hm, zwei Nummern ...« Grindelmann rieb sein Kinn.

In diesem Moment vibrierte Fabians Handy in der Hosentasche. Er zog es heraus und sah auf das Display: »Volker

Braun«. Der Kollege war in Spandau gewesen, wo sie endlich die Freundin von Melanie Kamp ausfindig gemacht hatten, deren Hund angeblich das Baby gebissen haben sollte.

»Hallo, Volker«, meldete er sich. »Wir sitzen hier gerade mit Herrn Grindelmann und Frau Meinerle zusammen. Ich stell dich laut. Hast du mit der Frau sprechen können?«

»Hallo, alle«, sagte Braun. »Ja, hab' ich. Und sie hat tatsächlich bestätigt, dass sie Melanie Kamp ihren Hund am Dienstag ausgeliehen hat.«

»Wann hat sie ihn zurückbekommen?«, fragte Ergün.

»Mittwochmorgen, sagt sie, offenbar in bester Stimmung. Sie hat nichts Auffälliges an dem Tier festgestellt.«

Grindelmann wandte sich an Fabian: »Auf was für einen Hund hat die Kamp noch bei der Vernehmung gezeigt?«

»Golden Retriever«, antwortete Ergün stellvertretend. Dann neigte sie sich zu dem vor ihr liegenden Handy herunter: »Hast du den Hund gesehen, Volker?«

»Nee, der war nicht da. Angeblich gerade mit ihrem Freund Gassi gehen. Sie hat mir aber ein Foto gezeigt, und ich hab sie nach der Rasse gefragt: Ist ein Labrador Retriever.«

»Retriever passt ja«, meinte Fabian. »Sehen sich vermutlich ziemlich ähnlich. Sonst noch was, Volker?«

»Naja, es kam mir komisch vor, dass sie nicht ein einziges Mal fragt, warum wir eigentlich da sind und uns für ihr Haustier interessieren. Hatte den Eindruck, sie war darauf vorbereitet, dass wir kommen und nach dem Hund fragen würden.«

Fabian dachte an das Gespräch mit den Bergers über die Gartenlaube und schaute Ergün an: »Das kennen wir ja ...« Dann sprach er wieder ins Telefon: »Alles klar, danke erstmal, Volker, wir reden später.« Er steckte das Handy zurück in die Hosentasche.

Grindelmann nahm die auf dem Tisch liegende Ausgabe des *Berliner Blatts* in die Hand und schlug die Seite mit dem Kamp-Interview auf. »Hier steht die Geschichte mit dem Hund der Freundin ja auch drin ...«

Fabian ahnte, worauf er hinaus wollte: »Sie meinen, die Freundin hätte anders auf den Besuch des Kollegen reagieren müssen, wenn sie die Geschichte kennen würde?«

»Natürlich«, sagte Grindelmann. »Und zwar völlig unabhängig davon, ob ihr Hund nun wirklich an der ganzen Sache beteiligt war oder nicht.«

»Wir laden Melanie Kamp vor«, mischte sich Miriam Meinerle ins Gespräch ein. »Als Beschuldigte.«

»Absolut«, bestätigte Grindelmann und wandte sich an Fabian und Ergün: »Je schneller, desto besser!« Er stand auf. »Gleich sprechen Sie mit den Bergers auf Mallorca, richtig?«

Die beiden nickten.

»Machen Sie denen mal ein bisschen Druck. Ich erwarte außerdem demnächst die ersten Ergebnisse der KTU aus der Schorfheide. Die Hütte ist zwar weitgehend runtergebrannt, aber irgendwas findet man ja immer noch.«

Während Fabian, Ergün und Grindelmann das Zimmer verließen, hatte Miriam Meinerle schon wieder den Telefonhörer in die Hand genommen.

Die Video-Vernehmung mit Marianne und Walter Berger fand in einem kleinen Besprechungsraum im zweiten Stock statt. Fabian, Ergün und eine Protokollantin saßen an einem Tisch vor einem riesigen Bildschirm, auf dem die beiden alten Leute größer als in Wirklichkeit erschienen. Obwohl die Bildqualität bescheiden war, sah Fabian den beiden alten Menschen auch dieses Mal ihr Unwohlsein an. Er stellte sich schon auf ein abermaliges zähes Ringen um jede Antwort ein. Doch ehe er die erste Frage stellte, ergriff Walter Berger das Wort: »Ich und meine Frau ... also, ich wollte sagen ... meine Frau und ich möchten gerne etwas klarstellen.«

Fabian und Ergün schauten sich überrascht an.

»Wir haben Ihnen beim Gespräch in unserer Wohnung nicht die Wahrheit gesagt«, fuhr der alte Mann fort. Schweißperlen standen ihm auf der Stirn, im Hintergrund sah man einen Ventilator surren. Offenbar hatte die Wache in Palma ebenfalls keine Klimaanlage.

»*Worüber* haben Sie uns nicht die Wahrheit gesagt?«, fragte Fabian.

»Es stimmt nicht, dass Marc in der Nacht von ...« Er sah fragend zu seiner Frau, die keine Regung zeigte.

»In der Nacht von Dienstag auf Mittwoch?«, half Fabian.

»Genau, von Dienstag auf Mittwoch ... Also ...«

»Was genau stimmt also nicht?«, fragte Ergün, als Walter Berger nicht weitersprach.

Der Rentner atmete schwer. »Unser Ur-Enkel war in dieser Nacht nicht bei uns.«

»Das haben wir uns schon gedacht«, sagte Fabian. »Aber der Rest von dem, was Sie uns erzählt haben, stimmte?«

Wieder sah Walter Berger seine Frau an, die regungslos neben ihm saß. Dann blickte er direkt in die Kamera: »An dem Morgen, als Sie beide bei uns waren und nach unserer Laube gefragt haben, war auch Melanie in unserer Wohnung.«

Fabian dachte an das Geräusch hinter der Schlafzimmertür und stellte sich Melanie vor, wie sie erschrocken zusammenge-zuckt sein musste, als er versucht hatte, die Tür zu öffnen.

»Warum haben Sie uns das denn nicht schon Mittwoch erzählt, Herr Berger?«, fragte Fabian.

Walter Berger kaute angespannt auf seiner Unterlippe herum. »Weil Melanie es so wollte.«

»Sie hat Ihnen gesagt, dass Sie sie nicht verraten und außerdem behaupten sollen, dass Marc in der Nacht bei Ihnen gewesen sei?«, fragte Ergün.

Walter Berger nickte. »Ja, das hat sie.«

»Und warum sind Sie Hals über Kopf nach Mallorca geflogen?«, fragte Fabian.

Plötzlich richtete Marianne Berger sich auf: »Das wollten wir doch gar nicht. Aber Melanie meinte, das sei besser. Da würde uns die Polizei keine Fragen mehr stellen und so.« Die alte Frau war den Tränen nahe. »Und dann kam am ... am ...«

»Am Donnerstag«, sagte Walter Berger, ohne seine Frau anzuschauen.

»Genau. Am Donnerstagmittag kam so ein netter Mann. Der hat uns zum Flughafen gefahren und uns die Koffer getragen. Und plötzlich saßen wir in diesem Flugzeug. In Palma wurden wir dann auch gleich abgeholt und zur Ferienwohnung gebracht. Das lief wie am Schnürchen. Wir wussten gar nicht, wie uns geschieht.« Sie zog unter dem Tisch ein Taschentuch hervor und schnäuzte sich geräuschlos.

»Und das kam Ihnen alles nicht ziemlich eigenartig vor, dass die Melanie Sie mal so eben von einem auf den anderen Tag nach Mallorca verfrachtet?«, fragte Fabian.

Marianne Berger schaute auf den Tisch, ihr Mann zur Seite. »Herr und Frau Berger?«, sagte Ergün. »Können Sie bitte die Frage beantworten?«

Marianne Berger hob den Kopf: »Naja, sie war doch so verzweifelt an dem Morgen. Und da dachten wir, wir helfen ihr, wenn wir machen, was sie sagt.«

»Hat sie Ihnen denn auch erzählt, was in der Nacht davor passiert ist?«, fragte Fabian.

»Was soll da passiert sein?«, entgegnete Walter Berger.

»Also nicht?«, insistierte Ergün energisch.

Der alte Mann schüttelte den Kopf: »Nee, nix. Wir sollten einfach nur behaupten, Marc hätte bei uns übernachtet. Und dass wir nicht wissen, wo sie ist.«

»In Ordnung«, sagte Fabian. »Da Sie sich ja nun offenbar entschieden haben, uns die Wahrheit zu sagen, würde ich gerne noch wissen, um wieviel Uhr Melanie eigentlich bei Ihnen aufgetaucht ist?«

Die Bergers schauten sich unschlüssig an.

»Es muss so gegen elf gewesen sein«, sagte Walter Berger nach einer Weile. »Aber auf die Uhr geschaut haben wir nicht, wir haben ja schon geschlafen.«

»Alles klar.« Fabian schloss die vor ihm auf dem Tisch liegende Mappe. »Vielen Dank, dass Sie sich für uns auf die Polizeiwache begeben haben. Und halten Sie sich bitte ab sofort zu unserer Verfügung. Wir wollen nicht wieder die halbe Inselpolizei mobilisieren müssen, um sie ausfindig zu machen.«

»Meinst du, die wissen, was passiert ist?«, fragte Ergün, als die Übertragung unterbrochen worden war.

»Eher nicht.« Fabian sah der Protokollantin dabei zu, wie diese ihren Laptop in einer Tasche verstaute und kurz mit dem Kopf in ihre Richtung nickend den Raum verließ. »Könnte mir vorstellen, dass das ein weiterer Grund für Melanie war, die beiden auf die Insel zu schicken.« Er schaute Ergün an. »Schließlich ist auf Mallorca die Wahrscheinlichkeit wesentlich geringer, an einer Titelseite vom *Berliner Blatt* vorbeizulaufen.«

Fabian zog sein Handy aus der Tasche, das vibrierte, und nahm den Anruf an: »Hallo, Herr Müller, warten Sie kurz, ich bin allein mit der Kollegin Ergün.« Er stellte auf Lautsprecher und legte das Gerät auf den Tisch vor ihnen.

»Wie ist die Lage in der Schorfheide?«, fragte Ergün. »Sind Sie immer noch im Wald und wühlen in der Asche?«

»Hör'n se uff!«, stöhnte der Kriminaltechniker. Seine Stimme klang erkältet. »Kein Spaß, in einer runtergebrannten Holzhütte nach Spuren zu suchen. Noch dazu im strömenden Regen! Dagegen war der Schrebergarten Pillepalle.«

»Sind Sie denn immer noch da draußen?«, fragte Fabian.

»Nee, bin seit zwei Stunden im Labor und werte aus. Dabei würde mir ein bisschen Schlaf echt gut tun. Die Nacht war definitiv zu kurz.«

»Wem sagen Sie das«, entgegnete Ergün.

»Sorry, Sie ham' ja recht. Was Sie da draußen durchgemacht haben, war ja auch kein Zuckerschlecken.«

Fabian nahm den Faden wieder auf: »Ich vermute aber, Sie rufen nicht nur an, um ein bisschen zu plaudern?«

»Korrekt«, sagte Müller. »Bei so einem Feuer könnte man ja meinen, da bleibt nichts zum Auswerten übrig.« Er hielt kurz inne und streckte offenbar den Hörer von sich weg, um zu husten. »Hab wohl heute Nacht ein bisschen zuviel Ruß einge-atmet ...« Noch einmal räusperte er sich geräuschvoll. »Wo war ich? Ach ja: Aber es ist doch erstaunlich, wie auf wunder-same Weise immer wieder Ecken verschont bleiben, die einem genau das liefern, was man sich wünscht.«

»Das wäre zum Beispiel?«, fragte Ergün.

»Naja, als erstes wollten wir natürlich wissen, wer der Typ ist, der in der Hütte gewohnt hat. Schließlich gehen wir wohl alle davon aus, dass er es selbst war, der das Ding abgefackelt und Sie beide in diese unangenehme Lage gebracht hat, oder?«

»Ja, schon irgendwie«, antwortete Fabian. »Ist noch eine Arbeitshypothese, aber eigentlich deutet alles darauf hin.«

»Wissen Sie's denn?«, grätschte Ergün dazwischen.

»Geduld, Geduld«, bremste Müller. »Normalerweise findet man ja immer Zeug, das direkt auf die Identität einer Person hindeutet: Ausweise, Briefe, alte Kreditkarten oder so.«

»Und?«, fragte Fabian.

»Nichts. In den Bereichen, wo das Feuer was übriggelas-sen hat, war nichts dabei, das uns weiterhlft. Allerdings konn-ten wir tatsächlich Fingerabdrücke und DNA-Spuren sichern.«

»Die schon ausgewertet sind?«, fragte Ergün.

»Die DNA noch nicht. Wird gerade noch mit jener aus dem Schrebergarten abgeglichen. Dauert mindestens bis heute Abend, vielleicht müssen wir bis morgen warten.« Wieder hus-tete er. »Aber parallel haben wir die Fingerabdrücke durch unsere Datenbank gejagt – mit interessanten Ergebnissen.«

»Sie wissen also, wer es ist?«, fragte Fabian.

»Nicht nur das ...«

Fabian und Ergün rückten näher an das Handy heran.

»Wir wissen nicht nur, wie er heißt, sondern auch ziemlich genau, mit wem wir es zu tun haben.«

»Wie meinen Sie das?«, fragte Ergün.

»Wie es aussieht, hatten in der Vergangenheit schon diverse Kollegen von uns das zweifelhafte Vergnügen, sich mit ihm beschäftigen zu müssen.«

45

Etwa zwei Stunden später.

Das durfte alles nicht wahr sein.

Anne saß in der Redaktion an ihrem Computer, die Ellbogen auf den Tisch gestützt, und raufte sich die Haare. Wie konnte ein Tag, der so gut begonnen hatte, sich dermaßen beschissen entwickeln? Nach dem Telefonat mit Fabian auf dem Fahrrad war sie sich sicher gewesen, dass heute nichts mehr schiefgehen würde. Sie hatte – wie sie dachte – mit dem Fahndungsaufruf eine attraktive Geschichte anzubieten, die gleichzeitig die perfekte Weiterdrehe zur Titelstory der heutigen Ausgabe war. Doch nachdem sie Schneider nur halbgare und allenfalls vage zusätzliche Fakten und Hintergründe zu dem gesuchten Mann hatte liefern können, hatte er ihren vermeintlichen Knaller in der Luft zerrissen: Online könne man das machen, hatte er gesagt, aber für die gedruckte Ausgabe sei ihm das Papier zu schade. Weil er gerade in Fahrt war, kassierte er ihr auch noch die Geschichte mit den streitenden Berlinerinnen und Berlinern aus dem Grunewald ein: »Will kein Mensch lesen«, hatte er behauptet.

Sie hatte nichts mehr anzubieten, was sich kacke anfühlte. »Dann denk dir mal was Schönes aus«, hatte er ihr hinterhergerufen, als sie zu ihrem Platz getrottet war. Viel schlimmer konnte der Vormittag nicht mehr werden, hatte sie gedacht – und sich getäuscht. Denn nachdem sie auf der Suche nach Themen eine halbe Stunde sinnlos im Internet herumgesurft hatte, hörte sie Schneider schon wieder hinter sich: »Du warst doch am Donnerstagabend mit Meister beim Selbstmörder-Friedhof?«

Sein säuselnder Tonfall ließ nichts Gutes vermuten.

Sie musste kurz nachdenken. »Äh, ja, wieso?«

»Weil euch da offenbar was Wichtiges entgangen ist.« Er fixierte sie mit stechendem Blick.

Sie hasste es, mit einem Vorwurf konfrontiert zu werden, ohne zu wissen, worum es ging. Und Schneider war ein Virtuose darin, einen möglichst lange in der Luft hängen zu lassen.

»Um wie viel Uhr wart ihr genau da?«‚fragte er scharf.

»Äh ...«, sie versuchte sich, an den Abend zu erinnern. »So um acht glaube ich ... nee ... später ... eher so zwischen neun und zehn.«

»Na, prächtig«, sagte er sarkastisch. »Zur richtigen Zeit am richtigen Ort. Aber leider keine Augen im Kopf!«

Mit diesen Worten pfefferte er den Ausdruck eines offenbar aus dem Internet gezogenen Artikels auf ihre Tastatur und rauschte ab.

Sie nahm den Zettel und las, verunsichert von Schneiders plötzlichem Überfall, die Überschrift: »Hier sucht ein Spürhund nach dem Baby-Killer vom Selbstmörder-Friedhof«. Über der Zeile war das unscharfe Bild eines mittelgroßen braunen Hundes zu erkennen, der an einer grau-roten Backsteinmauer herumschnüffelt.

Schlagartig fiel ihr ein, dass sie und Meister an dem Abend aus ihrem Versteck heraus zwar beobachtet hatten, wie ein Polizeihund auf den Friedhof geführt worden – aber nicht, wie er wieder herausgekommen war.

www.grunewaldblog.de stand unten auf dem Blatt, das Schneider ihr hingeknallt hatte. Sie tippte die Adresse in den Browser und zuckte vor ihrem Bildschirm zurück, als Bäume in verschiedenen Grüntönen vor ihren Augen zu tanzen begannen. Nachdem das furchtbare Intro vorbei war, hatte sie schnell den Artikel gefunden: Er stand in der rechten Spalte unter »Meistgelesen« an oberster Stelle. Der Text war mies geschrieben, strotzte vor Fehlern und verunglückten Metaphern. Trotzdem hatten ihn laut eingebautem Zähler seit gestern Abend schon mehr als 7.000 Menschen angeklickt. Die Überschrift mit der Kombination der Schlagwörter »Killer«, »Baby« und »Selbstmörder-Friedhof« hatte offenbar gereicht, um die Leute auf den Eintrag zu locken. Am Inhalt konnte es kaum liegen: Der Autor spekulierte ein bisschen herum, was der Einsatz des Spürhundes mit dem aus der Presse bekannten Fund einer Babyleiche auf dem Friedhof zu tun haben könnte. An Fakten stand im Artikel nicht mehr, als dass zivile Polizisten am Donnerstagabend gegen 22 Uhr mit einem Spürhund das Friedhofsgelände verlassen hatten – über die hintere Mauer.

»Scheiße«, fluchte Anne.

Von ihrem Versteck gegenüber dem Eingangstor des Friedhofs hatten sie dessen Rückseite nicht im Blick gehabt. Folgerichtig hatten sie auch nichts davon mitbekommen, wie die Polizisten mit dem Hund von dort aus im Wald verschwunden waren.

Dass sie dies auch noch von einem Blogger unter die Nase gerieben bekam, war besonders bitter. Sie hasste sie: Es gab keinen Kiez, keine Straße, keinen Häuserblock in Berlin, über den nicht irgendein Möchtegern-Schreiberling berichtete. Die Texte waren fast immer unterirdisch, die Fakten meist fehlerhaft und oft hanebüchen zurechtgebogen. Aber weil sich hinter einigen Einträgen eben manchmal reizvolle Geschichten verbargen, wurden sie von den Chefs dazu angehalten, den Blogger-Kosmos der Hauptstadt immer im Blick zu haben. Was natürlich unmöglich war: Es waren schlicht zu viele.

Schneider war also vermutlich doppelt sauer auf sie: Dass sie nichts von dem Hunde-Einsatz mitbekommen hatte und dann nicht mal den Blog-Eintrag dazu gefunden hatte.

Sie seufzte, schob die URL des Grunewaldblogs in ihre Favoriten-Leiste und klickte ihr Postfach an. Mit den Kollegen aus dem Leserservice hatte sie vereinbart, dass diese ihr sofort Bescheid sagten, sobald sich jemand auf den Fahndungsaufruf nach dem Unbekannten aus der Schorfheide melden würde. Tatsächlich hatte sie in der letzten Viertelstunde mehrere Mails dazu bekommen: Der Artikel stand erst etwas länger als eine Stunde online, doch schon vier Menschen behaupteten, den Mann gesehen zu haben.

Ein Charlottenburger Kiosk-Besitzer meinte, dieser sei zu ihm in den Laden gekommen und hätte Zigaretten und Bier gekauft. Angehängt hatte er ein verwackeltes Handy-Foto. Es war so schlecht, dass es quasi jeder Typ mittlerer Größe und mittleren Alters in Berlin sein konnte. Eine Frau aus Lichtenberg hatte angegeben, den Mann in einem Park gesehen zu haben, erst vor wenigen Minuten. Der dritte Hinweis kam vom anderen Ende der Stadt: aus Spandau. Dort wollten Schüler ihn, quasi zeitgleich, ebenfalls erkannt haben.

Die vierte Mail kam wieder aus Lichtenberg: Die Stelle, an welcher der Unbekannte gesehen worden sein sollte, lag nicht weit entfernt vom Park aus der zweiten Nachricht. Auch diese Mail war erst vor wenigen Minuten gekommen und hatte ebenfalls ein Foto angehängt, das Anne mit einem Klick öffnete. Dann hielt sie die Luft an: Das Foto war gestochen scharf. Und der Mann, der darauf zu sehen war, hatte eine frappierende Ähnlichkeit mit dem Typen von den Fahndungsbildern. Sie war sich sicher: Das war er.

Vielleicht war dieser verkorkste Tag doch noch zu retten.

46

Kurz nach halb drei.

»Das ist er: Michael Vogt, geboren am 30. Juni 1957 in
Ost-Berlin.«

Volker Braun, der an der Stirnseite des großen Tisches im
Besprechungszimmer stand, hielt inne. Er ließ das vom Pro-
jektor an die Wand geworfene Polizeifoto von dem Mittfünf-
ziger mit dem schütteren, dunklen Haar, den braunen Augen
und den schmalen Lippen kurz wirken. Fabians Bürokollege
hatte die wichtigsten Fakten zu dem Mann zusammengestellt,
dem mit großer Wahrscheinlichkeit eine Hauptrolle im Fall des
toten Säuglings vom Selbstmörder-Friedhof zukam.

Nachdem dieser über die Fingerabdrücke aus der Hütte in
der Schorfheide identifiziert worden war, hatte Norbert Grindelmann alle zusammengetrommelt: Am Tisch saßen nicht nur
die verfügbaren Mitglieder seiner Mordkommission – neben
Fabian, Ergün und Braun noch Bertram Kubitschek, Hannah
Deininger und Max Otten –, sondern auch Kriminaltechniker
Friedrich Müller und Staatsanwältin Miriam Meinerle.

Und erstmals Amira Daneshvar. Grindelmann wusste: In
den nächsten Stunden, womöglich Tagen, würden sie vor
allem mit der Suche nach Michael Vogt beschäftigt sein. Da
konnte es nur hilfreich sein, dass ihnen die Psychologin ein
genaues Persönlichkeitsprofil von diesem erstellte.

»Wie ich bereits sagte, ist Vogt bislang dreimal polizeilich
in Erscheinung getreten«, sprach Braun weiter und aktivierte
mit der Fernbedienung die nächste Folie der aus Jahreszahlen,
Daten und Stichworten bestehenden Präsentation.

»Das erste Mal im Dezember 1999.« Er deutete mit dem
Laserpointer auf die entsprechende Zeile an der Wand. »An
Heilig Abend hat er als Angestellter einer Sicherheitsfirma auf
einer Baustelle am Potsdamer Platz auf drei Männer geschossen, die gerade dabei waren, schweres Werkzeug zu ent-
wenden.« Braun trat zum Tisch, nahm einen Zettel und las ab:

»Michael Vogt und dessen Arbeitgeber – die Firma PS-Security – wurden im Mai 2000 zu Geldstrafen verurteilt, da die Berechtigung zur Nutzung der Waffe abgelaufen war.«

Er blickte in die Runde: »Zugute gehalten wurde dem Angeklagten, dass die Diebe ebenfalls bewaffnet gewesen waren, auch wenn sie ihre Waffen nicht benutzt hatten.«

Braun klickte eine Folie weiter. »Eine erneute Geldstrafe kassierte Vogt sieben Jahre später, im März 2007. Damals wegen Verletzung seiner Aufsichtspflicht als Hundehalter: Ein dreijähriges Mädchen wurde in einem Park von Vogts Schäferhündin ins Gesicht gebissen. Die Eltern verklagten ihn auf Schadensersatz – und gewannen.«

Wieder ging Braun zu einer auf dem Tisch liegenden Mappe, in der er kurz suchte und dann einen Zettel herauszog. »Was unseren Fall aber betrifft, scheint mir die dritte Aktenkundigkeit besonders interessant.«

Er schaute kurz auf das Blatt und klickte dann eine Seite weiter. »Im Herbst 2016 wurde Vogt von einem jungen Pärchen angezeigt. Dieses warf ihm vor, Vogts Hund habe ihr vier Monate altes Baby in ihrer eigenen Wohnung angegriffen. Der Fall war für die Kollegen schwer zu durchschauen, weil sich sowohl die Eltern, als auch Vogt selbst in Widersprüche verstrickten. Es gab wohl eine freundschaftliche Beziehung zwischen ihnen und Vogt. Er war über Monate bei ihnen ein- und ausgegangen, und es war aufgrund der Aussagen der drei nicht rauszukriegen, wer im Moment des Geschehens auf den Hund hätte aufpassen müssen oder im Raum war.«

»Wie ging die Geschichte aus?«, fragte Fabian.

Braun schaute kurz auf sein Papier: »Das Verfahren wurde eingestellt, weil das Paar die Anzeige zurückzog. Offensichtlich kam es zu einer außergerichtlichen Einigung zwischen Vogt und ihnen – verbunden mit der Zahlung einer nicht unerheblichen Geldsumme.«

»Also ist das Kind damals nicht gestorben?«, fragte Ergün.

»Nein, nein«, antwortete Braun. »Nicht mal schwer verletzt.

Handelte sich wohl nur um ein paar kleinere Bisswunden, die ambulant versorgt werden konnten.«

»Trotzdem hat der Kollege Braun recht«, sagte Grindelmann, der sich bis dahin zurückgehalten hatte. »Wir haben ein von einem Hund totgebissenes Baby – sowie einen Verdächtigen, der für den Angriff seines Hundes auf ein Kleinkind vorbestraft ist. Passt ins Bild.«

Er wandte sich an Fabian und Ergün: »Von wann stammten nochmal die ersten Aufnahmen auf Vogts Computer, die die Kollegen aus der Kriminaltechnik gefunden haben?«

Ergün tippte auf dem Laptop herum, der vor ihr auf dem Tisch stand. »Januar 2016«, sagte sie nach ein paar Sekunden.

»Und die Geschichte mit dem vier Monate alten Baby ...«, Grindelmann schaute Volker Braun an, der dessen Satz vervollständigte: »... war im September desselben Jahres.«

»Es liegt also nahe, dass dieser Fall auch etwas mit seinen merkwürdigen Baby-Hund-Experimenten zu tun hat«, sagte Grindelmann nachdenklich. »Was er da genau macht und warum, werden wir noch rauskriegen müssen. Aber vielleicht wird uns das schon etwas klarer, wenn wir hören, was unsere Kollegin Daneshvar ...«, er sah zu ihr herüber und nickte ihr zu, »... in Erfahrung bringen konnte.«

Die Psychologin straffte ihren Oberkörper, legte die Hände auf die Tischkante und räusperte sich. »Sie hatten mich ja gebeten, mir die bisher zu Michael Vogt vorliegenden Akten durchzuschauen, Herr Grindelmann.« Sie tippte auf einen kleinen, vor ihr liegenden Stapel mit Dokumenten. »Tatsächlich habe ich eine ganze Menge interessanter Hinweise der Kolleginnen und Kollegen gefunden, aus denen sich Rückschlüsse auf die Persönlichkeitsstruktur von Vogt ziehen lassen.«

Sie öffnete die zuoberst liegende Mappe und blätterte kurz durch die losen Blätter.

»Sicher ist, dass er ein totaler Einzelgänger ist. Er hat offenbar keine nennenswerten sozialen Kontakte. Bis Anfang 2015 lebte er in einer Ein-Zimmer-Wohnung in Moabit.

Dann ist er vermutlich in die Hütte in die Schorfheide gezogen. Spätestens, seit Vogt da draußen wohnt, scheint er kaum noch Umgang mit anderen Menschen gehabt zu haben.«

»Hat er da eigentlich irgendeine Miete oder sowas gezahlt?«, fragte Hannah Deininger.

»Offenbar nicht«, sagte Daneshvar. »Vogt selbst hat zu Protokoll gegeben, dass ihn die Forstverwaltung Schorfheide dort quasi umsonst wohnen lässt. Es scheint so, als hätten die Kollegen das nicht nachgeprüft, zumindest habe ich dazu keine Notiz gefunden.« Sie blätterte kurz suchend durch die Zettel vor ihr und zuckte dann mit den Schultern. »Wahrscheinlich erschien ihnen das nicht relevant.«

»Ok, aber er muss ja von irgendwas leben«, warf Fabian ein. »Kriegt er Stütze oder so?«

»Nicht mehr seit ...«, Daneshvar suchte in ihren Zetteln, »... Februar 2015.«

»Und warum nicht?«, fragte Ergün.

»Weil er es nicht mehr brauchte«, sagte Daneshvar. »Er hat eine nicht unerhebliche Summe von seiner verstorbenen Tante geerbt. Das hat er ebenfalls in den Vernehmungen gesagt. Die Kollegen haben das damals auch bei der Bank gecheckt, und es stimmte: Die Erbschaft belief sich auf ...«, wieder suchte sie kurz, »... mehr als 180.000 Euro.«

Einige der Anwesenden pfiffen leise.

»Ja, eine hübsche Stange Geld. Jetzt ist auch klar, woher er das Geld für den Vergleich mit dem jungen Elternpaar Ende 2016 nehmen konnte: von seinem gut gefüllten Konto.«

»Was können Sie denn noch darüber sagen, was Vogt für ein Typ ist?«, fragte Grindelmann. »Außer, dass er kaum soziale Kontakte hat und ein Einzelgänger ist?«

»Wie gesagt, dazu stehen in den Berichten eine Reihe aufschlussreicher Dinge«, sagte Daneshvar. »Meine Kollegen haben bei Vogt eine narzisstische Persönlichkeitsstörung vermutet. Solchen Menschen fällt es schwer, Empathie zu entwickeln. Gleichzeitig überschätzen sie ihre eigenen Fähigkeiten und suchen permanent nach Anerkennung. Vor allem bringen sie es nicht zustande, sich in andere Menschen hineinzufühlen. Ausdrücken kann sich so eine Störung völlig unterschiedlich: entweder durch ein total übertriebenes und demonstrativ zur Schau gestelltes Selbstbewusstsein und Arroganz oder auch durch das Gegenteil, also extreme Schüchternheit.«

»Was offenbar eher auf Vogt zutrifft, oder?«, fragte Hannah Deininger.

»Auf der einen Seite schon, ja. Allerdings ist er in den Vernehmungen und vor allem vor Gericht, als es um die ins Gesicht gebissene Dreijährige ging, wohl sehr selbstsicher aufgetreten und hat keinerlei Schuldempfinden gezeigt. Hat sich natürlich nicht gerade positiv auf das Urteil ausgewirkt. Es scheint also Schwankungen in seinem Verhalten zu geben, die mal zu jener, mal zur anderen Seite ausschlagen. Das scheint aber bei Vogt nicht die einzige Auffälligkeit zu sein ...«

Daneshvar schaute in die Runde, die ihr konzentriert zuhörte. Selbst Bertram Kubitschek, bemerkte Fabian, hatte seine gelangweilte Miene abgelegt.

»Zusätzlich zur narzisstischen Störung stellten die Kolleginnen und Kollegen auch autistische Züge bei Vogt fest«, sagte Daneshvar. »Das wäre noch eine weitere Erklärung für seine Probleme, Beziehungen zu anderen Menschen herzustellen. Interessant ist für unseren Fall übrigens auch, dass Autisten nachgesagt wird, zu Tieren leichter Bindungen herstellen zu können als zu Menschen.«

»Warum das?«, fragte Deininger.

»Weil sich Tiere und Menschen in einem für Autisten sehr wichtigen Punkt unterscheiden. Sie verhalten sie nicht nach gesellschaftlichen Regeln, sondern folgen ihrem Instinkt. Autisten fällt es schwer, menschliche Kommunikation zu entschlüsseln, weil diese knifflig ist: Oft sagen wir das Gegenteil von dem, was wir meinen. Unsere Mimik passt nicht immer zu unseren Worten. Dabei ist es gerade die nonverbale Kommunikation, die Autisten die meisten Probleme macht. Bei Tieren ist das anders: Sie senden klare Signale, die weniger komplex und damit viel einfacher zu verstehen sind.«

Daneshvar zog einen dünnen Stapel zusammengehefteter Seiten aus der Mappe vor ihr und schlug diesen auf.

»Und schließlich gibt es da noch ein äußerst interessantes Detail aus Vogts Familiengeschichte. Kleinen Moment bitte ...« Sie blätterte, bis sie die Stelle fand, die sie suchte. »Vogt wurde ab seinem fünften Lebensjahr alleine von seinem Vater erzogen, der wohl – gelinde gesagt – nicht besonders nett mit ihm umgesprungen ist. Seine Mutter ist im Mai 1962 bei einem Busunfall ums Leben gekommen.« Sie hielt inne, schaute in die Runde und ergänzte dann: »Angeblich.«

»Wie meinst du das?«, fragte Fabian.

»Naja, das mit dem Unfall war zumindest das, was man ihm als Kind erzählt hat. Stimmte aber nicht.«

»Sondern?«, hakte Ergün nach.

»Seine Mutter ist nicht gestorben damals. Sondern in den Westen geflohen: Im Juni 1962 gehörte sie zu mehr als 50 Personen, die über einen Tunnel von der Heidelberger Straße in Treptow aus nach West-Berlin gelangten.«

»Und das hat er nie erfahren?«, fragte Fabian.

»Doch, schon. Aber erst lange nach der Wende.« Daneshvar suchte wieder in den Blättern und sprach dabei weiter: »Genauer gesagt vor ein paar Jahren.« Sie tippte auf einen Zettel aus ihrer Mappe. »Hier steht's: In einer Vernehmung hat er erzählt, dass sie ihm kurz vor ihrem Tod, Mitte 2011, einen Brief geschrieben hat. Aber getroffen hat er sie wohl nie.«

»Krass«, sagte Fabian. »Er hat also über 50 Jahre seines Lebens geglaubt, seine Mutter sei tot. Um dann, zwanzig Jahre nach dem Mauerfall, zu erfahren, dass sie ohne ihn in den Westen abgehauen ist?«

Ergün lehnte sich kopfschüttelnd in ihren Stuhl zurück: »Kann mir kaum eine schlimmere Enttäuschung vorstellen.«

»Sehe ich auch so«, sagte Daneshvar. »Die Frage ist nur, was diese Enttäuschung mit einem Menschen macht.«

47

Gegen drei Uhr am Nachmittag.

Lange beobachtete er eine junge Frau mit ihrem etwa sechs Jahre alten Sohn. Das Kind versuchte, ein Klettergerüst aus Seilen zu erklimmen. Sie war Anfang 30 und hatte dunkle, schulterlange Haare. So wie seine Mutter. Es passierte nicht oft, dass ihn andere Frauen an sie erinnerten. Früher, dachte er, war ihm das häufiger passiert. »Früher« hieß: vor der Sache am Ku'damm. Nein, das stimmte nicht. Nicht vor der Sache am Ku'damm. Sondern vor dem Moment, in dem er ihren Brief bekam. In dem er erfuhr, dass ihm seine Sinne am Ku'damm keinen Streich gespielt hatten.

Während er dem Jungen dabei zusah, wie dieser sich verbissen nach oben kämpfte, kam plötzlich mit ungeheurer Wucht die Erinnerung zurück. Und die Wut.

Es war 2011, ein warmer Tag im Frühsommer. Er war mit Alma an der Gedächtniskirche unterwegs, um Besorgungen zu machen. Normalerweise vermied er Gegenden, wo viele Leute waren. Aber an jenem Tag ging es nicht anders. Also bahnte er sich mit seiner Hündin den Weg durch die Menge. An einer Stelle auf dem Gehweg, die wegen einer Baustelle extrem schmal war, musste er warten, um eine ihm entgegenkommende Gruppe asiatischer Touristen vorbeizulassen. Im Schlepptau hatten sie einige Menschen, die offensichtlich nicht zu ihnen gehörten, aber die Gelegenheit nutzten, um schnell durch das Nadelöhr zu schlüpfen. Und da sah er sie: Ihre Haare waren nicht mehr schulterlang, sondern kurz geschnitten. Auch die Farbe hatte er anders in Erinnerung. Viel dunkler. Ihr Gesicht war faltig und sie hatte dicken, roten Lippenstift aufgetragen, wie er es als Kind nie bei ihr gesehen hatte. Und klein war sie, sehr klein. Er überragte sie fast um zwei Köpfe. Doch das alles war ihm erst später klar geworden.

Im Moment der Begegnung selbst – sie lief nur wenige Meter entfernt an ihm vorbei –, nahm er nur ihren Blick wahr: Als sie ihn direkt anschaute, war es, als öffnete sich der Boden unter seinen Füßen. Auch ihre Augen hatten sich kurz überrascht geweitet, so glaubte er zumindest. Sie hatte schnell wieder weggeschaut und sich an ihm vorbeigequetscht. Er blieb wie angewurzelt stehen, unfähig zu irgendeinem Gedanken, geschweige denn etwas zu tun. Doch dann drängelten und schubsten schon die Leute hinter ihm und ihm blieb nichts anderes übrig, als mit im Menschenstrom zu schwimmen. Während die Frau, die er für seine Mutter hielt, in entgegengesetzter Richtung verschwand.

Als er sich aus dem Pulk herausgekämpft hatte, setzte er sich auf eine Bank. Schon jetzt, keine Minute später, glaubte er, sich alles nur eingebildet zu haben. Es konnte nicht sein. Seine Mutter war tot. Seit 50 Jahren. Sein Gehirn hatte ihm einen bösen Streich gespielt. Vielleicht lag es an der asiatischen Reisegruppe, denn tatsächlich waren ihm bei Anblick der Frauen mit ihren gleichförmigen Hüten die vietnamesischen Näherinnen aus den VEB Fortschritt Herrenbekleidung in den Sinn gekommen. Hatte dies schon gereicht, eine x-beliebige 80-Jährige für seine Mutter zu halten?

Nachdem er ein paar Minuten aufgewühlt auf der Bank gesessen hatte, lief er fieberhaft den Ku'damm auf und ab und hielt nach der kleinen Frau Ausschau. Vergeblich.

Nach über einer Stunde war er in den Grunewald gefahren. Erst dort, als ihm an einer Kleingartenanlage eine Wolke Apfelblüten entgegengeweht kam, war ihm aufgefallen, dass es Mai war. Genauso wie damals, als er sie vor fast 50 Jahren ein letztes Mal die schmale Allee, die ihr Haus mit der Hauptstraße verband, entlanggehen und hinter der großen Eiche verschwinden sehen hatte. Da war er endgültig sicher, dass es ein übler Scherz der Natur gewesen war, ihm vorzugaukeln, er habe seine Mutter erkannt. Es konnte nicht sein.

Er hatte versucht, die Gedanken an die Begegnung mit der alten Frau zu verdrängen, was ihm jeden Tag besser gelungen war. Bis zu jenem Morgen einige Wochen später. Dem Tag, an dem er den Brief in seinem Postkasten fand. Er trug keinen Absender. Empfänger und Adresse waren handschriftlich eingetragen. Schon das irritierte ihn. Denn wenn überhaupt, bekam er Post von Ämtern. Wer sollte ihm schreiben? Weil er neugierig war, wartete er mit dem Öffnen des Umschlags nicht, bis er in der Wohnung war. So stand er im dunklen, zugigen Hausflur, als er jene Zeilen las, die seine Welt ins Wanken brachten:

»Lieber Michael,
ich weiß nicht, wie ich diesen Brief beginnen soll. Genauso wenig, wie ich weiß, wie viele Male ich in den vergangenen 49 Jahren an dich gedacht habe. Jeden Tag zehnmal? Oder hundert Mal? Keinen einzigen Abend bin ich eingeschlafen ohne einen Gedanken an dich.

Am Ku'damm haben wir uns in die Augen geschaut. Da war es für mich, als seiest du immer bei mir gewesen. All die Jahre. Seitdem kann ich nicht mehr schlafen, nicht mehr essen. Ich weiß kaum, wie ich die Tage rumkriegen soll.

Vorher habe ich mir oft ausgemalt, was passiert, wenn wir uns zufällig begegnen. Ich hatte eine furchtbare Angst davor. Gleichzeitig habe ich mir nichts sehnlicher gewünscht.

Als die Mauer fiel, wollte ich dich suchen. Ich wollte es wirklich. Doch dann habe ich es einfach nicht geschafft. Ich hatte eine solche Angst, was du sagen würdest, wenn du die Wahrheit erfährst. Wenn du erfährst, dass ich damals in den Westen gegangen bin. Ohne euch. Ohne dich. Und dich glauben ließ, ich sei tot. Mir erschien diese Lüge damals weniger hart, als einfach so aus deinem Leben zu verschwinden. Im Laufe der Jahre habe ich immer wieder daran gezweifelt.

Ich glaube, dass dein Vater es dir nie erzählt hat, oder? Obwohl er es wusste. Wahrscheinlich war es für ihn leichter so.

Vielleicht hat er es irgendwann selbst geglaubt. Ich hoffe, dass er dich gut behandelt hat. Er hatte es nicht leicht in seinem Leben, musst du wissen.

Ich habe mir im Westen eine neue Existenz aufgebaut. Als Modedesignerin habe ich gut verdient, habe einen lieben Mann gefunden. Falls es dich interessiert: Ich habe keine Kinder mehr bekommen. Du bist und bleibst mein einziges!

Ich habe mich nicht getraut, bei den wenigen Freunden, die eingeweiht waren, nach dir zu fragen. Denn ich wollte weder sie noch euch in Gefahr bringen. Wenn ich dann doch einmal über drei Ecken etwas von dir erfuhr, beruhigte es mich zu hören, wie du deinen Weg gingst: Schulabschluss, Ausbildung, Anstellung. Das hab ich alles aus der Ferne verfolgt und mich so für dich gefreut! So sehr!

Als die Mauer fiel, war mein erster Gedanke: Jetzt sehen wir uns wieder. Ich war fest entschlossen, dich zu finden. Mich bei dir für alles zu entschuldigen. Gemeinsam neu anzufangen. Doch dann wurde ich immer ängstlicher. Was würdest du sagen, wenn ich plötzlich vor dir stehe? Würdest du mir verzeihen? Je mehr Zeit verging, desto weniger glaubte ich daran.

Stattdessen stürzte ich mich wieder in die Arbeit. Genauso, wie ich es all die Jahre zuvor auch getan hatte. Es ist schon erstaunlich, wie gut der Mensch darin ist, zu verdrängen. Doch es schmerzt mich. Es schmerzt mich so sehr.

Mein Michael, du musst mir glauben: Du hast mir alles bedeutet. Ich habe dich mehr geliebt als alles andere auf der Welt. Doch als sich die Möglichkeit bot, musste ich diesen Weg gehen. Weißt du, als der Krieg zu Ende ging, sind Dinge passiert, die ich nie jemandem erzählt habe. Das wird auch so bleiben. Ich werde sie mit ins Grab nehmen, es ist besser so. Doch im Westen konnte ich sie hinter mir lassen. Auf der anderen Seite der Mauer – der Seite, auf der ich dich zurückließ – wäre ich an ihnen zugrunde gegangen.

Du sollst wissen: Du warst immer in meinem Herzen. All die ganzen Jahre.

Wenn du dich fragst, warum ich dir das alles schreibe, warum ich dir überhaupt schreibe: Ich möchte nicht, dass du denkst, am Ku'damm einem Hirngespinst aufgesessen zu sein. Ich ertrage es nicht, mir vorzustellen, wie du dir den Kopf darüber zermarterst. Ich war es wirklich, Michael. Deine Mutter, die dich noch immer liebt.

Und ich möchte dich wissen lassen, dass ich eine größere Geldsumme, die ich zusammengespart habe, an Tante Hanni überweisen werde. Ich war erfolgreich. Wenigstens das habe ich geschafft, wenn ich auch keine gute Mutter war. Du bekommst das Geld, wenn die Zeit dafür gekommen ist.

Versuche nicht, mich zu finden. Es würde dir auch nicht gelingen: Ich trage einen anderen Namen, habe keinen Kontakt mehr zu irgendjemandem von damals, und nur zwei oder drei Menschen aus dem Westen wissen wirklich, wer ich bin.

Vergib mir. In Liebe. Deine Mama«

Hunderte Male hatte er den Brief in den vergangenen Jahren gelesen. Die fünf eng beschriebenen Bögen, die er auch jetzt wieder in den zitternden Händen hielt, waren an den Knickstellen bereits so dünn geworden, dass sie auseinanderzufallen drohten. Er hatte ihn immer dabei. Wieder und wieder zog er ihn aus seinem Rucksack, und las. Manchmal von vorne bis hinten, manchmal nur bestimmte Stellen.

Der Junge heulte laut auf. Er war vom Klettergerüst gefallen. Von dessen Weinen aufgeschreckt, wurde ihm bewusst, dass er sich völlig in seinen Gedanken verloren hatte. Dabei hatte er keine Zeit mehr zu verlieren. Sie hatten die Hütte aufgespürt, sein Bild war im Internet, sie wussten, wer er war – möglicherweise sogar schon, was er vorhatte. Hastig steckte er den Brief zurück in den Rucksack und konzentrierte sich wieder auf das, was vor ihm passierte. Und plötzlich sah er die Gelegenheit, auf die er seit Tagen wartete.

48

Zur selben Zeit.

»Hey, hey, hey! Jetzt alle mal Ruhe bitte!«

Energisch würgte Norbert Grindelmann die vielen kleinen Diskussionen ab, die um ihn herum entflammt waren. Das ungewöhnliche Psychogramm Michael Vogts, vor allem aber der Umstand, dass dieser über 50 Jahre geglaubt hatte, seine Mutter sei tot, ließen das Team wild debattieren: Was bedeutete dies für ihren Fall? Doch für Grindelmann war das Bild noch nicht vollständig, weshalb er die Runde zur Disziplin mahnte. Dann blickte er zu Hannah Deininger. »Unsere jüngste Kollegin hat sich mit einem speziellen Aspekt aus Vogts Hütte beschäftigt.« Er lächelte sie aufmunternd an: »Legen Sie los!«

Deininger stand auf, griff ihren geöffneten Laptop, der vor ihr gestanden hatte, und trat damit zur Stirnseite des Tisches, wo der Beamer stand.

Fabian spürte ihre Nervosität. Doch er wusste, dass sie erstklassig gearbeitet hatte. Außerdem würden Ergün und er ihr zur Seite zu springen, sollte sie einen Hänger haben.

Als sie loslegte, wusste Fabian schon nach wenigen Sätzen, dass Deininger ihre Hilfe nicht brauchen würde: Zwar war offensichtlich, dass ein Vortrag unter derartigen Vorzeichen und vor einer so prominent besetzten Versammlung Neuland für sie war. Doch sie hatte alles so genau vorbereitet und durchdacht, dass sie von Minute zu Minute sicherer wurde.

Sie tippte auf eine Taste und an der Wand erschien eine Liste mit Vornamen: Amala, Dina, Horst, Kamala, Marcos, Marie, Oxana, Peter, Victor. Die Aufzählung war offensichtlich alphabetisch sortiert, ansonsten ließen sich keinerlei Zusammenhänge erkennen.

»Das sind einige der Namen, die Fabian und Dilek unter den eigenartigen Bildern in der Hütte von Vogt entdeckt haben«, erklärte Deiniger. »Nachdem sie mir in Ansätzen geschildert haben, was sie auf den Abbildungen gesehen hatten, war es nicht schwer herauszufinden, worum es sich bei dieser seltsamen Galerie in der Hütte handelte.«

Sie beugte sich zum Laptop runter, um zur nächsten Folie zu klicken. Auf dieser erkannten Fabian und Ergün einige Bilder aus der Hütte wieder: Der verängstigte junge Mensch mit dem eingezogenen Kopf und dem sackartigen Gewand. Die beiden am Boden aus Näpfen fressenden Kinder. Der Jüngling aus dem 18. Jahrhundert mit den zerzausten Haaren. Der Stich von dem Mädchen mit dem wirren Blick.

Deininger zeigte auf die Bilder: »Was Vogt an seiner Wand hängen hatte, sind sogenannte Wolfskinder. Gemeint sind Kinder, die abseits der Zivilisation aufgewachsen sind und dabei angeblich von Tieren adoptiert wurden. Das berühmteste Wolfskind ist Mowgli aus dem ›Dschungelbuch‹ – durch das Buch kam der Begriff Ende des 19. Jahrhunderts ins Deutsche.«

Sie wechselte zur nächsten Folie, die das Gemälde eines Mannes aus dem 18. Jahrhundert mit der typischen Locken-Perücke der damaligen Zeit zeigte.

»Der Naturforscher Carl von Linné hat 1758 den *homo ferus*, den wilden Menschen, in seine systematische Gliederung von Arten und Gattungen aufgenommen. Deshalb spricht man bei Wolfskindern auch von ›Wilden Kindern‹.«

An der Wand erschien das berühmte Bild von der Kapitolinischen Wölfin, die Romulus und Remus säugt.

»Zu allen Zeiten gab es Mythen von Kindern, die von tierischen Ersatzeltern groß gezogen wurden«, erzählte Deininger. »Einer ist die Legende von der Gründung Roms.«

Auf dem nächsten Chart waren ein halbes Dutzend historische Stiche und Gemälde von Jungen und Mädchen aus unterschiedlichen Jahrhunderten zu sehen. Alle Kinder wirkten ungepflegt und verwahrlost, hatten zottelige Haare oder verdreckte Gesichter. Einige von ihnen waren nackt, andere trugen nur Lumpen.

»Seit dem Mittelalter tauchten zunächst nur vereinzelte Berichte von angeblich in der Wildnis aufgewachsenen Kindern in Chroniken auf«, erklärte Deininger. »Wie der Wolfs-junge aus Hessen, das Kalbskind aus Bamberg, ein irisches Schafskind oder litauische Bärenjungen. Ich habe mal diejeni-gen wilden Kinder herausgesucht, die Fabian und Dilek mutmaßlich an Vogts Wand gesehen haben. Der erste ist mit großer Wahrscheinlichkeit dieser Knabe hier ...«

Es erschien das Bild eines jungen Menschen mit dicken Lippen und den hängenden Augenlidern.

»Der ›Wilde Peter‹ war Anfang des 18. Jahrhunderts das erste wilde Kind, über das die Wissenschaft diskutierte. Wurde 1724 bei Hameln entdeckt. Bis heute ist unklar, ob er wirklich im Wald gelebt hat oder nicht kurz vor seinem Auffinden von seinen Eltern ausgesetzt worden war. Stichwort ›ausgesetzt‹ – das hier ...«, auf der Wand erschien das Schwarzweiß-Foto eines alten Mannes mit weißem Haarkranz und dicker Brille, »... ist der US-Psychoanalytiker Bruno Bettelheim. Ende der 1950er Jahre mutmaßte er, dass es sich möglicherweise bei *sämtlichen* wilden Kindern um Autisten handelte, die gerade deswegen von ihren Familien ausgesetzt worden waren. Er erklärte sich also ihre Schwierigkeiten bei der Rückkehr in die Zivilisation, dem Erlernen der Sprache und so weiter mit der Krankheit – und nicht mit ihrer Zeit im Wald.«

Deininger schaute zu Daneshvar hinüber. »Amira hatte ja davon berichtet, dass Vogt möglicherweise Autist ist oder zumindest autistische Züge haben könnte. Wenn er sich mit der Geschichte der wilden Kinder beschäftigt hat, könnte es sein, dass ihm diese Erklärungsansätze bekannt sind und er sich ihnen deshalb verbunden fühlt.«

Zwei weitere historische Gemälde leuchteten von der Wand: links eine junge Frau mit grimmigem Blick, rechts ein etwa zehnjähriger Knabe mit unordentlichen Haaren.

»Auch diese beiden hier hingen in Vogts Hütte: Marie soll in der ersten Hälfte des 18. Jahrhunderts für mehrere Jahre in französischen Wäldern gehaust haben, genauso wie Victor Ende desselben Jahrhunderts. Letzterer ist richtig berühmt geworden, es gibt mehrere Bücher und Filme über sein Schicksal. Und dann kommen wir schon ins Zeitalter der Fotografie und damit zur Geschichte der echten Wolfskinder. Also solchen, für die mehr oder weniger glaubhaft belegt ist, dass es wirklich *Wölfe* waren, mit denen sie in der Wildnis engen Kontakt hatten.«

Sie tippte wieder auf die Tastatur und zeigte dann auf die Bilder des ängstlich schauenden jungen Mannes sowie der nur mit einem Lendenschurz bekleideten Kinder, die ihre Nasen in Fressnäpfe stecken.

»Dina Sanichar wurde 1867 als Sechsjähriger im Wald gefunden. Er soll auf allen Vieren gelaufen sein, am liebsten rohes Fleisch gegessen und seine Nahrung grundsätzlich vorher ausgiebig beschnuppert haben. Daraus schloss man, dass er von Wölfen aufgezogen worden sein musste. Ähnliches verhielten sich auch die beiden anderen kleinen Inder hier auf den Fotos. Sie wurden Amala und Kamala getauft. Die beiden hatte man zudem im Bau einer Wolfsfamilie entdeckt. Da lag die Vermutung nahe, dass sich die Tiere um sie gekümmert hatten. Belegt ist das auch bei einigen Vorfällen jüngeren Datums, zum Beispiel bei ...«, sie klickte eine Folie weiter, und das Farbfoto eines etwa sechzigjährigen Mannes erschien, dem ein Wolf über das Gesicht leckte, »... Marcos Rodriguez Pantoja. Der Spanier lebte in den 1950er und 60er Jahren zwölf Jahre lang in völliger Einsamkeit, komplett ohne menschliche Kontakte. Stattdessen wurden die Tiere der Sierra Morena in Andalusien seine Gefährten, auch Wölfe.«

Bis dahin hatte die Runde Deininger schweigend zugehört. Jetzt meldete sich ungeduldig Bertram Kubitschek: »Alles schön und gut, aber bringt uns das weiter?«

Deininger hatte offenbar in den letzten Minuten genug Selbstbewusstsein gesammelt, um sich davon nicht aus der Ruhe bringen zu lassen: »Ich denke, dass uns dabei ein Blick auf die Wolfskinder-Geschichten jüngeren Datums, also ungefähr der letzten 30 Jahre, weiterhelfen kann.«

255

Noch einmal trat sie zum Laptop, um eine Zusammenstellung von Farbfotos einiger Kinder unterschiedlichen Alters aufzurufen.

»Alle diese Kinder haben einige Jahre ihres Lebens zwar nicht mit Wölfen, aber immerhin mit Hunden zusammengelebt. Entweder, weil sie für längere Zeit ohne Betreuung auf der Straße lebten oder von ihren Eltern zuhause mit den Tieren eingeschlossen wurden. Zum Beispiel Horst aus Mettmann. Seine Geschichte wurde Ende der 1980er Jahre von diversen Boulevard-Zeitungen aufgegriffen. Ähnliche Schicksale teilten Ivan aus Russland, Oxana aus der Ukraine, Alex aus Chile und einige weitere.«

Sie schaute Kubitschek an: »Ich denke, dass das alles sehr viel mit unserem Fall zu tun hat. Wir haben schon gehört, dass Vogt immer ein besonders inniges Verhältnis zu seinen Hunden gehabt hat. Wenn er nun Babys mit diesen zusammenführt, ist das ja wohl kein Zufall. Ich könnte mir vorstellen, dass er damit irgendwas herausfinden, zeigen oder beweisen will oder so. Sonst würde er diese Begegnungen ja auch nicht filmen, denke ich. Und ich bin mir ziemlich sicher«, sie deutete auf die Bilder der modernen Wolfskinder, »dass das etwas mit den Kindern zu tun hat, die er in seiner Hütte hängen hatte.«

Sie klappte den Laptop zu und ging zu ihrem Platz zurück. »Danke, Frau Deininger«, sagte Norbert Grindelmann, der während des gesamten Vortrags nichts kommentiert hatte. »Die Gedanken zu den Zusammenhängen mit unserem Fall klingen plausibel. Wahrscheinlich müssten wir noch einmal ...«

Er stoppte mitten im Satz, denn plötzlich klopfte es laut an der Tür. Ehe jemand »Herein« rufen konnte, stürmte eine junge Kollegin in den Raum und wedelte aufgeregt mit einem Zettel.

»Entschuldigung, dass ich hier so reinplatze«, erklärte sie außer Atem, »aber meine Kollegen meinten, das hier sei superwichtig und ich solle es Ihnen sofort bringen.«

»Worum geht's denn?«, fragte Grindelmann leicht gereizt.

»Um den Mann, den Sie wegen des toten Babys suchen«, antwortete sie hastig. »Es haben sich eine ganze Menge Leute zu dem Suchaufruf gemeldet.«

Grindelmann stand auf und ließ sich den Zettel von ihr geben. Nachdem er ihn überflogen hatte, schaute er sie nervös an und fragte: »Wie alt ist das?«

»Nur ein paar Minuten«, sagte sie, wieder zu Atem gekommen. »Ich bin quasi sofort zu Ihnen gelaufen.«

Grindelmann schien sich kurz sammeln zu müssen, dann schaute er in die Runde. »Okay, Leute, es wird ernst: Vogt wurde in den vergangenen Stunden mehrfach gesehen. Die letzte Meldung kam erst vor ein paar Minuten rein. Wir müssen ...«

»Wo ist er?«, platzte es aus Fabian heraus.

Grindelmann sah wieder auf den Zettel: »Jetzt gerade wohl in Lichtenberg. Eigenartig ist, dass er nicht nur heute, sondern auch gestern und vorgestern permanent irgendwo in der City gesehen wurde. Und am Dienstagabend von einem Taxifahrer, der ihn durch die ganze Stadt gefahren hat: von Karow bis in den Grunewald. Vogt scheint es ja geradezu darauf anzulegen, gefunden zu werden.« Ruckartig wandte er sich an die Überbringerin der Nachricht: »Wenn er gestern und vorgestern so oft gesehen wurde: Warum erfahren wir das eigentlich erst jetzt?«

Erschrocken zuckte die junge Frau zusammen. »Äh ... äh ...«, stammelte sie. »Aber die öffentliche Fahndung ist doch erst heute rausgegangen? Da ist den Leuten vermutlich aufgefallen, dass sie ihn schon in den vergangenen Tagen mal gesehen haben ...«

Beschwichtigend hob Grindelmann die Hand. »Na klar, alles gut. Können wir denn davon ausgehen, dass das alles auf Plausibilität geprüft wurde? Und die Irrläufer und Spinner bereits aussortiert wurden?«

Sie nickte heftig: »Selbstverständlich.«

»Dann ist es wirklich bemerkenswert, wie unverhohlen er sich offenbar in den vergangenen Tagen gezeigt hat. Lediglich am Mittwoch hat ihn niemand irgendwo gesehen.« Jäh schaute er vom Blatt auf: »Später haben wir Zeit, uns darüber den Kopf zu zerbrechen.«

Fabian trat zu seinem Chef und bat ihn um den Zettel: »Darf ich mal sehen?«

Während er las, sprach Grindelmann weiter: »Wie schon gesagt: Die Hinweise von heute kommen alle aus Lichtenberg. Die einzelnen Orte liegen nicht weit voneinander entfernt, alles mehr oder weniger um den Nöldnerplatz herum. Die letzte Meldung kam erst vor ein paar Minuten. Wenn wir Glück haben, ist er noch da.«

Kurz ließ er seinen Blick über die Anwesenden gleiten, die mittlerweile alle standen. »Felter, Ergün, Braun und Otten kommen mit, der Rest hält hier die Stellung. Wir ...«

»Scheiße«, rief Fabian plötzlich. Ungläubig wanderte sein Blick zwischen dem Papier in der einen und seinem Smartphone in der anderen Hand hin und her.

Grindelmann schaute ihn irritiert an: »Was ist?«

»Die Orte, an denen er gesehen wurde ...« Fabian zeigte mit dem Handy auf den Zettel. »Nicht nur die von heute, auch die von gestern und vorgestern ...«

»Was ist damit?«, fragte Grindelmann.

»Ich meine, dass wir uns beeilen sollten.«

»*Natürlich* müssen wir uns beeilen, schließlich wollen wir ihn kriegen«, blaffte Grindelmann. »Ich weiß nicht, was ...«

»Nein, nein«, fiel ihm Fabian ins Wort. »Ich meine *wirklich* beeilen.« Er gab Grindelmann den Zettel zurück. »Ich befürchte, er hat was Schreckliches vor.«

49

Zehn vor vier.

Langsam reichten Anne die emotionalen Wechselbäder an diesem Tag: Erst die Euphorie nach Fabians morgendlichem Anruf, in dem er der Zeitung den Fahndungsaufruf angeboten hatte. Dann Schneiders Anschiss wegen des dämlichen Blogger-Berichts von dem Spürhund-Einsatz, den sie und Fotograf Meister am Selbstmörder-Friedhof verpennt hatten. Jetzt die vielen Leser-Hinweise, dass der gesuchte Mann wiederholt am mehr oder weniger selben Ort in Lichtenberg gesehen worden war – und der letzte Anruf war erst wenige Minuten alt!

Sie dachte daran, was jetzt bei Fabian los sein musste: Alle Mitteilungen, die bei ihnen eingingen, sollten von ihren zwei Kolleginnen aus dem Leser-Service direkt an die Polizei weitergeleitet werden. Das war zumindest die Abmachung gewesen. Hundertprozentig sicher konnte sie sich allerdings nicht sein, dass sich alle daran hielten: Schneider hatte durchblicken lassen, es sei ja nicht allzu dramatisch, wenn die Polizei die eine oder andere Information mit leichter Verzögerung bekäme. »Ein paar Minuten Vorsprung sind manchmal die halbe Miete«, hatte er feixend gesagt und damit die beiden bedauernswerten Kolleginnen alleine gelassen.

Ob mit Vorsprung oder nicht: Wenn sie Glück hatten, waren sie live dabei, wenn der Zugriff erfolgte. Dann hätte sie doch wieder eine große Geschichte für die morgige Ausgabe. Kurz überlegte sie, Schneider Bescheid zu sagen. Aber sie konnte ihn genauso gut von unterwegs anrufen. Nur einen Fotografen brauchte sie noch. Sie hoffte, dass nicht alle gerade mit anderen Aufträgen beschäftigt waren.

Hastig sprang sie auf und schmiss Block, Kugelschreiber, Portemonnaie und Smartphone in ihren Rucksack. Auf dem Weg zur Fotoredaktion wurde sie von ihrem Kollegen Felix Brandt aufgehalten: »Hey, Anne, hast du kurz Zeit?«

»Ehrlich gesagt, gar nicht gerade«, entschuldigte sie sich im Gehen. »Geht's auch später?«

»Weiß nicht ... lieber nicht. Könnte wichtig sein.«

Sie fluchte innerlich. Auch an diese Extreme im Redaktionsalltag hatte sie sich mittlerweile gewöhnt: Entweder man saß stundenlang untätig herum und wartete darauf, dass etwas passierte – oder es kam alles auf einmal.

Sie wusste, dass jede Minute darüber entscheiden konnte, ob sie rechtzeitig genug in Lichtenberg waren, um eine Story zu bekommen. Was sie dennoch zögern ließ, war Felix' Spezialgebiet: Sex and Crime. Er war schon seit fast zwanzig Jahren im Geschäft und bekannt für seinen exzellenten Draht zur Polizei. Außerdem mochte sie ihn. In ihrer Anfangszeit bei der Zeitung hatte er ihr öfter mit Kontakten geholfen.

»Wenn's schnell geht?«, sagte sie schweren Herzens. »Ich muss echt superschnell los.«

»Wirst es nicht bereuen«, sagte Brandt. »Komm kurz mit zu meinem Rechner.«

Auf dem Weg zu seinem Arbeitsplatz klärte er sie auf: »Ich hab 'ne Mail bekommen, die echt schräg ist. Hat was mit eurem toten Baby vom Selbstmörder-Friedhof zu tun.«

Sie waren an seinem Computer angekommen, und ohne sich zu setzen, klickte Brandt eine Nachricht im Postfach an.

»Lies selbst«, sagte er und deutete auf den Bildschirm.

Anne brauchte einen Moment, um zu begreifen, was da stand. Ungläubig schaute sie Brandt an: »Ist das ein Scherz?«

»Befürchte ich nicht«, antwortete er. »Für den Informanten lege ich meine Hand ins Feuer. Hat mich noch nie enttäuscht.«

»Krass«, sagte Anne. »Einfach nur krass.« Für einen kurzen Moment war sie wie versteinert. Wenn es stimmte, was dort stand: Was bedeutete diese Information für sie?

Dann kam sie zu sich: »Super, Felix, tausend Dank, du hast mal wieder einen gut bei mir!«

Sie hatte einen Grund mehr, so schnell wie nur irgend möglich nach Lichtenberg zu kommen.

50

Ein paar Minuten früher.

»Spielplätze«, sagte Fabian. »Der Mann wurde in den vergangenen Tagen immer wieder auf oder in der Nähe von Spielplätzen gesehen!«

Er saß mit Ergün auf der Rückbank eines zivilen Dienstwagens, der sich mit einem aufs Dach gesetzten Blaulicht und Sirene seinen Weg durch den zähen Samstagnachmittagsverkehr bahnte. Auf dem Beifahrersitz saß Grindelmann, am Steuer ein Kollege vom SEK. Der hatte gerade um Aufklärung gebeten, worum es bei dem Einsatz ging.

Fabian befürchtete: um Leben und Tod. Nachdem er die eingegangenen Hinweise mit der Karte auf seinem Smartphone verglichen hatte, konnte es keinen Zweifel geben: Michael Vogt war seit Donnerstag auf oder bei Spielplätzen gesichtet worden. Auch heute in Lichtenberg: unter anderem an der Rummelsburger Bucht, auf dem Nöldnerplatz und am Münsterlandplatz. Die Orte, an denen er gesichtet worden war, lagen maximal zwei Kilometer voneinander entfernt: Alles zu Fuß locker in fünf bis zwanzig Minuten zu bewältigen.

»Warum sollte er sich da herumtreiben?«, fragte ihr Fahrer, während er gleichzeitig in einem halsbrecherischen Manöver eine große Kreuzung in der Nähe des Halleschen Tores überquerte.

»Wir befürchten, dass er auf der Suche nach einem Baby ist«, antwortete Fabian. Er hoffte, nicht die ganze, mit jeder Stunde bizarrer werdende Geschichte von vorne erzählen zu müssen. Doch der Kollege war offenbar schon im Bilde: »Ach ja, der Verrückte mit dem Wolf«, sagte er grinsend.

Fabian sparte es sich, darauf hinzuweisen, dass es sich vermutlich eher um einen Wolfs*hybriden* handelte – wenn überhaupt. Er wunderte sich zwar, wie schnell die Wolfsgeschichte die Runde gemacht hatte. Doch er hatte keine Zeit, sich darüber den Kopf zu zerbrechen: Ihre volle Konzentration galt dem bevorstehenden Zugriff. Neben ihnen war ein weiteres Zivilfahrzeug mit Volker Braun und Max Otten sowie ein Mannschaftswagen mit acht Kolleginnen und Kollegen vom SEK unterwegs nach Lichtenberg. Die große Truppe steuerte zunächst einen Spielplatz an der Rummelsburger Bucht an, auf dem Vogt zuletzt gesehen worden war. Die beiden PKW sollten sich dagegen in der Nähe des Nöldnerplatzes bereithalten, um flexibel auf aktuelle Hinweise zu Vogts Position reagieren zu können. Immerhin hatte dieser in den vergangenen Stunden offenbar häufiger den Ort gewechselt.

»Die Kollegen sind schon am Spielplatz«, sagte Grindelmann in diesem Moment. Über einen Knopf im Ohr war er direkt mit dem Einsatzleiter verbunden. »Und es sieht so aus, als ob ... Moment.« Er hielt die Hand ans Empfangsgerät. »Sie sehen ihn sogar schon.«

»Das heißt, sie haben ihn?«, fragte Ergün.

»Warten Sie ...« Grindelmann hob die linke Hand, die rechte behielt er am Ohr. Offenbar hatte er Probleme zu verstehen, was vor Ort passierte. Dann drehte er sich zu Fabian und Ergün nach hinten um: »Sie sehen ihn. Und sie bereiten den Zugriff vor.«

51

Kurz nach 16 Uhr.

»Halt! Stop! Da!«, rief Anne. »Der Einsatzwagen!«

»Was? Wo?« Der neben ihr am Steuer sitzende Reinhard Meister hatte keine Ahnung, was sie meinte.

»Na, da!« Sie verrenkte den Kopf und zeigte schräg hinter ihnen in eine Straße hinein, an der sie schon fast vorbeigefahren waren.

Meister setzte zurück und jetzt sah auch er den blauweißen Mannschaftswagen der Polizei. Dieser stand am Ende einer kleinen Straße, die offenbar eine Sackgasse war und fast bis zum Ufer des Rummelsburger Sees reichte.

»Na, dann stellen wir uns mal dazu und gucken, was da so los ist«, sagte Meister und ließ den Wagen – elendig langsam, wie Anne fand – aufs Ende der Straße zurollen.

Sie war nicht glücklich darüber, dass ausgerechnet Meister der einzige verfügbare Fotograf gewesen war. Für einen solchen Einsatz, der schnelle Reaktionen und möglicherweise die eine oder andere Laufeinheit beinhalten würde, war der übergewichtige und behäbige Kollege weiß Gott keine Idealbesetzung. Wie zur Bestätigung machte es sie jetzt völlig kirre, wie lange er brauchte, um aus dem Auto auszusteigen und seine Ausrüstung zusammenzusuchen.

»Beeil dich«, trieb sie ihn an. »Da ist doch was los!«

Von einem Spielplatz, der nur etwa zwanzig Meter hinter dem Ende der Sackgasse lag, tönten laute Schreie zu ihnen herüber.

Anne wollte nicht länger auf Meister warten und rannte los. Als sie beim Spielplatz ankam, wusste sie nicht, ob sie genau richtig kamen oder schon viel zu spät. Auf dem Gelände voller Menschen – sie schätzte um die 40 Personen – herrschte Tumult: Kinder weinten. Eltern suchten panisch nach ihren Sprösslingen und schrien wild durcheinander. Polizistinnen und Polizisten brüllten Anweisungen, die keiner beachtete. Im nächsten Moment fielen ihr ein paar Einsatzkräfte auf, die in schusssicheren Westen und mit gezogenen Waffen hektisch umherliefen. Es wirkte auf sie nicht so, als hätten sie einen Plan. Keiner hier schien zu wissen, was er oder sie tun sollte – genauso wenig wie sie selbst.

»Ach, du Scheiße, was ist hier denn los?«, hörte sie Meister hinter sich. Er hechelte jetzt schon.

»Mach Fotos!«, rief Anne nur.

Meister zückte die Kamera und begann, wahllos zu knipsen. Einen Vorteil hatte das Chaos: Keiner kümmerte sich um sie oder hielt sie auf. Sie konnten sich frei bewegen. Nur: Wohin?

Die Polizisten mit den Waffen hatten den Spielplatz verlassen und waren nicht mehr zu sehen. Zurück blieben weinende Kinder, schreiende Erwachsene und überforderte Beamte.

An einer Ecke des Spielplatzes hatte sich ein kleiner Pulk gebildet, in dem mehrere Menschen – darunter einige Polizistinnen und Polizisten – aufeinander einredeten und teilweise miteinander zu rangeln schienen.

»Lass uns da mal hingehen.« Anne zog Meister in Richtung der Menschentraube.

In deren Mitte stand eine junge, hysterisch schreiende Frau mit kurzen, braunen Haaren.

»Mein Baby, er hat mein Baby mitgenommen!«, kreischte sie immer wieder und versuchte sich verzweifelt aus der sanften Umklammerung von zwei Polizistinnen zu befreien, die beruhigend auf sie einredeten. Andere Mütter und Väter wiederum schrien auf die Beamtinnen ein und wollten sie von der jungen Frau wegziehen. »Kümmern Sie sich lieber darum, den Kerl zu schnappen!«, brüllten sie die beiden Uniformierten an, die mit jeder Sekunde nervöser wurden.

Meister machte Fotos von der weinenden Frau, bis ihn einer der Umstehenden entdeckte und ihn anfiftete, er solle damit aufhören.

Anne entfernte sich von der Gruppe und setzte sich zu einem älteren Mann auf eine Bank. Er hatte die aktuelle Ausgabe des *Berliner Blatts* zusammengefaltet neben sich liegen: Das Titelbild mit der weinenden Melanie Kamp war zur Hälfte zu erkennen. Die Ruhe, mit der er die wirre Szenerie betrachtete, ließ sie vermuten, dass er alleine hier war und zu keinem der Kinder gehörte.

»Guten Tag«, sprach sie ihn an. »Ich komme von der Zeitung.« Sie deutete auf das *Berliner Blatt* und lächelte: »Von *dieser* Zeitung da.«

»Oha, Sie sind ja uff Zack!«, antwortete der Alte und lächelte zurück. »Sie war'n ja fast schneller da als die Polente.« Er nickte mit dem Kopf zu der immer noch wild diskutierenden Gruppe hinüber. »Hat ma' wieda nüscht im Griff, die ruhmreiche Berliner Polizei.«

»Wie meinen Sie das?«, fragte Anne. »Was ist denn überhaupt passiert?«

»Ach, dit hamse jar nüscht mitjekriecht?«

Sie schüttelte den Kopf: »Nicht so richtig.«

»Dit Baby hat er mitjenommen. Ein Griff in den Kinderwagen und weg war er. Ging allet ratzfatz. Als die Beamten hier ankamen, war er längst über alle Berge.«

Anne dachte an die Mail, die ihr Felix Brandt vorhin in der Redaktion gezeigt hatte: Wenn es stimmte, was dort gestanden hatte, besaß der Typ, der gerade eben auf diesem Spielplatz einen Säugling geraubt hatte, einen höchst speziellen Hund. Einen, der möglicherweise mehr Wolf als Hund war. Ihr Blick blieb am Foto von der weinenden Melanie Kamp hängen und sie schauderte bei der Vorstellung, dass bald das nächste Baby sterben könnte. Und dass sie dann darüber schreiben müsste.

52

Wenige Minuten später.

»Sie wissen wieder, wo er ist.«

Grindelmann gab die Informationen, die er von der Einsatzleitung übermittelt bekam, an Fabian, Ergün und den Fahrer ihres Wagens weiter: »Er flüchtet auf der Nöldnerstraße Richtung Osten. Braun und Otten sind dicht hinter ihm.«

»Nöldnerstraße sind wir gerade vorbei«, sagte der Kollege am Steuer. Sie rasten auf der Schlichtallee Richtung Rummelsburger See, da sie bis vor wenigen Sekunden davon ausgegangen waren, Vogt würde sich noch in der Nähe des Spielplatzes aufhalten.

»Wenden!«, rief Grindelmann. »Wir biegen von oben in die Nöldnerstraße ein. Dann kommen wir ihnen entgegen.«

Als er seine Dienstwaffe aus dem Holster zog, taten Fabian und Ergün es ihm gleich. Vielleicht waren sie diejenigen, die Vogt stellen würden.

Nur in groben Zügen hatten sie mitbekommen, was sich in den vergangenen Minuten auf dem Spielplatz abgespielt haben musste. Zu bruchstückhaft, zu konfus waren die Meldungen, als dass sie die Abläufe im Einzelnen hätten nachvollziehen können. So viel hatten sie verstanden: Vogt hatte ein wenige Monate altes Baby an sich gerissen und war zunächst durch die Straßen des schicken Neubauviertels am Wasser Richtung Westen geflohen. Dort hatte man ihn aus den Augen verloren und erst in der Nähe des S-Bahnhofs Rummelsburg wieder im Visier gehabt. Offenbar war er durch den Bahnhofstunnel gerannt, um von der Hauptstraße zur Nöldnerstraße auf der anderen Seite der S-Bahn-Gleise zu gelangen.

Sie bogen von der Schlichtallee in die Nöldnerstraße ein und drosselten das Tempo. Angestrengt starrten sie die Straße herunter. Vogt konnte ihnen jetzt jede Sekunde entgegenkommen.

Fabian war nicht wohl bei dem Gedanken einer Konfrontation auf offener Straße. Ein völlig unberechenbarer Mann auf der Flucht mit einem Baby im Arm: ein Albtraum. Sie wussten nicht einmal, ob er bewaffnet war. Immerhin schien er seinen Hund nicht dabeizuhaben, was für Fabian allerdings ein schwacher Trost war. Zumal sie in den nächsten Minuten nicht auf die Kollegen vom SEK bauen konnten, denn die waren vom Einsatzleiter in die entgegengesetzte Richtung geschickt worden – in der Annahme, dass Vogt eher stadtauswärts fliehen würde. Auch, dass er zur Untätigkeit verdammt war, machte es für Fabian nicht besser: Die Zerrung, die er sich in der Nacht bei der Flucht aus der brennenden Hütte in der Schorfheide zugezogen hatte, schmerzte gewaltig. Deshalb hatten sie vereinbart, dass er im Zweifelsfall im Wagen bleiben würde, um sich und andere nicht unnötig in Gefahr zu bringen. Grindelmann und Ergün hatten ihre Hände schon an den Türgriffen, um jederzeit aus dem Wagen springen zu können, wenn Vogt vor ihnen auftauchen sollte.

Doch das tat er nicht. Stattdessen sahen sie nach etwa 20 Sekunden plötzlich den Wagen mit Braun und Otten, der ihnen langsam entgegenkam.

»Otten, Braun, wo ist er hin?«, nahm Grindelmann per Funk Kontakt mit ihnen auf. »Wie ›weg‹? Wohin denn?« Er schüttelte ungläubig den Kopf. »Das gibt's doch nicht! Wie lange hattet ihr ihn im Blick? Bis gerade eben?« Er nickte Ergün zu: »Wir steigen aus!«

Mit gezückten Waffen stiegen die beiden aus dem Wagen und schauten aufmerksam in alle Richtungen. Durch die Windschutzscheibe sah Fabian, dass auch Otten und Braun ihr Auto verlassen hatten, ebenfalls die Pistolen in der Hand. Sie hatten ihr Fahrzeug kurz vor einer Unterführung angehalten, über der die S-Bahn-Gleise verliefen.

Von ihrem eigenen Wagen aus waren es etwa 25 Meter bis zu dem kleinen Tunnel. Kurz vor diesem wartete auf der rechten Fahrbahnseite einer der großen Doppeldeckerbusse der BVG an einer Haltestelle.

Fabian sah, wie Otten und Braun in den Bus einstiegen und nach wenigen Sekunden wieder herauskamen. Grindelmann und Ergün gingen auf die beiden Kollegen zu und sprachen kurz mit ihnen. Dann kam Ergün zum Wagen zurück.

»Du kannst auch rauskommen, meint der Chef«, sagte sie durchs offene Fenster. »Vogt scheint tatsächlich weg zu sein. Wie auch immer er das gemacht hat.«

Die Kollegen standen an der Unterführung und diskutierten. Braun und Otten hatten Vogt noch in die Unterführung laufen sehen, dann war er auf der Seite der Bushaltestelle aus ihrem Blickfeld verschwunden. Sie hatten vermutet, dass er in den Bus eingestiegen war, doch dort war er nicht. Auch hatten ihn weder der Busfahrer noch einer der anderen Fahrgäste gesehen. Genauso wenig wie die fünf Jugendlichen, die eine direkt neben der Unterführung liegende Skater-Bahn benutzen, und ein Kanalarbeiter, der auf dem Gehweg hinter einem Sichtschutz an einem Gullydeckel werkelte. Es war gespenstisch: Vogt schien sich in Luft aufgelöst zu haben. Buchstäblich vor ihren Augen.

»Das gibt's doch überhaupt nicht!« Grindelmann hörte nicht auf, den Kopf zu schütteln. »Der kann doch nicht mal eben mir nichts, dir nichts verschwinden!«

Er winkte Volker Braun zu sich heran: »Verfügen Sie augenblicklich die Fahndung nach Vogt. Und geben Sie unbedingt weiter, dass er ein Baby dabei hat.«

Als würde ihm erst durch seinen eigenen Satz plötzlich der Ernst der Lage bewusst, schlug er wütend mit der flachen Hand auf den Bus, so dass einige Passagiere hinter der Scheibe erschreckt zusammenzuckten. »Scheiße, Mann. Der hat ein *Baby* dabei!«

Der Busfahrer stieg aus und kam mit zwei energischen Schritten zu ihnen. »Kann ick jetzt vielleicht ma' weiterfahr'n? Bin schon sieben Minuten hinterher.«

»Nein, können Sie nicht«, schnauzte Grindelmann ihn an. »Wir müssen hier noch Zeugenaussagen aufnehmen.«

»Wie, was, ick soll hier steh'nbleiben? Dufte! Dann sach ick ma' der Zentrale Bescheid. Die werden begeistert sein.« Er wollte schon beleidigt wegstapfen, da drehte er sich nochmal um: »Das mit den Fahrgästen machen Sie aber. Ick hab keen Bock, mir auch noch blöde Sprüche anzuhör'n!«

»Ja, ja, machen wir«, entgegnete Grindelmann genervt. Er signalisierte Max Otten, sich um den Bus zu kümmern.

In der Zwischenzeit war der Mannschaftswagen des SEK eingetroffen und hatte hinter dem Bus geparkt. Wütend war Grindelmann auf den Einsatzleiter zugeprescht und hatte sich mit ihm einige Meter von den anderen entfernt, um unter vier Augen die Lage zu besprechen.

»Na großartig, einen Rucksack!«, hörte Fabian seinen Chef spöttisch sagen. »Und wo ist das Ding?«

Der Einsatzleiter ging zum Wagen, während Grindelmann kopfschüttelnd zu ihnen zurückkam. »Wir haben zwar Vogt und das Baby nicht, aber seinen Rucksack.« Sarkastisch breitete er die Arme aus: »Ist das nicht toll?!«

Augenblicke später trat der Einsatzleiter mit einem olivgrünen, in die Jahre gekommenen Rucksack zu ihnen. »Den hat er am Spielplatz verloren«, sagte er und reichte ihn Fabian, der den Reißverschluss öffnete und hineinschaute.

»Immerhin könnte ich mir vorstellen, dass wir bald erfahren, was in der Nacht von Dienstag auf Mittwoch in dem Schrebergarten passiert ist«, sagte Fabian und blickte in die Runde. »Hier ist unter anderem 'ne Kamera drin – wenn wir Glück haben, mit einer Speicherkarte.«

53

Gegen viertel vor fünf.

Wieder hatte er ein Baby im Arm. Wieder drückte er ein warmes, weiches Bündel an seine Brust, während er rannte. Wieder war er auf der Flucht. Wie vor vier Tagen, als er verzweifelt durch den Grunewald geirrt war.

Doch jetzt war es völlig anders. Dieses Kind hier blutete nicht. Es röchelte nicht, sondern atmete ruhig und gleichmäßig. Es schrie nicht einmal. Es ging ihm gut. Es lebte.

Auf dem Spielplatz war es knapp gewesen. Irrsinnig knapp. Er hatte bemerkt, wie ihn Eltern anschauten und tuschelten. Einige hatten ihn mehr oder weniger heimlich fotografiert. Er wusste: Es würde nicht lange dauern, bis die Polizei auftauchte. Doch wenn es hier nicht klappte, dann überhaupt nicht mehr. Er zog es durch.

Er dachte daran, wie es die Wölfe machten, wenn sie jagten: Entscheidend war, die richtige Beute auszuwählen. Und geduldig auf den günstigsten Moment zu warten. Wenn es schwierig wurde, brachen sie ab. Um Energie zu sparen. Daran hatte er sich in den vergangenen Tagen gehalten: keine unklugen Schnellschüsse, kein unnötiges Risiko. Denn in einem Punkt unterschied er sich von den Wölfen: Sie mussten nach erfolgreicher Jagd nicht fliehen. Er dagegen brauchte einen kleinen Vorsprung, um zu entkommen.

Vor allem aber wollte er, dass das Kind satt war. Also musste er warten, bis sie es gestillt hatte. Es war ein Risiko, das wusste er. Aber ein notwendiges.

Und dann hatte er Glück: Sie gab dem Baby die Brust, legte es in den Wagen zurück und schob es etwas abseits des Spielgeländes unter einen Baum in den Schatten. Dann setzte sie sich zu ihrem anderen, älteren Kind in die Buddelkiste.

Als er sich gerade dem Kinderwagen nähern wollte, sah er die Polizisten auf den Spielplatz kommen. Eine Millisekunde durchzuckte ihn der Gedanke ans Aufgeben. Dann sprang er zum Kinderwagen, hob den schlafenden Säugling heraus und rannte los.

Erst später fiel ihm auf, dass er seinen Rucksack liegengelassen hatte. Das war ärgerlich, aber auch nicht mehr. Sollten sie doch alles wissen. Sollten sie lesen, was seine Mutter ihm damals geschrieben hatte. Sollten sie erfahren, was in der Laube passiert war. Es spielte keine Rolle mehr. Einzig das Kind in seinem Arm war jetzt noch wichtig, nichts anderes. Es interessierte ihn nicht, was danach kam. Vielleicht gar nichts mehr. Dann war es auch gut.

Zum Glück hatte er Schrader noch einmal überreden können. Er war zögerlich geworden, doch das Geld hatte ihn schwach werden lassen. Immer war es das Geld, das die Menschen schwach werden ließ.

Er hoffte, dass Schrader alles vorbereitet hatte. So, wie sie es verabredet hatten. An der Unterführung hatte es erstaunlich gut funktioniert. Die Menschen waren so blind. Ein Tier, ein Wolf würde sich niemals ein solches Theater bieten lassen. Er würde sich nicht alleine auf seine Augen verlassen, sondern all seine Sinne einsetzen. Ein Hund hätte ihn gefunden. Während sie nur dämlich am Bus herumstanden und jammerten.

Das Licht der kleinen Stabtaschenlampe wurde schwächer. Die Stiegen waren glitschig, mehrfach verlor er beinahe das Gleichgewicht und drohte, in den Kanal zu rutschen. Doch er kannte sich hier aus, auch wenn es mehr als vierzig Jahre her war. Er wusste, wohin er laufen musste. Bis zur verabredeten Stelle waren es keine hundert Meter mehr, schätzte er.

Das Kind in seinem Arm gab einen gurgelnden Laut von sich. »Sch, sch«, machte er, wiegte es leicht und flüsterte: »Keine Angst, alles wird gut.«

54

Gut eine halbe Stunde später.

»Fuck!« Die Erkenntnis traf Fabian wie ein Schlag. Nur leider viel zu spät. »Hannah, guckst du nochmal in die Akten bitte, was Vogt für eine Ausbildung gemacht hat?«

Seit etwas mehr als zehn Minuten waren sie wieder in der Keithstraße und hatten sich in kleiner Runde im Sitzungsraum zusammengefunden: Fabian, Ergün, Otten, Braun, Deininger und Grindelmann, dessen Laune minütlich mieser wurde. »Ich sehe nicht, wie uns Vogts Vita gerade weiterhilft, ihn zu finden«, schimpfte er.

Fabian verstand den Zorn seines Chefs: Der Druck, der auf ihm lastete, war enorm. Bald würde die ganze Stadt wissen, dass der mutmaßliche Mörder des toten Babys aus dem Grunewald einen weiteren Säugling geraubt hatte und mit diesem entkommen war. Am helllichten Tag und quasi vor den Augen der Polizei! Katastrophaler konnte es kaum kommen, dachte Fabian, um sich sofort gedanklich zu korrigieren: Doch, konnte es – wenn sie ihn nicht rechtzeitig fanden und auch dieses Kind sterben würde.

Keine Stunde war seit dem desaströsen Einsatz an der Rummelsburger Bucht vergangen. Selbst der Polizeipräsident hatte sich bereits erkundigt, warum es dort dermaßen schiefgelaufen war. Die vor einer Dreiviertelstunde angelaufene Großfahndung nach Vogt hatte noch keine Ergebnisse geliefert. Da sie in dem Rucksack, den er auf dem Spielplatz zurückgelassen hatte, unter anderem sein Smartphone gefunden hatten, kam auch eine Handy-Ortung nicht mehr infrage.

»Hier, ich hab's«, sagte Deininger, die ein paar Sekunden auf ihrem Laptop herumgetippt hatte. Sie drehte den Bildschirm zu Fabian. Er warf nur einen kurzen Blick darauf. »Hab ich mich doch richtig erinnert.« Dann schaute er auf: »Ich vermute, dass Vogt vorhin an der Unterführung nicht nur sprichwörtlich wie vom Erdboden verschluckt war ...«

Er drehte den Bildschirm des Laptops zu Grindelmann. »Hier, schauen Sie: Von September '76 bis Sommer '78 hat er eine Ausbildung als Kanalarbeiter absolviert. Und in seinem Ausbildungszeugnis ist vermerkt, dass sein Haupteinsatzgebiet Lichtenberg war.«

Grindelmann nickte: »Und da sich die Hauptwege der Berliner Kanalisation seitdem kaum verändert haben dürften, wird sich Vogt dort immer noch gut auskennen.«

»Mist«, sagte Max Otten. »Der Kanalarbeiter mit dem Sichtschutz neben der Bushaltestelle!«

»Genau«, sagte Fabian. »Der war nur Fake. Vogts Fluchthelfer sozusagen – auf dem Weg nach unten.«

»Was für eine Scheiße!« Grindelmann schlug mit der Faust auf den Tisch.

Max Otten sprang auf. »Ich schicke nochmal Leute zur Unterführung und lasse den Kanalarbeiter mit in die Fahndung aufnehmen.«

»Machen Sie das«, sagte Grindelmann. »Was ist mit den Sachen aus Vogts Rucksack?«

»Die sind in der KTU«, antwortete Ergün. »Sobald die Kollegen fertig sind, sagen sie uns Bescheid, ob in der Kamera eine Speicherkarte war. Solange vielleicht erstmal der Brief ...?« Sie schaute fragend Fabian an.

»Ja, der Brief«, sagte dieser. Er zog einen grauen und leicht zerknitterten Umschlag aus einer vor ihm liegenden Aktenmappe und hielt ihn hoch: »Das ist der Brief, durch den Vogt im Sommer 2011 von seiner Mutter erfahren hat, dass sie nicht tot ist. Er hatte ihn ja mal in einer Vernehmung erwähnt. Interessanterweise lag er auch in seinem Rucksack.«

»Hilft uns das weiter?«, fragte Grindelmann.

»Dilek und ich haben vorhin mal kurz rekonstruiert, was zwischen 2011 und heute bei Vogt vermutlich passiert ist. Vielleicht lassen sich die Vorgänge dann besser verstehen.«

»Schießen Sie los«, forderte Grindelmann ihn auf.

»Also«, setzte Fabian an. »Vogt und seine Mutter laufen sich irgendwann Anfang oder Frühjahr 2011 zufällig auf dem Ku'damm über den Weg. Beide scheinen direkt sicher zu sein, wen sie vor sich haben – wenn man diesem Brief glaubt, den sie einige Wochen später an ihn schreibt. Noch mehr als die Begegnung zuvor war dieser Brief sicherlich ein Schock für Vogt. Allerdings kündigt seine Mutter ihm in dem Brief auch eine größere Geldsumme an, die er ›bei Gelegenheit‹, wie sie schreibt, bekommen würde. Diese Gelegenheit ist der Tod seiner Tante Hanni drei Jahre später. Die Tante vererbt ihm mehr als 200.000 Euro, die ihr zuvor von Vogts Mutter geschenkt geworden waren.«

»Aber warum diese komplizierte Vererbungsgeschichte über seine Tante?«, fragte Volker Braun. »Sie hätte ihm das Geld ja auch direkt zukommen lassen können.«

»Wir vermuten«, schaltete Ergün sich ein, »dass sie den Umweg über ihre Schwester gegangen ist, damit ihr Sohn keine Chance hat, sie aufzuspüren.«

»Genau«, nahm Fabian den Faden wieder auf. »Und kaum hat er das Geld, gibt er seine Moabiter Wohnung auf und zieht sich in die Hütte in der Schorfheide zurück. Er zahlt noch brav die fällige Erbschaftssteuer, dann verschwindet er erstmal vom Radar der Behörden: keine Stütze, keine Krankenversicherung, keine Steuererklärung. Bis er Ende 2016 wieder mit dem Gesetz in Konflikt gerät, als das junge Paar ihn wegen des Angriffs seines Hundes auf ihr vier Monate altes Baby anzeigt.«

»Moment«, meldete Hannah Deininger sich. »Hieß es vorhin nicht, nirgendwo in den Akten stand etwas davon, dass er in dieser komischen Hütte in der Schorfheide wohnt?«

»Stimmt«, bestätigte Fabian. »Und?«

»Wie haben ihn die Behörden dann überhaupt ausfindig gemacht? Er muss ja wenigstens eine Vorladung oder sowas bekommen haben, oder?«

»Hat er auch«, sagte Fabian. »Er hat die Anschrift eines Bekannten angegeben, an den die Post ging. Und da er zu allen

Terminen pünktlich aufgetaucht ist, gab es keine Veranlassung, seinen eigentlichen Wohnort zu ermitteln.«

»Wie passt das alles jetzt mit den seltsamen Video-Aufnahmen auf seinem Computer zusammen?«, wollte Grindelmann wissen. »Die Babys mit den Hunden, meine ich?«

»Wenn wir uns an der Datierung der Dateien orientieren«, sagte Fabian, »hat er damit spätestens im Januar 2016 begonnen. Es kann natürlich auch schon früher gewesen sein. Möglicherweise hat er seine bizarren Experimente nicht von Anfang an gefilmt.«

»Und was genau, glauben Sie, macht er da? Und warum?«

Fabian deutete auf Deininger. »Ich fand ja Hannahs Theorien ziemlich plausibel: Es hat auf jeden Fall etwas mit seiner eigenen engen Beziehung zu Hunden zu tun. In diesem Zusammenhang ...« Er zog ein kleines Schwarzweiß-Foto aus der vor ihm liegenden Mappe, das mindestens 50 Jahre alt zu sein schien. Auf diesem legte ein etwa Vierjähriger in kurzer Hose und fleckigem T-Shirt einem großen Hund die Hand auf den Rücken. Kind und Hund blickten direkt in die Kamera.

»Dieses Foto war ebenfalls im Rucksack, den Vogt verloren hat«, erklärte Fabian. »Ich wusste sofort, woher ich es kannte: aus Vogts Hütte. Es hing neben den ganzen Wolfskindern. Da es das einzige war, das keinen Namen darunter hatte, denke ich, dass es Vogt selbst zeigt.«

Er gab das Foto Grindelmann.

»Schon in der Hütte störte mich etwas an dem Bild«, fuhr Fabian fort. »Aber ich kam nicht darauf, was es war. Als ich es mir jetzt noch einmal in Ruhe anschaute, wurde es mir klar: die Körpersprache.«

»Was ist damit?«, fragte Grindelmann.

»Schauen Sie sich mal den Hund an: Seine Ohren sind angelegt, der Schwanz ist aufgerichtet, er hat den Kopf gesenkt und scheint die Zähne zu fletschen.«

»Drohgebärden«, sagte Ergün.

»Richtig, er droht«, meinte Fabian. »Komisch finde ich, dass ein Hund derart aggressive Gesten zeigt – und gleichzeitig ein so kleines Kind nicht nur ungerührt daneben steht, sondern sogar seine Hand auf dem Tier hat.«

»Du meinst, dass es keine Angst hat?«, fragte Deininger.

»Genau, der Junge scheint überhaupt kein Problem mit dem Hund zu haben.«

»Und was sagt uns das?«, fragte Volker Braun.

»Vermutlich«, sagte Ergün, die das Bild mittlerweile in der Hand hatte, »dass sich die Drohgebärden des Tieres auf denjenigen beziehen, der gerade das Foto macht.«

»Der Hund beschützt das Kind?«, fragte Braun.

»So sieht das für mich aus«, meinte Fabian. »Wir haben von Amira gehört, dass Vogt keine leichte Kindheit hatte: Mutter weg, Vater gewalttätig, in der Schule Außenseiter, keine Freunde. Vielleicht war dieser Hund das einzige Wesen, bei dem er sich verstanden und sicher gefühlt hat.«

»Das heißt, er hat das Gefühl, selbst ein Wolfskind zu sein?«, fragte Deininger. »Deshalb die Bilder in seiner Hütte?«

Ihre Fragen blieben unbeantwortet im Raum stehen, weil Fabian eine Nachricht bekommen hatte und jetzt von seinem Smartphone aufschaute: »Unser Computer-Spezialist Michael Bauer hat sich gemeldet: In der Kamera war tatsächlich eine Speicherkarte. Wir könnten jetzt vorbeikommen, um uns anzuschauen, was drauf ist.«

55

Im selben Moment, an einem anderen Ort.

Sie hatten quasi keine Zeit mehr bis zum Andruck.

Und doch wollte Christian Schneider unbedingt das ganz große Rad drehen.

Gegen Viertel vor fünf hatte Anne ihn angerufen und ihm grob geschildert, was auf dem Spielplatz an der Rummelsburger Bucht passiert war. Die Mail, die Felix Brandt ihr gezeigt hatte, verschwieg sie. Erstens fiel es ihr schwer einzuordnen, wie vertrauenswürdig der Hinweis von Felix' Informanten war. Vor allem aber würde es sie in Teufels Küche bringen, knapp vor Drucklegung noch ein derart komplexes Thema wie das Kreuzen von Hunden und Wölfen recherchieren zu müssen. Damit konnte sie nur baden gehen.

Zumal Schneider schon von den Ereignissen auf dem Spielplatz Feuer und Flamme gewesen war. Ein geraubtes Baby, das vermutlich auf das Konto des Killers vom Selbstmörder-Friedhof ging: Das war zwar harter Stoff, aber eben auch großes Kino. Ob er sogar die Titelseite dafür freiräumen würde, wollte er entscheiden, wenn er Meisters Fotos gesehen hatte.

In der Sonntagsausgabe gab sich das *Berliner Blatt* in der Regel softer als unter der Woche: Man ging davon aus, dass die Leute an ihrem freien Tag lieber leicht Verdauliches lasen als Mord und Totschlag. Außerdem galt die Sonntagsausgabe als Familienzeitung, die nicht auf dem Weg zur Arbeit, sondern zuhause durchgeblättert wurde – vom Kita-Kind bis zur Oma. Doch wenn es die Gegebenheiten erforderten, opferte man die schöne, heile Welt selbstverständlich den verkaufsstärkeren Schlagzeilen.

Anne saß am Rechner und schwitzte über ihrem Text. Sie hatte der Mutter des geraubten Säuglings einige Zitate entlocken können, indem sie ihr versichert hatte, wie wichtig ein großer Artikel in der Zeitung sei, um ihr Kind wiederzufinden.

Auch der alte Mann von der Bank würde auftauchen: Bereitwillig hatte er sich von Meister fotografieren lassen.

Als sie an den letzten Zeilen feilte, tauchte Schneider hinter ihr auf. Sie erwartete, er würde fragen, wann sie endlich fertig sei. Stattdessen setzte er sich auf einen freien Bürostuhl neben ihr und rollte dicht an sie heran. Einen Moment lang schaute er sie an, wie es seine Art war, ohne einen Ton zu sagen. Ihr wurde unbehaglich, denn sie wusste: Vorzugsweise tat er das, bevor er jemanden zusammenstauchte.

»Sach ma'«, hob er an. »Warum verschweigst du mir eigentlich immer die heißesten Infos?«

»Häh, was meinst du denn?«

»Naja, wie lange sitzt du jetzt schon an dem Text? 'Ne halbe Stunde? Dreiviertel?«

»Keine Ahnung, ich ...«

»Ich frag mich, wann du mir die Geschichte mit dem Wolf erzählen wolltest.«

56

Später Nachmittag.

Im selben Moment, in dem Fabian in das Gesicht von
Michael Bauer blickte, ahnte er, was sie gleich zu sehen
bekommen würden. Der IT-Experte wirkte aufgewühlt. Seine
betonte Lässigkeit von heute Morgen war verflogen, kein
lockerer Spruch kam ihm über die Lippen. Schweigend wartete
er, bis sie sich um den Monitor aufgestellt hatten, während er
selbst auf seinem Bürostuhl sitzen blieb. Neben Fabian, Ergün,
Braun, Deininger und Grindelmann hatten sie auch Amira
Daneshvar und Friedrich Müller dazugeholt. Ihr Chef wollte
sichergehen, dass ihnen nichts entging, was bei der Suche nach
Vogt weiterhelfen konnte.

Ohne weitere Erklärungen startete Bauer die Video-Datei,
die er im Vollbild-Modus geöffnet hatte.

Fabian erkannte das Innere der Laube vom Grunewald:
die dunkle Vertäfelung, den Holztisch mit der verzierten Eckbank, die kleine Küchenzeile. Zum Zeitpunkt der Aufnahme
schien es später Abend zu sein, denn durch die kleinen Fenster
drang nur spärliches Dämmerlicht.

»Die Kamera bewegt sich«, sagte Michael Bauer und zeigte
auf den Bildschirm. Tatsächlich waren kleine Schwenks zu
bemerken, auch wenn sich der Ausschnitt nicht übermäßig veränderte. »Kein Stativ«, ergänzte Bauer. »Die hat jemand in der
Hand.«

Zunächst spielte sich dieselbe Szene ab wie in der Aufnahme, die sie heute Morgen gesehen hatten: Eine Person in
dunkler Kleidung – Körperbau und Größe deuteten auf einen
Mann hin – trat ins Bild und ging mit dem Rücken zur Kamera
in den hinteren Bereich des Raumes neben den Tisch. Dort
bückte sie sich und legte etwas auf einer Decke ab. Auch als sie
sich umdrehte, war alles wie in dem Video, das sie bereits
kannten: Die Person trug eine weiße Maske und verschwand
hinter der Kamera. Doch als diese in die Ecke zoomte, aus der

sie gekommen war, erkannte Fabian die Decke wieder, in welche die Baby-Leiche vom Selbstmörder-Friedhof eingewickelt gewesen war. Auf ihr lag ein quicklebendiger Säugling. Ihm wurde schlecht.

Auf dem Bauch liegend schaute sich das Kind neugierig um, betastete den Stoff der Decke und schnaufte dabei leise. Plötzlich blickte es erstaunt Richtung Kamera. Sekunden später wussten sie, warum: Der gewaltige wolfsähnliche Hund, der am Boden schnuppernd ins Bild trat, kam Fabian noch größer vor als auf der Aufnahme von heute Morgen.

Er näherte sich mit wiegenden Bewegungen dem Säugling. Dieser schien keine Angst zu haben, sondern versuchte, den Hund mit seinen kleinen Händchen zu greifen – an den Beinen, am Bauch, an der Nase. Das gelang nur leidlich, und der Vierbeiner reagierte nicht weiter darauf, sondern untersuchte schnüffelnd die Decke um das Kind herum. Doch dann bekam das Baby sein linkes Vorderbein zu fassen und krallte sich regelrecht daran fest. Zunächst versuchte der Hund, das Kind abzuschütteln, dann schnappte er leicht mit der Schnauze nach dessen Hand. Als das Kind noch immer nicht losließ, fing er an, bedrohlich zu knurren.

Das Bild begann leicht zu wackeln. So, als ob die Situation den Menschen mit der Kamera verunsicherte. Es waren unverständliche Stimmen zu hören. Fabian meinte, einen Mann und eine Frau zu identifizieren – und ein Kind? Rief da ein Kind nach seiner Mama?

Zwischen dem Hund und dem Säugling hatte sich jetzt eine regelrechte Rangelei entwickelt. Immer energischer versuchte das knurrende Tier, den Säugling an seinem Bein loszuwerden. Doch der schien sich nur umso stärker festzuklammern. Und dann biss der Hund plötzlich zu. Zwei-, dreimal schnappte er nach dem Schädel des Kindes, das jetzt endlich die Umklammerung des Beines löste. Sein Kopf, den es eben noch mit aller Kraft nach oben gestreckt hatte, fiel schlaff herunter.

Im selben Moment hörten sie den schrillen Schrei einer Frau. Sekundenbruchteile später kam rechts von der Kamera eine Person ins Bild gestürzt. Vielmehr war nicht zu erkennen, denn ebenfalls quasi zeitgleich fiel die Kamera zu Boden. Das Bild wurde schwarz. Mit dem Aufprall stoppte die Aufnahme.

»Das war's«, sagte Michael Bauer leise.

Keiner sprach. Grindelmann atmete heftig aus. Amira Daneshvar vergrub das Gesicht in ihren Händen. Ergün hatte seit Beginn der Aufnahme die Hand vor ihrem Mund und ließ sie auch jetzt nicht sinken. Michael Bauer saß bewegungslos auf seinem Stuhl und starrte auf den Bildschirm.

Fabian spürte Brechreiz. Warum machte jemand sowas? Warum ließ man so etwas zu? Was sollte das alles?

Die Stille im Raum hielt an. 15 Sekunden, 30 Sekunden, eine Minute. Alle waren wie versteinert.

Grindelmann fand als erster seine Sprache wieder: »So, Leute.« Er fuhr sich durch die Haare. »Das ist ein Schock. Für jeden hier.« Langsam knetete er seinen Nacken. »Auch wenn wir's irgendwie erwartet haben: Das muss man erstmal verdauen.«

Nachdem er sich geräuspert hatte, fuhr er mit etwas kräftigerer Stimme fort: »Aber der Typ rennt immer noch da draußen herum und hat ein Baby dabei. Lasst uns alles, wirklich *alles* dafür tun, dass diesem Kind nicht dasselbe passiert, okay? Zusammen schaffen wir das.«

Die anderen nickten schwach.

»Dann sollten wir nüchtern analysieren, was wir gerade gesehen und gehört haben. Auch wenn's schwerfällt. Und vor allem auf das achten, was uns bei der Suche nach Vogt weiterhelfen könnte.«

Fabian fühlte sich zu keinem vernünftigen Gedanken imstande. Er dachte an Emil und Till, seine Zwillinge. Was sie wohl gerade machten? Er vermisste sie, wollte sich an sie kuscheln. Und er spürte plötzlich eine unendliche Müdigkeit. Die Zerrung im Bein schmerzte, sein Kopf tat weh, er war mit seinen Kräften am Ende. Wenn er sich jetzt hinlegte, würde er sofort einschlafen, dachte er. Doch er wusste, dass Grindelmann recht hatte. Sie konnten sich keine Atempause erlauben. Sie mussten Vogt aufspüren, damit keine weitere Katastrophe passierte. Sie mussten das Baby finden, solange es am Leben war.

Er atmete einmal tief ein und wieder aus. »Also ...« Fabian schluckte. Der Klos im Hals blieb. »Ich denke, wir können davon ausgehen, dass die Frau, die man mehrfach im Laufe der Aufnahme hört, Melanie Kamp ist. Sie war also nicht nur dabei, sondern offenbar hat das Ganze auch mit ihrem Einverständnis stattgefunden.« Er blickte in die Runde. »Oder wie seht ihr das?«

»Glaube ich auch«, sagte Ergün mit belegter Stimme. »Man scheint sie an der einen oder anderen Stelle zu hören. Und das klingt erstmal nicht so, als ob sie sich gegen irgendetwas wehren würde. Bis zu dem Moment, als ...«

Grindelmann wandte sich an Michael Bauer: »Auch wenn's hart ist: Können wir die Szene, bevor die Aufnahme stoppt, noch einmal sehen?«

Bauer schob den virtuellen Regler bis zur gewünschten Stelle. Schemenhaft war zu erkennen, wie die Gestalt von rechts ins Bild kam, dann fiel die Kamera runter.

»Man sieht kaum was«, meinte Volker Braun. »Aber die Person scheint dunkle Kleidung zu tragen.«

»Ja, es könnte derselbe Mensch sein, der auch das Baby auf die Decke gelegt hat.«

»Oder Melanie Kamp?«, fragte Fabian.

Volker Braun schüttelte den Kopf: »Eher nicht, würde ich sagen. Körperbau und Größe passen nicht.« Ihm kam ein Gedanke: »Vielleicht hält sie die Kamera?«

»Das glaube ich nicht.«

Alle drehten sich zu Amira Daneshvar um, die bis zu diesem Zeitpunkt kein Wort gesagt hatte. Ihr Satz war mehr eine Feststellung als eine Vermutung.

»Warum nicht?«, fragte Fabian. »Was macht dich so sicher, dass nicht Kamp gefilmt hat.«

Jetzt war es Daneshvar, die Michael Bauer darum bat, die Sequenz ein weiteres Mal abzuspielen. Er sollte etwas früher ansetzen: an der Stelle, wo das Tier mit dem Säugling zu rangeln beginnt.

»Achtet auf den Schrei«, sagte Daneshvar.

Als die Aufnahme nach quälend langen Sekunden stoppte, schauten sie alle an.

»Was ist mit dem Schrei?«, fragte Grindelmann.

»In dem Moment, wo sie schreit, reagiert sie so, wie man es erwarten würde«, sagte Daneshvar. »Wie eine Mutter reagiert, wenn ihr Kind in Lebensgefahr ist.« Sie hielt kurz inne. »Allerdings viel zu spät.«

»Was heißt ›zu spät‹?«, fragte Grindelmann.

»Wo ist sie in den Sekunden davor?«, fragte Daneshvar zurück. »Was macht sie in dem Moment, wo der Hund beginnt, an dem Kind zu zurren?«

Grindelmann zuckte mit den Schultern.

»Keine Mutter der Welt«, fuhr Daneshvar fort, »würde sich das tatenlos anschauen. Und vor allem würde sie niemals eine Kamera so spät fallenlassen. Erst, als es …«. Sie stockte und fuhr dann, deutlich leiser als vorher, fort: »Erst, als es zu spät ist.«

»Das leuchtet ein«, sagte Grindelmann. »Aber wenn sie weder die Kamera hält, noch die Person ist, die ins Bild kommt, heißt das, dass …«

»… noch eine weitere Person in der Laube gewesen sein muss«, beendete Fabian den Satz seines Chefs. Kurz dachte er nach und fügte hinzu: »So machen auch die beiden Handynummern Sinn, die Melanie Kamp Dienstagnacht und Mittwoch immer wieder angerufen hat. Die eine wird von Vogt sein – und die andere von jener unbekannten Person.«

Grindelmann nickte: »Vogt ist ab sofort nicht mehr der einzige Verdächtige, den wir suchen.«

57

Kurz vor 23 Uhr.

Er hatte keine Ahnung, was er machen sollte. Wohin jetzt? Wie weiter? Was tun?

Auf dem S-Bahnhof, der schon jenseits der Berliner Stadtgrenze in Brandenburg lag, verloren sich nur ein paar Jugendliche. Für ihn selbst würde es in die andere Richtung gehen, auch wenn er kein konkretes Ziel hatte. Doch er musste raus aus der Stadt. Möglichst weit weg. Vor allem von den Menschen, die ihn doch immer wieder nur enttäuschten.

Wenigstens Schrader war auf seiner Seite gewesen. Hatte er geglaubt. Bis vorhin. Am Kanaleinstieg an der Unterführung hatte er noch wie verabredet auf ihn gewartet. Eine Dreiviertelstunde später hatte er ihm den Gullydeckel am Rande eines Betriebsbahnhofs der S-Bahn angehoben und aus dem Schacht geholfen. So wie damals in der Ausbildung. Doch kaum hatten sie im Auto gesessen, hatte Schrader ihn angebrüllt. Ob ihm klar sei, in was für eine Situation er ihn bringe. Wie viele Polizisten noch hinter ihnen her sein müssten, bis er zur Besinnung kommen würde. Gegipfelt hatte seine Standpauke mit der Feststellung, dass er raus sei. Und dass *ein* totes Baby reiche.

Was für eine Enttäuschung. Mal wieder. Mit einer solchen Reaktion hatte er nicht gerechnet. Mit Widerwillen: ja. Er hatte erwartet, ihn noch einmal überreden zu müssen. Etwas mehr Geld drauflegen zu müssen. Vielleicht wieder ein wenig zu drohen. Aber am Ende würde Schrader ihm keine Schwierigkeiten machen, da war er sich sicher gewesen. Natürlich war es immer auch das Geld, weshalb er mitgemacht hatte. Da gab er sich keinen Illusionen hin. Und doch hatte er hin und wieder das Gefühl gehabt, dass Schrader im Grunde der einzige war, der ihn verstand.

Sie kannten sich schon so lange. Er wusste nicht, ob das, was sie verband, Freundschaft war. Er hatte keine Ahnung von diesen Dingen. Aber es gab Zeiten, da hätte er Schrader wahrscheinlich als seinen Freund bezeichnet, wenn ihn jemand danach gefragt hätte. Schrader hatte ihm ab und zu Geld gepumpt, Jobs besorgt und mehr als einmal aus der Patsche geholfen. Vor allem aber war er der einzige Mensch, den er kannte, der wirklich etwas von Hunden verstand. So wie er.

Deshalb war er davon ausgegangen, dass Schrader ihn noch einmal bei einem Versuch unterstützen würde. Aber dieser hatte nicht mit sich reden lassen. Weder die Aussicht auf mehr Geld noch Einschüchterungen hatten geholfen: Als er Schrader damit gedroht hatte, ihn bei der Polizei zu verpfeifen, war dieser ausgerastet. Hatte ihn einen Irren genannt und ihn dann aus dem Auto gestoßen, die Tür zugeknallt und war davongerauscht.

Er war in einige Büsche am Rande des Weges gefallen, das Kind in seinen Armen hatte angefangen zu schreien. Hastig hatte er die Flasche mit dem Spezialtrunk herausgeholt. Nach wenigen gierigen Schlucken war der Säugling wieder eingeschlafen. Zum Glück hatte er die Flasche nicht im Rucksack, sondern in seiner Jackentasche deponiert: Ohne die Mischung aus Milchpulver und Schlafmitteln hätte er vermutlich ein dauerschreiendes Baby durch Berlin getragen.

Auch jetzt, auf dem Bahnsteig, schlummerte es friedlich in seinen Armen. Die S-Bahn Richtung Innenstadt rollte in den Bahnhof, die Jugendlichen stiegen schwatzend und kichernd ein. Niemand hatte sich für ihn und das Baby interessiert. Ihm wurde klar, dass er wieder einmal auf sich allein gestellt war. Wie eigentlich immer schon. Hatte es je einen Moment gegeben, in dem jemand wirklich an seiner Seite gestanden hatte? Gab es jemals einen Menschen, auf den er sich hatte verlassen können? Und hatte *ihn* jemals jemand gebraucht?

Mit einem Mal war es, als verließe ihn sämtliche Kraft. Das große Ziel, das ihn in den vergangenen Tagen angetrieben hatte, schien unerreichbar. Er hätte Schrader gebraucht.

285

Am Ende hatte er ihn angebettelt, ihm wenigstens Waya zurückzugeben. Doch da lag er schon im Straßengraben und vermutlich hatte ihn sein Flehen überhaupt nicht mehr erreicht.

Er starrte auf ein Werbeplakat hinter den Gleisen. Wofür es warb, war ihm nicht klar. Es war sehr bunt. Er sah Blumen, Sterne und einen Regenbogen. Mehrmals las er den Satz, der groß in der Mitte prangte: »Es ist nie zu spät für eine glückliche Kindheit.«

Als der Sinn der Worte zu ihm durchdrang, wunderte er sich darüber, dass er gar nicht traurig wurde. Er ahnte, dass dies vermutlich eine angemessene Gefühlsregung für seine Situation gewesen wäre. Hätte er nicht niedergeschlagen sein müssen, verzweifelt, am Boden zerstört? Doch das Einzige, was er spürte, war Leere.

Wieder war da diese unendliche Sehnsucht nach Kira. Nach den Momenten mit ihr in der Hundehütte. Danach, in ihrem filzigen Fell zu wühlen, sich an ihren warmen Körper zu schmiegen und ihre feuchte Schnauze am Hals zu spüren. Nach dem modrigen Geruch und dem Geräusch des Regens auf dem Dach.

Und plötzlich wusste er, wohin er gehen würde. Es gab nur einen Ort, an dem er jetzt noch sein wollte. Aber nicht alleine. Vorher würde er es ein allerletztes Mal bei Schrader versuchen – und sich wenigstens Waya zurückholen.

Sonntag, 14. Juli 2019.
Fünfter Tag der Ermittlungen.

58

Kurz nach halb sieben am Morgen.

Der Computer brauchte ewig, um hochzufahren.

Fabian war alleine im Büro, starrte auf die Titelseite des auf dem Schreibtisch liegenden *Berliner Blatts* und zermarterte sich das Gehirn: *Woher*, verdammt nochmal? Woher hatte Anne von der Wolfsblut-Theorie erfahren? Von ihm selbst? War es ihm in einem Telefonat oder Chat mit ihr rausgerutscht? Hatte er im Irrsinn der vergangenen Tage mal eine Andeutung gemacht, die gereicht hatte, um es derart reißerisch auf den Titel zu bringen?

»Baby-Raub vor den Augen der Polizei!« stand neben dem Foto der verzweifelten Mutter, mit deren Kind Michael Vogt vom Spielplatz an der Rummelsburger Bucht geflüchtet war. Insbesondere aber hatten es die beiden Fragen in der kaum kleiner gedruckten Unterzeile in sich: »War es der Killer aus der Grusel-Laube?« Und vor allem: »Hält er sich einen Wolf?«

Nach der Ergüns und seiner Verfolgungsjagd quer durch den Wald am Freitagabend in der Schorfheide und ihrer Flucht aus Vogts brennender Hütte hatte er nicht geglaubt, dass dieser Fall noch abstruser werden könnte. Sie jagten einen Irren, der womöglich mit einem ganzen oder zumindest halben Wolf herumlief und sie beide beinahe bei lebendigem Leib abgefackelt hätte. Doch dann kam der gestrige Tag und alles wurde noch grotesker: Videos von Hunden – oder waren es Wölfe? –, die Babys in den Kopf bissen, der Raub eines Säuglings aus einem Kinderwagen, Vogts Flucht durch die Lichtenberger Kanalisation.

Monatelang hatte Fabian darauf gewartet, gehofft, manchmal regelrecht herbeigesehnt, endlich an einem großen Fall beteiligt zu sein. Am besten die Ermittlungen zu leiten. Genau das war eingetreten, die große Chance war da. Doch statt glücklich darüber zu sein, fühlte er sich vor allem überfordert.

Ein Säugling war tot, ein zweiter gekidnappt und schwebte in Lebensgefahr. Wenn er überhaupt noch lebte: Schon mehr als 15 Stunden waren vergangen, seit ihnen Vogt direkt vor ihrer Nase entkommen war.

Sie versuchten alles. Sogar einer der Mantrailer, die sich am Donnerstag und Freitag im Grunewald und im Berliner S-Bahn-Netz so bravourös geschlagen und Vogts Spur bis in die Schorfheide verfolgt hatten, war in den Schacht an der Unterführung geschickt worden. Doch Vogt hatte es diesem unmöglich gemacht, in der Kanalisation seine Fährte zu verfolgen: Vermutlich gleich mehrfach war er durch das fließende Wasser der Kanäle gewatet, was den Geruchssinn des Hundes verwirrt hatte. Schließlich hatte dieser in den dunklen, feuchten Gängen komplett die Orientierung verloren.

Während in der ganzen Stadt hektisch nach Vogt und dessen geheimnisvollem Komplizen, der im Schrebergarten gefilmt haben musste, gefahndet wurde, versuchten sie von der Keithstraße aus ihren Teil beizutragen.

Unter anderem hatten sie, wie mit der Staatsanwältin besprochen, Melanie Kamp vorgeladen. Diese hatte sich zu ihrer Überraschung ausgesprochen kooperativ gezeigt. Offenbar schien ihrem Anwalt klar geworden zu sein, wie ungemütlich es für seine Mandantin werden könnte, wenn es eine weitere Babyleiche geben würde. Ein totes Kind, das möglicherweise mit ihrer Hilfe hätte verhindert werden können.

Die Vernehmung war dann allerdings ernüchternd verlaufen. Zwar hatte Kamp endlich eingestanden, dass Michael Vogt mit in der Laube gewesen war und diese mit ihrem verletzten Säugling verlassen hatte. Sogar die Anwesenheit eines zweiten Mannes bestätigte sie. Allerdings hatte sie offenbar keine Ahnung, wer das war: Immer wieder beteuerte sie, den Mann an dem Abend im Schrebergarten das erste Mal in ihrem Leben gesehen zu haben. Und wo Vogt selbst sein könnte, wusste sie ebenfalls nicht. Fabian glaubte ihr. Mittlerweile hatte

Melanie Kamp alle Energie und jeglicher Kampfeswille verlassen, den sie noch am Mittwoch und Donnerstag gezeigt hatte. Sie war ein kraftloses, erschöpftes Nervenbündel, dem permanent die Tränen über das verschmierte Gesicht liefen. Selbst ihr noch vor zwei Tagen so taff wirkender Anwalt schien nicht mehr recht zu wissen, was er mit ihr machen sollte. Nach zwei Stunden hatten sie Kamp gehen lassen – in dem frustrierenden Gefühl, bei der Suche nach den beiden Männern und dem Baby keinen Schritt weitergekommen zu sein.

Gegen zwölf war Fabian nach Hause gefahren. Dort hatte er sich, weil er Sarah und die Zwillinge nicht wecken wollte, mit einer Wolldecke auf die Couch gelegt. Als um halb sechs der Wecker seines Smartphones klingelte, meinte er, sich eben erst hingelegt zu haben.

Jetzt fühlte er sich, als habe er einen fetten Kater. Er hatte keine Ahnung, wie er den Tag überstehen sollte. Schon gar nicht, wenn dieser nur ansatzweise wie die beiden vergangenen werden würde. Auch die Schmerzen in seinem Bein ließen kaum nach.

Endlich hatte sich sein Desktop vollständig aufgebaut und er öffnete das Protokoll der abendlichen Vernehmung von Melanie Kamp. Er hoffte, in ihren spärlichen Aussagen doch noch irgendwo einen Hinweis darauf zu finden, wo Vogt abgeblieben sein könnte. Aber es fiel ihm schwer, sich zu konzentrieren.

Ergün kam ins Zimmer – sie hatten sich für halb sieben verabredet –, ließ sich ihm gegenüber auf den freien Bürostuhl von Volker Braun fallen und stellte einen Coffee-to-go-Becher vor sich auf den Tisch: »Na, wenigstens ein paar Stunden geschlafen?«

Er ignorierte die Frage und zeigte auf die Zeitung: »Das gibt's doch nicht, oder? Nicht nur, dass sie ein Schweineglück haben, dauernd im richtigen Moment am richtigen Ort zu sein.

Weiß der Teufel, wie die das machen. Wie haben die denn auch noch von der Wolfsgeschichte Wind bekommen?«

Ergün zuckte mit den Schultern: »Keine Ahnung. Das scheint ja schon ziemlich die Runde gemacht zu haben.«

»Stimmt schon, aber doch nur bei uns ... also intern, meine ich.«

»Ach, das muss nichts heißen.«

»Du meinst, die haben das von jemandem aus unserem Team?«

»Wäre nicht das erste Mal, dass die Presse was von unseren eigenen Leuten gesteckt bekommt. Gibt sicherlich ein schönes Taschengeld.« Sie lehnte sich leicht nach vorne: »Frag doch mal deine Verflossene, wie viel da so bei rumkommt.«

»Spott von dir kann ich jetzt gerade noch gebrauchen!«

»Sorry, hast ja recht, war doof!«, wiegelte Ergün ab. Sie nahm einen Schluck aus ihrem Pappbecher. »Aber das bringt eh nichts, da groß drüber nachzugrübeln.«

Volker Braun tauchte in der Tür auf, verharrte an Ort und Stelle und schaute Ergün an: »Oh, haben wir die Büros getauscht? Oder hast du mir Kaffee mitgebracht?«

»Weder noch«, antwortete Ergün, griff ihren Becher und erhob sich schwerfällig. »Wir machen hier nur eine improvisierte Morgenrunde.«

»Na, da komme ich ja gerade richtig«, sagte Braun, hängte seinen Fahrradhelm über einen Garderobenständer und schmiss eine Aktentasche auf den Schreibtisch.

»Irgendwas Neues?« Er deutete auf die Ausgabe des *Berliner Blatts* und guckte säuerlich: »Ich meine irgendetwas, das *da* nicht drinsteht?«

»Wenn du damit meinst, ob wir Vogt oder den anderen Typen aus dem Kleingarten haben, müssen wir dich enttäuschen«, antwortete Fabian. »Was das betrifft, ist die Nacht erfolglos verstrichen.«

»Und das Baby?«, fragte Braun.

Ergün schüttelte den Kopf: »Nichts.«

»Scheiße«, sagte Braun, setzte sich und stellte seinen Computer an. »War gestern Abend noch was?«

Im Gegensatz zu Fabian und Ergün, die ebenfalls fast bis Mitternacht in der Keithstraße ausgeharrt hatte, war Braun gegen acht nach Hause gefahren.

Als sie gerade begonnen hatten, ihm von dem Gespräch mit Melanie Kamp zu berichten, vibrierte Fabians Telefon, das er neben die Ausgabe des *Berliner Blatts* auf seinem Schreibtisch gelegt hatte.

»Kovac mal wieder«, sagte er zu Ergün und Braun, nachdem er kurz aufs Display geschaut hatte, und nahm den Anruf an.

»Hallo, Herr Kovac«, meldete er sich. »Ich hoffe, Sie haben gute Nachrichten, wenn Sie sich schon so früh an einem Sonntagmorgen melden. Warten Sie mal, ich stelle Sie laut. Die Kollegen Ergün und Braun sind bei mir.« Er legte das Smartphone auf seinen Schreibtisch.

»Hallo in die Runde«, grüßte Kovac. »Ob ich *gute* Nachrichten habe, weiß ich, ehrlich gesagt, nicht. Für mich waren sie, wie soll ich sagen, mal wieder ziemlich überraschend.«

»Geht uns ähnlich«, entgegnete Ergün. »Was haben Sie denn?«

»Es wurden doch Freitagnacht in Vogts abgebrannter Hütte im Wald zumindest ein paar brauchbare DNA-Spuren von ihm gefunden«, sagte Kovac. »Der Abgleich mit den Ergebnissen aus der Laube und vom Selbstmörder-Friedhof hat sich etwas hingezogen. Aber dann haben wir ja gestern noch seinen Rucksack dazubekommen, den er am Spielplatz in der Rummelsburger Bucht verloren hat. Dadurch kamen noch einige Spuren dazu, was die Auswertung erleichtert hat – vor ein paar Minuten habe ich die Ergebnisse bekommen.«

»Und?«, fragte Braun. »Bahnbrechende Erkenntnisse?«

»Wie man's nimmt«, sagte Kovac. »Zum einen hat der Abgleich wohl zweifelsfrei gezeigt, dass es mit an Sicherheit grenzender Wahrscheinlichkeit Vogt war, der das tote Baby zum Friedhof getragen hat.«

»Wie wir ja schon alle vermutet haben«, meinte Braun.

»Und wie gestern Abend erstmals auch Melanie Kamp eingestanden hat«, warf Ergün ein.

»Ah, okay«, sagte Kovac. »Das wusste ich nicht. Dann ist das also weniger interessant für Sie. Es fand sich wohl auch eine Menge DNA von Melanie Kamp am Kind, was natürlich nicht besonders überraschend ist. Allerdings nicht an der Decke, in die der Säugling eingehüllt war. An dieser fanden sich ausschließlich Spuren von Michael Vogt.«

»Das war jetzt aber noch nicht alles, oder?«, hakte Fabian nach.

»Richtig«, antwortete Kovac. »Ich konnte es erst auch überhaupt nicht glauben und habe den Abgleich mit den Spuren aus der Laube zigmal überprüft. Aber offenbar scheint es keinen Zweifel zu geben ...«

»Keinen Zweifel *woran*?«, fragte Braun.

»Dass Michael Vogt und das tote Baby vom Selbstmörder-Friedhof miteinander verwandt sind.«

Fabian, Ergün und Braun schauten sich verdutzt an.

»Und zwar wohl ziemlich eng«, fuhr Kovac fort. »Dem DNA-Vergleich nach zu schließen war der Junge wahrscheinlich sein Enkel.«

59

Gut eine Stunde später.

Anne radelte durch den noch wohltuend kühlen Tiergarten. An einem so frühen Sonntagmorgen waren hier nur vereinzelte Joggerinnen und Hundebesitzer unterwegs.

In wenigen Minuten war sie mit René Kamp verabredet – dem ehemaligen Lebensgefährten von Melanie und mutmaßlichen Vater des toten Babys vom Selbstmörder-Friedhof. Sie hatte keine Ahnung, was er von ihr wollte. Er hatte sie zu einem Biergarten nahe der Siegessäule bestellt, weil er ab acht Uhr bei einer Amateursport-Veranstaltung im Tiergarten als Security eingeteilt war: Sie würden nicht viel Zeit haben.

Was hatte er ihr zu erzählen? Ebenso rätselte sie über seine Motivation, warum er sich plötzlich bei ihr gemeldet hatte. Bei ihrem ersten Gespräch vor drei Tagen im Gesundbrunnencenter war er dermaßen abweisend gewesen, dass sie sich über seine SMS, die gestern Abend gegen 21 Uhr bei ihr eingegangen war, mehr als gewundert hatte: »hab infos. bei interesse bitte melden« Als sie kurz darauf miteinander telefonierten, hatte er zwar versucht, ein bisschen Geld rauszuschlagen. Sie hatte ihm 100 Euro angeboten, wenn er etwas zu erzählen hätte, worüber die Zeitung berichten könne. Aber das allein konnte nicht der Grund für seine überraschende Kontaktaufnahme sein.

Sie hatte sich schnell bei ihm zurückgemeldet. Womöglich hatte er wirklich was anzubieten, mit dem sich die Grusel-Lauben-Geschichte weiterdrehen ließ. Nach Schneiders Wutausbruch brauchte sie dringend neuen Stoff, der ihn besänftigen würde. Stinksauer war er gewesen, dass er nicht von ihr, sondern durch Felix Brandt von der Wolfshund-Theorie erfahren hatte. Mal wieder ärgerte sie sich über ihre Naivität: Sie hätte damit rechnen müssen, dass ihr netter Kollege mit den ergiebigen Kontakten zur Polizei nicht nur sie über die

Hinweise seines Informanten in Kenntnis setzt, sondern auch Schneider.

Irgendwie hatte sie gehofft, sich diesen spektakulären Dreh der Geschichte für den nächsten Tag aufheben zu können. Schneider würde ja jeden Morgen wieder danach fragen, was es Neues gab. Doch sie hatte sich gründlich verrechnet – und Schneider wollte alles, was sie hatten, in der Sonntagsausgabe verballern: »Wenn schon Sex and Crime am Sonntag, dann auch richtig!«, war seine Ansage gewesen.

So war der Artikel ein Feuerwerk aus sensationsheischenden Halbfakten, wilden Spekulationen und unerbittlichem Bashing der Berliner Polizei geworden. In deren Pressestelle hatte sie auf einen Samstagabend niemanden mehr erreicht, der sie über die Vorkommnisse auf dem Spielplatz an der Rummelsburger Bucht hätte aufklären können. Kurz hatte sie überlegt, Fabian anzurufen. Insgesamt schien ihr seine Mordkommission hilflos und chaotisch zu agieren, was im Artikel genüsslich ausgeschlachtet wurde. Sie selbst hatte es nicht so drastisch beschrieben. Die beißende Schärfe hatten erst Schneider und der Chefredakteur mit ihren Korrekturen hineingebracht. Sie hielt die Formulierungen ihrer Vorgesetzten größtenteils für überzogen. Aber nachdem sie Schneider die Wolfs-Info verschwiegen hatte, hatte sie schlechte Karten, mit ihnen darüber zu diskutieren.

Dabei hatte sie die ganze Zeit Fabian im Kopf. Doch sie musste auch an sich selbst denken. Ohnehin schien er nicht sonderlich an einem Kontakt mit ihr interessiert zu sein, weder beruflich noch privat. Am besten wäre es, überhaupt nicht mehr an ihn zu denken. Aber das sagte sich so leicht.

Sie hatte mal gelesen, es sei einfach, zu vergessen, aber viel schwerer, zu verzeihen. Dabei war es umgekehrt: Sie hatte Fabian verziehen. Schon lange. Aber ihn und alles, was mit ihm zusammenhing, aus ihrem Kopf zu löschen, funktionierte nicht. Sie hatte es oft versucht in den vergangenen zehn Jahren, manchmal war sie auf einem guten Weg gewesen. Doch seit

Mittwochmorgen, als sie an der Kleingartenkolonie fast zusammengestoßen waren, und erst recht seit ihrem Gespräch am Freitagnachmittag auf dem Teufelsberg, dachte sie permanent an ihn.

Kurz bevor sie den Biergarten erreichte, kam sie an zwei jungen, fröhlich schwatzenden Frauen vorbei. Jede schob einen Kinderwagen vor sich her. Das Bild dieses doppelten geballten Mutterglücks an einem so schönen Sommermorgen versetzte ihr einen heftigen Stich. Und wie jedes Mal, wenn sie mit Babys oder Kleinkindern konfrontiert wurde, tauchte Fabian in ihrem Kopf auf. Es gab kein Entrinnen.

René Kamp stand vor dem noch geschlossenen Biergarten und starrte auf sein Smartphone. Erst, als sie mit dem Fahrrad direkt vor ihm hielt, schaute er auf.

»Hi«, sagte er ohne zu lächeln und streckte ihr seine Hand entgegen.

Zwei Minuten später saßen sie an einem der Klapptische des ansonsten menschenleeren Gartens. Er zündete sich eine Zigarette an. Kaum hatte Anne sich gesetzt, kam er zur Sache: »Es geht um Melanie und meinen Sohn, wie Sie sich vermutlich schon gedacht haben.«

Ihr fiel sofort auf, dass er sie siezte – im Gegensatz zu ihrem ersten Treffen im Gesundbrunnencenter, bei dem er sie konsequent geduzt hatte. Vermutlich wollte er seinem Anliegen eine gewisse Seriosität verleihen.

»Mit ›Sohn‹ meinen Sie Marc, nehme ich an?«, entgegnete sie und registrierte bei ihm eine kurze Verunsicherung.

»Ja, natürlich meine ich Marc, was ...« Dann erst dämmerte ihm, was sie meinte: »Hören Sie, ich wollte nicht, dass sie das andere Baby bekommt.« Er zögerte, schaute fahrig an ihr vorbei und fügte leise hinzu: »Also das, das sie später tot im Grunewald gefunden haben.«

Dann wurde er wieder lauter: »Das hat die komplett im Alleingang entschieden. Ich hab ihr gesagt, sie soll es wegmachen lassen. Und ich war auch davon ausgegangen, dass sie das gemacht hätte ...« Er nahm einen kräftigen Zug von seiner Zigarette und stieß zornig den Rauch aus.

»Das heißt ...« – Anne versuchte, sich krampfhaft daran zu erinnern, was Melanie Kamp ihr über das tote Baby vom Selbstmörder-Friedhof erzählt hatte: Wann war es geboren worden? Anfang Mai? – »Das heißt, Sie wussten gar nichts davon, dass Melanie das Kind zur Welt gebracht hatte?«

»Nee«, erwiderte er und fixierte die qualmende Zigarre in seiner Hand. »Absolut keinen Schimmer. Die Bitch redet doch seit Ewigkeiten nicht mehr mit mir. Und nachdem sie mich rausgeschmissen hat, hatte ich auch keinen Bock mehr auf sie. Da war Funkstille.«

»Aber das Kind, also ich meine, das tote Baby aus dem Grunewald, ist von Ihnen?«

»Nein«, platzte es aus ihm heraus. »Also vielleicht, ja, könnte sein.« Er zog wieder an der Zigarette und machte mit eine wegwerfende Geste: »Was weiß ich.«

»Aber es könnte sein?«, hakte Anne nach.

»Ja, verdammte Scheiße, könnte sein.«

Ihr fiel es schwer, seine Worte zu entschlüsseln: Dass er wütend war, war offensichtlich. Doch hinter der Fassade aus Macho-Gehabe wirkte er zutiefst verunsichert.

»Haben Sie mich deshalb hierher bestellt«, fragte sie. »Um mir das zu sagen?«

»Nein, ... also nicht nur, meine ich ...«, stotterte er. »Es geht um meinen Vater. Ich hab ihn erkannt.«

»Wie meinen Sie das, Sie haben ihn ›erkannt‹?«

»Auf den Fotos, die ihr im Internet veröffentlicht habt.«

Sie überlegte kurz, was er meinte, dann schaute sie ihn mit großen Augen an: »Sie meinen, der Mann, den die Polizei gestern gesucht hat, ist Ihr ... Vater?!?«

»Ja, ich bin mir hundert Prozent sicher.«

Anne gab sich alle Mühe, auf die Reihe zu bekommen, was das in der Konsequenz bedeutete.

»Moment, Moment, Moment«, stammelte sie. »Das heißt, Ihr eigener Vater könnte etwas mit dem Tod des Babys aus dem Grunewald – von dem Sie nichts wussten – zu tun haben? Also mit seinem eigenen ... Enkelkind?!« Sie schüttelte den Kopf. »Das klingt ja alles ziemlich wild, offen gesagt.«

»Is' aber so«, meinte er. »Und ganz ehrlich: Mich wundert's nicht.«

»Warum nicht?«

»Ich kenne meinen Vater kaum. Aber das Wenige, das ich über ihn weiß ...« Er aschte in den Kies neben dem Tisch. »Wie gesagt: Mich wundert's nicht.«

»Was ist denn mit Ihrem Vater?«

»Ach, Vater kann ich den Typen eigentlich gar nicht nennen. Er war ja auch nie da.«

»Ihre Eltern waren getrennt?«

»Pah, ›getrennt‹«, schnaubte er. Er hatte sich eine zweite Zigarette angesteckt. »Die mussten sich nicht trennen. Waren ja nie zusammen.«

»Ihre Eltern hatten nie eine richtige Beziehung?«

»Kein Stück. War ein One-Night-Stand. Und raten sie mal wann ...« Er grinste sie zynisch an: »9. November '89. Mauerfall. In der Nacht sind ja alle ausgerastet. Da hat's wohl auch meine Mutter nicht so besonders genau genommen, mit wem sie in die Kiste steigt. Von wegen ›Die Mauer muss weg‹, ›Wir sind das Volk‹ und so'n Scheiß.« Er atmete eine große Wolke aus. »So 'ne Kacke kommt dann dabei raus.«

Anne wusste nicht, was sie sagen sollte.

»Mir hat sie immer erzählt«, fuhr er fort, »ich sei ein Kind der Freiheit. In der größten, schönsten, tollsten aller Nächte gezeugt und so. Blablablabla. Konnte ihr Gelaber irgendwann nicht mehr hören. Die Wahrheit ist: Sie wollte ficken und hat sich den erstbesten Idioten gegriffen. Die waren doch alle hackedicht in der Nacht.«

Anne hatte den Eindruck, dass René Kamp das alles zum ersten Mal jemandem erzählte.

»Sie hatten also gar keinen Kontakt zu Ihrem Vater?«

»Alle paar Jahre hat er sich mal gemeldet. Aber das war immer oberpeinlich. Für alle!«

»Hat er denn keinen Unterhalt oder so für Sie bezahlt?«

»Pff, Unterhalt. Der hatte doch selbst nie was. Soweit ich weiß, hat er die Vaterschaft nie anerkannt. Offiziell ist der also überhaupt nicht mein Vater. Meine Mutter war, glaube ich, einfach froh, dass sie nichts mit ihm zu tun haben musste.« Er zog wieder an seiner Zigarette.

»Was haben Sie denn gedacht, als Sie ihn auf dem Fahndungsfoto von der Polizei erkannt haben?«

»Wissen Sie was?« Das erste Mal während des gesamten Gesprächs schaute er sie direkt an. »Ich war mir sofort sicher, dass er was mit dem toten Baby zu tun hat.«

»Warum?«

»Weil ich weiß, wie vernarrt der schon immer in seine heißgeliebten Hunde war. Mindestens einen hatte er immer. Möglichst groß und wild mussten sie sein. Die haben ihm immer mehr bedeutet als wir.« Er lachte höhnisch: »Wahrscheinlich, weil er sich mit denen besser unterhalten konnte als mit uns.«

Er drückte seine Zigarettenstummel in einen Pflanzenkübel neben ihm und nahm sich eine neue Kippe.

»Nachdem ich das Bild von ihm im Internet gesehen hab, bin ich noch mal auf das Interview mit Melanie vom Freitag gegangen. Das stand ja direkt da drunter. Und nachdem ich gelesen habe, was sie da für einen Stuss erzählt hat, hab ich eins und eins zusammengezählt. Da war für mich klar: Der Alte steckt dahinter!«

Anne erinnerte sich daran, wie René Kamp vor drei Tagen im Gesundbrunnencenter etwas ähnliches gesagt hatte: Ob die Geschichte im Schrebergarten was mit dem »verrückten Alten« zu tun habe oder so. Damals war er auf ihr Nachhaken ausgewichen, jetzt schien er sich alles von der Seele zu reden.

Allerdings fragte sie sich, worauf er damit hinauswollte. Warum erzählte er ihr das alles?

»Sie meinen also, Ihr Vater ist für den Tod des Babys verantwortlich?«

»Sie haben doch selbst geschrieben, dass das Kind von einem Hund totgebissen wurde, da ...«

Anne unterbrach ihn: »Das ist Melanies Version. Wir haben nur veröffentlicht, was sie uns erzählt hat.«

»Na, da hat sie ja vielleicht zur Abwechslung mal die Wahrheit gesagt.« Er schaute auf sein Handy, drückte hektisch seine Zigarette im Blumenkübel aus und stand auf. »Scheiße, bin schon viel zu spät. Ich krieg noch die Kohle.«

Anne war kurz irritiert, dann holte sie die vereinbarten hundert Euro aus ihrem Portemonnaie.

»Das haben Sie mir jetzt aber alles nicht wegen des Geldes erzählt, oder?«, fragte sie, als sie ihm die zwei Fünfzig-Euro-Scheine in die Hand drückte.

Er steckte das Geld weg. »Ich hoffe, dass Sie alles aufschreiben, was ich Ihnen erzählt habe.«

»Mal gucken, das war ganz schön viel«, sagte sie zögerlich. »Weiß nicht, ob wir das alles unterkriegen.«

»Muss auch gar nicht sein«, entgegnete er, während er schon Richtung Ausgang strebte. »Hauptsache, allen wird klar, dass der Alte echt einen an der Klatsche hat. Und dass Melanie sich trotzdem mit ihm eingelassen hat.«

Sie musste fast laufen, um ihm hinterherzukommen: »Und wozu soll das gut sein?«

Er drehte sich um und schaute ihr in die Augen: »Weil ich Marc haben will. Alle Welt soll wissen, was für eine verfickt schlechte Mutter sie ist. Dann können die gar nicht anders, als ihn mir zu geben!«

Mit diesen Worten drehte er sich um und überquerte im Laufschritt die achtspurige Straße des 17. Juni, die quer durch den Tiergarten führte.

Anne schaute ihm nach, bis er auf der anderen Seite im Park verschwand. Sie stand an einer Ecke des großen Kreisverkehrs, in dessen Zentrum sich die Siegessäule fast 70 Meter in den Himmel schraubte. Ihr Blick wanderte zur geflügelten Figur der Siegesgöttin Nike an der Spitze, die genau in diesem Moment das kräftige Morgenlicht gleißend reflektierte.

Ihr klangen René Kamps letzte Worte in den Ohren: »Weil ich Marc haben möchte.« Darum war es also gegangen: Er wollte das Sorgerecht für seinen Sohn – und die Medien einspannen, um Stimmung gegen dessen Mutter zu machen.

Sie hatte nicht vor, ihm den Gefallen zu tun. Generell hatte sie das Geschacher der letzten Tage um Kinder satt. Um tote wie lebendige. Konnte sie das Gespräch von eben nicht einfach unter den Tisch fallen lassen? Schneider erzählen, dass René Kamp nicht zum verabredeten Treffen erschienen war? Das würde sie hundert Euro kosten, die sie der Redaktionssekretärin zurückgeben musste. Aber vielleicht war es das wert? Sie hatte keine Lust mehr, sich vor irgendwelche Karren spannen zu lassen. Nicht von Melanie Kamp, nicht von deren Ex, nicht von Schneider – und nicht von Fabian.

Aber wie kam sie aus der Geschichte wieder raus? Sie konnte kaum in die Redaktion spazieren und Schneider verkünden, sie habe keinen Bock mehr auf die Story. Er würde sie für verrückt erklären. Das war keine Option. Das hätte sie sich, mal wieder, früher überlegen müssen.

Sie musste an ihre Mutter denken. Die sagte ihr das auch immer, wenn sie sich mal wieder Hals über Kopf in irgendeine unmögliche Situation hineinmanövriert hatte. Sofort befiel sie das schlechte Gewissen wieder: Vermutlich sorgte sich ihre Mutter langsam ernsthaft, warum sie nicht zurückrief.

Sie verdrängte das ungute Gefühl und entschied: Sie musste da durch. Danach konnte sie immer noch für sich klären, wie sie mit solchen Geschichten in Zukunft umgehen würde.

Und noch etwas wurde ihr in diesem Augenblick klar: Sie musste Fabian alles erzählen. Reinen Tisch machen. Aber erst, wenn sie das hier überstanden hatte.

Energisch schritt sie zu ihrem Fahrrad. Als sie die Kette aufschloss, spürte sie die Vibration ihres Handys in der Hosentasche. Es war eine SMS von René. Sie verstand den Text nicht. Dieser bestand nur aus einem Namen, der ihr nichts sagte, und einer Adresse. Doch dann summte es wieder und es traf eine zweite Nachricht von René ein: »wenn sie wissen wollen was für kranken scheiß mein vater macht fahren sie da hin. wenn einer was weis dann der«

Mit Fahrrad und S-Bahn würde sie vermutlich über eine Stunde bis zu der Adresse brauchen, die in René Kamps SMS gestanden hatte. Und wer weiß, wer oder was sie dort erwartete: Es schadete also aus mehreren Gründen nicht, einen Fotografen mit eigenem Auto dabei zu haben. Sie wählte die Nummer der Fotoredaktion, die rund um die Uhr besetzt war. Wenn sie sich mit einem von deren Leuten am Alex traf, konnten sie von dort aus in weniger als einer halben Stunde in Karow sein.

60

Eine halbe Stunde zuvor, gegen zwanzig vor acht.

»Wir wissen, wer er ist!« Hannah Deiningers Stimme überschlug sich fast, als sie ins Zimmer gestürmt kam. »Und wo er wohnt: in Karow!«

Fabian und Braun schauten regelrecht erschrocken von ihren Bildschirmen auf. Zwar stand die Tür ihres Büros seit Tagen wegen der Hitze rund um die Uhr offen. Doch normalerweise klopften die Kolleginnen und Kollegen anstandshalber wenigstens auf den Türrahmen, bevor sie eintraten – vor allem die jüngeren wie Deininger, die normalerweise zu den Überkorrekten zählte.

»Wir wissen, wer *wer* ist?«, fragte er, während Deininger ihm einen Zettel entgegenstreckte.

»Na, Vogts Komplize. Der Unbekannte aus der Laube. Der Kameramann!«, sprudelte es aus ihr heraus.

Fabian überflog das Blatt, auf dem Uhrzeiten, Minutenangaben sowie ein Name und eine Anschrift standen. Dann schaute er hoch: »Von wem kommt das?«

»Von der Telefongesellschaft, die wir wegen der beiden von Melanie Kamp Dienstag und Mittwoch angerufenen Nummern gefragt hatten. Die haben sich heute Morgen plötzlich gemeldet. Gab da irgendwelche technischen Probleme, weshalb es nicht schneller ging.«

»Kann ich mal sehen?«, fragte Braun. Fabian reichte ihm das Blatt über den Monitor.

»Habt ihr denn schon mehr zu dem ...« Fabian schaute zu Braun rüber: »Wie heißt der?«

»Peter Schrader«, sagte sein Kollege.

Fabian wandte sich wieder an Deininger: »Also, was wissen wir über ihn?«

»Einiges.« Sie hatte einen kleinen Notizblock aus der Hosentasche gezogen und aufgeschlagen. »In Eberswalde geboren und aufgewachsen, mehr oder weniger gleich alt wie

Vogt und hat wohl damals mit ihm zusammen in Ost-Berlin die Ausbildung zum Kanalarbeiter gemacht.«

»Ach, schau mal an«, sagte Fabian und stand auf. »Dann war möglicherweise er der Mann an der Unterführung, der Vogt hat verschwinden lassen.«

Braun nickte.

»Nach der Wende war er erstmal arbeitslos«, las Deininger weiter von ihrem Block ab. »Mitte der 90er hat er eine Sicherheitsfirma gegründet – PS-Security.«

»Moment ...« Fabian setzte sich wieder an seinen Computer und klickte auf der Tastatur herum. Nach wenigen Augenblicken zeigte er auf den Bildschirm: »PS-Security – das war die Firma, bei der Vogt angestellt war, als er wegen der Schüsse auf die Baustellen-Einbrecher vor Gericht stand.« Er drehte sich wieder zu Deininger: »Dann war Schrader also sein Chef.«

»Genau«, sagte sie. »Ein paar Jahre. Ich habe eben auch selbst nochmal kurz die Akten von dem Prozess überflogen und hatte den Eindruck, dass Vogt sich da voll vor seinen Boss gestellt hat. Zumindest hat er auffallend oft ausgesagt, dass dieser nichts falsch gemacht habe.«

»Aber gab's da nicht eine Geldstrafe, weil Vogt die Waffe gar nicht hätte haben dürfen?«, fragte Braun.

»Richtig«, bestätigte Deininger. »Allerdings hat er im Prozess immer wieder beteuert, die Benutzung der Waffe sei allein seine Verantwortung gewesen. Angeblich wusste Schrader nichts davon, dass die Genehmigung abgelaufen war.«

»Wer's glaubt«, sagte Fabian bissig. »Bisschen komisch, wenn Schrader der Chef war, oder?«.

»Ja, aber den Richtern erschien das damals offenbar plausibel. Deshalb haben sie auch nur Vogt und nicht Schrader verurteilt.«

»Aber nach dieser Baller-Nummer war Vogt dann doch raus aus der Firma, oder?«, fragte Fabian.

»Genau«, sagte Deininger. »Ab da lässt sich auch nicht mehr nachvollziehen, ob die beiden noch Kontakt hatten.«

»Dann sollten wir wohl schleunigst nach Karow fahren und dem Typen einen Besuch abstatten«, sagte Braun. Er schloss die oberste Schublade seines Schreibtisches auf und holte eine Pistole heraus.

Während auch Fabian sich seinen Holster mit der Waffe um die Schulter legte, schaute er Deininger an: »Gibt es sonst noch was, das wir wissen sollten, bevor wir da hinfahren?«

»Denke schon: Der Sicherheitsdienst war wohl nur ein kurzes berufliches Intermezzo für Schrader. Nach der Schießerei auf der Baustelle hat er Insolvenz angemeldet und sich aus dem Bewachungsgeschäft zurückgezogen. In den Jahren danach schlug er sich mit Gelegenheitsjobs durch. Aber ratet mal, was er seit ein paar Jahren macht – und zwar mit beachtlichem finanziellen Erfolg?«

Fabian und Braun starrten sie erwartungsvoll an.

»Er züchtet Hunde.«

61

Etwa zur selben Zeit.

Das Kind in seinen Armen schlief, das Schlafmittel wirkte. Er hatte nicht mehr viel davon: Die nächste Dosis würde die letzte sein. Doch das müsste reichen. In einer, spätestens zwei Stunden war ohnehin alles vorbei.

Er passierte die letzten Häuser der Siedlung. Kurz darauf verließ er die Straße, auf der in den vergangenen Minuten kein einziges Auto an ihm vorbeigefahren war, und schlug sich auf einem Trampelpfad in den Wald. Der schnellste Weg wäre vom Bahnhof aus quer durch den Ort gewesen, aber er wollte kein Risiko mehr eingehen. Zwar war hier draußen so früh am Sonntagmorgen kaum jemand unterwegs. Doch die Polizei suchte ihn sicher unter Hochdruck. Deshalb war er zunächst in die entgegengesetzte Richtung gelaufen, um den geschützten Weg durch den Wald zu nehmen. Der Umweg rund um den Ort dauerte eine halbe Stunde länger. Doch darauf kam es nicht mehr an. Außerdem fühlte er sich hier im Wald auch wohler. Nur Waya fehlte ihm.

Schrader war hart geblieben. Nicht einmal das Tor zum Hof hatte ihm dieser geöffnet, als er gegen zwei Uhr morgens davor gestanden hatte. Vom Haus aus hatte er geschrien, er solle verschwinden. Er würde Waya nicht bekommen, für seine »kranken Versuche«, wie er sie jetzt auf einmal nannte.

Ein letztes Mal hatte er Schrader gedroht, zur Polizei zu gehen. Aber er wusste, dass es wenig überzeugend wirkte. Waya bleibe bei ihm und basta, hatte Schrader gebrüllt. Es sei vorbei, er sei raus – ein für alle Mal. Dann hatte er die Haustür knallen hören und gewusst, dass Schrader recht hatte: Es war vorbei. Doch wo und wie es endete, würde er nicht ihnen überlassen.

Er schaute auf das Baby: Seit gestern Nachmittag, das waren nun schon mehr als 15 Stunden, hatte er es fast durchgehend auf dem Arm – und hatte sich an dessen ruhigen Atem an seiner Brust gewöhnt. Nach dem enttäuschenden Besuch bei Schrader war er von Müdigkeit übermannt worden und hatte sich in einem Wäldchen für zwei, drei Stunden zum Schlafen hingelegt. Der kleine, warme Körper an seiner Seite hatte sich dabei angenehm angefühlt und ihn beruhigt.

Ihm fiel auf, dass er überhaupt nicht wusste, wie das Kind hieß. Allerdings hatte er sich auch nie für Namen interessiert. Warum auch? Tiere brauchten so etwas nicht: Sie erkannten einander am unverwechselbaren Geruch, an der Mimik, an Körpersprache und Verhalten. Weil sie sich wirklich füreinander interessierten. Namen waren eine Erfindung des Menschen. Wozu waren sie gut?

Wieder sah er auf das Kind. Und während er weiter durch den friedlichen morgendlichen Wald stapfte, begann er darüber nachzudenken, welcher Name zu diesem passen würde.

62

Kurz vor acht.

Vor anderthalb Stunden, alleine in seinem Büro, hatte Fabian bezweifelt, dieser Tag könnte nur annähernd so verrückt werden wie die vergangenen. Offenbar hatte er sich geirrt: Er saß neben dem steuernden Volker Braun auf dem Beifahrersitz eines Zivilfahrzeugs, das durch Berlin raste. Zum wievielten Male seit Mittwoch?

Auch das Ziel war für ihn und Ergün, die zusammen mit Hannah Deininger auf dem Rücksitz Platz genommen hatte, nicht neu: der beschauliche Ortsteil Karow am äußersten nordöstlichen Stadtrand. Hier waren sie am Freitagabend in den Regionalzug gestiegen, um später Vogt durch die halbe Schorfheide zu verfolgen. Das war vor nicht einmal 36 Stunden gewesen, aber Fabian schien es Wochen her zu sein. Die Ereignisse der letzten Tage verschwammen in seinem Kopf.

Immerhin gestern Abend und heute Morgen bekam er noch auf die Reihe: Zunächst die vergebliche Jagd nach Michael Vogt und das schockierende Video aus dem Schrebergarten – sowie die Erkenntnis, dass sie ab sofort nicht mehr nur auf der Suche nach Vogt, sondern zusätzlich nach einer zweiten Person waren, die in der Laube gefilmt haben musste. Es folgte die ernüchternde Vernehmung von Melanie Kamp: Zwar schien sie endlich zu kooperieren, weitergebracht hatten ihre Aussagen sie aber nicht.

Heute Morgen dann die nächste unangenehme Überraschung: die aufreißerische Titelseite des *Berliner Blatts*. Vor allem deren Unterzeile ging Fabian nicht aus dem Kopf: »War es der Killer aus der Grusel-Laube? Hält er sich einen Wolf?« Er wusste nicht, was ihn mehr aufwühlte: Auf welchem Wege Anne von der Wolfs-Theorie Wind bekommen haben könnte – oder warum sie ihm vor deren Veröffentlichung nicht wenigstens Bescheid gesagt hatte.

Als ob das alles nicht schon gereicht hätte, hatte ihnen Kriminaltechniker Damir Kovac eröffnet, dass Michael Vogt mit hoher Wahrscheinlichkeit der Großvater des toten Babys vom Selbstmörder-Friedhof war. Weder Fabian noch Ergün oder Braun wussten, was sie mit dieser Information anfangen sollten: Was bedeutete das? Veränderte es die Lage? Half es ihnen dabei, Vogt aufzuspüren, das Leben des anderen Babys zu retten? Spielte es überhaupt eine Rolle?

Sie würden Melanie Kamp mit dieser neuen Erkenntnis konfrontieren. Wenn ihnen überhaupt jemand etwas dazu sagen konnte, dann sie. Doch noch hatten sie sie nicht erreicht, was an einem Sonntagmorgen um halb acht nicht verwunderlich war. Ebenso wenig wie René Kamp, von dem sie sich ebenfalls Aufklärung erhofften, was Michael Vogt mit seiner Familie zu tun hatte. Doch auch der ging nicht ans Telefon.

Sie hatten sich schon darauf eingestellt, die nächsten Stunden tatenlos im Büro herumsitzen zu müssen. Aber dann war Hannah Deininger mit der Rückmeldung von der Telefongesellschaft hereingeplatzt, die sie vermutlich zum geheimnisvollen zweiten Mann aus dem Kleingarten führte: Peter Schrader. Ehemaliger Kollege und Chef von Michael Vogt und seit einigen Jahren erfolgreicher Hundezüchter. Spezialität: Nordamerikanische Wolfhunde.

Und zu diesem waren sie nun unterwegs. Hannah Deininger starrte angestrengt auf ihr Smartphone, das sie nur mit Mühe still halten konnte: Sie bretterten mit Tempo 110 die Prenzlauer Allee hinauf, die kurz hinter dem Alexanderplatz leicht anstieg. Sie zitierte aus dem Internet: »Wolfhunde sind Rassen, die gezielt aus einer Vermischung von Hunden und Wölfen gezüchtet werden, um Hunde mit dem Aussehen und Verhalten eines Wolfes zu erzielen.«

»Und das ist legal, solche Wolfshunde zu züchten?«, fragte Ergün.

»*Wolf*hunde«, berichtigte Deininger.

»Wie bitte?«

»Es heißt *Wolf*-Hunde. Ohne das ›S‹ in der Mitte. *Wolf*-hunde sind Kreuzungen. Wolf-*s*-hunde dagegen heißen wegen ihrer Funktion oder ihrem Aussehen so: Sie wurden zur Wolfsjagd eingesetzt oder ihr Fell erinnert an Wölfe.«

»Wir brauchen jetzt keine Biologie-Stunde«, mischte Fabian sich ungeduldig ein, indem er seinen Kopf zu den beiden Frauen nach hinten drehte. »Ist das jetzt erlaubt oder nicht? Also Hunde mit Wölfen zu kreuzen?«

»Kommt aufs Land an«, meinte Deininger. »In Deutschland ist es verboten, woanders aber legal, zum Beispiel in den USA. Deshalb lassen wohl auch viele Europäer Tiere von dort einfliegen. Zudem sind angeblich die amerikanischen Wölfe, die hierfür genutzt werden, weniger scheu als ihre europäischen Verwandten. Scheinen übrigens gerade ziemlich angesagt zu sein.« Sie pfiff durch die Zähne. »Teurer Spaß: So ein Mischling kann bis zu 5.000 Euro kosten, steht hier.«

»Und darf man die in Deutschland halten?«, fragte Fabian.

»Jein.« Deininger suchte ein paar Sekunden auf ihrem Telefon herum. »Hier! In Deutschland gelten die ersten vier Generationen aus Wolf-Hund-Kreuzungen als geschützte Wildtiere – und dürfen weder gekauft noch gehalten werden.«

»Vermutlich aus gutem Grund«, sagte Ergün.

»Allerdings«, entgegnete Deininger. »Diese Mischlinge können extrem gefährlich sein. Im Gegensatz zu normalen Hunden haben sie nicht das Bedürfnis, sich dem Menschen unterzuordnen. Wartet kurz ...« Sie las einige Sekunden still und scrollte. »Akzeptieren den Menschen nur bedingt als Chef, Körpersprache viel schwerer zu deuten, außerdem extrem scheu und schreckhaft«, rezitierte sie. »Wenn sie sich in die Enge getrieben fühlen, gehen sie auch mal zum Angriff über. Und sie haben enorme Kraft. Können wohl aus dem Stand auf einen Kleiderschrank springen, komplette Wohnungseinrichtungen zerlegen, durch Glastüren springen und ...«

»Die ersten vier Generationen nach so einer Kreuzung sind die Tiere bei uns also verboten«, unterbrach Ergün sie

»Genau«, antwortete Deininger. »Erst ab der fünften Folgegeneration, kurz F5, gelten sie als normale Hunde.«

Sie waren mittlerweile auf der Prenzlauer Promenade. Laut Navi fehlten noch acht Kilometer bis Karow.

»Das heißt also«, dachte Fabian laut, »Vogts Tier könnte auch so ein F5-Hund sein.«

»*Könnte*«, sagte Deininger. »Allerdings werden wohl auch immer mehr Mischlinge der vorangegangenen Generationen illegal nach Deutschland eingeführt.«

»Wie das?«, fragte Ergün.

»Mit gefälschten Papieren«, erklärte Deininger. »Die haben 'ne Art Pass. Da steht genau drin, wo der Hund herkommt, wer ihn gezüchtet hat und so weiter. Bei Wolfhunden außerdem, um welche Folgegeneration es sich handelt. Und genau da wird getrickst: Aus einer ›F2‹ wird einfach eine ›F5‹ oder ›F6‹ gemacht – schon ist der Hund auf dem Papier legal.«

»Und das lässt sich nicht überprüfen?«, fragte Fabian.

»Scheinbar sind die Veterinärämter damit überfordert. Außerdem können offenbar noch nicht einmal Experten auch nur halbwegs sicher einschätzen, wie viel Wolf in einem Hund steckt.« Deininger zuckte mit den Schultern. »Da müssen die sich beim Zoll einfach auf die Dokumente verlassen.«

»Moment«, sagte Ergün. »Das heißt, mir könnte auf dem Bürgersteig jederzeit so ein halber Wolf entgegenkommen?«

»Naja, wartet ...« Deininger scrollte herum. »Die Wahrscheinlichkeit ist nicht sehr hoch: Es gibt um die 1.000 Wolf-Hund-Mischlinge in Deutschland. In den USA sollen's mehr als 250.000 sein. Allerdings könnte die Dunkelziffer auch bei uns erheblich höher liegen. Über Osteuropa gelangen wohl etliche Tiere illegal in den Westen.«

»Na, das riecht doch alles danach, dass Peter Schrader da irgendwie seine Finger mit im Spiel hat«, warf Fabian ein.

»Ja, gerade die Amerikanischen Wolfhunde, auf die er sich spezialisiert hat, sind wohl in Hunde-Fachkreisen eine ziemlich umstrittene Angelegenheit«, sagte Deininger. »Weil sie keine einheitliche und vom Internationalen Züchter-Dachverband anerkannte Rasse sind.«

»Und warum nicht?«, fragte Fabian.

»Weil bei denen wohl immer wieder, also auch in den nachfolgenden Folgegenerationen, Wölfe eingekreuzt werden. Es gibt dazu offenbar weder Untersuchungen noch Kontrollen oder eine nachvollziehbare Dokumentation.«

»Ich sag's ja«, warf Fabian ein. »Die ganze Sache mit dieser Spezialisierung auf Amerikanische Wolfshunde stinkt!«

Die Prenzlauer Promenade war in die vierspurige Autobahn A114 übergegangen, hier konnten sie Gas geben. Volker Braun hatte den VW fast bei 180, mehr schien aus dem Wagen nicht rauszuholen zu sein. Das Navi zeigte an, dass es in diesem Tempo weniger als fünf Minuten bis Karow waren.

Fabians Telefon vibrierte in seiner Hosentasche. Er zog es heraus und schaute aufs Display: Was könnte ausgerechnet jetzt, Sonntagmorgen um Viertel nach acht, Anne von ihm wollen?

63

Wenige Minuten früher.

Sie musste Fabian informieren, keine Frage.

Das war Anne schon klar gewesen, als sie noch mit René Kamp im Biergarten gesessen hatte. Wenn es stimmte, was er sagte, war sein eigener Vater für den Tod des Babys vom Selbstmörder-Friedhof verantwortlich. Oder zumindest *mit*verantwortlich. Der junge Mann war da ziemlich vage geblieben. Wie so oft in den vergangenen Tagen hatte Anne den Eindruck, nur einen Bruchteil der Wahrheit zu kennen. Das frustrierte sie. Immerhin konnte es in diesem Fall ein überaus *wichtiger* Bruchteil sein, der Fabian und dessen Kollegen interessieren würde. Unschlüssig wendete sie ihr Smartphone in den Händen hin und her.

»Was ist los?«, fragte Reinhard Meister ohne den Blick von der Straße abzuwenden. Sie hatte sich gefreut, als der Fotograf sie am Alex eingesammelt hatte. Die vergangenen Tage waren sie so oft zusammen unterwegs gewesen, dass der notorisch missmutige Kollege für sie zu dieser kuriosen Geschichte schon dazugehörte. Sie blickte ihn kurz gequält an und spielte weiter mit ihrem Telefon.

»Na, was – keine Lust auf Sonntagsdienst?«, fragte Meister, ohne ihr Zeit für eine Antwort zu lassen. Er war schon wieder im Monolog-Modus: »Dann sind wir schon zu zweit! Hab noch nicht mal 'nen Kaffee getrunken. Das liebe ich ja an den Wochenendschichten: Weniger Leute für mehr Jobs. Und dann immer schnell, schnell, schnell. Kaum war ich in der Redaktion angekommen, ham se mich schon wieder zu dir gehetzt. Na, hoffentlich lohnt sich der ganze Stress. Wo fahren wir überhaupt hin?«

Sie erzählte ihm von ihrem Gespräch mit René Kamp und dessen SMS mit den mysteriösen Andeutungen.

»Na, da bin ick ja mal gespannt«, brummte Meister.

Ich auch, dachte Anne. Ihre Gedanken wanderten wieder zu Fabian. Sie wusste selbst nicht so recht, weshalb es ihr so schwerfiel, ihn anzurufen. War es die heutige Titelgeschichte? Das schlechte Gewissen, einmal mehr vertrauliche Informationen für einen Artikel genutzt zu haben? Zwar waren die Infos zu der bizarren Wolfhund-Geschichte dieses Mal nicht von ihm gekommen. Aber spätestens jetzt musste ihm klar sein, dass es in seiner Mordkommission eine undichte Stelle gab. Eine undichte Stelle, die *sie* skrupellos ausnutzte. Sie fühlte sich mies. Doch hatte sie wirklich etwas falsch gemacht?

Zugegeben: Die heutige Ausgabe des *Berliner Blatts* war mit Sicherheit eine böse Überraschung für ihn gewesen. Aber musste sie sich vor ihm rechtfertigen? Es kränkte sie, wie wenig Interesse er an ihr zeigte. Selbst sein Anruf wegen der Veröffentlichung des Fahndungsaufrufs vor rund 24 Stunden war reiner Eigennutz gewesen. Da machte sie sich nichts vor. Andererseits war er im Stress. Außerdem wollte sie nicht dafür verantwortlich sein, einen vielversprechenden Neuanfang gleich wieder in den Sand gesetzt zu haben. Sollte sie ihn also anrufen – oder lieber nicht?

Ihr fiel auf, dass sie René Kamp gar nicht danach gefragt hatte, ob er seinen Verdacht schon gegenüber der Polizei geäußert hatte. Doch im Grunde war das unerheblich: Sie war unterwegs zu einem Mann, der womöglich eine entscheidende Rolle dabei gespielt hatte, dass ein Baby zu Tode gekommen war. Sie hatte keine Ahnung, wer oder was sie in Karow erwartete. Was immer dort passieren würde: Es konnte sie in ernsthafte juristische Schwierigkeiten bringen, wenn später herauskam, dass sie der Polizei wichtige Hinweise vorenthalten hatte. Dann konnte sie auch gleich Fabian anrufen.

»Ach, Scheiß drauf«, murmelte sie, und wählte seine Nummer. Es klingelte dreimal, dann nahm er ab.

»Was ist?«

Die Worte fühlten sich für sie wie Pistolenschüsse an. Ihr war klar, dass er sauer war. Doch mit einer solchen Schärfe hatte sie nicht gerechnet. Keine Begrüßung, kein »Hi«, keine flapsige Bemerkung zum Artikel. Selbst ihr Name kam ihm erst über die Lippen, nachdem sie ein paar Sekunden geschwiegen hatte.

»Was willst du, Anne?«

Sie hatte sich vorgenommen, ihm nur davon zu berichten, was René Kamp ihr erzählt hatte. Nüchtern und sachlich. Auch die Adresse in Karow hatte sie weitergeben wollen, das konnte sie ihm kaum vorenthalten. Sie musste ja nicht erzählen, dass sie gerade selbst dorthin unterwegs war.

Doch all diese Vorsätze waren in dem Moment, in dem er sich meldete, wie weggeblasen. Wer dachte er denn, wer er war? Was gab ihm das Recht, sie so zu behandeln? Er musste es endlich wissen. Sie hatte sich das anders vorgestellt, doch dann sollte er es eben jetzt sofort erfahren.

»Ich wollte dir etwas sagen«, begann sie stockend. Ihre Stimme zitterte.

»Was denn?« Fabian klang jetzt weniger hart.

Sie holte Luft. »Ich war schwanger damals.«

Er schwieg. Keine Reaktion. Ein letztes, kurzes Zögern, dann musste raus, was sie zehn Jahre unausgesprochen mit sich herumgeschleppt hatte: »Von dir.«

64

20 Minuten später, kurz nach halb neun.

Kein Zweifel, es war ein Schuss gewesen.

Der Knall ließ die Hunde für einen kurzen Moment verstummen. Im nächsten Augenblick brach ihr wütendes Gebell erneut los, nun umso heftiger.

»Da hat jemand geschossen«, stellte Fabian beunruhigt fest. »Aber keiner von unseren Leuten, oder?«

»Nein«, sagte Ergün. Sie saßen zusammen mit Volker Braun und Hannah Deininger im Auto. Dieses parkte auf dem unasphaltierten Weg vor Peter Schraders Grundstück am Ortsrand von Karow. Ergün zeigte auf das große, schwarz lackierte Metalltor: »Das kam aus dem Hof.«

Das Haus war von Brachflächen umgeben. Das kam Schrader offenbar gelegen: Sein Grundstück erweckte den Eindruck, als habe er gerne seine Ruhe. Es war von einer etwa zweieinhalb Meter hohen Mauer geschützt, die jeden Blick ins Innere verhinderte. Lediglich der Postkasten neben dem massiven Tor mit dem Namensschild »Schrader« wies darauf hin, dass hier jemand wohnte.

Vor drei Minuten hatte der Leiter der SEK-Einheit zweien seiner Leute das Zeichen gegeben, am Tor zu klingeln. Weitere sechs Männer waren rund um das Gelände postiert: Schrader hatte keine Chance zur Flucht. Auf das Klingeln setzte zunächst lautes Hundegebell ein. Sie schätzten mindestens fünf oder sechs Tiere, eher mehr, die sich mutmaßlich im Hof aufhielten.

Als der Schuss fiel, waren die beiden Beamten am Tor sofort in Deckung gegangen. Sie mussten befürchten, Schrader schoss von innen auf das Eingangstor. Doch es blieb bei dem einen Knall. Hatte sich Schrader etwa erschossen?

Durch ein Megafon forderte ihn der SEK-Chef auf, sich zu ergeben. Zu ihrer Überraschung dauerte es weniger als zehn Sekunden, da öffnete sich das Tor – und Schrader kam mit erhobenen Hände heraus. Alles ging so schnell, dass es fast wirkte, als hätte er auf sie gewartet. Schrader schien weder geschockt noch überrascht, sondern erstaunlich gefasst. Beinahe ein bisschen erleichtert, wie Fabian fand. Er trug ein schwarzes T-Shirt über einer olivgrünen Outdoor-Hose mit vielen Taschen. Sein dunkelbrauner Kurzhaarschnitt ließ ihn wesentlich jünger als seine 64 Jahre wirken. Umstandslos ließ er sich auf die Knie fallen und verschränkte die Hände hinter dem Kopf. Sofort waren vier Männer bei ihm und warfen ihn zu Boden. Nachdem sie ihn nach Waffen abgesucht hatten, zerrten sie ihn zu einem der am Weg parkenden Einsatzfahrzeuge.

Gleichzeitig waren fünf Beamte durchs Tor in den Innenhof von Schraders Grundstück gestürmt, um das Gelände zu sichern. Kurz darauf konnten auch Fabian und Ergün den Hof betreten. Sie sahen rund ein Dutzend Hundezwinger, die meisten von ihnen belegt. Einer der SEK-Leute winkte sie zu einem Käfig heran, der etwas abseits der anderen in einer hinteren Ecke des Hofes stand. In ihr lag die Leiche eines großen, wolfsähnlichen Hundes in einer Blutlache. Fabian erkannte Vogts Wolfhündin, die sie auf dem Bahnsteig in Groß Schönebeck und auf dem Video aus dem Schrebergarten gesehen hatten. Neben ihr lag ein Revolver: Schrader hatte das Tier offenbar mit einem Kopfschuss getötet – der Schuss, den sie vorhin gehört hatten. Der Einsatzleiter kam zu Fabian: »Sie können jetzt mit der Vernehmung beginnen.«

Nach dem aufwühlenden Anruf von Anne im Auto hatte Fabian kurz mit dem Gedanken gespielt, die Leitung des Verhörs Ergün zu überlassen. Anne, verflucht. Warum kam sie ausgerechnet jetzt mit dieser Schwangerschafts-Geschichte von vor zehn Jahren? Warum in einer solchen Situation?

Doch als er Schrader nun in einem der Einsatzfahrzeuge vor sich sah – in Handschellen, in sich zusammengesunken und apathisch ins Leere starrend – war der Kampfgeist in Fabian geweckt. Schließlich ging es um das Leben eines

Kindes. Er musste sich auf seinen Job konzentrieren. Zur Hölle mit Anne.

Dementsprechend fackelte er nicht lange und konfrontierte Schrader, nachdem sie ihm expressmäßig seine Rechte runtergebetet hatten, sofort mit der alles entscheidenden Frage: »Wo ist Vogt?«

»Ich weiß es nicht«, antwortete Schrader ohne zu zögern und klang dabei ehrlich verzweifelt.

Ja, er habe Vogt gestern bei seiner Aktion in der Rummelsburger Bucht zur Flucht verholfen. Ein allerletztes Mal. Aber dann habe er ihn aus dem Auto geschmissen. Ihm gesagt, dass er mit seinen perversen Experimenten nichts mehr zu tun haben wolle. Trotzdem sei Vogt vergangene Nacht gegen zwei Uhr wieder bei ihm vor dem Haus aufgetaucht. Er habe seine Hündin wiederhaben wollen. Die hatte er Samstagmorgen bei ihm gelassen, nachdem er ein paar Stunden bei ihm auf der Couch geschlafen hatte.

»Als er dann heute Nacht wieder aufgetaucht ist, habe ich ihn nicht mehr reingelassen«, sagte Schrader. »Ich habe ihm gesagt, dass ich ihm Waya nicht gebe und er verschwinden soll.« Ein Hauch Stolz schwang in seiner Stimme mit. Wenn er es über die Außenkamera richtig gesehen hatte, trug Vogt zu diesem Zeitpunkt das Baby noch mit sich herum. Er meinte sogar, erkannt zu haben, wie es sich in seinem Arm bewegt hatte. Fabians und Ergüns Blicke trafen sich: Ein Hoffnungsschimmer!

»Hören Sie ...« Schrader hob mühsam den Kopf und schaute sie flehend an. »Ich sage Ihnen alles, was Sie wissen wollen. Alles. Aber ich habe wirklich keine Ahnung, wo er hin ist.«

Ihnen blieb keine Wahl: Sie mussten Schrader erzählen lassen und darauf hoffen, dass er dabei Details offenbarte, die sie zu Vogt führen würden.

Zumindest mussten sie ihm nicht alles aus der Nase ziehen. Im Gegenteil: Schrader wirkte erleichtert, sein

Gewissen entlasten zu können. Unumwunden gab er zu, gelegentlich mit direkten Kreuzungen aus Wolf und Hund zu handeln – mit gefälschten Papieren importiert aus den USA. Dabei beteuerte er zwar, dass er dies bislang nur drei-, höchstens viermal getan hatte. Alle anderen Tiere, die er verkaufte, hätten korrekte Papiere. Sie waren sicher, dass dies gelogen war. Vermutlich hatte er in den vergangenen Jahren überwiegend durch den Verkauf illegaler Kreuzungen sein Geld verdient.

Auch Vogt hatte zwei solcher Tiere von ihm bekommen. Angeblich zu einem Zeitpunkt, zu dem Schrader noch keine Ahnung davon hatte, was dieser mit ihnen plante. Im Frühjahr 2015 hatte Schrader für Vogt die erste Wolfhündin aus den USA importieren lassen. Er habe keinen blassen Schimmer gehabt, dass Vogt schon mit dieser mit seinen Baby-Experimenten angefangen habe, behauptete Schrader. Mit Lupa habe es »Probleme gegeben«, wie Schrader es nannte. Dass das Tier unter anderem ein Baby verletzt hatte, wie Fabian und Ergün ja wussten, erwähnte er nicht. Auf jeden Fall sei Vogt Anfang 2017 mit der Bitte an ihn herangetreten war, ein neues Tier zu bekommen. Das war Waya.

Vogt sei besessen von der Wolfskind-Idee, erzählte Schrader. Von dem Gedanken, dass Tiere sich um Menschenkinder kümmerten. Für ihn war es offensichtlich, dass sie die besseren Eltern waren. Das war es, was er allen hatte beweisen wollen. Und beweisen hieß für ihn: Er wollte es zeigen. Er wollte zeigen, wie eine Wolfhündin – *seine* Wolfhündin – ein menschliches Baby säugt.

Ein solches Video im Internet, da war er sich sicher, hätte allen die Augen geöffnet. Akribisch habe sich Vogt darauf vorbereitet, berichtete Schrader. Seine eigene Rolle dabei redete er klein. Doch Fabian konnte sich nicht vorstellen, dass Vogt ganz alleine für das verantwortlich war, was sie mit seiner Wolfhündin angestellt hatten: Um deren Milchproduktion anzuregen, hatten sie ihrem Körper eine Schwangerschaft vorgegaukelt.

Zugutegekommen war ihnen, dass die sogenannte Scheinträchtigkeit bei Hündinnen und Wölfinnen nichts Ungewöhnliches ist, wie Schrader sie aufklärte: In einem Wolfsrudel bekomme zwar nur die Leitwölfin die Jungen, gesäugt würden diese aber auch von den anderen Weibchen der Gemeinschaft. Milchbildung und Mutterinstinkt würden ausgelöst durch den Anstieg des Hormons Prolaktin. Und genau hier hatten Vogt und Schrader nachgeholfen: Über mehrere Wochen hatten sie dem Tier einen Hormon-Cocktail verabreicht, der dessen Prolaktinspiegel ansteigen ließ.

Gleichzeitig hatten sie die Hündin und das Kind von Melanie Kamp immer wieder miteinander in Kontakt gebracht, um sie aneinander zu gewöhnen. Bis es am vergangenen Dienstag soweit sein sollte. An diesem Punkt angelangt, hatte Schrader erstmal geschwiegen.

»Warum haben Sie denn den ganzen Wahnsinn mitgemacht?«, fragte Ergün kopfschüttelnd.

»Vogt hatte mich doch in der Hand«, klagte Schrader. »Wegen der Baustellen-Geschichte damals auf dem Potsdamer Platz.« Er senkte den Blick: »Und wegen der Hunde.«

Natürlich habe er damals davon gewusst, dass die Waffen seiner kleinen Security-Firma nicht mehr zugelassen waren. Im Verfahren habe er dann Vogt dazu gebracht, die alleinige Schuld hierfür auf sich zu nehmen. Später habe Vogt den Spieß umgedreht und ihn damit erpresst, Schraders damalige Falschaussage den Behörden zu flüstern. So richtig unter Druck konnte Vogt ihn allerdings wegen seines neuer Geschäftsidee setzen: Durch einen entsprechenden Tipp an die Ämter wäre sein illegaler Handel mit den Wolfhunden sofort aufgeflogen. Später habe er dann schon zu tief mit dringehangen in Vogts Versuchen, als dass er sich noch hätte herausreden können.

»Es hätte ja auch alles gut gehen können«, jammerte Schrader. »Ich kenne Fälle, in denen Tiere menschliche Babys gesäugt hatten.« Er hatte Tränen in den Augen.

»Und was ist mit Kohle?«, fragte Fabian. »Wieviel hat Vogt Ihnen vom Erbe seiner Tante abgegeben?«

Schrader wirkte vollkommen kraftlos. »Ein paar Tausend Euro vielleicht ...«

»Wäre schön, wenn wir das später nochmal etwas genauer bekommen könnten«, sagte Ergün. »Was aber viel wichtiger ist: Ist Ihnen mittlerweile irgendwas eingefallen, das uns dabei helfen könnte, Vogt aufzuspüren?«

»Ja, ... nein«, stammelte Schrader. »Weiß nicht.«

»Also was nun?«, fragte Fabian scharf. »Ja oder nein?«

»Es könnte sein ...«, Schrader schaute auf seine Hände hinab, mit denen er aufgekratzt auf den Oberschenkeln hin- und herrieb.

»*Was* könnte sein?«

Ein paar Mal schaute Schrader nervös zwischen den beiden hin und her, bevor sein Blick auf Ergüns Gesicht haften blieb: »Es könnte sein, dass er es noch einmal versucht.«

Ergün schüttelte ungläubig den Kopf: »Moment, Moment. Sie waren doch gerade eben noch so stolz darauf, dass Sie ihm seine Hündin nicht wiedergegeben haben.«

»Hab ich ja auch nicht«, wehrte sich Schrader. »Ich wollte ja, dass alles aufhört. Das hab ich ihm ja auch immer wieder gesagt: Dass er aufhören muss damit.«

»Aber erst einmal haben Sie ihm noch dabei geholfen, ein weiteres Baby zu kidnappen«, fuhr Fabian ihn an. »Das ist für mich so ziemlich das Gegenteil davon, jemandem zum Aufhören zu bewegen.«

Verzweifelt schüttelte Schrader den Kopf.

»Ich weiß, das klingt alles verrückt für Sie. Aber was sollte ich denn tun? Zur Polizei gehen? Gestehen, dass ich bei all dem mitgemacht hatte? Ich wusste doch, dass er nichts mehr zu verlieren hatte und mich ohne mit der Wimper zu zucken verpfiffen hätte. Ich hab gehofft, ich kann ihn zur Vernunft bringen, wenn wir erst einmal im Auto sitzen.«

»Na, das hat ja wunderbar funktioniert«, sagte Ergün.

»Ich wollte das alles doch nicht.« Schrader winselte jetzt geradezu. »Ich hab Scheiß gebaut, richtig Scheiß. Das weiß ich! Ich bin aus der Nummer einfach nicht mehr rausgekommen. Als er mir das erste Mal davon erzählte, dachte ich nur, der spinnt. Und dass der das niemals durchziehen wird. Dann ging's ihm erstmal nur darum, dass sich die Hündin und das Baby beschnuppern. Auch da konnte ich nichts Schlimmes dran finden, solange wir dabei waren. Ziemlich schräg war das natürlich, klar. Aber schließlich hat Melanie ja auch mitgemacht. Die Mutter des Babys! Und war ja auch kein Problem, is' ja auch erstmal alles gut gegangen. Aber dann kam er plötzlich mit diesem Hormon-Scheiß an. Ab da wurde es immer, immer, immer ...« Er suchte nach Worten. »... immer ... abgefahrener irgendwie. Und ich bin immer weiter mit reingerutscht. Und hab den Absprung nicht mehr geschafft.«

Schrader vergrub den Kopf in den Händen.

»Ich bin so ein Idiot, so ein verdammter Idiot«, presste er heraus.

Plötzlich hob er ruckartig seinen Kopf und starrte Fabian und Ergün an.

»Oh mein Gott«, flüsterte er. Dann fügte er etwas lauter und mit versteinertem Gesicht hinzu: »Ich glaube, ich weiß es.«

»Sie wissen *was*?«, fragen Fabian und Ergün gleichzeitig.

»Wo Vogt hingegangen ist.«

65

Gegen neun Uhr.

Was hatte er sich den Kopf zerbrochen, wie er hinein-
kommen sollte. Er wusste, dass das Gelände gut gesichert war.
Er konnte auch nicht ohne Weiteres über den mindestens zweieinhalb Meter hohen und mit Stacheldraht versehenen Zaun
klettern – schon gar nicht mit dem Kind auf dem Arm. Kurz
hatte er überlegt, irgendwo unterwegs noch Werkzeug zu
besorgen, diesen Gedanken aber gleich wieder verworfen: Er
hatte keine Zeit mehr zu verlieren.

Sicherlich waren Sie ihm auf den Fersen. Zudem konnte er
auch hier jederzeit erkannt werden. Schließlich war er nicht
mehr im Wald, sondern in einer öffentlichen Einrichtung.
Sozusagen auf dem Präsentierteller. Natürlich konnte er nicht
einfach hineinspazieren oder sich ein Ticket kaufen. Zumal er
keinen Cent mehr in der Tasche hatte und sicherlich einen
merkwürdigen Eindruck auf andere machen musste: Seit fast
einer Woche hatte er weder geduscht noch die Klamotten
gewechselt, die letzten drei Nächte kaum geschlafen.

Doch alle Sorgen waren unnötig gewesen. Auch die Mitarbeiter schienen noch nicht so richtig wach zu sein: Einer von
ihnen hatte den seitlichen Personaleingang, etwa fünfzig Meter
vom Haupttor entfernt, sperrangelweit offen gelassen. Von
früheren Besuchen wusste er, dass es gleich dahinter diverse
Möglichkeiten gab, sich zu verstecken: Wenn er nur unbemerkt
hindurchkam, würde der Rest ein Kinderspiel sein. Und erstmal drin, konnte er sich zu solch früher Stunde dort mit ent-
sprechender Vorsicht unentdeckt bewegen.

Eng am Zaun entlanggedrückt, schlich er zu der offen-
gelassenen Pforte und horchte. Als er auf der anderen Seite
keinerlei Geräusche hörte, schlüpfte er hindurch. Kurz verbarg
er sich in einem kleinen Verschlag, der als Abstellkammer für
Gartenwerkzeuge genutzt wurde.

Zwei Minuten später verließ er den Wirtschaftshof, auf den der Personaleingang führte. Er wandte sich rechter Hand auf den Hauptweg. Oft genug war er hier gewesen, so dass er genau wusste, wie er auf dem schnellsten Wege an sein Ziel kommen würde. Dort hätte er keine Probleme: Es gab eine kleine, etwa zwei Meter hohe Brücke, von der aus er sich problemlos hinablassen oder springen konnte.

Keine zehn Minuten, schätzte er, würde er bis dahin brauchen. Dann konnte er es endlich zuende bringen. Ein für alle Mal.

66

Etwa zur selben Zeit.

»Fahr ihnen hinterher!«, rief Anne Reinhard Meister vom Beifahrersitz aus zu. Einen Moment zögerte der Fotograf und schaute sie irritiert an. Dann zuckte er mit den Schultern und legte den Gang ein: »Du bist die Chefin.«

Kurz darauf hatten sie zu dem Zivilfahrzeug mit dem Blaulicht auf dem Dach aufgeschlossen, das an ihnen vorbeigeschossen war – und in dem Anne Fabian hatte sitzen sehen.

Sie wusste, dass Meister allen Grund dazu hatte, sich über ihre spontane Entscheidung zur Verfolgungsjagd zu wundern: Warum blieben sie nicht hier in Karow? Tobte nicht hier das Geschehen? Vor wenigen Minuten waren sie Zeugen einer dramatischen Verhaftung geworden. Noch immer war die Situation um das Haus des Verdächtigen herum chaotisch. Zumal durch den Krach mittlerweile Dutzende Anwohnerinnen und Anwohner angelockt worden waren. Sie drängten sich hinter den Flatterbändern und filmten mit ihren Handys die schwer bewaffneten Polizisten. Normalerweise wären sie ausgestiegen. Er hätte fotografiert. Sie hätte die Schaulustigen ausgefragt, ob sie etwas zu dem Verhafteten sagen konnten.

Doch dann war das Auto mit Fabian an ihnen vorbeigerast. Anne hatte blitzschnell kombiniert: Der Verhaftete, sie hatten ihn ja gesehen, war nicht der Verrückte mit dem Wolfhund, der gesucht wurde. Also war dieser vermutlich noch immer mit dem Baby unterwegs, das er gestern Nachmittag in der Rummelsburger Bucht gekidnappt hatte. Dementsprechend konnte der filmreife Aufbruch von Fabian und Co. nur eines bedeuten: Der Mann, den sie sich hier geschnappt hatten, hatte ihnen gesagt, wo der Typ mit dem Säugling jetzt war. Und genau das musste ihr Ziel sein. Anders ergaben der überstürzte Aufbruch, das Blaulicht und die Sirene keinen Sinn.

Die wilde Hatz führte zunächst die Karower Chaussee entlang. Diese durchschnitt das riesige Gelände des Campus

Berlin-Buch, einem ganzen Stadtviertel mit wissenschaftlichen und medizinischen Unternehmen und Einrichtungen. Ein Glück, dass hier am Sonntagmorgen kaum jemand unterwegs war: Bei dem Tempo der beiden Autos hätte es auf der zweispurigen, beidseitig von Bäumen gesäumten Straße leicht zur Katastrophe kommen können.

»Ich hoffe, du weißt, was wir hier tun«, murmelte Meister vor sich hin, ohne zu Anne hinüberzublicken. Ihm stand der Schweiß auf der Stirn.

Nein, das weiß ich nicht, dachte Anne. Sie bogen nach rechts ab und kamen an spätmittelalterlich wirkenden Fachwerkbauten vorbei. Wo fuhren sie hin?

Erst jetzt wurde Anne klar, dass sie dem Auto mit Fabian nicht in erster Linie hatte hinterherfahren wollen, weil sie sich davon die interessantere Geschichte für die Zeitung versprach. Es war etwas anderes gewesen, das sie dazu getrieben hatte, nicht einfach in Karow zu bleiben und dort ihren Reporter-Job zu erledigen: Es passte einfach viel besser zu ihrer Stimmung, mit 160 Sachen durch die Gegend zu brettern, als mit Menschen zu sprechen. Sie war aufgewühlt nach dem Telefonat mit Fabian. Erleichtert, dass ihr großes Geheimnis, dass sie zehn Jahre mit sich herumgeschleppt hatte, raus war, ja. Aber auch niedergeschlagen. Und sauer. Auf ihn, auf sich. Plötzlich kamen alle Gefühle wieder hoch. Wie auf einem winzigen Schiff auf einem stürmischen Ozean hatte sie sich damals gefühlt. So kam sie sich auch jetzt wieder vor: wie verloren auf hoher See. Deshalb tat es ihr in diesem Moment gut, einfach die Häuser an sich vorbeifliegen zu lassen und vor allem: selbst nichts tun zu müssen.

»Es geht auf die Autobahn«, sagte Meister plötzlich. »Stadtauswärts, Richtung Norden.«

Anne sah die Schilder »Stettin/Greifswald/Rostock«. »Wo fahren die hin?«, fragte sie, mehr zu sich selbst.

»Wie mir scheint, mitten in die Schorfheide«, antwortete Meister.

67

Ein paar Minuten später.

»Wir werden verfolgt«, stellte Volker Braun in einer Nüchternheit fest, die Fabian bemerkenswert fand. Schließlich steuerte sein Kollege den VW Passat mit fast 190 km/h über die Autobahn. Fabian, Ergün und Deininger drehten sich um und schauten durch die Heckscheibe. Etwa 100 Meter hinter ihnen sah Fabian, was Braun meinte: »Der rote Opel?«

»Jep. Ist mir das erste Mal in Buch aufgefallen. 'Ne Ahnung, wer das sein könnte?«

Ja, Fabian *hatte* eine Ahnung. Allerdings verspürte er wenig Lust, sie mit den anderen im Auto zu teilen. Also schüttelte er nur den Kopf und begann wieder, nervös auf die Uhr seines Handys zu schauen. Sie waren seit einer Viertelstunde unterwegs und würden laut Navi noch mindestens 20 Minuten bis zu ihrem Ziel brauchen – selbst bei diesem halsbrecherischen Tempo. Je länger sie fuhren, desto größer wurde Fabians Angst, zu spät zu kommen. Zu spät, um ein kaum begonnenes Menschenleben zu retten.

Wenn Peter Schrader mit seiner Vermutung zum Aufenthaltsort von Michael Vogt recht hatte, hatte dieser den ersten Regionalzug nach Groß Schönebeck genommen. Der war um 6.27 Uhr in Karow abgefahren und brauchte knapp eine Dreiviertelstunde. Vom Zielbahnhof aus waren es noch einmal rund 30 Minuten zu Fuß. Vermutlich war Vogt also gegen Acht angekommen – vor über einer Stunde!

Aber was blieb ihnen anderes übrig, als dass ihr Kollege den Fuß auf dem bis zum Anschlag durchgedrückten Gaspedal behielt. Sie konnten nur hoffen, dass es sich lohnte.

Als ihm das Starren auf die Uhr unerträglich wurde, begann Fabian zur Ablenkung damit, gemeinsam mit den anderen im Auto – neben Volker Braun noch Ergün und Hannah Deininger zu rekonstruieren, was am Dienstagabend in der Gartenlaube am Rande des Grunewalds passiert war:

Sie wussten, dass Michael Vogt, Peter Schrader und Melanie Kamp in der Laube gewesen waren, außerdem Kamps drei Monate altes Baby – und Vogts Wolfhündin. Schrader hatte zugegeben, gefilmt zu haben. Während er die Kamera auf Hund und Baby gerichtet hatte, hielten sich Vogt und Kamp im Hintergrund. Im Moment der Attacke des Tieres auf den Säugling schien Vogt als Erster reagiert zu haben: Im Film war er es gewesen, dessen Umrisse man kurz gesehen hatte, bevor die Kamera zu Boden fiel und die Aufnahme abbrach. Kamp, die sie schreien gehört hatten, muss nur Sekunden danach zu ihrem Kind gestürzt sein. Auf dem Weg dorthin griff sie vermutlich das große Küchenmesser, das sie später blutverschmiert im Wald gefunden hatten.

Den Blutspuren zufolge hatte Kamp zunächst auf die Hündin eingestochen und dieser dabei empfindliche Schnittwunden zugefügt – Fabian und Ergün hatten sie an der Hundeleiche in Schraders Hof gesehen. Sie selbst war von dieser gebissen worden, wie sie ja mittlerweile eingestanden hatte. Da eine recht große Menge ihres eigenen Blutes am Tatort identifiziert worden war, wurde sie wahrscheinlich zusätzlich durch das Messer verletzt – möglicherweise in einem Handgemenge mit Peter Schrader. Diesem war, davon gingen sie aus, das Blut der weiteren, bis dato unbekannten Person zuzuordnen. Dementsprechend musste auch er bei der Rangelei von Kamp mit dem Messer erwischt oder von dem Tier gebissen worden sein.

»Aber war nicht auch Blut von dem Baby an dem Messer, das im Wald lag?«, hakte Deininger ein.

»Gutes Gedächtnis, Hannah«, sagte Fabian. »Vermutlich ist es in die Lache mit dessen Blut gefallen, die hinter der Küchenzeile war. Es war sicher das totale Chaos.«

Sie konnten sich die Dramatik der Situation lebhaft vorstellen: Die panisch kreischende Melanie Kamp, die außer sich auf den Hund einsticht. Michael Vogt, der versucht, Tier und Säugling voneinander zu trennen. Schrader, der hilflos probiert, Melanie das Messer zu entreißen, dabei erst selbst von ihr getroffen wird und dann auch sie verletzt. Und die Hündin, die – hektisch vor ihren Verfolgern fliehend und diese mit gefletschten Zähnen anknurrend – den leblosen kleinen Körper des Kindes von einer Ecke der Laube in die andere zerrt.

»Wartet mal«, sagte Fabian plötzlich. »Wir haben uns doch gefragt, warum die Kamp eigentlich so spät auf alles reagiert hat ...«

Er wischte auf seinem Handy herum, bis er gefunden hatte, was er suchte.

»Hier«, sagte er und gab Ergün das Gerät. »Das Bild, das Melanies größerer Sohn Marc gemalt hat. Hab ich dir doch vorgestern schon gezeigt, als wir im Zug in die Schorfheide waren. Wenn ihr mich fragt, zeigt es viel von dem, was wir uns bislang zusammengereimt haben.«

Ergün schaute kurz auf das Smartphone und gab es an Deininger weiter. »Das heißt also, der Kleine war dabei?«

»Denke ich«, antwortete Fabian. »Das würde auch die Blutspuren auf der Treppe zum Dachboden erklären: Es erschien uns doch so eigenartig, dass die am oberen Absatz abrupt aufhören.«

Deininger schaute auf: »Du meinst, der war die ganze Zeit da oben?«

»Würde alles passen«, sagte Fabian. »Wir haben doch gemeint, in der Aufnahme die Stimme eines älteren Kindes zu hören: Das wird Marc gewesen sein. Vielleicht war Kamp auch gerade bei ihm, als die Hündin das Baby angegriffen hat – deshalb ihre verzögerte Reaktion.«

»Und nach dem Kampf ist sie zu ihm hoch, um ihn zu holen«, schlussfolgerte Ergün. »So kamen die Blutspuren auf die Treppe.«

Fabian nickte. »Wahrscheinlich hatte sich Vogt zu diesem Zeitpunkt schon das blutende Baby geschnappt und ist damit raus aus der Hütte und rein in den Wald.«

»Mitsamt dem blutverschmierten Messer, das er später in die Büsche geschmissen hat«, ergänzte Ergün. »Und weil er, wie auf dem Video zu sehen war, die ganze Zeit Handschuhe trug, haben wir darauf auch keine Fingerabdrücke von ihm gefunden.«

»Und Schrader?«, fragte Deininger.

»Der wird erst die Hündin ins Auto verfrachtet haben«, antwortete Fabian. »Und dann Melanie und Marc.«

»Dann hat er die beiden zu Marianne und Walter Berger ins Märkische Viertel gefahren«, sagte Ergün. »Wo du Melanie am Morgen danach hinter der Schlafzimmertür gehört hast.«

Wieder nickte Fabian bestätigend.

»Und damit die beiden alten Leute sich nicht verquatschen, wurden sie am Donnerstagnachmittag in ein Flugzeug nach Mallorca gesetzt, um nicht zu sagen: gezerrt.« Ergün schnaufte verächtlich. »Würde mich nicht wundern, wenn das auch Schraders Idee war. Der hat uns doch nur einen Bruchteil von dem erzählt, was auf seinem Mist gewachsen ist bei der ganzen Geschichte.«

»Was ich noch nicht so richtig kapiere«, sagte Deininger. »Was wollte er eigentlich mit den Aufnahmen machen?«

»Unser IT-Experte Bauer glaubt, dass Vogt den Film bei YouTube einstellen wollte«, sagte Ergün. »Er hat sich vor einigen Wochen einen eigenen Kanal erstellt. Bisher hat er da absurde Videos von Hunden reingestellt, die mit kleinen Kindern spielen, diese beschützen und so weiter.«

»Haben wir uns gestern Abend angeschaut«, meldete sich von vorne Volker Braun, der den Wagen weiter mit maximaler Geschwindigkeit über die Autobahn jagte. »Völlig abgedrehtes Zeug: Drei Monate alte Babys, die auf den Bäuchen von Pit Bulls liegen. Säuglinge, die von Dobermännern im Maul durch die Wohnung getragen werden. Kampfhunde, die Neugeborene in deren Bettchen abschlabbern und so. YouTube ist voll davon.«

»Die Clips heißen dann ›Hunde beschützen Babys‹, ›Pitbull Protects Baby Compilation‹ und so weiter«, ergänzte Ergün. »Und die werden wie bescheuert geklickt. Scheint also echt viele Verstrahlte zu geben, die auf sowas stehen.«

»Je klarer die Sache wird, desto weniger verstehe ich, warum Melanie bei diesem Wahnsinn mitgemacht hat«, sagte Deininger. »Das war doch ihr *eigenes* Kind!«

»Die Kollegen, die sie erreichen sollten, haben sich übrigens vorhin gemeldet, als wir vor Schraders Haus standen«, berichtete Ergün.

»Und?«, fragte Deininger.

»Melanie hat bestätigt, dass Vogt ihr Schwiegervater ist.«

»Es stimmt also wirklich, was die Kollegen aus der Forensik aufgrund der DNA-Abgleiche vermutet haben?«

»Ja«, sagte Fabian. »Allerdings hatten Melanie und Vogt wohl schon seit Jahren keinen Kontakt mehr. Bis er sie mit seiner Idee zu diesen bizarren Versuchen angesprochen hat. Zumindest muss er da ja gewusst haben, dass sie schwanger war – sicherlich von seinem Sohn René.«

»Okay, aber das erklärt doch noch lange nicht, warum sie mitgemacht hat«, meinte Deiniger. »Gerade wenn sie eigentlich gar keinen Kontakt mehr miteinander hatten oder auch nie gehabt haben. Dann ist es doch umso eigenartiger, dass sie sich darauf eingelassen hat.«

»Offenbar schien ihr nicht klar zu sein«, sagte Ergün, »dass es derart gefährlich werden könnte, was Vogt da mit seiner Hündin und ihrem Kind vorhatte. Vielleicht wollte sie's auch gar nicht so genau wissen. Schließlich hat er sie vor allem mit Kohle gelockt.«

»... und wohl immer wieder tüchtig nachgelegt, sobald sie zu zweifeln begann«, ergänzte Felter. »Damit war sie ja im Übrigen auch nicht allein: Angesichts der Anzahl der Video-Dateien auf seinem Rechner scheint Vogt noch einige weitere Eltern davon überzeugt zu haben, ihm gegen Bezahlung ihre Babys ... naja ... auszuleihen. Die haben aber vermutlich nach der ersten Begegnung immer das Weite gesucht – im Gegensatz zu Melanie.«

»Aber warum hat sie dann, nachdem alles so furchtbar schiefgegangen war, bei den ersten Gesprächen mit uns solange gemauert?«, fragte Deininger. »Warum das ganze Theater mit dem Weglaufen und so?«

»Weil sie Schiss hatte«, mischte Volker Braun sich wieder ein. Die linke Spur war seit geraumer Zeit frei, sein Fuß bliebt auf dem Gaspedal. »Erleben wir dauernd: Wer auf irgendeine Weise an krummen Dingern beteiligt ist und sich mitschuldig fühlt, streitet erstmal alles ab. Jeder hofft, dass er irgendwie durchkommt.«

»Natürlich muss sie Schuldgefühle gehabt haben«, sagte Ergün. »Schließlich hätte sie auch einfach mal ›Nein‹ sagen und das Ganze abbrechen können, aber dann hat Vogt immer schnell mit neuen Scheinen gewedelt, und sie ist doch wieder schwach geworden.«

»Und dafür hat sie sich offenbar sogar darauf eingelassen, ihr Kind zuhause zu bekommen – und nicht anzumelden«, meinte Fabian.

»Aber warum *das* jetzt wieder?« Hannah Deininger schüttelte ungläubig den Kopf.

»Damit niemand etwas von den gefährlichen Experimenten mitbekam«, antwortete Fabian. »Kein Kinderarzt, kein Jugendamt, kein Sozialarbeiter. So konnte Vogt ganz in Ruhe arbeiten und seine perversen Filmchen drehen.«

»Irgendwie begreif ich's nicht«, murmelte Deininger.

»Wenn du willst, kannst du sie ja gleich selbst fragen«, sagte Ergün.

Deininger schaute sie entgeistert an: »Wie meinst du das?«

»War Amiras Idee. Sie meinte, dass Melanie möglicherweise besser als wir in der Lage sein könnte, Vogt zur Vernunft zu bringen.«

»Das heißt, sie wird gleich auch da draußen sein?« Deininger war immer noch verwundert.

»Korrekt«, sagte Ergün. »Jetzt tut ihr alles furchtbar leid und sie will dabei helfen, dass nicht noch ein Kind stirbt.« Sie schaute auf die Uhr ihres Handys: »Sie ist vor fast einer Dreiviertelstunde im Wedding abgeholt worden. Vielleicht ist sie sogar früher da als wir.«

»Apropos ...«, Volker Braun deutete auf ein Schild. »Fast geschafft.«

Vor einigen Minuten waren sie von der Autobahn runtergefahren, jetzt ging es mitten durch dichten Wald. Fünf Minuten später hatten sie ihr Ziel erreicht.

Volker Braun fuhr direkt vor den Haupteingang. Fabian sprang aus dem Wagen und lief auf das Besuchertor zu. Ein Mitarbeiter in grüner Arbeitskleidung kam ihm hastig entgegen, offenbar wusste er Bescheid. Fabian hielt sich nicht mit Begrüßungen oder umständlichen Erklärungen auf. Er hatte nur eine einzige Frage: »Wie kommen wir mit den Autos rein?«

68

Im selben Moment, nur ein paar Meter entfernt.

»Such einen Parkplatz«, rief Anne und sprang aus dem noch rollenden Wagen. »Ich versuche reinzukommen!«

Reinhard Meister schien zu verdattert, um etwas zu entgegnen. Sie wartete nicht auf eine Antwort von ihm und hastete einem verunsicherten jungen Mann in grüner Arbeitskleidung entgegen, dem sie ihren Presseausweis unter die Nase hielt. Dann schritt sie durch das Eingangstor mit der großen Aufschrift »Wildpark Schorfheide«.

Anne war mulmig geworden, als sie gesehen hatte, wo ihre abenteuerliche Verfolgungsjagd geendet hatte. Selbst war sie nie hier gewesen, hatte aber schon von dem Wildpark gehört: Die private Einrichtung war ein beliebtes Ausflugsziel für Familien aus dem Nordosten der Stadt.

Vor einer guten halben Stunde hatte der Park aufgemacht. Die paar Menschen, die sich vor dem Eingang verloren, starrten gebannt auf das unwirkliche Geschehen um sie herum. Eine Mutter hielt ihre beiden Kinder im Kita-Alter fest. Ein Jugendlicher filmte mit seinem Handy. Zwei Senioren schauten erschrocken.

Anne war erstaunt, dass sie am Eingang des Parks niemand aufgehalten hatte. Doch offensichtlich waren die wenigen Angestellten überfordert mit der Situation und die Polizei hatte den Park noch nicht gesperrt. Das konnte, so wie es hier aussah, nur eine Frage von Minuten sein.

Aus dem Auto heraus hatte sie gesehen, wie sich Fabian lautstark mit einem Park-Angestellten gestritten hatte. Zwei seiner Kollegen in Kampfmontur waren aus einem Einsatzwagen gesprungen und ihm zu Hilfe geeilt. Es war offensichtlich, worum es ging: Sie drängten darauf, dass ihnen das große Eingangstor geöffnet wurde, um mit ihren Fahrzeugen hineinfahren zu können. Doch entweder war der bedauernswerte Parkangestellte, auf den sie einredeten, nicht zu einer solchen

Entscheidung befugt. Oder er wusste tatsächlich nicht, wo der Schlüssel für das Tor war. Auf jeden Fall würde es noch einen Moment dauern, bis Fabian und seine Leute in den Park rollen konnten.

Anne selbst war zwar nur zu Fuß, aber schon drin. Sie hatte also einen Vorsprung. Und sie wusste, wo sie hinmusste – dank Reinhard Meister. Seine permanenten Nörgeleien konnten einem zwar mächtig auf die Nerven gehen. Aber er hatte in fast vierzig Jahren Boulevard-Journalismus ein feines Gespür dafür entwickelt, im richtigen Moment am richtigen Ort zu sein. So auch jetzt: Statt einen Parkplatz zu suchen, war er nah an Fabian und dessen Kolleginnen und Kollegen drangeblieben. Nah genug, um zu hören, worüber sie sprachen. Vor wenigen Sekunden hatte er Anne eine SMS geschickt. In dieser stand nur ein einziges Wort: »Wolfsgehege«.

69

Drei Minuten später.

»Da vorne ist das Wolfsgehege!«, rief Ergün.

Mit quietschenden Reifen bremsten sie an dem drei bis vier Meter hohen Zaun, direkt vor der Eingangspforte für die Tierpfleger. Fabian, Ergün, Braun und Deininger stürzen aus dem VW Passat. Hinter ihnen sprangen Norbert Grindelmann und knapp ein Dutzend uniformierter Kolleginnen und Kollegen aus einem der Einsatzfahrzeuge. Sofort teilten diese sich in zwei Gruppen auf: Während einige Beamte den Zaun entlang des Weges liefen, orientierten sich die anderen am Rand des Geheges in entgegengesetzter Richtung.

Grindelmann kam schnellen Schrittes auf sie zu, im Schlepptau den Einsatzleiter und einen Wildpark-Mitarbeiter.

»Die Wölfe sind im Gelände verstreut«, sagt er hastig. »Sie werden versuchen, sie abzulenken und an eine Stelle zu locken. So lang können wir aber nicht warten. Herr Behrendt ...«, er deutete auf den Tierpfleger, »... meint, es gibt auf der anderen Seite eine kleine Brücke, über die man problemlos ins Gehege gelangen kann. Wenn Vogt reingegangen sein sollte, dann da. Kommt man allerdings nur zu Fuß hin, keine Chance mit den Autos.« Er schaute Behrendt an: »Wenn wir von hier aus um das Gehege herumlaufen: In welcher Richtung geht's schneller zu dieser Stelle?«

»Äh ...« Der Mann schien überfordert. »Egal, glaube ich.«

»Okay«, sagte Grindelmann. »Frau Ergün und ich links rum, Felter und Braun rechts. Immer die Augen offen halten!«

Etwa alle dreißig Meter hatten sich Uniformierte am Zaun postiert. Die ersten vier, an denen sie vorbeikamen, bedeuteten kopfschüttelnd, nichts Auffälliges gesehen zu haben. Der fünfte – ein junger, muskelbepackter Kerl – lief ihnen aufgeregt entgegen: »Er ist da drin! Ich hab ihn gesehen. Bei den Wölfen!«

»Was genau haben Sie gesehen?«, fragte Fabian außer Atem. »Nur ihn oder auch Wölfe?«

»Nur ihn, keine Wölfe.«

»Wo genau haben Sie ihn gesehen?«

»Kommen Sie!« Der junge Polizist drehte sich um und gab ihnen ein Zeichen, ihm zu folgen. Nach etwa einer Minute stoppte er abrupt ab, zeigte aufgeregt auf einige große Bäume, die nah am Zaun standen, und flüsterte: »Da ist er immer noch!«

Jetzt sah auch Fabian den Mann, der sich rund 25 Meter vom Zaun entfernt auf den Waldboden gesetzt und an einen dicken Baumstamm angelehnt hatte.

»Kannst du erkennen, ob er das Baby bei sich hat?«,fragte er an Volker Braun gewandt.

»Schwer zu sagen. Es könnte in seinem Schoß oder auch neben ihm liegen.« Er schaute Fabian an: »Was machen wir jetzt?«

Gute Frage, dachte Fabian. Wenn Vogt das Kind mit ins Gehege genommen haben sollte, war die oberste Priorität, es da rauszuholen. Alles andere war zweitrangig. Dafür mussten sie nur erst einmal wissen, wo es war. Das konnte ihnen nur Vogt selbst verraten.

Fabian wandte sich an den uniformierten Kollegen: »Hat er Sie gesehen? Weiß er, dass Polizei hier ist?«

Der junge Mann zuckte mit den Schultern.

Fabian überlegte kurz, dann schaute er Braun an: »Sag du den anderen Bescheid, dass er hier ist. Ich versuche, mit ihm zu reden.«

»Bist du sicher? Sollten wir nicht lieber warten, bis ...«

»Irgendwo da drin«, unterbrach Fabian ihn und zeigte aufs Gehege, »liegt vermutlich ein Baby. Ich möchte nicht, dass sich die Wölfe genau in *den* paar Minuten darüber hergemacht haben, in denen wir auf Verstärkung gewartet haben.«

»Hast recht.« Volker Braun nickte. »Versuch's!«

Aufmunternd klopfte er Fabian auf den Rücken. Dieser schritt langsam auf die Stelle am Zaun zu, von wo aus er Michael Vogt am nächsten sein würde.

70

Kurz vor zehn.

Er verstand sich selbst nicht. Weshalb hatte er sich auf ein Gespräch mit diesem Polizisten eingelassen? Als der am Zaun aufgetaucht war und nach ihm gerufen hatte, hatte er sich geärgert. Er fühlte sich gut hier. Am richtigen Ort, im Einklang mit der Welt. Und jetzt dieser Typ mit seinem nervigen Gerufe.

Zunächst hatte er ihn ignoriert. Nicht einmal den Kopf hatte er ihm zugewandt. Doch dann zog der Polizist plötzlich über Wölfe her. »Bestien« und »Monster« nannte er sie. Das hielt er nicht aus. Er ertrug diese Selbstgefälligkeit der Menschen nicht. »Die Wölfe gehen besser miteinander um als wir«, war es aus ihm herausgeplatzt.

Der Polizist hatte Fragen gestellt, und er hatte geantwortet – anstatt einfach aufzustehen und ins Gehege hineinzulaufen. Es wäre ein Leichtes gewesen. Warum hatte er sich überhaupt hier am Rande des Geheges niedergelassen, so nah am Zaun? Weshalb war er nicht gleich weiter hineingelaufen? Ihnen entgegen? Deshalb war er doch hier: wegen ihnen. Er sah und hörte sie nicht. Doch er spürte, dass sie da waren. Ganz nah.

Nachdem er von der kleinen Brücke in das Gehege gesprungen war, hatte er sich schnell wieder aufgerichtet. Ein, zwei Minuten hatte er angestrengt in das dicht mit Bäumen bestandene Gelände gestarrt. Von früheren Besuchen wusste er, dass das Rudel aus neun Tieren bestand: einem Alpha-Männchen, zwei erwachsenen Weibchen, einem jüngeren Rüden aus einer anderen Familie und fünf Jungtieren. Viele Male hatte er sie fasziniert dabei beobachtet, wie sie sich balgten oder um Fleisch stritten. Immer hatte er vor dem Gehege gestanden, mit einem Zaun zwischen sich und ihnen. Eine Grenze, die ihre Welten trennte. Die er immer wieder so gerne überwunden hätte. Endlich hatte er es getan. Er war bei ihnen. Er musste nur aufstehen und gehen. Doch irgendetwas hinderte ihn daran, diesem Polizisten den Rücken zuzuwenden.

71

Zeitgleich, auf der anderen Seite des Zaunes.

Fabian wusste: Nur wenn er Vogt in ein Gespräch verwickelte, hatte er eine Chance. Eine Chance, von ihm zu erfahren, wo das Baby war.

Auf seine ersten Fragen, die er ihm durch den Zaun zurief, schwieg Vogt beharrlich. Einmal schaute er kurz zu ihm rüber, dann starrte er nur noch stoisch in die Bäume. Und blieb stumm. Bis Fabian einen wunden Punkt bei ihm traf: Er diffamierte die Wölfe. Als dumm und primitiv bezeichnete er sie, asozial und grausam. Das lockte Vogt aus der Reserve. Plötzlich antwortete dieser. Einsilbig und trotzig zwar, aber er sprach mit ihm!

Allerdings hatte Fabian noch immer keine Ahnung, wo das Baby war. Bei Vogt offenbar nicht, soweit er das erkennen konnte. Hatte er es irgendwo abgelegt, bevor er ins Gehege gesprungen war? Oder schon früher? Hatte er es überhaupt mit zum Wildpark gebracht? Er musste das Gespräch am Laufen halten, um es zu erfahren.

»Wir waren in Ihrer Hütte«, rief er. »Haben die Bilder von den Wolfskindern gesehen. Die Geschichten sind doch Quatsch.« Vogt zeigte keine erkennbare Reaktion. »Von Wölfinnen aufgezogen: Was für ein Unsinn!« Fabian versuchte, seine Sätze so abfällig wie möglich klingen zu lassen.

Vogt schwieg. Aber er ging nicht weg. Fabian versuchte, ihn bei der Ehre zu packen: »Das müssen Sie doch am besten wissen. Sie kennen sich doch mit Tieren aus. Gerade mit Wölfen. Sie wissen doch, dass eine Wölfin ihre Jungen höchstens ein Jahr lang säugt. Wie sollte sie sich jahrelang um ein Menschenkind kümmern?!«

Endlich drehte Vogt ihm sein Gesicht zu: »Und wie erklären Sie dann die tausenden von Geschichten, die sich die Menschen davon erzählen? Alles Lügen, oder was?«

»Menschen erzählen sich viele Geschichten. Nicht alle davon stimmen«, entgegnete Fabian. »Das unterscheidet sie übrigens von den Tieren: Kreativität, Einfallsreichtum, Intelligenz.« Auch lügen kann nur der Mensch, dachte Fabian, behielt es aber für sich. »Diese ganzen Fähigkeiten haben Tiere nicht. Deshalb sind wir ihnen ja auch überlegen.«

Keine Regung bei Vogt.

Fabian kam eine Idee: »Wissen Sie was? Auch in meinem Lieblingsbuch als Kind kam ein Wolf vor. Hab ich mir hunderte Male von meiner Mutter ...«, er betonte das Wort und ließ eine kleine Pause folgen, »... vorlesen lassen. Das hat sie jeden Abend getan.«

Der Mann im Gehege blieb weiter unbeweglich auf seinem Baumstumpf sitzen.

»Der Wolf aus der Geschichte wollte nicht böse, sondern lieb sein. Ich hab deshalb lange geglaubt, es gibt liebe Wölfe. Aber in der Natur sind sie nunmal böse und grausam. Da gibt's kein Mitgefühl. Überlässt das Rudel nicht die, die nicht mehr laufen können, ihrem Schicksal?«

Vogt starrte nur vor sich hin.

»Oder nehmen Sie den Omega-Wolf, der vom Rest des Rudels gemobt wird. Manche Wölfinnen töten sogar die Welpen von Rivalinnen – wenn's nötig ist, sogar die ihrer Schwester! Was ist denn das für ein Familienzusammenhalt?!«

Weiter keine Reaktion.

»Bei vielen Tieren töten die Eltern sogar ihren eigenen Nachwuchs. Wenn die Kinder zum Beispiel krank oder schwach sind. Oder wenn zu wenig Fressen da ist, um alle durchzubringen. Gibt's überall: Vögel, Reptilien, Nagetiere. Sogar bei Affen und den ach so klugen Delfinen. Da kennen die Großen kein Erbarmen. Finden Sie das fürsorglich?«

Statt zu antworten, änderte Vogt seine Sitzhaltung. Jetzt ist es vorbei, dachte Fabian. Er hatte den Bogen überspannt. Gleich steht Vogt auf und geht. Das durfte nicht passieren! Fieberhaft überlegte er, was er sagen konnte.

Doch statt sich zu erheben, fragte Vogt unvermittelt: »Kennen Sie Kellogg?« Ohne eine Antwort abzuwarten, sprach er weiter: »Amerikanischer Forscher. Hat einen Schimpansen zu sich in die Familie genommen. Ihn genauso aufgezogen wie seinen einjährigen Sohn. Wollte wissen, was passiert, wenn man einen Affen wie einen Menschen erzieht.«

»Und? Was passierte?«, fragte Fabian, erleichtert, dass Vogt wieder sprach.

»Kellog dachte, dass der Affe irgendwie menschlich werden würde.«

»Lassen Sie mich raten: Das geschah nicht.«

»Genau«, rief Vogt. »Es war umgekehrt: Sein Sohn machte alles dem Affen nach. Er krabbelte auf allen vieren durch die Gegend, leckte Essen vom Boden auf, kletterte wie besessen. Statt sprechen zu lernen, grunzte und bellte er wie der Affe.«

»Ja, und?«

»Das kann doch kein Zufall sein«, rief Vogt. »Warum sollte die Natur es so einrichten, dass ein Menschenkind in Gesell- schaft eines Affen dessen Verhaltensweisen übernimmt, wenn es nicht einen Sinn ergibt?! In der Natur ergibt alles einen Sinn!«

Je länger Vogt sprach, desto mehr hatte Fabian das Gefühl, sein Weltbild zu verstehen. Es war schlicht, aber konsequent. Vogt dachte wie ein Kind. Er teilte die Welt in Gut und Böse, Richtig und Falsch ein. Es gab keine Grautöne.

»Kellog hat damit auch bewiesen, dass es Wolfskinder geben kann«, rief Vogt. »Sein Sohn hat sich an das Verhalten des Affen angepasst. Warum sollte das in der Wildnis nicht auch gehen?!«

Fabian war froh, dass Vogt wieder redete. Andererseits kamen ihm Zweifel, ob er mit seiner Strategie etwas erreichen würde. Konnte er Vogt zum Umdenken bewegen? Oder machte er ihn nur sturer? Verschwendete er wertvolle Zeit?

Vogt hatte sich anscheinend warmgeredet: »Bei den Wölfen verlässt keine Mutter ihre Kinder. Niemals. Sie kümmern sich. Sie beschützen sie. In einer Wolfsfamilie wird niemand im Stich gelassen!«

Wie weiter? Sollte er Vogt noch einmal mit der Mutter provozieren? Er brachte den Gedanken nicht zu Ende. Denn unvermittelt passierte etwas, von dem er nicht gewusst hatte, dass es möglich war: Im selben Moment empfand er gleichzeitig zwei völlig gegensätzliche Gefühle – unfassbare Erleichterung und nackte Angst. Erlösung und Panik. Denn plötzlich hörte er ein Baby schreien.

Erst war es nur ein Wimmern. Dann schwoll es rasch an und war ohne Zweifel menschlicher Natur. Es schien aus der Nähe zu kommen. Viel wichtiger aber war, dass er sich sicher war, aus welcher Richtung das Weinen des Säuglings zu ihm drang: aus dem Wolfsgehege.

72

Selbe Zeit, in unmittelbarer Nähe.

Anne erstarrte. Kein Zweifel: Da schrie ein Baby. Und allem Anschein nach kam das Brüllen aus dem Wolfsgehege.

Vor rund zehn Minuten hatte sie kurz vor dem Gelände für die Wölfe den Hauptweg verlassen und war über Stock und Stein zwischen den dicht stehenden Bäumen – immer parallel zum rund 15 Meter entfernten Zaun – am Gehege entlanggelaufen. Sie hatte sich hinter Stämmen und Büschen versteckt, obwohl das kaum nötig gewesen wäre: Die am Gitter postierten Polizistinnen und Polizisten schauten alle so angestrengt in das eingezäunte Areal hinein, dass keiner einen Blick dafür hatte, was hinter ihnen passierte. Plötzlich sah sie Fabian, kaum zwanzig Meter entfernt, am Gatter kauern. Offenbar unterhielt er sich mit jemandem innerhalb des Geheges, denn immer wieder rief er etwas in diese Richtung.

Sie hockte sich hinter einen Strauch. Ebenso gut hätte sie sich entspannt an einen Baumstamm lehnen können. Denn auch Fabian hatte nur Augen für das, was auf der anderen Seite des Zaunes geschah. Wo genau der Mensch war, mit dem Fabian sprach, konnte Anne nicht sehen. Doch hörte sie von Zeit zu Zeit eine Männerstimme, die antwortete. Da die beiden mehr riefen als sprachen, verstand sie das meiste.

Als das Baby zu schreien begann, verstummten die Männer. Ehe Anne darüber nachdenken konnte, was das Brüllen des Säuglings bedeutete, hörte sie von ihrem Versteck hinter dem Baum aus links von sich laute Stimmen. Ein paar Momente später näherte sich, hinter einer aufgeregten Polizistin herlaufend, Melanie Kamp! Sie rang, genauso wie die Beamtin, nach Atem. Beide hatten knallrote Gesichter und waren schweißüberströmt. Sie rannten auf Fabian zu.

»Hier ist sie!«, keuchte die Polizistin, während Kamp an ihr vorbeistürmte, ihre Hände ins Gitter krallte und brüllte: »Was machst du denn, Micha? Bist du jetzt völlig verrückt geworden? Lass den Scheiß!«

Fabian versuchte, Kamp vom Zaun wegzureißen, doch sie klammerte sich daran fest und schrie weiter: »Ist dir ein totes Kind nicht genug? Was willst du uns denn beweisen? Wie toll deine scheiß Wölfe Babys umbringen können?«

Anne sah von ihrem Versteck aus nicht, was im Gehege vor sich ging. Aufgrund von Fabians Reaktion schloss sie aber, dass Kamps Gebrüll den Mann dort offenbar dazu bewegt hatte, aufzustehen.

Denn jetzt ließ Fabian von Kamp ab und schrie seinerseits ins Gelände rein: »Warten Sie! Bleiben Sie hier! Ihre Schwiegertochter hat recht! Ein totes Baby ist genug!«

»Es ist vorbei!«, hörte Anne den Mann rufen. Seine Stimme klang weiter entfernt als eben.

»Vogt! Kommen Sie doch zur Vernunft!«, brüllte Fabian und rüttelte wild am Zaun, genauso wie neben ihm Melanie Kamp. »Michael!«, brüllte sie inständig. »Komm zurück!«

Weitere Stimmen mischten sich in ihre Rufe. Ein Dutzend Menschen kam aus Richtung des Hauptweges am Zaun entlang auf Fabian, Kamp und die beiden Polizisten zugelaufen. Anne registrierte sowohl uniformierte Beamte und Parkmitarbeiter als auch einige Männer, die Polizisten in Zivil zu sein schienen. Einer von ihnen, ein baumlanger Kerl, dessen schicker Anzug völlig deplatziert wirkte, war offenbar der Chef. Er stürmte auf Fabian zu: »Wo ist Vogt? Wo ist das Baby?«

»Beide da drin«, antwortete Fabian außer Atem. Er wandte sich an den Park-Mitarbeiter in grünem Arbeitsoutfit, der hinter dem Anzug-Typ stand: »Wir müssen da rein!«

Der Park-Angestellte schüttelte den Kopf. »Geht hier nicht. Dafür müssen wir zum Hauptweg zurück.«

»Na, dann los«, stieß Fabian hervor und wollte schon losstürmen, als er unvermittelt die rechte Hand hob. »Wartet!«

Anne sah, wir der gesamte Trupp innehielt. Selbst Melanie Kamp, die weiter am Zaun gerüttelt und hysterisch geschrien hatte, verstummte.

»Das Baby ist nicht bei Vogt!«, rief Fabian, der gleichzeitig ein paar Schritte zurück zum Zaun machte.

»Wie kommen Sie drauf?«, wollte der Anzug-Typ wissen.

»Vogt war gerade noch hier, nah bei uns«, antwortete Fabian hastig. »Dann ist er weiter ins Gelände rein.«

»Ja, und?«, hörte sie den Boss fragen. »Warum sollte er das Baby nicht mitgenommen haben?«

»Weil das Geschrei noch haargenau so nah klingt wie eben. Obwohl wir Vogt nicht mehr sehen. Er hat's nicht dabei!«

»Das heißt, es liegt da jetzt irgendwo rum?«

»Genau!«

Die Intensität des Baby-Geschreis war in den letzten Momenten stetig angeschwollen. Und plötzlich merkte Anne, dass an diesem irgendetwas besonders war. Ungewöhnlich. Sie hatte schon immer ein hervorragendes Gehör gehabt. Als Kind hatte sie Geräusche wahrgenommen, die niemand anderes aus ihrer Familie gehört hatte. Sie ließ ihren Blick angestrengt durch das Gelände jenseits des Zaunes streifen, um ein Indiz für ihre Vermutung zu bekommen. Tatsächlich entdeckte sie etwas, das passte. Das war es!

Sie musste es den anderen sagen, durchzuckte es sie. Sie musste es Fabian sagen! Doch etwas hielt sie zurück: Was, wenn sie ihr Gefühl trog? Blanker Unsinn war? Außerdem konnte sie doch hier nicht so einfach aus dem Gebüsch brechen und auf die anderen zulaufen. Und dann stimmte es gar nicht? Was wäre das für eine Blamage. Für sie, aber auch für Fabian.

Für einen Augenblick hatte das Baby aufgehört zu weinen. Als es kurz darauf erneut anhob, verzweifelter als vorher, wusste Anne, dass sie keine Alternative hatte. Jetzt nichts zu tun, würde sie sich nie verzeihen können.

Sie richtete sich auf, trat aus ihrem Versteck heraus und ging geradewegs auf die Gruppe aufgeregter Mensch zu.

73

Sekunden später.

Das war zuviel für Fabian. Wenn das hier ein Film war, dann ein unfassbar schlechter. Und wenn es ein Traum war, ein Albtraum der übelsten Sorte: Hinter einem Baum kam plötzlich Anne hervor und zeigte hektisch ins Gehege hinein.

Zunächst verstand er kein Wort von dem, was sie sagte. Immer wieder deutete sie auf den Zaun. Allerdings nicht auf die Stelle, an der Vogt aus ihrem Blickfeld verschwunden war, sondern weiter nach rechts. In jene Richtung, aus der Vogt auf seinem Weg hierhergekommen sein musste. Anne stand jetzt genau vor ihm.

»Mensch, Fabian, komm zu dir!« Sie klopfte ihm kräftig auf die Schulter. »Ich glaube, ich weiß, wo das Baby ist.«

Nicht nur bei Fabian, auch bei den anderen hatte Annes plötzliches Auftauchen die Aufmerksamkeit auf einen Schlag vom Gehege weggelenkt. Grindelmann kam energisch auf sie zu: »Wer sind Sie? Was machen Sie hier?«

»Ich bin eine Freundin von Fabian«, sagte Anne gehetzt. »Ich denke, ich weiß, wo der Säugling ist, den Sie suchen.«

Irritiert schaute Grindelmann erst kurz Fabian an, dann wieder Anne: »Auch wenn ich hier gerade nichts verstehe: Wo soll das Kind denn sein?«

»Kommen Sie ein bisschen weiter vom Zaun weg«, sagte sie. Während sie sich umdrehte, bedeutete sie den anderen mit einer Handbewegung, ihr zwischen den Bäumen hindurch zu folgen. Grindelmann war dicht hinter ihr, gefolgt von Ergün und Fabian, der sich noch immer wie betäubt fühlte. Nach ein paar Metern blieb Anne stehen und blickte durch die Bäume den Zaun entlang. Sie zeigte auf eine Stelle am Gatter. Fabian, der mittlerweile zu Anne, Grindelmann und Ergün aufgeschlossen hatte, kniff die Augen zusammen, um zu erkennen, was sie meinte. Dann sah er es: Keine 15 Meter entfernt stand am Rand des Geheges, direkt hinter dem Zaun, eine hoch aufragende Holzkonstruktion auf langen Pfählen. Auf ihr thronte ein kleines Häuschen mit Öffnungen zu allen Seiten, bedeckt mit einem flachen Dach: ein Hochsitz! Er war in einem bedauernswerten Zustand: Im Dach und an den Wänden fehlten Latten. Die Pfeiler waren mit Moos bewachsen, hier und da wucherten große Pilze aus dem Holz.

Grindelmann, Ergün und Fabian schauten ungläubig zwischen dem heruntergekommenen Hochstand und Anne hin und her. Sie schien den Zweifel aus ihren Gesichtern zu lesen, weshalb sie ihrem Satz noch einmal extra viel Nachdruck verlieh: »Ich bin mir sicher, dass das Baby da oben ist.«

»Auf dem Hochsitz?« Grindelmann starrte sie entgeistert an. »Wie kommen Sie darauf?«

»Ich bin mir sicher«, sagte Anne, »dass das Weinen des Babys von dort oben kommt.«

In diesem Moment wurde allen gewahr, dass der Säugling zu Schreien aufgehört hatte. Außer Vogelgezwitscher war nichts mehr zu hören.

Grindelmann wandte sich an den jungen Angestellten des Tierparks, der neben einigen weiteren Polizistinnen und Polizisten mittlerweile ebenfalls zu ihnen gestoßen war: »Können wir das überprüfen? Kommen wir da rauf?«

Der Wildpark-Bedienstete wirkte, als sehe er den Hochsitz das erste Mal: »Äh ... nein, ich meine, ja, also wahrscheinlich schon.«

»Aber?«

»Der wird schon seit ewigen Zeiten nicht mehr benutzt«, stotterte der junge Mann. »Also der war da, glaube ich, schon, als das Gehege errichtet wurde. Wurde einfach stehengelassen und mit eingezäunt.«

»Ok, aber was heißt das für uns?«, fragte Grindelmann.

»Wir müssen in jedem Fall zur Pforte vorne am Hauptweg.«

»Kürzer geht's nicht?«

Der Tierpfleger schüttelte den Kopf.

»Verdammt«, entfuhr es Grindelmann. »Können wir denn da überhaupt einfach so reinmarschieren?«

»Wegen der Wölfe, meinen Sie?«, fragte der Mann verunsichert. »Also, Sie vielleicht besser nicht, aber ich könnte es schon machen. Ich bin jeden Tag da drin.«

Bislang hatte Fabian sich nicht am Gespräch beteiligt. Noch immer fühlte er sich wie benebelt. Deshalb hatte er auch nicht wahrgenommen, wie Anne sich weiter in seine Nähe geschoben hatte. Sie stand jetzt direkt neben ihm, wie er schlagartig bemerkte. Kurz legte sie ihre Hand auf seinen Rücken, als wollte sie ihm Mut machen. Es irritierte ihn, wie gut ihm diese flüchtige Berührung tat. Plötzlich fühlte er sich nicht mehr so allein. Es war absurd – aber jetzt war er froh, dass sie da war.

Das erste Mal seit fast zwanzig Stunden – seit dem Moment, in dem Vogt den Säugling an der Rummelsburger Bucht gekidnappt und ihnen durch die Kanalisation entkommen war – hatte Fabian wieder echte Hoffnung, dass diese Geschichte doch noch halbwegs gut und nicht in einer totalen Katastrophe enden könnte. Energisch schritt Fabian auf den Wildpark-Angestellten zu: »Na, dann holen Sie uns dieses Baby da raus!«

Sie setzten sich gerade in Bewegung, da blieben Fabian und die anderen wie versteinert stehen. Synchron drehten sie ihre Köpfe zum Zaun. Alle hatten den lauten Knall gehört: Im Gehege war ein Schuss gefallen.

Und nach einem unheimlichen Moment vollkommener Stille begannen die Wölfe zu heulen.

74

Einige Minuten früher.

Die Wölfin stand regungslos vor ihm und fixierte ihn mit leicht gesenktem Kopf. Ihre Ohren waren aufmerksam nach vorn gerichtet. Sie war wunderschön: Ihr gräulich-braunes Fell schimmerte silbern in der Sonne, deren Strahlen durch die Bäume genau auf ihren Rücken fielen. Wie auf einer Bühne im Schweinwerferlicht stand sie da. Zwischen den Ohren zog sich ein ausgeprägter schwarzer Streifen in ihre breite Stirn.

Die Fähe, er schätzte sie auf drei oder vier Jahre, fühlte sich unsicher: Das signalisierte ihm der auf halber Höhe stehende Schwanz. Wie sollte es anders sein? Er war in ihrem Revier. Mit einem Mal war ihm unwohl. Er war ein Eindringling, ein ungebetener Gast. Dabei war er sich so sicher gewesen, dass er bei ihnen sein wollte, wenn alles zu Ende ging. Oder eher: *unter* ihnen. Wenn er schon keiner *von* ihnen sein konnte.

Aber war er sich nicht ebenso sicher gewesen, dass seine Idee mit dem Video funktionieren würde? Dass Waya den kleinen Tim an ihre Brust nehmen würde? Dass ein Clip hiervon viele Menschen davon überzeugen würde, dass Tiere einfühlsamer waren als sie selbst? Nicht alle würden es verstehen. Es gab so viele dumme Leute. Aber jenen, die ein Herz hatten, hätte sein Video die Augen geöffnet.

Auch als er das zweite Baby vom Spielplatz in der Rummelsburger Bucht mitgenommen hatte, war er überzeugt gewesen: Er konnte beweisen, dass er recht hatte. Es musste funktionieren. Und wenn Schrader nicht plötzlich einen Rückzieher gemacht hätte, hätte es auch funktioniert.

Aber warum hatte er dann das Baby auf den Hochsitz gelegt? Plötzlich hatte ihn das kleine menschliche Bündel in seinen Armen überfordert. Ab dem Moment, in dem er im Wolfsgehege war, kam es ihm nicht mehr richtig vor, ein Lebewesen, das nichts mit ihm zu tun hatte, mit sich herumzutragen.

Bei Tim war das anders gewesen. Immerhin war der sein Enkel gewesen. Selbst wenn ihm nie wirklich klar geworden war, was das bedeutete: Was verband ihn mit ihm? Und was verband ihn mit seinem Sohn, René? Warum hatte er ihnen gegenüber nie irgendetwas gefühlt?

Die Wölfin, die etwas mehr als zehn Meter von ihm entfernt stand, hatte sich noch immer nicht bewegt. Weil er ihr keine Angst machen wollte, ging er langsam in die Hocke und setzte sich vorsichtig auf den glatten Stumpf eines gefällten Baumes. Vielleicht, dachte er, hatte sie gerade ein paar Welpen, um die sie sich liebevoll kümmerte. Er wusste, dass die anderen Wölfe nicht weit sein konnten. Das Rudel hielt zusammen. Wenn Gefahr drohte, verteidigten sie sich und ihre Familie bedingungslos. Nicht wie bei den Menschen, bei denen jeder für sich alleine kämpfte. Es nichts galt, vom selben Blut zu sein. Wo Mütter ihre Kinder verließen.

Oft hatte er sich den Moment vorgestellt, in dem er ihnen leibhaftig gegenüberstehen würde. Nun war er da. Am liebsten hätte er die Zeit angehalten, für immer und ewig hier mit dieser Wölfin gestanden. Zutiefst beneidete er sie und ihre Artgenossen. Um die Geborgenheit im Rudel. Darum, dass sie einen Ort hatten im Leben, der sich richtig anfühlte. Dass sie instinktiv spürten, wo sie hingehörten. Um die Liebe und Fürsorglichkeit, mit der sie füreinander da waren. Vor allem aber um ihr Urvertrauen. Sie haderten nicht mit der Vergangenheit und fürchteten sich nicht vor der Zukunft. Für sie war immer alles gut, wie es war. In jedem Moment. Sie kannten keine Zweifel.

Selbst der nervige Polizist hatte es noch einmal geschafft, ihn zum Grübeln zu bringen. Ihn in eine sinnlose Diskussion zu verwickeln. Er hätte sofort aufstehen und gehen sollen. Andererseits: Es änderte nichts, dass er sitzengeblieben war. Denn jetzt war er trotzdem hier.

Plötzlich bemerkte er zwischen den Bäumen rechts von sich eine Bewegung. Langsam wandte er den Kopf – und sah sie: Mit gesenkten Häuptern und leicht geduckt kamen sie auf ihn zu. Bedächtig, fast wie in Zeitlupe. Erst erblickte er nur zwei von ihnen, dann tauchten ein dritter und vierter Wolf zwischen den Bäumen auf. Er schaute nach links: Von dort schlich ein Jungtier auf ihn zu. Hinter ihm knackte es. Als er sich umdrehte, sah er zwei weitere Wölfe, die sich ohne Hast auf ihn zubewegten. Sie hatten ihn umzingelt.

Er zog den Revolver aus der Hosentasche, den er die ganze Zeit mit sich herumgetragen hatte. Gelegentlich hatte er daran gedacht, ihn zu benutzen. Als dieser Polizist und dessen Kollegin in der Nacht im Wald seine Hütte stürmten. Als sie ihm an der Rummelsburger Bucht dicht auf den Fersen waren. Als Schrader nicht mehr mitmachen wollte. Aber im Grunde wusste er die ganze Zeit, dass er die Waffe nur zu einem einzigen Zweck dabei hatte.

Fest hatte er sich vorgenommen, nicht zu zögern, wenn es so weit war. Sich keine Zeit zu geben, es sich anders überlegen zu können. Stark wollte er sein. Stark wie die Wölfe. Sie zögerten nicht, wenn es darauf ankam. Sie folgen ihrer Intuition. Sie taten, was getan werden musste – und fügten sich geduldig und demütig ihrem Schicksal, wenn es sich nicht mehr lohnte, zu kämpfen. Wenn es nichts mehr ändern würde, sich zu wehren.

Als er den Abzug spannte, setzte sich die Wölfin vor ihm, die ihm vom Rudel noch immer am nächsten war, auf den Waldboden. Sie ließ ihn weiterhin keine Sekunde aus den Augen. Doch offenbar fürchtete sie sich nicht mehr vor ihm. Das freute ihn. Die Pistole fühlte sich gut in seiner Hand an: Sie gab ihm ein sicheres Gefühl. Das Gefühl, die Kontrolle zu haben.

Er hob die Waffe, setzte die Mündung des Laufs zwischen Kinn und Kehlkopf an und schloss die Augen. Er sah seine Mutter, wie sie sich in einem Wirbel von rosa Blütenblättern ein letztes Mal nach ihm umdrehte. Er sah das verweinte Gesicht des Vaters im nächtlichen Schummerlicht der Küchenlampe, vor ihm die zur Hälfte geleerte Flasche Kristall-Wodka.

Als das kühle Metall seine Haut berührte, meinte er, Kiras feuchte Schnauze zu spüren. Nichts wünschte er sich sehnlicher, als sich noch einmal an den Geruch aus ihrer Hütte zu erinnern: diese Mischung aus fauligem Holz, durchweichter Erde und klammem Hundefell. Es gelang ihm nicht.

Dann drückte er ab.

Epilog

Gut vier Wochen später.

Montag, 19. August 2019.
Kurz nach halb neun am Morgen.

Es war verrückt.

Aber damit auch der passende Schlusspunkt für diesen bizarren Fall, dachte Fabian, als die Urne langsam ins Grab gelassen wurde. Knapp einen Monat nach der Jagd auf Michael Vogt stand er zusammen mit Ergün wieder auf dem Selbstmörder-Friedhof im Grunewald – um eben jenem Vogt seinen letzten Wunsch zu erfüllen.

Vor einer Woche hatte die Hitze endlich nachgelassen und war freundlichem Spätsommerwetter gewichen. Jetzt, am frühen Morgen hier mitten im Wald, war es angenehm frisch. Die Vögel zwitscherten wie wild. Heerscharen von Insekten schwirrten im milden Sonnenlicht durcheinander. Auf einem Grabstein vor ihnen ließ sich ein prächtiges Pfauenauge nieder, das würdevoll seine Flügel auf- und zuklappte.

Es war die erste Beisetzung auf dem »Friedhof der Namenlosen« seit vielen Jahren – und es würde vermutlich die letzte überhaupt sein, wie Fabian erfahren hatte. Eigentlich hatte der Bezirk die Bestattungen hier bereits für beendet erklärt. Entsprechend hatte Melanie darum kämpfen müssen, die Genehmigung zu bekommen. Melanie! Ausgerechnet.

Nachdem sie das von Vogt gekidnappte Baby zwar geschwächt, aber wohlbehalten vom Hochsitz gerettet hatten, war bei Vogts Leiche ein Abschiedsbrief gefunden worden. In diesem hatte er nicht nur den Wunsch geäußert, auf dem Selbstmörder-Friedhof begraben zu werden. Gleichfalls hatte er Melanie zur Alleinerbin von mehr als 50.000 Euro erklärt. Das Geld war bei einem Notar hinterlegt, der auch das Testament beglaubigt hatte, das in dem Umschlag mit dem Abschiedsbrief steckte. René Kamp hatte angekündigt, das Testament als Sohn anzufechten. Aber wie es aussah, würde er nicht viele Chancen haben. Schließlich war Vogts Vaterschaft für ihn nie offiziell gewesen.

Sicher hatte auch das Geld Melanie moralisch unter Druck gesetzt, Vogts Wunsch zu erfüllen. Und doch hatte Fabian das Gefühl gehabt, es war mehr als eine letzte, lästige Pflichterfüllung für sie. Zu engagiert hatte sie darum gekämpft, es möglich zu machen.

Das Bezirksamt Grunewald hatte sich gesträubt: Nach dem Medienrummel der vergangenen vier Wochen, den vielen Berichten über tote und gekidnappte Babys, Melanie und ihre Familie, Wolfshunde und Wolfhunde, konnte Fabian das mulmige Gefühl der Beamten nachvollziehen.

Schlussendlich hatte das Amt zwei Bedingungen gestellt: Der Termin sollte an einem Werktag frühmorgens sein, um keine zufällig vorbeikommenden Spaziergänger aufmerksam zu machen. Vor allem aber sollte nichts davon in der Presse erscheinen – weder im Vorfeld noch hinterher. Niemand hatte Interesse daran, dass der Selbstmörder-Friedhof zu einer Pilgerstätte für Real-Crime-Fans wurde.

Fabian stellte sich vor, wie das *Berliner Blatt* die Situation ausgeschlachtet hätte. Schon Vogts Selbstmord war ein Festtag für die Zeitung gewesen: Anne hatte ihnen die Geschichte geliefert, die sie wollten. Auch ihr beleibter Fotografenkollege hatte seinen Job gemacht: Die erste Seite zeigte ein Bild, wie zwei Beamte auf einer Bahre den zugedeckten Leichnam Vogts wegtrugen. »Selbstmord im Wolfsgehege! Baby-Killer aus Grusel-Laube richtet sich selbst«, stand daneben. Und mitten im Foto, als sei es ein Supermarkt-Prospekt, der Sonderangebote anpreist, ein roter Kreis mit weißer Schrift: »Gekidnapptes Kind gefunden!« – natürlich ohne zu verraten, ob tot oder lebendig: Um das zu erfahren, sollten die Leute die Zeitung schon kaufen müssen. Der Artikel war dann erneut gespickt mit Ermittlungsinterna, was Fabian wieder auf die Palme gebracht hatte.

Genau so etwas hatten sie jetzt unbedingt vermeiden wollen. Und es schien geklappt zu haben: Neben Ergün und ihm waren die zwei Angestellten des Bezirks, die sich um die Beisetzung kümmerten, die einzigen Anwesenden. Fabian sah keine Menschen, die er nicht zuordnen konnte, keinen Fotografen – und keine Anne.

In den Tagen unmittelbar nach dem Showdown am Wolfsgehege hatte er weder Lust noch Kraft gehabt, sie für ihren Artikel von Vogts Suizid zur Rede zu stellen. Dabei hätte er vor allem gerne gewusst, von wem sie die ganze Zeit die Infos gesteckt bekommen hatte. Andererseits meinte er ohnehin zu wissen, wer es war: Bertram Kubitschek, der ewige Nörgler und Querschießer – wer sonst?

Seit den Geschehnissen im Wildpark hatten sie Kubitschek bewusst aus sämtlicher Kommunikation zu dem Fall herausgehalten. Grindelmann war mit dieser Vorsichtsmaßnahme einverstanden gewesen. Zwar warnte sein Chef davor, einen Kollegen vorzuverurteilen. Doch selbst Grindelmann hielt es für möglich, dass Kubitschek nicht mit offenen Karten spielte. Also dachte er sich ein paar Gründe aus, weshalb Kubitschek bei der Aufarbeitung des Falles nicht mehr gewünscht war.

Folgerichtig hatte dieser auch von dem Termin der Beisetzung nichts erfahren – und siehe da: Keine Reporter oder Fotografen weit und breit. In den kommenden Tagen würden sie erneut das Gespräch mit Kubitschek suchen und versuchen, ihn zu entlarven. Für Fabian war es nur eine Frage der Zeit, bis sie etwas gegen ihn in der Hand haben würden. Vielleicht würde er es hierfür doch noch einmal bei Anne versuchen. Vielleicht.

Seit den Geschehnissen im Wildpark hatten sie nicht mehr miteinander gesprochen. Und doch ging sie Fabian nicht mehr aus dem Kopf. Wenn er es sich recht überlegte, dachte er jeden Tag an sie. Mehrfach. Ein paar Mal war er kurz davor, sie anzurufen, ließ es dann aber sein.

Oft hatte er in den vergangenen Wochen mit Amira Daneshvar über der Fall gesprochen. Er wollte verstehen, wieso ein Kind gestorben war.

»Vogts Verhältnis zu Tieren war schizophren«, hatte sie gesagt. »Einerseits meinte er, dass er sie besser verstehe als jeder andere Mensch. Gleichzeitig betrieb er auf extreme Weise ›Anthropomorphismus‹, also die Projektion menschlicher Gefühle auf Tiere. Wie falsch das ist, wird Studierenden der Verhaltensforschung im ersten Semester eingetrichtert.«

Schon vor den Ereignissen an der Rummelsburger Bucht und im Tierpark hatte Daneshvar ihnen Vogts narzisstische Störung und seine autistischen Züge erklärt. Nun konnte sie auch sein Kidnapping des zweiten Babys begründen: Nach dem gescheiterten Experiment im Schrebergarten sei bei Vogt hinzugekommen, was die Psychologie als »narzisstische Wut« bezeichnet – die Überzeugung, er müsse recht haben, und dies allen beweisen, war bei ihm ins Unermessliche gestiegen.

Daneben hatte die Psychologin eine weitere Theorie, die Fabian plausibel erschien: Bei Gewaltverbrechern wurden immer mal wieder Auffälligkeiten im Gehirn festgestellt – und zwar dort, wo Emotionen und Triebe gesteuert werden. Diese Schaltstelle könnte bei Vogt gestört gewesen sein. Möglicherweise war er außerstande, Empathie zu empfinden, sprich: Sich in andere Menschen hineinzufühlen.

»Er sah nur sich«, brachte es Daneshvar auf den Punkt. »Sein Weltbild, seine Ideen, sein Leid.«

Sie mussten sich keinen Kopf mehr darüber machen, was diese Erkenntnis vor Gericht bedeutet hätte: Vogt hatte sich selbst gerichtet, so blieb alles Spekulation. Doch Fabian halfen die Gespräche mit Daneshvar, die Erlebnisse zu verarbeiten.

Es hatte mehr als drei Wochen gedauert, bis er ein wenig Genugtuung und Stolz über den Ermittlungserfolg hatte empfinden können: Sie hatten binnen weniger Tage Täter und Mittäter identifiziert, die Zusammenhänge vollständig aufgeklärt und einem mehr als zwölf Stunden in Todesgefahr schwebenden Baby das Leben gerettet. Ja, es war ein Erfolg. Und doch war er in den Tagen nach dem dramatischen Finale im Wildpark weit davon entfernt gewesen, sich darüber freuen zu können. Stattdessen hatte er sich nur kraftlos und leer gefühlt. Zu erschöpft, um über irgendetwas glücklich sein zu können – selbst wenn er von Norbert Grindelmann genau wie von seinen Kolleginnen und Kollegen viel Lob bekam. Bald würde er dies auch genießen können. Ganz sicher.

Die kleine Zeremonie, die ohne ein einziges Wort von irgendjemandem verlaufen war, war vorüber. Die Friedhofsangestellten bedeuteten Fabian und Ergün, dass es nichts mehr zu tun gab, und packten ihre Taschen.

Es war eine Ironie des Schicksals, dass einer der wenigen infrage kommenden Plätze für Vogts Urne in unmittelbarer Nähe jenes Busches lag, unter dem er den toten Säugling versteckt hatte, direkt neben dem schlichten, wuchtigen Grabstein einer unbekannten Mutter mit der Aufschrift »Mama«.

Auf diesen starrte Fabian nun gedankenversunken, als Ergün ihn sanft an den Arm fasste: »Woll'n wir?«

Er nickte.

Sie waren schon fast am Tor, als sich Fabian noch einmal zum Grab umdrehte – und zusammenzuckte: Deutlich war durch die Zweige zu erkennen, dass eine kleine, dunkel gekleidete Gestalt an Vogts Grab stand. Ihre Haltung, gebückt und vornübergebeugt, ließ vermuten, dass sie sehr alt war. Wo kam sie her? Warum hatten sie sie nicht bemerkt? Hatte sie sich bewusst vor ihnen verborgen?

»Warte mal kurz, ich muss nochmal zurück«, sagte er leise zu Ergün, die sich verwundert nach ihm umdrehte. »Geh ruhig schon mal zum Auto. Ich komm' gleich.«

Er ging langsam den schmalen Plattenweg zurück. Weil er nicht wollte, dass ihn die Person an Vogts Grab bemerkte, versteckte er sich in einiger Entfernung hinter ein paar dicht beieinanderstehenden Bäumen.

Von dort aus erkannte er, dass es eine Frau war – und sie tatsächlich sehr alt sein musste: Sie war so klein und in sich zusammengesunken, dass sie ihm fast unnatürlich geschrumpft erschien. Gerade legte sie offenbar etwas auf den Erdhügel, was beschwerlich für sie aussah. Da sie mit ihrem Körper das Grab verdeckte, sah er nicht, was es war. Noch immer hatte er ihr Gesicht nicht gesehen, doch es konnte sich nur um einen einzigen Menschen handeln: Vogts Mutter.

Nach dessen Suizid hatten sie sie ausfindig gemacht, was nicht einfach gewesen war. Sie hatten sie per Brief über dessen Tod informiert und ihr später auch den Termin der Trauerfeier genannt. Auf keines der beiden Schreiben hatte sie reagiert.

Fabian schien es eine Ewigkeit zu dauern, bis sich die Alte wieder aufgerichtet hatte. Dann schlurfte sie mühsam auf ihren Stock gestützt Richtung Tor. Er wartete ab, bis sie den Friedhof verlassen hatte.

Dann trat er ans Grab. Auf dem frisch aufgeschütteten Erdhügel lag ein sorgfältig ausgebreitetes Stofftaschentuch. In dessen Mitte lagen drei Murmeln: Eine blaue mit roten Punkten. Eine weiße, die farbenprächtig marmoriert war. Und eine durchsichtige, mit einem gelben und einem grünen Streifen in ihrem Innern, die sich umeinander drehten. Sie glitzerte im Sonnenlicht.

Fabian hätte gern gewusst, was es mit den Murmeln auf sich hatte. Aber dieses Geheimnis würde Gertrud Vogl mit ins Grab nehmen.

Am Tag zuvor, gegen 17 Uhr.

»Ey, Temmen – wird das langsam mal was mit deinem Text?!« Christian Schneider musste natürlich wieder so laut brüllen, dass es alle mitbekamen: Sie war spät dran. Kämpfte mit dem Artikel über eine Schule, durch deren Dach das Regenwasser tropfte. »Hier lässt der Senat die Kinder im Regen stehen«, sollte die Überschrift lauten. Wieder so eine Quatsch-Geschichte: Die Renovierung war seit geraumer Zeit zugesagt, finanziert und geplant. Dass es zu Verzögerungen gekommen war, hatte nichts mit der Senatsverwaltung zu tun.

Wieder mal ärgerte sie sich, nicht längst gekündigt zu haben. Nach dem vielen Lob und Schulterklopfen wegen der Geschichte aus der Grusel-Laube hatte sie den Absprung nicht geschafft. Sie hatte sogar eine Gehaltserhöhung bekommen – zwar gerade mal 200 Euro brutto, aber immerhin. Da hatte sie noch gedacht, sie könne sich in Zukunft die Themen selbst aussuchen. Schnell war sie auf dem Boden der Realität angekommen. Auch ihr redaktionsinterner Ruhm durch die Vogt-Story war schnell verblasst. Schon zwei Tage nach dem Bericht aus dem Wildpark war sie von Schneider wieder zusammengefaltet worden, warum sie keine vernünftigen Geschichten anzubieten habe.

Warum saß sie also noch hier?

Das war die eine große Frage, die sie beschäftigte. Die andere, noch viel größere Frage war: Wie hatte Fabian ihr das antun können?

Es war jetzt schon vier Wochen her, seit sie das letzte Mal miteinander gesprochen hatten. Doch dieser eine Satz von ihm ging ihr nicht mehr aus dem Kopf. Er schmerzte noch immer so sehr, dass sie nachts aus unruhigen Träumen hochschreckte, daran dachte und stundenlang nicht mehr einschlafen konnte.

Kurz hatten sie am Wolfsgelände zusammengestanden, als alles vorbeigewesen war. Als sie das gekidnappte Baby aus dem Gehege geholt hatten und klar war, dass Michael Vogt sich erschossen hatte.

Fabian war vollkommen erschöpft gewesen, hatte gegen Tränen angekämpft. Unbeholfen hatte sie versucht, ihn an sich zu drücken. Aber er hatte sich schnell wieder aus ihren Armen gewunden. Sie hatte gehofft, er würde irgendetwas Nettes sagen, etwas Persönliches. Stattdessen hatte er nur wieder gefragt, wer in seinem Team die undichte Stelle war. Sie hatte geschwiegen. Da hatte er sich von ihr gelöst und war einen Schritt zurückgetreten. Er hatte rumgedruckst, regelrecht um Worte gerungen. Es hatte ein bisschen gedauert, bis sie verstand, dass er nun doch noch einmal über damals sprechen wollte.

Zunächst hatte sie ihn gebremst. Hatte gesagt, er müsse dazu nichts sagen. Zumindest nicht hier, nicht unter diesen Umständen: Um sie herum liefen dutzende Polizistinnen und Polizisten in Uniform und Zivil sowie mindestens ebenso viele Angestellte des Wildparks hektisch hin- und her, sprachen in Funkgeräte oder standen in kleinen Grüppchen zusammen und unterhielten sich aufgeregt. Das war definitiv nicht der Moment, um über damals zu sprechen.

Doch irgendetwas arbeitete in ihm, das offenbar unbedingt raus musste. Sein Blick ihn diesem Moment konnte alles Mögliche bedeuten: Unsicherheit. Zögern. Dankbarkeit. Trauer. Schuld. Sogar etwas Hoffnung. Vielleicht auch von allem ein bisschen. Oder auch nichts davon.

Auf jeden Fall wollte sie wissen, was ihm auf der Seele brannte. Also ermunterte sie ihn, es auszusprechen. Kaum hatte er es getan, bereute sie es. Denn dann sagte er jenen Satz, der ihr den Boden unter den Füßen wegzog: »Ich habe damals gewusst, dass du schwanger bist – und es dir nicht gesagt.« Und als ob das nicht schon schlimm genug gewesen wäre, setzte er hinzu: »Deine Mutter hat's mir erzählt.«

20. August 2019.
Am frühen Vormittag.

Es hätte so schön sein können. Für Fabian wäre es der entspannteste Tag seit Wochen geworden – wäre er nicht an diesem verdammten Kiosk vorbeigekommen.

Till und Emil im Buggy vor sich herschiebend war er ihre Straße hinunter Richtung Park gelaufen. Der Himmel war geradezu lächerlich blau, über Berlin strahlte die schönste Augustsonne, die Zwillinge brabbelten fröhlich vor sich hin. Er hatte das erste Mal seit Wochen frei. Nicht nur offiziell, sondern auch gedanklich: Sie hatten den Wolfshund-Fall endgültig abgeschlossen – »WolFhund« korrigierte er sich selbst, dachte an Hannah Deininger und musste lächeln. Die letzten Fragen zum Hergang der Ereignisse waren geklärt, alle Berichte geschrieben.

Auch das Begräbnis des Täters auf dem Friedhof im Grunewald hatten sie gestern mit Würde hinter sich gebracht. Vor allem ohne Medienrummel. Offenbar hatten sie den richtigen Riecher gehabt, als sie Bertram Kubitschek von der Kommunikation zu den Planungen der Beerdigung ausgeschlossen hatten. Er musste die undichte Stelle sein.

Dachten alle. Dachte auch Fabian. Bis zu diesem Moment, in dem er so abrupt vor dem Kiosk stehen blieb, dass die Zwillinge im Buggy einen Satz nach vorne machten.

Wie immer hatte der Kioskbesitzer die aktuellen Titelblätter der Berliner Tageszeitungen vor seinen Laden gestellt. Die Seite eins des *Berliner Blatts* zeigte eine Urne, die in ein Grab hinabgelassen wird. Fabian erkannte sie sofort. Darüber prangte die Zeile: »Baby-Killer vom Grunewald: Beerdigung auf dem Selbstmörder-Friedhof!« Unter dem Foto stand: »Warum erweisen Polizisten *ihm* die letzte Ehre? Warum genehmigt das Bezirksamt so etwas? Fragen und Antworten auf vier Exklusiv-Seiten!«

Fabian starrte den Aufsteller an. Seine Gedanken rotierten: Hatte Kubitschek doch etwas erfahren? Wenn ja, von wem? Oder war er gar nicht der Maulwurf? Wenn es jemand anderes aus dem Team war: Wer kam infrage?

Vor allem aber fragte er sich, ob Anne ihre Finger mit im Spiel hatte. War der Artikel von ihr? War das ihre Revanche für die Verletzung, die er ihr zugefügt hatte?

Er beugte sich zu den Zwillingen hinunter und deutete auf die Tür des Kiosks: »Papa muss mal kurz da rein, ok?«

Seufzend betrat er das Geschäft, um die aktuelle Ausgabe des *Berliner Blatts* zu kaufen.

Ja, es hätte so ein entspannter Tag werden können.

Danke!

Mein großer Dank gilt einigen Menschen, ohne deren Unterstützung es dieses Buch nicht gäbe.

Begonnen hat alles mit einem inspirierenden Seminar bei Beatrix Mannel, die den Schreibprozess auch in der Folge weiter begleitet hat. Danke für dein tolles Coaching, Beatrix! Ohne dich hätte ich weder angefangen noch durchgehalten.

Das gilt genauso für die zwei leidenschaftlichen Ermittlungsprofis in meiner Familie: Tausend Dank, Katrin Faust und Christine Becker, für eure nimmermüden Lektorate und Hinweise zur Polizeiarbeit – Gold wert!

Nicht weniger wichtig war es für einen schlüssigen Plot, in die Geheimnisse der DNA-Analyse einzutauchen. Das hätte ich nicht ohne Philipp von Grumbkow und Sarah Heinze geschafft: Danke für eure aufwändigen Erläuterungen!

Ebenso war ich in Sachen Abstammungsforschung bei Hunden auf Fach-Expertise angewiesen. Diese bekam ich beim Hamburger Institut »ForGen« in Person von PD Dr. Nicole von Wurmb-Schwark – danke für Ihre detaillierten Erklärungen!

Und natürlich bin ich meiner kleinen Schar privater Lektorinnen und Lektoren wahnsinnig dankbar, die sich immer wieder durch aktualisierte Versionen des Manuskriptes gewühlt und mir ehrliches Feedback gegeben haben. Neben meiner Mutter Ute waren das vor allem Dörte Zillessen sowie Rainer und Evelyn Iwersen: Was ihr für mich an Zeit und gedanklicher Auseinandersetzung mit meiner Geschichte investiert habt, ist überhaupt nicht selbstverständlich!

Ganz besonders danke ich dir, Jessi, dass du den Text nicht nur mehrfach gelesen und kommentiert hast, sondern stets an meiner Seite warst und bist: Das ist ein großes Glück!

Zu guter Letzt danke ich Simon: Ich fand's total schön, dass du immer wieder so interessiert nach der Geschichte gefragt hast – und bin sehr gespannt, was du dazu sagst, wenn du sie in ein paar Jahren auch selbst lesen kannst!